4° G

Les Bizarreries

des Races Humaines

Henri Coupin

Docteur ès sciences
Lauréat de l'Institut.

Les Bizarreries

des Races Humaines

Le sauvage? C'est un grand enfant.....

PARIS

VUIBERT et NONY, ÉDITEURS

63, Boulevard Saint-Germain, 63

1905

INTRODUCTION

Dans ces derniers temps, les livres de voyages imaginés et d'aventures plus ou moins étranges se sont multipliés à un point inouï. Ils sont, en général, formés de deux ordres de faits : les uns exacts, empruntés à des récits authentiques de voyages, les autres inventés par le narrateur pour les besoins de son récit. Tous deux sont tellement mélangés que, le plus souvent, on ne sait où commence la fiction et où finit la réalité.

C'est là un écueil que j'ai tenu à éviter dans cet ouvrage. Tout ce qui s'y trouve est d'une *exactitude absolue* : comme preuve de cette véracité, j'ai toujours eu soin d'indiquer le nom des voyageurs ou des ethnographes dans les relations desquels les descriptions ont été puisées.

Ce livre, toutefois, n'est pas un traité didactique d'anthropologie. Loin de là. Je me suis contenté de prendre dans les diverses races humaines — et, parmi elles, presque exclusivement les races sauvages ou à demi-civilisées — les faits les plus intéressants, les plus curieux, ceux qui diffèrent complètement de nos propres mœurs. De cette façon, l'ensemble a été. je crois, rendu d'autant plus attrayant pour tout le monde que le texte est accompagné de belles et nombreuses gravures qui en font un véritable album d'images.

Dans tous les cas, il montrera que l'anthropologie et l'ethnographie, si négligées — on ne sait trop pourquoi — dans le programme des trois ordres d'enseignement, sont des sciences très intéressantes, très instructives et dignes de l'attention de tous. Peut-être aussi contribuera-t-il à développer parmi nos lecteurs le goût des voyages dans les pays lointains, des longues pérégrinations auxquelles nous sommes encore trop rebelles.

Henri COUPIN.

Nota. — Au verso de cette introduction, le lecteur trouvera une carte qui lui permettra d'avoir constamment sous les yeux, au cours de sa lecture, les principaux noms géographiques employés dans ce livre, et l'habitat des peuplades dont il y est question.

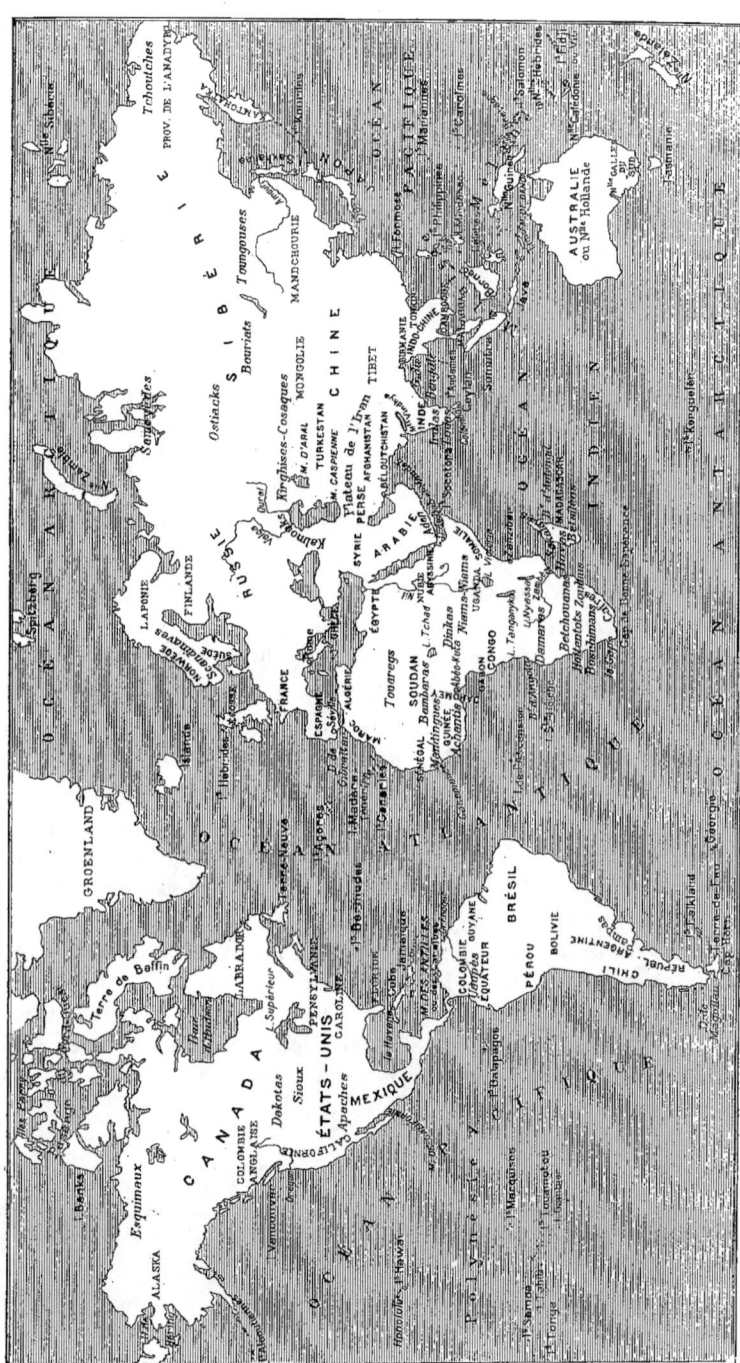

CHAPITRE I

Les mangeurs de terre.

Des goûts et des couleurs, dit la sagesse des nations, il ne faut point discuter. Jamais ce proverbe ne se trouve aussi confirmé que lorsqu'on étudie l'alimentation de quelques peuplades, comme nous allons le faire au commencement de cet ouvrage.

Ainsi, à Java, on mange un singulier aliment : de la terre argileuse réduite en pâte avec de l'eau, puis séchée au feu (*fig.* 1). On l'étend en lames minces, on la fait torréfier sur une plaque de tôle après l'avoir roulée en petits cornets ayant à peu près la forme de l'écorce de cannelle du commerce ; en cet état, elle prend le nom d'*ampo* et se vend dans les marchés publics. L'ampo a un goût de brûlé très fade que lui a donné la torréfaction ; il est très absorbant, happe à la langue et la dessèche. Il n'y a presque

FIG. 1. — Javanais faisant sécher au feu des figurines en terre comestible.

que les femmes qui mangent l'ampo, lorsqu'elles sont atteintes du mal appelé « appétit déréglé ». Plusieurs en usent pour se faire maigrir, parce que la maigreur est une beauté parmi les Javanaises, et le désir de rester plus longtemps belles leur ferme les yeux sur les suites pernicieuses de cet usage, qui, par l'habitude, devient un besoin dont il leur est difficile de se sevrer. Elles perdent l'appétit et ne prennent plus qu'avec dégoût une petite quantité de nourriture. (De Humboldt.)

Les Javanais font aussi avec cette terre des figurines grossières (*fig.* 2) qui semblent autant destinées à amuser les enfants qu'à être mangées ; en les voyant, on pense involontairement aux bonshommes en pain d'épice que l'on vend dans les foires, ou aux naïves figurines en pâtisserie que les ménagères font quelquefois avec de la pâte épaisse à beignets pour amuser les petits.

*

Cette curieuse coutume de manger de la terre se rencontre dans plusieurs autres pays.

Fig. 2. — Figurines en terre comestible de Java.

Vers l'embouchure de l'Orénoque, les Ottamacs, durant plusieurs saisons de l'année, se nourrissent en partie d'une espèce d'argile grasse et ferrifère appelée « poya », dont ils consomment jusqu'à une livre et demie par jour. Ils en confectionnent des boules qu'ils font durcir légèrement au feu et qu'ils disposent en pyramides analogues aux piles de boulets que l'on voit dans les arsenaux.

Lorsqu'ils veulent en manger, ils en prennent une, en râpent une petite portion et la remettent en place. Cela ne nourrit pas, mais calme un peu l'appétit ; ils en absorbent en moyenne un demi-kilogramme par jour.

Spix et Martius disent qu'une semblable coutume se retrouve sur les bords de l'Amazone ; et ces voyageurs rapportent que là les sauvages font usage de cette nourriture même lorsque des aliments plus substantiels ne leur manquent point. On sait aussi que sur les marchés de la Bolivie on vend une argile comestible. Enfin, Gliddon assure qu'il existe dans l'Amérique septentrionale, un assez grand nombre de peuplades géophages, surtout parmi les Nègres répandus dans les forêts de la Caroline et de la Floride. Les savants, frappés de ces récits, ont voulu examiner quelle était la composition de ces diverses terres comestibles, et ils ont reconnu, à leur grand étonnement, que quelques-unes d'entre elles n'étaient que des espèces de tripolis ou d'argiles, renfermant une notable quantité d'infusoires d'eau douce ou de coquilles microscopiques. De façon que l'on peut supposer que ces roches alimentaires doivent leurs propriétés nutritives aux matières animales qu'elles ont retenues ; et ce sont celles-ci qui fournissent à l'homme une véritable nourriture antédiluvienne, composée de débris d'animalcules microscopiques. Les révolutions telluriques ne se sont pas bornées là ; elles ont parfois produit, de toutes pièces, une *farine fossile* animalisée ; il n'y a plus qu'à la transformer en pain. En effet, on sait que, dans les temps de disette, les Lapons se nourrissent d'une poussière minérale blanche, qu'ils substituent au produit des céréales. Retzius, qui a étudié cette farine, a reconnu qu'elle était composée par les restes de dix-neuf espèces d'infusoires analogues à ceux qui vivent aujourd'hui aux environs de Berlin. Et ce savant professeur a même démontré que cette poussière de squelettes, qui est également répandue dans la Suède et la Finlande, devait ses qualités nutritives à une certaine quantité de substance animale que l'analyse chimique y retrouve même après tant et tant de siècles ! (F. A. Pouchet.)

A Sumatra, on étale la terre comestible en plaques minces qu'on grille en larges galettes. La terre comestible y vaut 5 centimes le kilogramme, et 18 sapèques la demi-livre au Tonkin. Ce n'est pas cher.

Enfin, M. Deniker affirme que les Blancs établis dans l'Amérique du Sud s'adonnent également à la géophagie. Leurs femmes prétendent que la consommation de la terre donne un teint frais et délicat au visage. D'ailleurs on a signalé l'existence de cette même coutume parmi les femmes dans plusieurs contrées de l'Europe et plus spécialement en Espagne, où l'argile gréseuse qui sert à fabriquer les « alcarazas » est surtout en vogue comme terre comestible.

CHAPITRE II

Les gourmands d'insectes
et autres bestioles peu sympathiques.

« M. de Lalande — c'est le célèbre astronome — qui, pendant les dernières années de son séjour en France, venait souper tous les samedis chez moi et s'y rendait souvent dès la sortie de l'Académie, ne trouvait rien de plus à son gré, en attendant le service, que de manger des chenilles et des araignées lorsque c'en était la saison. Comme mon appartement donnait de plain-pied sur un assez beau jardin, il trouvait facilement de quoi satisfaire sa première faim ; mais comme M⁰ᵉ d'Isjonvalle aimait à bien faire les choses, elle en amassait pendant l'après-dîner un certain nombre et les lui faisait servir aussitôt après son arrivée. Comme je lui laissais toujours ma part de ce ragoût, je ne puis vous parler que par ouï-dire de la différence de saveur qu'il y a entre une araignée et une chenille. La première, dit notre astronome, a un goût de noisette, et la seconde, un véritable goût de fruit à noyau. »

Cette anecdote, racontée par le naturaliste Quatremère d'Isjonvalle, a été si souvent rapportée dans les ouvrages de vulgarisation, que l'on pourrait croire que c'est le seul cas où l'on ait vu un homme « avoir le courage » de manger des insectes. Il n'en est rien : en Europe — autrefois il est vrai — on en mangeait quelques espèces, et actuellement dans les pays chauds, le fait est des plus communs.

Il est bien certain cependant que l'idée de manger des insectes nous répugne franchement, sans que l'on puisse dire quelle est la véritable origine de ce dégoût. A priori, en effet, il devrait être moins désagréable de manger un insecte qui ne se nourrit que du suc des fleurs ou d'une tendre feuille de salade, que d'avaler des crabes, des crevettes et autres crustacés qui ne vivent que de bêtes en décomposition. Mais peut-être le sentiment de répulsion que nous éprouvons à ingérer des insectes provient-il de ce que ceux-ci nous sont familiers, qu'ils vivent dans notre entourage, aussi bien à la ville qu'à la campagne : à moins d'y être forcé, nous ne mangeons ni chien, ni chat, ni rat, ni souris, — et nombre de personnes ne voudraient pas se nourrir de cheval, d'âne ou même de chèvre, en résumé pour la seule et unique raison que ce sont des bêtes familières, et je pense qu'il en est de même des insectes.

Les Romains — dont les excentricités gastronomiques sont bien connues —

se délectaient de larves appelées cossus, qui, d'après Pline, étaient de gros vers blancs vivant dans l'intérieur des arbres ; on pouvait les manger tels quels au sortir du bois dont ils avaient fait leur nourriture, mais leur saveur était bien plus exquise lorsqu'on les engraissait avec de la farine. « Dans le Pont et dans la Phrygie, dit de son côté saint Jérôme, les pères de famille estiment comme un de leurs grands revenus certains vers à tête noirâtre, au corps replet, prenant naissance dans les bois cariés. Manger ces xylophages est, chez ces peuples, une aussi grande preuve de luxe que chez nous de servir le ganga, le bec-figue, le rouget ou le scare dont nous faisons nos délices.... Mais engagez un Syrien, un Arabe, un Africain à avaler de ces sortes de vers, il les dédaignera comme si on lui présentait des mille-pieds ou des lézards. »

Fig. 3. — Larve et nymphe du cerf-volant.

Quel était ce fameux cossus ? Les naturalistes n'ont pas encore réussi à se mettre d'accord sur ce point. Il semble bien cependant qu'il n'ait rien à voir avec la chenille à laquelle, depuis Linné, on a donné le même nom. On a voulu y voir la larve de l'*oryctes nasicornis* (vulgairement rhinocéros) ou la larve du lucane cerf-volant (*fig.* 3), mais la chose n'est pas certaine.

Quelques auteurs, décrivant le cossus des Romains comme donnant naissance à un insecte « pourvu de cornes et faisant entendre un petit bruit strident », font penser qu'il s'agit plutôt de la larve d'un longicorne, probablement du *cerambyx heros* — autrement dit du capricorne (*fig.* 4) — peut-être du *prionus*. On sait d'ailleurs que les Indiens mangent une espèce voisine, le *cerambyx cervicornis*, qui vit dans le tendre bois des fromagers. On mange aussi des larves de longicornes en Australie, ainsi que l'a noté Carl Lumholtz dans son *Voyage chez les Cannibales*. « Mes Noirs, dit-il, avaient recueilli dans les troncs d'un arbre tombé une certaine quantité de larves de coléoptères dont je me régalai en leur compagnie. Parmi ces espèces il en est de bonnes à manger. Chacune a son goût particulier. La meilleure, d'un blanc luisant, et de la grosseur du doigt, habite les acacias ; d'autres plus petites et d'un goût moins fin se trouvent généralement dans les fourrés. Bien que les Nègres d'Australie ne mangent pas de chair crue, ils sont si friands des larves, que parfois ils les avalent vivantes quand ils les retirent des vieux bois. De retour au camp, on fait frire, de la manière la plus simple, ces larves apportées dans des corbeilles. On les jette dans la braise ; durcies en un clin d'œil elles deviennent bien vite croquantes. Elles sont tellement grasses que leur chair grésille pendant la cuisson ; après les avoir tournées et retournées à l'aide d'une brochette, on les retire de la cendre et l'opération est achevée. Leur goût rappelle un peu celui de l'œuf ; mais, à mon avis, la larve de l'acacia, la meilleure de toutes, est préférable à une omelette de nos pays. Les indigènes dévorent l'insecte parfait avec autant de plaisir que la larve, se bornant à le dépouiller de ses deux élytres avant de le rôtir ; enfin ils mangent également des espèces communes de longicornes. »

*
* *

Si les Romains aimaient les cossus, les Grecs avaient, par contre, une affection particulière pour les cigales (*fig.* 5). Mais, nous apprend Aristote, il fallait savoir

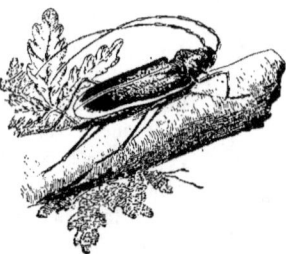

FIG. 4. — Capricorne.

les choisir : les jeunes étaient bien préférables aux adultes, non seulement par le goût, mais encore par leur mollesse. Les mâles ne valaient rien, mais les femelles, surtout lorsque leur abdomen était distendu par les œufs, étaient très recherchées. On aimait surtout les larves, les tettigomètres « *antequam rumpatur cortex* », c'est-à-dire avant qu'elles aient mué. « Ce détail de l'écorce non rompue, dit J.-H. Fabre, nous apprend en quel temps doit se faire la récolte de la délicieuse bouchée. Ce ne peut être en hiver, pendant les profondes fouilles culturales, car alors n'est nullement à craindre l'éclosion de la larve. On ne recommande pas une précaution tout à fait inutile. C'est donc en été, à l'époque de la sortie de la terre, lorsque les larves peuvent se rencontrer une par une, en cherchant bien, à la surface du sol. Voilà le vrai et l'unique moment de prendre garde à ce que l'écorce ne soit pas rompue. C'est le moment aussi de se hâter dans la récolte et dans les apprêts culinaires : en quelques minutes l'écorce éclatera.

L'antique renommée culinaire, l'appétissante épithète *suavissima gustu*, sont-elles méritées ? L'occasion est excellente, profitons-en ; remettons en honneur, s'il y a lieu, le mets vanté par Aristote. Rondelet, le savant ami de Rabelais, se fit gloire de retrouver le *garum*, la célèbre sauce faite avec des entrailles de poissons pourris. Ne serait-il pas méritoire de rendre les tettigomètres aux gourmets ? Une matinée de juillet, quand le soleil déjà brûlant engage les larves de cigales à sortir de terre, toute la maisonnée se met en recherches, grands et petits. Nous sommes cinq à explorer l'enclos, les bords des allées surtout, points les plus riches. Pour éviter la rupture de l'écorce, à mesure qu'une larve est trouvée, je la plonge dans un verre d'eau. L'asphyxie arrêtera le travail de la transformation. Au bout de deux heures d'une perquisition attentive, qui nous fait à tous ruisseler le front de sueur, me voilà muni de quatre larves, pas plus. Elles sont mortes ou mourantes dans leur bain préservateur ; mais qu'importe, destinées qu'elles sont à devenir friture ?

La préparation est des plus simples, afin d'altérer le moins possible cette saveur qu'on dit exquise : quelques gouttes d'huile, une pincée de sel, un peu d'oignon, et voilà tout. La *Cuisinière bourgeoise* n'a pas de recette plus sommaire. Au dîner, entre tous les chasseurs, la friture se partage. A l'unanimité, c'est reconnu mangeable. Il est vrai que nous sommes gens de bon appétit et d'estomac sans préjugé aucun. Cela possède même un petit goût de crevette qui se retrouverait, plus accentué encore, dans une brochette de criquets. Mais c'est coriace en diable, pauvre de suc, un vrai morceau de parchemin à mâcher. Je ne recommanderai à personne le mets glorifié par Aristote. Certes, le célèbre historien des animaux était en général magnifiquement renseigné. Son royal élève lui faisait parvenir de l'Inde, si mystérieuse alors, les curiosités les plus frappantes pour des yeux macédoniens; des caravanes lui amenaient l'éléphant, la panthère, le tigre, le rhinocéros, le paon, dont le philosophe donnait fidèle description. Mais, en Macédoine même, l'insecte ne lui était connu que par l'intermédiaire du paysan, l'acharné remueur de glèbe, qui rencontrait la tettigomètre sous sa bêche et savait avant tous qu'il en sort une

Fig. 5. — Cigales à divers états de développement.

cigale. Dans son immense entreprise, Aristote faisait donc un peu ce que devait faire plus tard Pline, avec beaucoup plus de naïve crédulité. Il écoutait les bavardages de la campagne et les enregistrait comme documents véridiques. Partout le paysan est malin. Il se gausse volontiers des vétilles que nous appelons science ; il rit de qui s'arrête devant une bestiole de rien ; il s'esclaffe s'il nous voit ramasser un caillou, l'examiner, le mettre dans la poche. Le paysan grec excellait dans ce travers. Il dit au citadin : la tettigomètre est un mets des dieux, de saveur incomparable, *suavissima gustu*. Mais, en alléchant le naïf par une hyperbolique louange, il le mettait dans l'impossibilité de satisfaire sa convoitise, puisque, condition essentielle, il fallait récolter le délicieux morceau avant la rupture de la coque. Allez donc, en vue d'un plat suffisamment copieux, faire cueillette de quelques poignées de tettigomètres sortant de terre, lorsque mon escouade de cinq personnes, sur un terrain riche en cigales, a mis deux heures pour trouver quatre larves. Prenez bien garde surtout à ce que l'écorce ne soit pas rompue pendant vos recherches, qui dureront des jours et des jours, lorsque cette rupture se fait en quelques minutes. Aristote, m'est avis, n'a jamais goûté de friture de tettigomètres ; ma cuisine en témoigne. Il répète de bonne foi quelque plaisanterie rurale. Son mets divin est une horreur. »

Remarquons cependant que, de nos jours encore, il y a des peuples amateurs de cigales. Dans la relation de son voyage en Indo-Chine, le regretté prince Henri d'Orléans raconte avoir vu dans le Laos, sur les rives du Mékong, de jeunes

Fig. 6. — Termites. En haut, mâle volant : en bas, à droite, la reine ; en bas, à gauche, un soldat ; au milieu, un ouvrier.

femmes se livrant à la chasse des cigales qu'elles prenaient à la glu et qu'elles venaient vendre ensuite au marché ou qu'elles faisaient frire pour leur propre nourriture.

*
* *

Les insectes dont je viens de parler n'ont qu'une importance gastronomique assez faible et semblent plutôt constituer des « friandises ». Il n'en est pas de même des termites et des criquets qui sont dans certains pays de véritables aliments.

Les termites (fig. 6) ou fourmis blanches vivent, on le sait [1], dans d'énormes termitières en colonies immenses, représentant par suite une masse de nourriture considérable ; dans l'Inde et en Amérique, aussi bien qu'en Afrique, les indigènes n'ont garde de les laisser perdre. En Afrique particulièrement, les Biherros les mangent crus en les prenant à plusieurs poignées dans les nids détruits au préalable de fond en comble (fig. 7). Sir Samuel White Baker nous apprend que c'est spécialement au commencement de la saison des pluies, moment où les termites vont quitter leurs nids, qu'on les chasse pour la table. Dans l'Afrique centrale, les

1. Voir les mœurs des termites dans notre ouvrage : *Les Arts et Métiers chez les Animaux.*

termites, frits dans du beurre, sont considérés comme un mets très délicat, malgré leur légère saveur de plume brûlée. D'après Smeathmann, on recueille principalement les insectes ailés et on en remplit un vase de fer que l'on met sur un feu doux ; on agite continuellement la masse jusqu'à ce que les insectes aient revêtu une couleur brunâtre : la cuisson est alors à point et les indigènes s'empressent de manger ces termites à la poignée et sans aucun assaisonnement : leur goût rappelle celui de la pâte d'amandes douces. En Asie, les termites constituent aussi un mets courant ; à Java, on les vend sur le marché sous le nom de *laron*. Les Indiens les pétrissent avec de la farine et en font une pâtisserie.

*
* *

Les Hottentots mangent les termites crus, bouillis ou rôtis à la manière du café, et les regardent comme très nourrissants.

D'après Kirby, l'énorme femelle doduc des termites (*fig.* 6) est regardée par les Hindous comme douée de propriétés éminemment nutritives qui la font donner aux vieillards très affaiblis. M. Broughton rapporte que, pendant la maladie de Surgee-Rao, des reines de termites, acquises à grands frais, devinrent la principale nourriture de ce premier ministre de Scindia, chef des Mahrattes. Kœnig dit que, dans certaines parties des Indes orientales, on fait manger les termites ailés aux vieillards, et que, pour capturer ces insectes avant le temps de l'émigration, on pratique

FIG. 7. — Indigène de l'Afrique détruisant une termitière pour en dévorer les habitants.

à leur nid deux trous opposés l'un à l'autre et suivant la direction du vent ; on adapte à celui qui est sous le vent un pot frotté à l'intérieur avec des plantes aromatiques. On fait, de l'autre côté, du feu avec des matières nauséabondes dont la fumée chasse les insectes, qui tombent dans le pot et qu'on emporte. On accommode ensuite les termites avec de la farine, et l'on en fait une pâtisserie à bon marché pour le peuple. Kœnig ajoute que l'abus de cette nourriture, dans la saison où elle abonde, donne parfois des coliques et des dysenteries épidémiques emportant le malade en deux ou trois heures. (M. Girard.)

En Afrique on procède quelquefois d'une manière encore plus sommaire. On entoure la termitière de menues brindilles et on y met le feu que l'on active en soufflant dessus. Les termites cherchent bien à fuir, mais, rencontrant le cercle de feu, ils rentrent chez eux où ils cuisent dans leur propre jus. Au bout d'une demi-heure on casse la croûte de ce vol-au-vent d'un nouveau genre et on y trouve une pâte gluante et noire, rappelant le caramel mou : les indigènes y plongent les doigts qu'ils sucent ensuite avec délices.

***

Les criquets (*fig*. 8) — souvent improprement appelés sauterelles — ne sont pas moins importants, surtout en raison de leurs bandes immenses qui envahissent l'Afrique et parfois le midi de la France. Voici ce que dit M. Daguin de la « cuisine acridienne » :

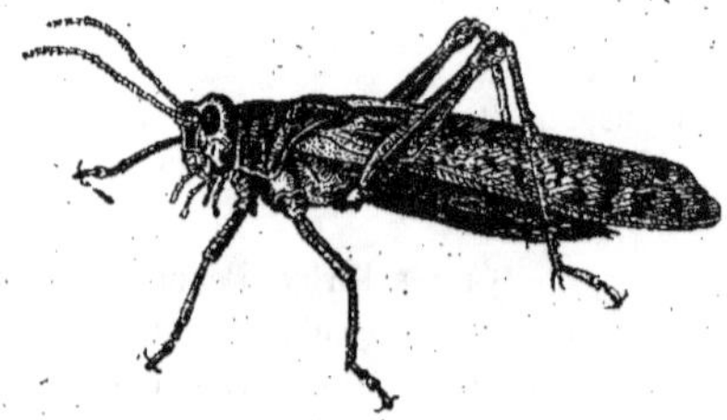

En Palestine, on frit les criquets dans l'huile de sésame ; c'est l'aliment des paysans de la Judée. Les habitants de l'Arabie Pétrée, après avoir séché les insectes au soleil, les moulent et conservent cette sorte de farine pour le besoin. Dans l'Abyssinie, on se borne à la torréfier légèrement sur un feu clair. Certains peuples du centre de l'Afrique en

Fig. 8. — Criquet pèlerin (vulgairement sauterelle).

font une soupe brune et grasse ; mais à Kammbala, qui est dans cette région, on se contente de les faire sécher et on les mange ensuite tels quels.

Dans la région méditerranéenne, la préparation des sauterelles diffère beaucoup suivant les lieux. Ici les Bédouins les font griller et souvent rejettent les intestins, les ailes et les pattes ; là les Maures les pilent et les font cuire dans du lait. Ailleurs les Arabes les écrasent avec du fromage de chameau ou avec des dattes, à moins qu'il ne s'agisse de sauterelles jaunes ; celles-ci, étant de très bon goût, se mangent seules. Mais le mode de préparation qui est le plus souvent employé en Algérie est celui dont nous nous servons pour les crevettes : on les fait bouillir dans de l'eau plus ou moins fortement salée. Au Maroc, suivant Edmundo de Amicis, on les mange également bouillies, mais assaisonnées de sel, de poivre et de vinaigre.

Les sauterelles sont non moins estimées à Madagascar que sur le continent africain. Le R. P. Camboué, missionnaire dans cette île, consacre une de ses lettres à cet aliment. « On jette les *valalas* — c'est le nom que les Malgaches donnent aux sauterelles — dans de vastes pots où ils sont soumis à une cuisson complète à l'étuvée, puis on les sèche sur des nattes, enfin on leur enlève les pattes et les ailes pour les conserver ou les vendre. Ainsi préparés, les valalas se conservent longtemps. Les Malgaches les mangent frits dans la graisse et s'en servent pour assaisonner leur riz. Pour avoir en ce genre un plat parfait, il faut, après avoir enlevé les pattes et les ailes, les mettre tremper une demi-heure environ dans une eau saturée de sel. J'ai goûté de ce mets et je ne crois pas qu'il ait jamais un grand succès chez les peuples civilisés. Il me semble cependant que la poudre ou fleur de valala pourrait être employée comme condiment, en sauce par exemple. »

Le plat de sauterelles, cependant, a été moins défavorablement apprécié par d'autres Européens ; il a même trouvé de vrais amateurs. On lit, en effet, dans le récit du *Voyage de Schang-Haï à Moscou* de M. de Bourboulon que les sauterelles cuites à l'eau salée, servies dans les restaurants chinois de Pékin à la fin du premier service, forment un mets qui n'est réellement « pas mauvais ».

Kunckel d'Herculaïs est encore plus affirmatif dans son édition de Brehm : « Un jour en Océanie, dit-il, nous fûmes obligés, mourant de faim, d'assaisonner notre riz de sauterelles grillées. Faut-il le dire ? nous nous en régalâmes presque, nous figurant de la crevette un peu trop cuite. » Ce jugement, Kunckel d'Herculaïs le réitère dans son rapport sur les invasions de sauterelles en Afrique. Après avoir noté que les indigènes du Sud Algérien ramassent et préparent des criquets, non seulement pour leur provision personnelle évaluée à une charge et demie par tente, mais pour en faire grand commerce sur les marchés, il ajoute que ces criquets constituent un mets très acceptable ayant un goût de crevette assez prononcé.

C'est aussi le goût ou la saveur de crevette que trouve Edmundo de Amicis aux sauterelles bouillies et assaisonnées de sel, poivre et vinaigre ; il prétend même qu'on peut en manger quatre cents par jour. Dans son *Voyage en Barbarie*, Sham a eu maintes fois l'occasion de déguster des sauterelles ou frites ou salées ; suivant lui, les unes et les autres ont un goût d'écrevisse. Tel n'est pas l'avis de Niebhur qui, dans son *Voyage en Afrique Occidentale*, déclare que la saveur des sauterelles rôties ne peut être comparée qu'à celle des sardines fraiches.

Fig. 9. — Abeille (ouvrière).

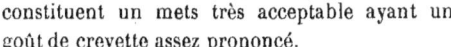

A côté de ces insectes comestibles importants, il faut en citer un certain nombre d'autres non moins curieux.

Dans nos campagnes, les écoliers ne se font aucun scrupule de capturer des abeilles (*fig. 9*), de séparer la tête du reste du corps et de sucer le jabot rempli de miel.

Les Mexicains agissent de même jusqu'à un certain point avec les curieuses fourmis à miel dont certains individus se dévouent à la communauté pour se transformer en réservoirs à miel[1]. Sous l'action de ce liquide sucré que leurs sœurs leur apportent, elles se transforment en d'énormes outres dont les parois sont distendues au point d'en devenir transparentes. Les Mexicains recherchent ces outres — cachées dans des nids souterrains — et les sucent comme des bonbons.

* *

---

1. Voir cette histoire détaillée dans un de nos précédents ouvrages : *Les Arts et Métiers chez les Animaux.*

Si l'on en croit M. Labarre, qui a longtemps habité le Brésil, dans la province de Santo-Paulo, d'autres grosses fourmis appelées *formigas tanajuras* sont préparées dans une certaine saison par des femmes qui les vendent rissolées à sec comme des marrons. Elles s'en vont criant par les rues : *va iça* — ce qui veut dire *pour manger*, — et le peuple achète ce bizarre comestible. Les marchandes vendent aussi ces fourmis habillées comme de petites poupées pour attirer la curiosité des passants. Nous reproduisons (*fig.* 10) l'aspect de ces fourmis déguisées d'après les échantillons communiqués par M. Labarre à *la Nature*. Elles sont vendues enfermées dans des boîtes de carton munies de l'étiquette suivante : *formigas tanajuras vestidas. Unico disposito un San Paulo (Brazil).*

Ces fourmis comestibles du Brésil appartiennent à l'espèce *atta cephalotes*, plus

FIG. 10. — Fourmis comestibles du Brésil habillées comme de petites poupées.

connue sous le nom de *fourmi coupeuse de feuilles* ou de *fourmi à parasol*. Elles causent de grands ravages en découpant les feuilles des arbres et en les emportant dans leur nid. Là, les *atta* les pilent et mangent les champignons qui se développent sur ce terreau artificiel. Ce sont en un mot les célèbres *fourmis champignonnistes* qui, de tout temps, ont intrigué les naturalistes [1].

Au point de vue alimentaire, il paraît que les Indiens recherchent surtout l'abdomen des grosses femelles remplies d'œufs.

* *

Il paraît qu'à Londres quelques Anglais ne reculent pas à manger des blattes, ces affreux cancrelas qui envahissent les maisons et y causent parfois des ravages énormes. D'après M. W. R. Harris, lorsqu'on veut en faire un plat succulent (?) on les laisse mijoter dans du vinaigre durant toute une matinée. Puis on les retire et on les laisse sécher au soleil. Après avoir retiré la tête et l'intestin qui vient avec elle, on place le reste du corps dans un pot de terre avec du beurre, de la

---

1. Voir leur histoire dans : *Les Arts et Métiers chez les Animaux.*

farine, du poivre, du sel. Ce mélange, cuit au four, donne une pâte que l'on étend sur du pain beurré, et ces tartines sont excellentes, paraît-il. En Irlande, on en est également très friand — toujours paraît-il...

*
* *

Le hanneton (*fig.* 11) mérite aussi toute l'attention des gastronomes. Un journal citait dernièrement une façon de les préparer, donnée par M. le sénateur Testelin :

« On peut la lire au *Journal Officiel*, cet homme politique l'ayant fait connaître à la tribune, le 13 février 1878, à propos d'un projet de loi sur la destruction des

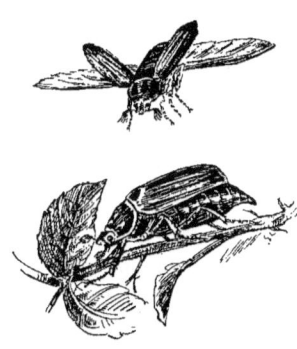

insectes nuisibles : prenez des hannetons, pilez-les, jetez-les dans un tamis. Si vous voulez faire un potage maigre, versez de l'eau par-dessus. Si c'est un jour permis, et si vous voulez faire un potage gras, versez du bouillon. Cela a un goût délicieux, apprécié des gourmets. M. W. de Fonvielle préfère le hanneton lorsqu'il est encore en larve. En cet état, a-t-il déclaré dans un discours devant une société d'entomologistes et parlant par expérience, cet insecte est un excellent aliment. On peut encore croquer des hannetons en les épluchant comme des crevettes, selon la formule d'un certain docteur Gastier, ancien représentant du peuple, qui en était très friand. »

Fig. 11. — Hanneton.

« A une conférence de l'exposition d'insectologie, en 1887, dit M. Hector France, M. W. de Fonvielle proposait déjà un mode de destruction de ces terribles ravageurs par la simple absorption. Et, joignant l'exemple à la parole, il en avala plusieurs devant son auditoire, comme il eût fait de pastilles au chocolat, en donnant les marques de la plus vive satisfaction.

Vivant, le hanneton n'est pas à dédaigner. C'est, du moins, Catulle Mendès qui l'affirme, et l'on sait que Catulle Mendès est un gourmet. Écoutons-le :

Les hannetons ? oui. C'est comme ça. On secoue un arbrisseau frissonnant de feuilles et d'ailes. Les hannetons tombent, on les ramasse dans le sable ou l'herbe, on leur arrache les ailes, la petite couronne et la tête — ça, ce n'est pas bon à manger — et on croque le reste, qui a le goût d'un tout petit pâté qu'on aurait fait avec du hachis de poulet et du beurre sans sel.

Je me souviens, étant enfant, d'avoir vu l'un de nos camarades de collège procéder d'après les principes ci-dessus. Nous l'examinions avec répugnance sans vouloir l'imiter, malgré les marques de satisfaction qu'il donnait à chaque hanneton croqué.

En cela nous avions tort. Moins dégoûtés que nous, les enfants dont parle

Mendès, qui ne s'accommodaient pas d'abord sans hésitation de cette friandise, entraînés par l'exemple, finissaient par y prendre goût « et il y avait partout, dans la campagne, quand s'essaimait la jeune troupe, des secouées d'aubépiniers et de lilas pour faire tomber les hannetons » ! Ce hachis de poulet dont parle Mendès est un tissu graisseux renfermé dans l'abdomen.

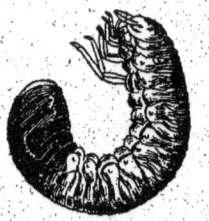

FIG. 12. — Larve de hanneton (ver blanc).

Les larves de hanneton ou vers blancs (*fig.* 12) sont également comestibles. La recette, d'ailleurs des plus simples, est donnée par le révérend Sheppard.

On les frit au beurre ou à l'huile avec du persil et de l'ail hachés menu. « C'est plus délicat, dit le révérend, que l'escargot. »

Mais il existe une répugnance si générale contre cette sorte de macaroni, qu'il est peu probable que le goût s'en répande dans le public, à moins que les luxueux restaurants du boulevard ne s'en fassent les audacieux initiateurs en le portant sur leurs cartes à un louis le plat.

Tous les *snobs* alors voudront en manger. »

* *

Le ver palmiste qui, au Tonkin et en Annam, constitue un régal pour les indi-gènes, mérite une mention spéciale. « Dans notre colonie, dit M. Paul d'Enjoy, se rencontre un dat-tier connu sous le nom de *caycha-la*; ce dattier donne des fruits fort estimés, mais ses produits sont ceux d'un végétal de-meuré à l'état sau-vage, car les Anna-mites ne se donnent point la peine de le cultiver. Or, c'est dans le cœur du chou de cet arbre

FIG. 13. — Notonectes.

(c'est-à-dire de son bourgeon terminal) que se loge le fameux ver palmiste ou *cou-duong*, si apprécié des gourmets de tout l'Extrême-Orient. La chair de ce petit animal est blanche et délicate, et il ne faut pas s'en étonner, car les feuilles naissantes du caycha-la sont une nourriture de choix ; il peut y puiser la sève capiteuse de l'arbre. Bien souvent les Orientaux, après avoir recueilli les vers entre les feuilles du chou, en font l'élevage ou plutôt en pratiquent l'engraissement pendant des mois, et ils leur donnent alors des mets absolument choisis, chair de pêches, jus de poires, de pommes, de kakys, de bananes ; on prétend que les gourmets retrouvent tous ces parfums délicats dans la chair du ver, qui a par lui-même une saveur de lait sucré. Le ver palmiste, dont le corps ressemble à un ballon annelé ayant les mouvements d'un accordéon, possède une petite tête cornée qu'on enlève au moment de la cuisson : celle-ci se fait sous forme de beignets ou de friture croustillante, et les Européens qui se sont hasardés à en manger avouent que ce n'est point mauvais du tout. C'est, du reste, un mets recherché et cher, car, à la campagne même, un ver se vend 25 centimes et le prix atteint 50 centimes sur les marchés des grandes villes. » Sa saveur grasse écœure facilement et on s'en lasse vite.

Ce ver dodu, qui est la larve d'une calandre, le *curculio palmarum*, fait penser au ver à soie qui, comme lui, est blanc et « juteux », et que l'on mange en Chine, ainsi que sa chrysalide. On fait frire celle-ci au beurre ou à l'huile, puis on l'écrase avec une cuiller de bois, et on la bat avec des jaunes d'œufs. C'est une crème exquise que l'on ne trouve guère que dans les grands restaurants.

FIG. 14. — Pou.

*
* *

Citons encore les moucherons dont les habitants des bords nords du lac Nyassa récoltent des nuées pour les faire bouillir et en confectionnent de grosses galettes ; une sorte de cicindèle mangée à Mexico ; un papillon dont se délectent les indigènes de la Nouvelle-Galles du Sud ; les notonectes (*fig.* 13) insectes aquatiques, dont on fait une sorte de pain dans l'Amérique centrale ; les insectes que l'on mange souvent sans s'en apercevoir dans le pain (calandre) ou le fromage — horreur ! — et, enfin, j'ai honte de le dire, les puces et les poux (*fig.* 14), ces derniers étant particulièrement appréciés. Voici, par exemple, ce que, dans son voyage au travers du Groenland, Nansen raconte sur les mœurs des Esquimaux :

« Une occupation favorite des indigènes est de se livrer à une chasse acharnée dans leur longue chevelure. Dès que le gibier est capturé, il est mangé incontinent. Lorsqu'un insecte a été pris, raconte Holm, l'heureux chasseur le fait circuler devant toute l'assistance ; on se le passe de main en main en témoignant bruyamment son impression, après quoi on le rend au propriétaire qui l'avale ensuite avec un air de satisfaction manifeste. A notre grand regret nous n'eûmes pas la chance d'assister à pareille fête. Les Esquimaux, avant d'être en relation avec les Européens, ne connaissaient pas la puce. Nous avons enrichi, paraît-il, de cet insecte la faune du pays, et les indigènes de la côte occidentale donnent à cet aphaniptère le nom de « pou européen ». Les Esquimaux font très bon ménage avec ces parasites ; d'abord ces insectes leur donnent l'occasion de se distraire quand

ils n'ont rien à faire ; en second lieu, ils sont pour eux une véritable friandise..
Aussi ont-ils imaginé des engins spéciaux pour capturer ce gibier ; les pièges consistent en brindilles de bois surmontées de touffes de poils de lièvre que l'on place dans
le cou entre la peau et les vêtements. Les insectes se réfugient dans les touffes
chaudes de poils et se font ainsi prendre le plus facilement du monde. »

Le même fait se rencontre chez les Australiens, qui, dans un but gastronomique, se livrent à la chasse de la vermine (*fig.* 15). Un indigène qui veut témoigner
à un ami la satisfaction de le revoir lui prend la tête, l'incline sur ses genoux, et
commence une chasse active aux petits insectes si nombreux qui sont la plaie des

Fig. 15. — Indigène de l'Australie cherchant sa nourriture dans la chevelure
d'un camarade.

Noirs et constituent cependant chez eux un régal fort estimé. La chasse terminée,
les deux amis changent de rôle : la politesse faite à l'un est rendue à l'autre.
(C. Lumholtz.)

Certains insulaires des îles Fidji portent une perruque (*fig.* 16), où, on le
comprend, les parasites s'accumulent à qui mieux mieux. Aussi quand ils veulent
faire un bon repas, n'ont-ils qu'à enlever leur couvre-chef et à y puiser : ce garde-
manger d'un nouveau genre est très pratique — sinon très recommandable.

De même chez les Annamites dont la longue chevelure a l'inconvénient de
recéler de la vermine, on voit souvent dans les rues deux indigènes accroupis,
l'un ayant les cheveux dénoués et l'autre écrasant sous la dent le gibier qu'il y
prend. Un mari fait une galanterie à sa femme en lui remettant fidèlement les
parasites trouvés sur elle pour qu'elle les immole elle-même à sa vengeance ou à
sa gourmandise. (Lemire.)

* *

· A côté des insectes, on pourrait citer une multitude d'animaux dont les peuplades sauvages font leurs délices et qui nous paraissent répugnants.

Certains aiment par exemple les limaces, les vers et autres bêtes gluantes.

Au pied des Neilgherries, (montagnes de la presqu'île de l'Hindoustan), presque perdue dans les grands roseaux des marais sans fin, habite la tribu des Irulas, le plus noir, le plus chétif et le plus maladif de tous les peuples indiens primitifs. Le mot « Irula » signifie, dans le dialecte tamil, « noirceur, obscurité, grossièreté, barbarie » indifféremment. Aucun attribut de la race sauvage ne manque à leur apparence physique : ventre rentrant, salive coulant de leurs lèvres, yeux enfoncés et bouche horriblement fendue. Ils ne cherchent même pas à cultiver le sol ; ils n'ont ni arcs ni flèches ni lances ni aucune arme offensive ou défensive. Lorsque la mousson se déchaîne et que les marais où vivent les Irulas se transforment en lacs, on voit alors apparaître des multitudes innombrables d'une sorte de limace d'eau, grosse et noire. Elle est très douce et très grasse, et les femmes en font une espèce de soupe épaisse et gélatineuse. Pendant cinq semaines, la horde humaine ne vit que de ce délicieux aliment et tous s'engraissent et prennent bonne mine. Puis, tout d'un coup, ces limaces disparaissent comme elles sont venues, et l'Irula avec un soupir, partie de regret, partie de satisfaction, se remet à son alimentation ordinaire qui se compose de bourgeons de jeunes bambous, de rats, de chats, de renards et de rebuts de toute sorte. — Une espèce de gros ver de terre de deux ou trois pieds de long et de deux pouces de diamètre est un régal très estimé des cannibales Miranhas qui habitent la région située au-dessus de l'Amazone et du Guaviare. Ils les font sécher au soleil et les mangent sans les faire cuire, les mâchant pouce par pouce avec grand plaisir. Ce sont des sauvages qui vont tout nus et se peignent le corps. Ils habitent le sommet des arbres dont le pied est submergé à marée haute et courent dans les branches supérieures où ils crient comme des singes. Dès que les eaux

Fig. 16. — Insulaire des îles Fidji, avec sa perruque.

baissent, ils descendent et creusent la boue molle pour trouver le *kina*, une moule géante, qui pèse de 20 à 30 livres. Dès qu'on en trouve une, toute la tribu s'assemble et prépare la chair de la moule capturée avec une pâte de farine de racine, mêlée de terre comestible. On roule le tout et on le fait cuire sous des cendres de bois, opération qui doit être terminée avant que la mer ne monte de nouveau. (J. Delafosse.)

* * *

Les Batékés mangent aussi avec délices des rats grillés avec leur peau et leurs entrailles et des crapauds qu'ils ont exposés tout vifs à la fumée du foyer. D'autres adorent les petits poulets au moment où ils vont sortir de l'œuf, les serpents, les tortues, et autres friandises peu savoureuses.

Les Bongos sont particulièrement peu difficiles sous le rapport de la nourriture. Schweinfurth dit que, excepté l'homme et le chien, ils regardent comme alimentaire toute substance animale, quel que soit l'état dans lequel elle se trouve. Les restes du repas d'un lion, débris putréfiés cachés dans la forêt, et dont l'approche des milans et des vautours leur révèle l'existence, sont recueillis par eux avec joie. Le fumet leur garantit que la viande est tendre, et ils estiment que, dans cette condition, elle est plus nourrissante et plus facile à digérer que la chair fraîche. Il ne saurait d'ailleurs être question de goût avec des gens qui ne reculent pas devant la nourriture la plus révoltante. Chaque fois qu'on tue un bœuf, on voit les indigènes se disputer avidement le contenu de la panse, de même que les Esquimaux prennent la seule idée qu'ils puissent avoir des légumes dans ce que leur fournit l'estomac des rennes. On voit souvent les Bongos arracher avec calme les vers qui tapissent tout l'appareil digestif du bétail de cette région — d'affreux amphistomes — et s'en emplir la bouche. Ils tiennent pour gibier tout ce qui grouille et qui rampe, depuis les rats jusqu'aux serpents ; ils mangent sans répugnance du vautour sentant encore la proie morte depuis longtemps dont il vient de faire sa nourriture, de l'hyène galeuse, de l'hétéromètre palmé, gros scorpion terrestre, des chenilles et des larves de termite à l'abdomen huileux.

Tout cela n'est guère appétissant.

CHAPITRE III

Les voraces.

Dans diverses cérémonies ou fêtes, il est de coutume chez nous — par exemple au réveillon — de se livrer à des débauches gastronomiques qui ne sont pas faites pour donner une haute idée de la mentalité des gens dits civilisés. Passe encore lorsqu'on se contente — comme les personnes bien élevées — de déguster quelques mets délicats et de chercher plutôt le plaisir de la table dans la bonne gaieté qui accompagne le repas ; mais que dire de ce qui se passe dans certaines campagnes ? Là, on se croirait déshonoré si l'on ne se distendait l'estomac à le faire éclater et si d'invraisemblables quantités d'aunes de boudin — mets cependant des plus indigestes — ne disparaissaient dans la poche stomacale. Assister, l'esprit rassis, à l'un de ces festins est véritablement répugnant.

Mais, s'il est quelque chose qui puisse nous consoler de cette « bestialité », c'est qu'elle n'est encore rien à côté de ce qu'on rencontre chez certaines peuplades. Les plus remarquables à cet égard sont les Esquimaux, qui ont déjà peu honorablement figuré au chapitre précédent et sur la voracité desquels M. Charles Letourneau a donné d'intéressants détails. Leur « goinfrerie » dépasse tout ce que l'on peut imaginer.

Ainsi, un jeune Esquimau mangea, en vingt-quatre heures, huit livres et demie de chair de phoque, en partie crue et gelée, en partie cuite ; et, en outre, une livre et deux onces de pain. Il y ajouta une pinte et demie d'une soupe très épaisse et arrosa le tout avec trois verres à vin de genièvre, un grand verre de grog et cinq pintes d'eau.

Dans une autre occasion, des Esquimaux ingurgitèrent chacun, dans une manière de goûter, quatorze livres de saumon cru. Le capitaine Ross rapporte encore un autre fait du même genre. Un jour, ayant abandonné à une petite troupe d'Esquimaux un bœuf musqué tué par les Anglais, il put assister à une véritable orgie stomacale. Les indigènes débitèrent la chair de toute la moitié antérieure de l'animal en longues lanières, qu'ils consommèrent toutes, en s'y appliquant pendant une journée entière. Les lanières de viande passaient d'un convive à l'autre en se raccourcissant rapidement. Chacun des commensaux s'en fourrait un bout dans la bouche aussi avant que possible, puis coupait la bandelette de chair à la hauteur de son nez, en aspirant, en quelque sorte, la précieuse viande. De temps à autre et n'en pouvant plus, les Esquimaux reprenaient haleine et se laissaient tomber sur le lit de leur *iglou*, en se lamentant de ne pouvoir plus manger ; puis, aussitôt que la chose leur était possible, ils recommençaient à déglutir; car ils avaient eu soin, pendant leur courte défaillance, de ne lâcher ni le morceau entamé ni leur couteau.

Fig. 17. — La joie des Esquimaux : se faire introduire des aliments dans la bouche jusqu'à en être à demi suffoqué.

Toujours prêts à dévorer une substance alibile quelconque, les Esquimaux rencontrés par le capitaine Parry mangeaient avec délices la graisse crue des veaux marins et suçaient l'huile qui restait sur les peaux enlevées par les Anglais. Des enfants de trois ans engloutissaient déjà du poisson cru et s'abreuvaient d'huile avec autant de sensualité que les adultes.

A bon droit, le capitaine Ross compare l'Esquimau à un animal de proie dont la principale jouissance est de manger et de manger encore. On n'en saurait douter quand on a lu la description d'un repas d'Esquimau, bien souvent citée et que nous devons au capitaine Lyon : « Koulittuck me fit connaître un nouveau genre d'orgie des Esquimaux. Il avait mangé jusqu'à en être ivre et, à chaque moment, il s'endormait, le visage rouge et brûlant, la bouche ouverte (*fig.* 17). A côté de lui était assise Arnaloua qui surveillait son époux, pour lui enfoncer dans la bouche, autant que faire se pouvait et en s'aidant de son index, un gros morceau de viande à moitié bouillie. Quand la bouche était pleine, elle rognait ce qui dépassait les lèvres. Lui, mâchait lentement, et à peine un petit vide s'était-il

fait sentir qu'il était rempli par un morceau de graisse crue. Durant cette opération, l'heureux homme restait immobile, ne remuant que les mâchoires et n'ouvrant même pas les yeux ; mais il témoignait de temps à autre son extrême satisfaction par un grognement très expressif, chaque fois que la nourriture laissait le passage libre au son. La graisse de ce savoureux repas ruisselait en telle abondance sur son visage et sur son cou que je pus me convaincre qu'un homme se rapproche plus de la brute en mangeant trop qu'en buvant avec excès. »

Fig. 18. — Fausses oronges.

L'Esquimau d'Asie ressemble très fort à son frère d'Amérique. Au 180e parallèle, les Tchoutches de la province un peu russifiée de l'Anadyr sont tout aussi voraces que les Esquimaux d'Amérique. On a vu chez eux une famille de huit personnes, dont deux enfants, engloutir dans un déjeuner un *poud* (16 kg.) de poisson et l'arroser de thé, dont un vieillard but quatorze verres. Les convives, couchés à plat ventre dans la *iourta*, prenaient les morceaux avec leurs mains horriblement sales et les mettaient dans leur bouche sans retirer les arêtes, qu'ils crachaient ensuite dans le plat. On mangea ainsi, avec grand bruit, pendant plus de deux heures. Après le repas, une femme lava son enfant de huit mois dans de la vieille urine décomposée et infecte ; car les Tchoutches se lavent toujours avec de l'urine... quand ils se lavent.

Ces Esquimaux ne sont pas seulement voraces : ils sont aussi très avides de boissons enivrantes. Ils ne semblent pas connaître le champignon appelé « fausse oronge » (*fig.* 18), avec lequel leurs congénères plus méridionaux du Kamtchatka savent fabriquer une macération qui procure du délire et des convulsions, mais ils sont toujours prêts à donner tout ce qu'ils possèdent pour de l'alcool. Habitant une région relativement moins inclémente, les Kamtchadales, qui, par tant de traits, ressemblent aux Tchoutches, sont cependant un peu moins primitifs. Ils ne se bornent plus à chasser le renne, ils l'ont domestiqué ; mais ils ne le cèdent guère aux Tchoutches de l'Anadyr en gloutonnerie. Leurs festins en fournissent une preuve éclatante.

Pour l'habitant des régions arctiques, les deux grands maux de l'existence sont le froid et la faim. Aussi la politesse kamtchadale exige-t-elle que, si l'on invite quelqu'un à un repas, l'abondance soit excessive et la température de l'*ostrog* assez élevée pour devenir insupportable. Dans ces conditions, l'amphitryon ne mange rien et attend patiemment que son convive rassasié demande grâce. Dès le commencement de la séance gastronomique, l'invité et l'invitant se sont presque complètement déshabillés ; c'est là, d'ailleurs, une habitude d'intérieur qui est générale chez tous les Esquimaux. L'invité « s'empiffre » vaillamment, autant qu'il peut, et ruisselle de sueur ; mais il ne s'avoue vaincu qu'à la dernière extrémité et alors, avant de se retirer, l'usage veut qu'il fasse à son hôte un cadeau convenable.

S'agit-il de régaler plusieurs personnes à la fois ? Alors, on exagère un peu moins la température ; mais la gloutonnerie n'y perd rien. On gorge ses invités de graisse de veau marin ou de baleine, coupée en longues rouelles. L'hôte s'agenouille devant ses convives et leur introduit lui-même dans la bouche un bout de rouelle aussi avant que possible ; puis il coupe avec son couteau, au ras des lèvres, tout ce qui dépasse.

*
* *

Ces repas pantagruéliques sont souvent un moyen d'obtenir de celui que l'on a convié au repas un présent désiré.

L'un sert à manger à l'autre et verse du bouillon dans une grande écuelle, sans doute pour aider à la digestion par la boisson. Pendant que l'étranger mange, son hôte jette de l'eau sur des pierres rougies au feu pour augmenter la chaleur. Le convive mange et sue, jusqu'à ce qu'il soit obligé de demander grâce à l'hôte, qui, de son côté, ne prend rien et peut sortir de la iourte tant qu'il veut. Si l'honneur de l'un est de chauffer et de régaler, celui de l'autre est d'endurer l'excès de chaleur et de bonne chère. Il vomira dix fois avant de se rendre ; mais enfin, obligé d'avouer la défaite, il entre en composition. Alors son hôte lui fait acheter la trêve par un présent — ce sont des habits ou des chiens — menaçant de le faire chauffer et manger jusqu'à ce qu'il meure ou qu'il paye. Le convié donne ce qu'on lui demande et reçoit, en retour, des haillons et des vieux chiens estropiés. Mais il a le droit de la revanche, et il rattrape ainsi dans un second festin l'équivalent de ce qu'il a perdu dans le premier. (Pallas.)

Il n'y a pas de petits bénéfices.

*
* *

Quelquefois, le hasard amène dans le voisinage d'une peuplade peu fortunée une proie copieuse dont elle se régale alors gloutonnement quel que soit son état de fraîcheur. Cela se voit par exemple sur les côtes australiennes. Quand une baleine vient y échouer, les riverains — peu égoïstes — allument des feux pour appeler les voisins et les inviter à cette bonne aubaine. Tous se jettent alors sur

le monstre — souvent pourri — et le dévorent tout cru. « Six jours après, raconte
un voyageur témoin d'une de ces scènes répugnantes, le festin durait encore ;
durant six jours les Nagarnooks ne firent que chanter, manger et dormir, sans
interruption, sans quitter la place un seul instant ; jusqu'à ce qu'enfin, ayant
dévoré entièrement l'intérieur de la baleine, je les vis grimper encore le long de
ses côtes énormes à la recherche de quelque morceau oublié. Enduits de la tête
aux talons d'une graisse infecte, de plus en plus putréfiée, ils en étaient, la nuit,
tout phosphorescents, et projetaient autour d'eux, dans l'ombre, des lueurs bla-
fardes. Et quand ils se décidèrent enfin à abandonner cette horrible carcasse, ils
se chargèrent les épaules d'autant de kilogrammes de cette chair immonde qu'ils
purent en détacher, afin, disaient-ils, que leurs amis qui n'étaient pas venus eus-
sent aussi une part de leurs plaisirs gastronomiques. »

Çà, c'est d'un bon sentiment.

*
*   *

Les Funjés, qui habitent entre le Nil Bleu et le Nil Blanc, aiment tellement la
viande que lorsqu'ils ont abattu une grosse pièce, ils se précipitent sur elle et la
déchirent à pleines dents, tout en se barbouillant le visage de sang. C'est une scène
bestiale remplie d'horreur. Hartmann dit même qu'ils ne dédaignent ni les tripes
ni le contenu infect de l'estomac et des intestins, et qu'ils ne se laissent pas effrayer
par un commencement de putréfaction.

Les Ostiacks font de même à l'égard du renne (*fig.* 19). Après en avoir tué un
de manière à ce que le sang s'écoule le moins possible, en un tour de main ils
enlèvent la peau, ne la laissant subsister qu'au niveau des pattes. Ils coupent
alors de longues lanières de viande et les engloutissent, toutes pleines de sang. Le
plus heureux est celui à qui est échue la tête et qui peut la dévorer à belles dents.

Les Mongols — du moins ceux de la basse classe — mangent d'une manière
dégoûtante. En voici un exemple, rapporté par M. de Prjervalski au sujet d'un de
ses guides. « Cet intelligent individu, dit-il, était, comme ses compatriotes, un
véritable pourceau. Accroupi sur son chameau, il marmottait continuellement des
prières et, pour rien au monde, il n'aurait fait un pas à pied. Il prenait un soin
particulier de sa santé et, pendant toute la route, il ne cessa de s'administrer des
médicaments variés pour se guérir tantôt d'une indisposition, tantôt d'une autre,
et toutes imaginaires. Cependant, à la fin il fut réellement malade plusieurs fois par
suite de sa gloutonnerie. Pendant le repas, il plaçait autour de lui de larges plaques
de crottin gelé et disposait sa viande sur ces espèces d'assiettes pour la faire
refroidir. La chaleur ne tardait pas à fondre ces plats d'un nouveau genre et la
matière s'attachait à la viande. Mais notre Mongol ne l'essuyait même pas et
avalait sa pitance comme si c'eût été une salade fraîche. Après le repas, gavé à
éclater, il charmait ses loisirs en se livrant à la chasse de la vermine qui grouillait
dans sa pelisse. Il nous déclara même qu'il détruisait à chaque séance cinquante

de ces ennemis internes, sans diminuer sensiblement l'effectif de leur grande
armée. »

* *

Les Turcomans ne mangent guère d'une manière plus appétissante.

Lorsqu'un hôte traite quelques convives, on apporte le ragoût qui consiste en
un mouton entier qu'on a fait bouillir dans un grand pot russe. Les hôtes séparent
la chair des os, et la déchiquettent en d'aussi petits morceaux que possible qu'ils
mêlent avec du pain émietté. Ils y ajoutent une douzaine d'oignons hachés menu,
jettent le tout dans la marmite où la viande a cuit, et le délayent avec du bouillon.
On sert alors cette pâtée dans les écuelles de bois, dont une seule sert pour deux
personnes. Leur manière de manger n'est pas moins bizarre que l'apprêt du festin ;
ils prennent une pleine poignée de hachis et, commençant par le poignet, la
happent avec leur langue comme les chiens. Ils ont soin de tenir la tête au-dessus
de l'écuelle pour qu'elle reçoive tout ce qui tombe. Chacun des deux commensaux
fait tour à tour le même manège. Viennent ensuite les melons, et le repas se termine par une pipe de tabac. Les femmes ne mangent jamais avec les hommes.
(Burnes.)

* *

Les Arabes, cependant si civilisés relativement, ne sont guère plus à recommander au même point de vue que les races dont nous venons de parler.

Les convives s'asseoient autour du plat, se lavent la main droite et mangent
avec les trois premiers doigts de cette main après avoir dit : *Bismillah !* (au nom
de Dieu !) ; ils déchirent la viande sans trop se salir et se passent les morceaux les
uns aux autres par politesse. On puise le kous-kous avec trois doigts de la main et
on le fait sauter jusqu'à ce qu'il forme une boule parfaite qu'on avale d'un seul
coup ; chacun creuse le plat devant lui. Après le repas on se lèche les doigts avec
soin et on boit de l'eau dans un grand verre qu'on fait passer à la ronde, en disant
d'un ton convaincu : *Hamdoullah !* (louange à Dieu !) ; après quoi on se lave les
mains. Lorsqu'un étranger vient demander l'hospitalité, on le fait accroupir à une
table posée sur quatre pieds hauts comme la main. Cette table est recouverte d'un
tissu à raies jaunes, bleues et rouges, qui sert à la fois de nappe, de serviette et
d'essuie-mains et qu'on nomme *fouta*. Chacun s'essuie la bouche à ce morceau de
tissu. Le maître de la maison ou de la tente reste debout derrière ses invités, à
moins qu'on ne le prie de s'asseoir. C'est lui qui déchire de ses mains les tranches
de mouton qu'apportent les serviteurs. (Erckmann.)

Le kous-kous est formé par un mélange de farine et d'eau que les femmes
pétrissent dans des plats et divisent ensuite en de petits grains pas plus gros que
du millet. On fait cuire ces grains à l'étouffée et on y ajoute du mouton bouilli et
une sauce très pimentée.

* *

Fig. 19. — Ostiacks dévorant un renne.

Par opposition avec les cas de voracité que nous venons de citer, il est bon de remarquer que chez quelques peuplades, par exemple chez les races naines du golfe du Bengale, les Mincopies, il existe une période d'abstinence dont on ne peut deviner l'utilité.

A partir de l'âge de onze à treize ans commence pour les individus des deux sexes cette période d'abstinence, nommée *akayaba*, qui, pour les jeunes filles, s'étend presque jusqu'à leur mariage et, pour les jeunes gens, jusqu'à ce qu'ils soient des hommes. Tant qu'elle dure, ils ne peuvent manger ni tortue, ni porc, ni poisson, ni miel, c'est-à-dire que les aliments formant le fond même du régime habituel leur sont interdits. Ils doivent encore renoncer à l'usage de certaines friandises, telles que la chair d'iguane, les larves d'un grand capricorne, etc. Ils peuvent d'ailleurs satisfaire leur faim avec tous les autres mets indigènes. Cette espèce de *tabou* ne peut être levé que par les chefs, qui le maintiennent jusqu'au moment où les candidats ont suffisamment fait preuve de persévérance. L'*akayabu* comprend trois périodes qui empruntent leurs noms aux trois principaux aliments *taboués* (défendus) : la chair de tortue, le miel et la graisse des rognons de porc. A l'expiration de chacune d'elles, on célèbre une fête pendant laquelle le néophyte observe le silence, se prive de sommeil pendant vingt-quatre heures, et mange solennellement un de ces mets, dont l'usage lui est désormais permis. La cérémonie est close par une danse spéciale exclusivement réservée à ces espèces d'initiations. (de Quatrefages.)

Ces faits d'abstinence voulue sont, en somme, assez rares.

CHAPITRE IV

Les anthropophages.

L'habitude de manger de la chair humaine est beaucoup plus répandue qu'on ne le pense généralement ; mais, grâce à la civilisation qui s'étend de plus en plus, elle diminue sensiblement. Cette coutume abominable, l'anthropophagie, est pratiquée pour trois motifs : 1° la nécessité, amenée par la famine, et surtout la rareté des animaux susceptibles d'être mangés ; 2° la gourmandise, la chair humaine ayant, paraît-il, une saveur très agréable... pour certains sauvages, quoiqu'elle soit très salée ; 3° la superstition, qui est la cause de beaucoup la plus répandue, les anthropophages s'imaginant s'incorporer les vertus et les qualités de ceux qu'ils dévorent.

Dans plusieurs peuplades, l'anthropophagie s'exerce sans vergogne et constitue même une réjouissance publique (*fig.* 20).

Nous allons étudier les principales races anthropophages, dont la liste, quoique relativement courte, est encore trop longue.

**

Il y a quelques années, le cannibalisme sévissait avec intensité chez les Néo-Hébridais qui, non seulement dévoraient leurs prisonniers et les ennemis tués dans le combat, mais encore déterraient les cadavres des leurs et s'empressaient de les échanger contre les morts des tribus voisines pour se repaître de cette chair infecte.

Chaque festin était précédé généralement de cérémonies. La victime était liée, les deux mains réunies aux deux pieds, et couchée à terre. Pendant ce temps, les habitants de la tribu se livraient à des réjouissances, c'est-à-dire exécutaient autour du malheureux des danses guerrières en s'accompagnant de chants et en faisant des exercices avec leur casse-tête. Puis, à un moment donné, le chef se détachait du groupe des assistants et assénait un violent coup de son casse-tête sur la nuque de la victime. Celle-ci était généralement tuée d'un seul coup. La tête, dit-on, était réservée aux chefs auxquels on offrait aussi la poitrine, si la victime était une femme ; les membres était distribués aux assistants qui abandonnaient le tronc aux chiens et aux porcs. Les Néo-Hébridais qui avaient été engagés dans l'armée et qui avaient vécu quelquefois cinq ou six ans en contact absolu avec l'Européen revenaient à leurs habitudes d'anthropophagie quand ils étaient de retour au pays natal. (M. Hagen.)

On croyait cette abominable coutume en décroissance. Il n'en est rien, ainsi que le témoigne le fait suivant rapporté par MM. Hagen et Pineau, à la suite de leur voyage aux Nouvelles-Hébrides.

Le 10 mars 1887, l'*Idaho*, goélette française, arrivait à l'île d'Aura (Nouvelles-Hébrides). Le 12, trois indigènes des îles du Pacifique, appartenant à l'équipage, allèrent à l'île Malo, dans le but de rendre visite à un ami. L'*Idaho* dut partir le 14 mars en laissant ces trois hommes ; le capitaine demanda à M. de L. de les garder jusqu'au retour de l'*Idaho*. Le 26 mars, deux de ces hommes, natifs de l'île de Pentecôte, reçurent un coup de fusil de la part d'un habitant de l'île Malo, nommé Ihamby. L'un fut atteint pendant qu'il dormait, l'autre pendant qu'il était caché sur un cocotier. Ils ne furent pas tués sur le coup, mais on les saisit, on leur lia les bras et les jambes et on les emmena à Aura pour y être vendus et mangés. Les habitants d'Aura payèrent vingt cochons pour ces deux hommes à moitié morts. Le 25 mars, M. de L. avait eu l'occasion d'aller à Ianoa, à environ 15 milles au nord-ouest d'Aura, et il en revint le lendemain dans l'après-midi. Le chef Liéboo, avec tous ses sujets, attendait le retour de M. de L. pour l'informer de ce qui s'était passé. M. de L. se rendit immédiatement au village où habitaient les indigènes qui avaient acheté les deux hommes. Il les surprit lorsqu'ils mangeaient un des deux cadavres ; les cochons et les chiens dévoraient les entrailles. En se rendant au village, M. de L. rencontra un indigène nommé Siéboo portant une cuisse d'une des victimes. Les coupables menacèrent d'un coup de fusil ou de casse-tête M. de L. s'il faisait un rapport sur cette affaire.

Le cannibalisme des Néo-Hébridais revêt donc franchement le caractère de gourmandise.

Leur alimentation ordinaire consiste en bananes, ignames, coquillages, poisson fumé. Leur plat favori est une purée d'ignames mélangée de porc rôti. Ils font du feu en frottant contre du bois dur un morceau de bois sec. Puis ils font chauffer jusqu'au rouge des amas de pierres sur lesquels ils font ensuite cuire leurs aliments. Comme boisson, ils ont de l'eau, du lait de coco et du kava, boisson que les femmes préparent en mâchant les racines de certaines plantes et en en exprimant le jus dans une noix de coco où on le laisse fermenter.

* *

Les Pahouins, qui se répandent de plus en plus en Afrique, sont cannibales, mais ne se livrent plus qu'en cachette à leur passion pour la chair humaine (*fig.* 21). « Ils mangent, dit de Compiègne, non seulement leurs ennemis pris ou tués dans le combat, mais encore leurs morts à eux, qu'ils aient succombé à la guerre ou aux atteintes de la maladie, peu importe. On a dit que l'on ne mangeait pas dans un village les cadavres de ceux qui appartenaient à ce même village et qu'on allait les vendre chez des voisins, à charge de revanche. Cela est généralement

Fig. 20. — Danse nocturne autour d'un cadavre rôti.

vrai ; néanmoins, un négociant, M. P., et des Noirs assez dignes de foi m'ont cité plusieurs exemples dont ils ont été témoins et qui prouvent que ces amateurs de chair humaine n'ont pas toujours cette délicatesse. Ainsi M. P. est arrivé dans un hameau au moment où l'on faisait cuire une femme morte la veille dans ce hameau qui était le sien. »

FIG. 21. — Pahouins dévorant un homme coupé en morceaux.

Le cannibalisme sévit d'ailleurs un peu partout en Afrique. Certains indigènes du Nil Blanc (*fig.* 22) s'y livrent parfois avec ardeur.

Les Niams-Niams adorent la viande, mais n'ayant pas d'animaux domestiques, à part la poule et le chien, ils sont obligés de s'en procurer à la chasse, qui est bien précaire, et à l'espèce humaine. En temps de guerre, dit Schweinfurth, ils dévorent des victimes de tous les âges, mais surtout les vieillards, qui, en raison de leur faiblesse, sont une proie plus facile ; et dans tous les temps, lorsqu'un individu meurt dans l'abandon, sans laisser de parents qui s'y opposent, il est mangé dans

le district même où il a vécu. Bref, tous les cadavres qui, chez nous, seraient li-
vrés au scalpel de l'anatomiste, ont là-bas cette non moins triste fin.

* *
*

Leurs voisins, les Mombouttous, quoique bien supérieurs à eux à tous les points
de vue, pratiquent cepen-
dant aussi le cannibalisme.

Entourés, au sud, de
tribus noires d'un état social
inférieur, et qu'ils tiennent
en profond mépris, les
Mombouttous ont chez ces
peuples un vaste champ de
combat, ou, pour mieux
dire, un terrain de chasse
et de pillage où ils se
fournissent de bétail et de
chair humaine. Les corps
de ceux qui tombent dans la
lutte sont immédiatement
répartis, découpés en longues tranches, boucanés sur
le lieu même et emportés
comme provisions de bou-
che. Conduits par bandes,
ainsi que des troupeaux de
moutons, les prisonniers
sont réservés pour plus tard

Fig. 22. — Indigène cannibale du Nil Blanc.

et égorgés les uns après
les autres pour satisfaire l'appétit des vainqueurs. Les enfants sont considérés
comme friandise et réservés pour la cuisine du roi. Il n'est pas rare de voir des
femmes échauder des morceaux de corps humains, absolument comme chez nous
on échaude et on râcle un porc après l'avoir fait griller. Quand on veut garder
des quartiers d'homme, on les fait boucaner à la fumée. (Schweinfurth.)

* *
*

La chair humaine n'est pas moins estimée chez les indigènes des îles Salomon.
Quand une victime est portée dans la tribu (fig. 23), le village retentit de cris de
joie et tout se prépare pour un grand festin. On casse des cocos, on broie des graines, on râpe des racines et des ignames pour faire des pâtés pendant qu'on fait rôtir
le cadavre. Ces cannibales ne mettent pas un homme à la broche, comme on pour-

rait le croire, et ils ne le retournent pas dans tous les sens jusqu'à ce qu'il soit cuit ; ils s'y prennent avec plus d'adresse. Ils font chauffer des cailloux, enveloppent le corps de larges feuilles de bananier, l'environnent de pierres brûlantes et le laissent cuire à petit feu. Quand les pierres sont refroidies, ils les enlèvent et les remplacent par d'autres plus chaudes. Le cadavre cuit ainsi sans rien perdre de sa saveur. Ils ont soin de ne pas brûler la chevelure, ils l'enlèvent avec la peau de la tête, la mettent sur une noix de coco et la suspendent au toit de la maison principale, espèce de forum interdit aux femmes sous peine de mort. Ils conservent souvent avec la chevelure la peau des pieds et des mains. La chair des Mélanésiens, préparée de la sorte, devient considérablement noire. Pour manger la chair humaine, les naturels se cachent des Européens. Ils savent que cette coutume nous déplaît ; mais si on les surprend pendant le repas, loin de se montrer confus, ils se vantent de leur force et de leur adresse, ils racontent les circonstances les plus minutieuses de leur combat et de leur victoire, ils montrent avec ostentation les dépouilles de leur ennemi, ses doigts, son crâne, ses dents et finissent en offrant à l'étranger de goûter de cette chair. Il n'est pas rare, surtout à Isabelle, de voir des indigènes se parer de colliers et de bracelets de dents humaines, ou bien suspendre à leur cou des doigts et des oreilles. (L. Verguet.)

En 1886, soixante insulaires qui regagnaient leur pays natal dévorèrent tout l'équipage composé de divers Polynésiens.

*
* *

L'anthropophagie existait, il y a encore quelques années chez les Fidjiens (fig. 24) qui mangeaient leurs ennemis tués à la guerre et diverses victimes sacrifiées spécialement dans ce but. Il y avait même un arbre sacré dont le tronc était creusé d'un autel, et dans les branches duquel on suspendait des fragments de corps humain, avant de les faire cuire dans un four spécial et de les manger.

Tout auprès se trouvaient des pierres contre lesquelles on fracassait le crâne des condamnés en les balançant par les bras et les jambes. L'une d'elles a été, assure-t-on, polie par les chocs innombrables qu'elle a ainsi subis. Thakumbeau, l'ancien chef de Mbau et de Viti-Leva, dont tous les voyageurs vantaient l'aspect imposant et les hautes qualités, avait l'habitude de briser contre ces pierres les têtes des enfants qu'il tenait par le talon. Les chefs siégeaient gravement sur des espèces de trônes de pierre pendant ces sanglants sacrifices. La chair humaine était d'ailleurs sévèrement défendue aux hommes des classes inférieures et aux femmes de toutes les conditions. Elle ne se mangeait pas avec les doigts comme les autres mets, mais avec des espèces de fourchettes en bois dur. Ces instruments se transmettaient religieusement de père en fils et avaient chacun un nom particulier. (de Quatrefages.)

*
* *

Cannibales aussi sont quelques Australiens. Mais eux déclarent que la chair des

Fig. 23. — Anthropophages rapportant à leur tribu une victime destinée à être mangée.

Blancs n'a pas de goût, tandis que celle des Noirs est très savoureuse ; aussi ont-ils pris l'habitude, que nous ne saurions trouver mauvaise, de ne se dévorer qu'entre eux.

*
* *

Les Canaques de la Nouvelle-Calédonie mangent leurs prisonniers et leurs ennemis tués, coutume qui disparaît d'ailleurs, et que certains auteurs expliquent par la rareté du gibier dans l'île.

Privés de viande et se nourrissant presque exclusivement de légumes, ils ne veulent pas laisser perdre la chair des morts tués dans les combats ou assassinés en pleine santé. Les guerriers ne connaissent pas de plus noble manière de couronner leur victoire que de manger leur ennemi ; c'est en partie de là qu'ils ont pris l'habitude de faire disparaître les corps des vaincus dans leurs estomacs de cannibales. (Baron de Vaux.)

Dans les moments de disette, ils apaisent leur faim à l'aide d'une terre comestible, habitude que l'on retrouve aussi à Java, ainsi que nous l'avons déjà dit au premier chapitre de cet ouvrage.

En temps ordinaire, leur alimentation ne diffère pas, comme on va le voir, de celle du commun des mortels et même, ils cultivent des plantes nutritives, ce qui fait un singulier contraste avec leur cannibalisme.

Leurs instruments aratoires consistent en une longue perche de bois dur terminée en pointe et en un autre bâton semblable mais plus court. Ils cultivent le taro, la canne à sucre, l'igname, le bananier et le cocotier. Tous ces produits entrent dans leur alimentation. La pêche leur fournit du poisson en abondance ; ils récoltent aussi de grandes quantités de mollusques ; enfin, ils joignent à ces mets variés la chair de leurs cochons domestiques et, comme on vient de le dire, de la chair humaine. Parmi les rares animaux qu'ils chassent, il ne se trouve qu'un seul mammifère, la roussette, grande chauve-souris qu'ils mangent sans la vider. Il n'est pas sans intérêt de voir comment ils pratiquent la pêche. En premier lieu vient la pêche au filet qui se fait avec des engins de plusieurs grandeurs, selon la taille des poissons qu'on se propose de prendre. La ligne est également employée ; elle est munie d'hameçons en serpentine, en écaille ou en coquille de bulime. La pêche à la sagaie est fort en vogue, et l'indigène manque rarement le poisson qu'il vise. Souvent le Canaque emploie un procédé ingénieux. Il place sur une plage des feuilles de cocotier, la pointe du côté du rivage ; la mer en montant couvre les feuilles de sable et le poisson passe. Quand l'eau se retire, elle soulève les feuilles qui forment une barrière suffisante pour arrêter le poisson. Les tortues se prennent soit au filet, soit à la sagaie. C'est un mets recherché, souvent réservé aux chefs. Lorsque les provisions sont abondantes, le Néo-Calédonien en conserve une partie en les boucanant. Jamais il ne mange ses aliments crus ; il les grille ou, le plus souvent, les cuit au four. Voici comment il opère. Au moyen d'un morceau de bois dur, taillé en coin, il frotte rapidement un morceau de bois tendre et se

procure ainsi du feu. Puis il creuse un trou dans le sol et y jette des pierres et du
bois qu'il allume. Une fois les pierres bien chauffées, il vide le trou, y place ses

FIG. 24. — Cannibale des îles Fidji.

aliments enveloppés de feuilles ; de nouvelles pierres chauffées, des feuilles et des
écorces mouillées, du charbon et des cendres viennent recouvrir le tout. Les mets
cuisent ainsi à l'étouffée. En guise de plats, les Canaques n'emploient générale-

ment que des feuilles, de petites tresses de feuilles de cocotier ou des valves de coquilles. (R. Verneau.)

* *

Les Négritos-Papous qui vivent dans l'intérieur de la Nouvelle-Guinée, sont cannibales. Ils mangent toujours les guerriers tués dans les combats, ainsi que les prisonniers. Mais ils dévorent aussi souvent leurs esclaves, ainsi que les enfants des

FIG. 25. — Dahoméen écrasé entre deux pierres pour avoir commis un sacrilège envers l'idole « de la localité ».

familles de leur propre tribu lorsqu'elles ont plus de deux rejetons. Par mesure hygiénique, sans doute, ils ne mangent jamais ceux des leurs qui viennent à mourir de maladie. Ils cuisent la chair humaine dans des tiges de bambous, sans brûler celles-ci, opération délicate en laquelle les femmes excellent particulièrement. On chauffe à feu doux jusqu'à ce que l'eau où baigne la chair entre en ébullition. Ce pot au feu est dégusté avec grand plaisir. La pièce de choix est la cervelle que l'on fait cuire dans le crâne lui-même servant ainsi de marmite. A part cela, les Négritos-Papous mangent des racines, des feuilles cuites, de la sève d'un arbre « le sali » et de la viande de porc.

* *

Au nord-est du Sénégal vivent les Bobos, pour lesquels on ne peut attribuer l'anthropophagie à l'absence de viande, car ils sont amplement pourvus de gibier et même de troupeaux. Ils sont cannibales par gourmandise ; pour eux, la chair humaine est un mets délicat, qu'ils placent au-dessus de tout, à l'exception toutefois des pieds et des mains qu'ils abandonnent à l'abattoir. Ils tuent en effet leurs victimes dans un endroit spécial, sur une pierre plate au voisinage de laquelle se trouve une statue. Celle-ci aurait pour rôle d'attirer l'attention des étrangers et de permettre leur capture pendant qu'ils satisfont leur curiosité. Ils ne mangent d'ailleurs pas seulement les étrangers, mais encore ceux des leurs qui tombent sérieusement malades. Quand un chef meurt, ils sacrifient les prisonniers gardés spécialement pour cette occasion, ou, s'il n'y en a pas, ils en achètent aux tribus voisines pour leur faire subir le même sort.

*
* *

Les Makonas sont féroces pour leurs ennemis et cette haine les rend cannibales. Quand ils les ont vaincus, ils leur coupent les mains et la tête, et les mangent après les avoir fait bouillir ou rôtir. Le vainqueur conserve le crâne et s'en sert en guise de coupe.

*
* *

Les Battaks (de Sumatra) se livraient jadis beaucoup au cannibalisme. Leur code même condamnait à être mangés vivants ceux qui commettaient un vol au milieu de la nuit, les prisonniers faits à la guerre, les femmes dont le mari avait à se plaindre, etc.

Autrefois, les Battaks étaient dans l'usage de manger aussi leurs parents quand ceux-ci devenaient trop vieux pour travailler. Ces vieillards choisissaient alors tranquillement une branche d'arbre horizontale et s'y suspendaient par les mains, tandis que leurs enfants et leurs voisins dansaient et criaient : « Quand le fruit est mûr, il faut qu'il tombe. » Cette cérémonie avait lieu dans la saison des citrons (!). Dès que les victimes, fatiguées, ne pouvant plus se tenir ainsi suspendues, tombaient par terre, tous les assistants se précipitaient sur elles, les mettaient en pièces et dévoraient leur chair avec délices. (Rienzi.)

Le cannibalisme existe encore aujourd'hui chez ces indigènes, mais devient heureusement moins fréquent. Il n'est pas rare par exemple de les voir achever un blessé et s'en distribuer les bons morceaux. Ils les saupoudrent de poivre extrait d'une petite gaîne de bambou qu'ils portent à la ceinture, et, en voyage, les mangent ainsi sur le pouce sans ralentir leur marche : à la croque au sel.....

Si une femme a commis quelque faute, on la met à mort et le mari lui mange les oreilles. Les assistants se partagent le reste du corps ; le cœur et la plante des pieds sont particulièrement estimés. Le chef se réserve la tête et garde la cervelle

dans un bocal. Pendant ce repas, on ne boit que du sang humain contenu dans
des tubes de bambou.

En Malaisie, les plus sauvages des Battaks, appelés Pacqs-Pacqs, soumettent leurs
vieux parents à un système d'engraissage, pour les manger ensuite, dès qu'ils n'ont

Fig. 26. — Indigène du Dahomey sacrifié en l'honneur de l'idole que l'on voit sous une niche
sur la droite de la gravure.

plus la force de monter les longues échelles qui conduisent à leurs maisons. A un
missionnaire qui cherchait à faire comprendre à un chef l'horreur d'une telle conduite, celui-ci répondit : « Que faites-vous de vos parents morts ? » Le missionnaire lui expliqua que nous les mettons en terre, où les corps se dissolvent d'eux-
mêmes, etc. Alors le chef lui répondit : « Qu'avons-nous de plus cher que
notre pauvre corps ? Rien, n'est-ce pas ? Eh bien ! nous, par amour pour
nos parents, nous leur offrons notre corps pour sépulture afin qu'ils revivent
en nous. Ne croyez-vous pas que cela vaille mieux que de les mettre à pourrir

dans la terre, où ils sont la proie des vers ? » Devant un pareil argument le missionnaire ne sut que répondre. (J. Claine.)

Pour terminer ce chapitre terrifiant, il nous faudrait décrire longuement les innombrables supplices auxquels on se livre chez les sauvages, soit pour punir les

Fig. 27. — Une mort lente au Dahomey : supplice d'un parricide.

malfaiteurs, soit pour apaiser quelque divinité, soit pour quelque autre cause. Mais il faudrait un volume entier pour les épuiser tous. Contentons-nous d'en représenter quelques-uns qui étaient pratiqués il y a peu de temps encore au Dahomey. On y voit (*fig.* 25) un infortuné écrasé entre deux pierres munies de piquants qui provoquent la mort presque instantanément ; deux autres sont suspendus, la tête en bas (*fig.* 26) ou les pieds pendants (*fig.* **27**), jusqu'à ce que mort s'ensuive. Cette suspension est rendue facile par l'emploi d'arbres flexibles que l'on recourbe vers le bas et que l'on attache à un arceau jusqu'à ce que le malheureux y soit fixé comme il convient. Ensuite on détache l'arbre, qui, grâce à son élasticité, revient à sa position normale. Ces sacrifices humains avaient surtout un caractère religieux, mais, dit-on, se terminaient souvent par un repas dont la victime constituait le plat de résistance. Aujourd'hui il n'en est plus de même. La France a conquis le Dahomey et a introduit dans le pays les idées de justice et d'humanité qui sont la base et l'honneur de tout peuple civilisé.

CHAPITRE V

Le feu sans allumettes.

Il n'existe pour ainsi dire pas de peuplades mangeant leurs aliments sans leur faire subir la moindre préparation culinaire. Celle-ci, dans la majorité des cas, est opérée à l'aide du feu que les uns savent obtenir directement et que d'autres ne sont capables que d'entretenir (*fig.* 28). Comme le remarque M. Deniker, auquel nous empruntons une partie de ce chapitre, aussi loin que l'on remonte dans les temps préhistoriques, on trouve des traces matérielles de l'emploi du feu (cendres, charbons, morceaux de pyrite usés, silex craquelés, etc.). Cependant la conservation du feu produit par les forces naturelles (incendies, foudre, volcans, etc.) a dû précéder la production du feu. La plupart des forces de la nature capables de se transformer en chaleur, la lumière, l'électricité, le mouvement, l'affinité chimique, ont été mises à profit par l'homme pour la production du feu, avec plus ou moins de succès. Les essais d'allumage à l'aide de verres bi-convexes et de miroirs, mentionnés dès la plus haute antiquité, pour concentrer la lumière solaire, n'ont jamais pu se généraliser. Il en est de même de l'électricité. Par contre, le mouvement et l'affinité chimique ont été de tout temps et sont encore les deux forces productives du feu par excellence.

Fig. 28. — Tasmanien tenant le « bâton du feu ».

Le mouvement est utilisé de trois façons différentes : par le frottement de deux morceaux de bois, par la percussion de deux morceaux de certaines substances minérales ou par la compression de l'air. La dernière de ces méthodes est peu usitée ; on l'a signalée seulement chez les Dayaks de Bornéo et en Birmanie. Elle est basée sur le principe du briquet à air de nos cabinets de physique. Mais les deux autres modes d'utilisation du mouvement sont encore répandus d'une façon générale chez tous les peuples incultes.

***

On peut obtenir un peu de braise ardente capable d'enflammer certaines substances (amadou, duvet, herbe sèche, etc.), soit en frottant deux morceaux de bois l'un contre l'autre (*fig.* 29), soit en les sciant vigoureusement l'un par l'autre (*fig.* 30), soit en tournant le bout de l'un dans une petite fossette pratiquée dans l'autre (*fig.* 31). De là trois manières de faire le feu par friction, chacune correspondant à une aire géographique délimitée.

*
* *

La première manière, la plus primitive et la moins commode, est employée surtout en Océanie. Elle consiste (*fig.* 29 et 32) à frotter une petite baguette de bois dur, en l'inclinant, contre une bûche de bois tendre maintenue entre les genoux. On creuse ainsi une petite gouttière dans la bûche et on finit par obtenir l'incandescence de parcelles de bois pulvérisé, qui s'amassent au fond de la gouttière.

Fig. 29. — Par friction.   Fig. 30. — Par sciage.   Fig. 31. — Par rotation.
Trois manières d'obtenir du feu sans allumettes.

On n'a qu'à y jeter un peu d'herbe sèche ou de l'amadou et à souffler pour obtenir la flamme.

La question de l'habileté de l'opérateur joue un grand rôle dans l'obtention du feu. « Habituellement, dit M. Carl Lumholtz, les indigènes du Nord-Est de l'Australie se procurent du feu par le frottement de deux morceaux de bois léger, de 30 à 60 centimètres, en chêne-liège. Voici la méthode suivie : on pose à terre l'un des morceaux de bois, c'est-à-dire la moitié d'une branche fendue, dont le côté plat est tourné en l'air ; à l'autre bâton, droit et rond, appuyé à angle droit sur le premier, les mains impriment un mouvement de rotation excessivement rapide. Au bout de quelques secondes, on voit se produire un peu de fumée, et bientôt du trou s'échapper de la sciure fine, igniscente, qui met le feu aux feuilles sèches entassées à l'avance ; les Noirs cassent le petit bois et les branches sur leur crâne solide, dont la masse osseuse est d'une telle épaisseur qu'on y peut rompre des morceaux de bois gros de 4 à 5 centimètres. Tant que les deux bâtons qui ont servi à faire du feu sont utilisables, les nègres les portent avec eux. J'ai essayé, moi aussi, de m'en servir, mais sans autre résultat qu'un peu de fumée. »

La méthode du *sciage* (*fig.* 30) est employée par les Malais et quelques tribus australiennes, ainsi qu'en Birmanie et dans l'Inde. Un morceau de bambou, fendu longitudinalement, est scié avec le bord tranchant d'un fragment du même bois jusqu'à ce que la sciure devienne ardente et enflamme l'amadou sur lequel elle tombe.

*
* *

La méthode du *forage* ou de *giration* (*fig.* 31 et 33), qui consiste à faire tourner le bout d'un fragment de bois en l'appuyant sur la surface d'un autre fragment, est la plus répandue. On la rencontre chez les Nègres, chez les Indiens des deux Amériques, chez les Tchouktchi, dans certaines régions de l'Inde, etc. L'appareil le plus primitif consiste en une bûche ou planchette de bois tendre, tenue hori-

zontalement avec les pieds et sur laquelle on appuie la pointe émoussée d'une baguette cylindrique en bois dur. En tournant rapidement la baguette dans les deux sens, on creuse une petite fossette et l'on obtient l'incandescence de la poussière du bois qui s'amasse autour de la pointe. C'est ainsi qu'obtiennent le feu certaines tribus Zoulous, certains Australiens, les Aïnos, etc.

FIG. 32. — Obtention du feu par la friction de deux morceaux de bois sec.

Mais cet appareil primitif subit des perfectionnements importants chez d'autres populations, surtout chez les Peaux-Rouges et les Esquimaux. On creuse préalablement la fossette dans une planchette bien horizontale; puis on fait communiquer cette fossette avec une des faces verticales de la planchette par une gouttière par laquelle sortira au dehors la poudre de bois produite par le frottement, sous forme de petits boudins incandescents qui tomberont sur l'amadou. Quant à la baguette verticale, on lui adapte différents appareils pour rendre le mouvement plus rapide et plus régulier. Ainsi les Esquimaux l'entourent d'une corde que l'on tire alternativement dans les deux sens (un appareil de ce genre a été aussi en usage, il y a un demi-siècle parmi les paysans polonais); dans ce cas, le bout supérieur de la baguette est maintenu par un aide ou par l'opérateur lui-même. On applique aussi à ces appareils une corde à arc analogue à celle qu'emploient souvent les serruriers pour faire tourner rapidement une « mèche » de vilebrequin et percer un trou.

*
* *

Une autre manière d'obtenir le feu, celle de la *percussion* de deux morceaux de pyrite de fer l'un contre l'autre ou du silex contre la pyrite, a dû, comme la première, être connue dès l'époque la plus reculée. Aujourd'hui, elle n'est employée que par quelques rares tribus arriérées : Fugierros, Esquimaux, Aléoutes. Avec la connaissance du fer, qui remplaça la pyrite, le vrai *briquet* a été inventé : il se substitua vite en Europe et en Asie à la production du feu par frottement, comme à son tour il a été remplacé par les appareils utilisant l'affinité chimique des différents corps (allumettes).

Mais les anciens procédés survivent dans les traditions, dans le culte. Ainsi les Brahmanes actuels de l'Inde obtiennent le feu pour les cérémonies religieuses par le frottement de deux baguettes, en face des boutiques où l'on vend les allumettes anglaises ; c'est encore par le frottement que les Indiens de l'Amérique, pourvus amplement d'allumettes, se procurent le feu pour les fêtes sacrées. En Europe même, en Grande-Bretagne et en Suède, on allumait au commencement de ce siècle le feu destiné aux usages superstitieux (pour préserver les bêtes et les gens contre les maladies contagieuses) en frottant deux morceaux de bois. Cette pratique a été interdite par un décret datant de la fin du siècle passé, dans ce même district de Jouköping d'où aujourd'hui se répandent par milliards les fameuses allumettes suédoises.

FIG. 33. — Obtention du feu par giration d'une baguette de bois, que l'on fait tourner vivement sur elle-même en la maintenant au contact d'une bûche sèche.

*
* *

Les procédés longs et difficiles d'obtenir le feu forcent les peuplades sauvages à le conserver comme quelque chose de très précieux. En général c'est aux femmes qu'incombe ce soin.

Chez les Australiens les femmes qui laissent éteindre le feu sont punies presque aussi sévèrement que jadis les Vestales romaines.

Les Papous de la baie d'Astrobale (Nouvelle-Guinée) préfèrent faire plusieurs lieues pour chercher le feu chez la tribu voisine que d'en allumer un autre...

La préparation du « nouveau feu » chez un grand nombre de peuplades, notamment en Amérique et en Océanie, est accompagnée de fêtes et de cérémonies religieuses.

Les Négritos de la presqu'île de Malacca savent faire du feu en frottant l'un contre l'autre deux morceaux de bois, mais, comme ce travail est fastidieux, ils préfèrent entretenir leur foyer. Celui-ci est même la pièce principale du mobilier ;

il consiste en un amas de terre renfermé dans un cadre en bois, où le feu brûle jour et nuit.

Les populations de l'Ogôoué et du Congo ont l'habitude d'avoir toujours du feu dans leur case pendant la nuit : cela à trois fins, pour servir à l'éclairage, au chauffage et à faire fuir les moustiques. Mais il faut y être habitué pour le supporter parce qu'il n'y a pas de cheminée dans leurs cases et que la fumée ne peut s'échapper que par les fissures de la sommaire habitation.

Les Tasmaniens — aujourd'hui disparus — savaient faire du feu en imprimant un rapide mouvement de rotation à un morceau de bois sec enfoncé dans une cavité remplie de fragments de la moelle d'un arbre et saupoudrés de charbon pulvérisé qui en facilitait la combustion. Mais, bien souvent aussi, ils préféraient emporter avec eux une espèce de torche constamment allumée, le « bâton du feu » comme ils disaient (*fig.* 28).

Il existe enfin des populations ne sachant pas faire de feu et ignorant la manière de l'entretenir. C'est le cas des Mincopies. M. Man pense qu'ils ont dû l'emprunter primitivement à l'un des deux volcans situés dans des îles voisines de leur archipel. Des indices semblent cependant montrer que leurs ancêtres connaissaient la manière de faire du feu en frottant ensemble deux morceaux de bois sec.

CHAPITRE VI

Au pays de Lilliput.

« Lorsque, sous les ordres de leurs chefs, ils se sont rangés en bataille, les Troyens s'avancent bruyamment, comme une nuée d'oiseaux faisant entendre de vives clameurs. Ainsi s'élève au ciel la voix éclatante des grues quand elles fuient les hivers et les pluies continuelles. Elles poussent des cris aigus, elles s'envolent

Fɪɢ. 34. — Lutte des Pygmées contre les grues (d'après un vase antique).

au-dessus de l'Océan, elles portent aux hommes appelés Pygmées le carnage et la mort ; et, du haut des airs, elles leur livrent de terribles combats. »

Ainsi s'exprime Homère dans le troisième chant de l'Iliade, faisant allusion à ces hommes minuscules auxquels toutes les peuplades humaines font jouer un rôle dans leurs légendes. (Voir le Chapitre XX.)

Aristote en parle également, quoique traitant de fable la lutte de ces petits individus avec les grues (*fig.* 34) ; mais il indique nettement l'endroit où ils vivaient en les limitant aux environs des sources du Nil. Pline y fait aussi allusion, mais les place un peu partout, même en Asie Mineure. On pourrait croire que ce n'est là qu'une légende. Il n'en est rien, car ces petites races existent encore aujourd'hui, mais beaucoup moins disséminées qu'autrefois. Aux Philippines, on rencontre des Aëtas, dont la taille moyenne n'est que de $1^m,41$; la taille des femmes oscille entre $1^m,31$ et $1^m,48$. Leur peau est noire, leurs cheveux laineux, leur tête volumineuse par rapport au corps. Traqués presque partout, ils sont deve-

Fig. 35.— Femme naine rencontrée par Stanley dans un de ses voyages à travers l'Afrique.

nus très sauvages d'apparence, mais le fond de leur caractère est par certains côtés
assez civilisé.

On rencontre d'autres Pygmées au Golfe du Bengale, où ils ont été refoulés dans les montagnes situées à l'intérieur des terres : aux îles Andaman, ces Mincopies, comme on les appelle, sont particulièrement nombreux. La moyenne de leur taille est de 1ᵐ,358, infé- rieure par conséquent à celle des Aëtas. Au cours de cet ouvrage nous verrons que les Mincopies présentent des traits de mœurs curieux.

Quant aux Pygmées africains (fig. 35 et 36), appelés aussi Négrilles ou Akkas, ils ont été retrouvés exactement où Aristote les pla- çait, c'est-à-dire aux sources du Nil. Ce ne sont pas des êtres ex- traordinaires, comme les anciens le suppo- saient, mais simple- ment de petits nègres dont la taille oscille entre 1ᵐ,30 et 1ᵐ,50. Leur peau n'est pas absolument noire, mais plutôt brune et tirant parfois sur le jaune. Leur histoire est mal connue, tout ce que nous en sa- vons, c'est qu'ils sont très craintifs, ce qui s'explique aisément.

Fɪɢ. 36. — Un nain africain à côté d'un Zanzibarite de moyenne taille.

par leur existence au milieu d'anthropophages. Le premier que Schweinfurth put se procurer dut être rapporté au camp sur les épaules d'un porteur. « A force de cadeaux, cependant, on finit par l'apprivoiser, et on put obtenir de lui qu'il exécutât la danse guerrière. Cette danse, dit Schweinfurth, m'a rempli d'étonnement, mais l'effet produit est une hilarité irrésistible. En dépit de son gros ventre, de ses jambes courtes et arquées; en dépit de son âge, car il paraît vieux, Adimokou fait preuve d'une agilité qui surpasse tout ce qu'on peut

Fig. 37. — Nains africains mettant à mort un éléphant tombé dans une fosse
préalablement creusée par eux dans ce but.

dire ; et je me demande si les grues pourraient jamais lutter avec de pareils êtres. Les bonds du petit chef et sa pantomime, d'une vivacité inouïe, sont à la fois si variés et si burlesques que tous les spectateurs s'en tiennent les côtes. L'interprète me dit que les Akkas s'approchent de l'éléphant, lui mettent leur flèche dans l'œil et, comme le racontaient les Nubiens, vont l'éventrer d'un coup de lance. »

Ils savent aussi s'emparer des éléphants (*fig.* 36) en creusant de vastes trous dans la terre et en les recouvrant d'un tapis de branchages : l'énorme bête, en passant dessus, s'enfonce dans la cavité d'où il lui est impossible de se tirer. Les nains accourent et la tuent à coups de lances et de flèches. Cette lutte de si petits êtres contre un animal si volumineux n'est pas un spectacle banal.

Nous devons aussi quelques renseignements sur ces Pygmées africains à M. Marche. « Ils sont, dit-il, très friands de la chair du serpent python qu'en été ils chassent beaucoup ; ils mettent pour cela le feu aux herbes, entourent l'espace qui brûle, et tuent à coups de sagaie les serpents qui cherchent à franchir le cercle. Je n'ai jamais pu avoir un python entier ; j'ai vu souvent les Okandas en rapporter des morceaux qu'ils achetaient chez ces tribus ; leurs femmes en font la soupe, et en tirent un bouillon huileux à l'apparence peu ragoûtante. Ils cultivent le tabac que j'ai, du reste, trouvé partout jusqu'au dernier point que j'aie pu atteindre. Cette culture paraît être fort commune en Afrique. Le chef du village Okoa possède un puissant fétiche pour empêcher les enfants en bas âge de mourir et les élever. Aussi de tous les villages environnants lui envoie-t-on en pension mères et enfants, ce qui lui constitue un assez joli revenu, car il se fait payer fort cher. »

* *
*

Les Pygmées d'Afrique ont un développement abdominal exagéré, qui fait ressembler les adultes à des enfants nègres ou arabes. Cette gibbosité de polichinelle est due aux dimensions inusitées que présentent le lobe gauche du foie et la rate, ainsi qu'à la forte proportion de graisse accumulée dans le mésentère.

Cette exagération du contenu de l'abdomen entraîne des conséquences anatomiques qui ont aussi attiré l'attention de tous les observateurs. La poitrine relativement étroite et aplatie dans le haut, se dilate en bas pour enfermer cette énorme panse. D'autre part, la saillie de l'abdomen exige, pour le maintien de l'équilibre, que le bas de l'épine dorsale se porte également en avant. De là résulte chez les Akkas l'ensellure remarquable qui a fait comparer à un S la courbe décrite par l'épine dorsale. Mais il est évident que le développement anormal de l'abdomen n'est pas, chez les Akkas, un véritable caractère de race, et qu'il tient en grande partie à leur genre de vie, à la qualité de leur nourriture, peut-être aussi aux conditions générales de leur habitat. Ce fait résulte des observations du comte Miniscalché, qui a vu, au bout de quelques semaines, sous l'influence d'un régime sain et régulier, le développement excessif de l'abdomen disparaître et la colonne vertébrale reprendre son état normal. (de Quatrefages.)

Cet abdomen ne les empêche pas d'être d'une agilité extraordinaire : ils bon-

dissent dans les hautes herbes à la façon des sauterelles. L'un d'eux, ramené en
Europe, avait conservé cette allure sautillante et ne pouvait porter un plat sans en
renverser plus ou moins le contenu.

Les femmes Akkas, comme on peut le voir par notre figure 35, ne sont pas précisément très jolies. Elles n'ont cependant pas conscience de leur laideur et se
parent avec des colliers faits de fruits secs et des robes confectionnées avec des plumes grossières.

FIG. 38. — Un beau couple de Zoulous de grande taille.

*
* *

Voilà tout ce que l'on sait des races de petite taille. Pour trouver leurs opposées, les races de la plus grande taille, il faut rentrer
dans les pays civilisés et remonter au nord. Ce sont en effet les Écossais
de Galloway qui battent le record de la taille moyenne par 1^m,792,
suivis de près d'ailleurs par les Écossais du nord (1^m,782).

D'autres grandes tail-les se rencontrent en-
core, parmi les Améri-cains, chez les Cheyennes (1^m,745); parmi les Africains, chez les peuples du
Soudan français (1^m,741) et les Zoulous (*fig.* 38); parmi les Asiatiques, chez les
Tziganes du Turkestan russe (1^m,719) et, parmi les Océaniens, chez les Polynésiens
des îles Marquises (1^m,743).

CHAPITRE VII

Les sports chez les sauvages.

Les Canaques sont très habiles dans tous les exercices qui peuvent s'effectuer dans la mer. Les enfants eux-mêmes savent, paraît-il, souvent nager avant de pouvoir marcher. Les adultes se livrent à un sport très curieux, le *surf bath* ou *bain*

Fig. 39. — Bain de ressac chez les Canaques.

de ressac [1]. En voici une description exacte, d'après M. G. Pellissier, qui a pu y assister pendant un séjour à Honolulu (îles Sandwich).

« Chaque baigneur (*fig.* 39) se munit d'une planche appelée dans la langue hawaïenne *papa he naru*, ce qui veut dire : planche pour glisser sur les vagues ;

---

[1]. Le ressac est le retour violent des vagues sur elles-mêmes, lorsqu'elles ont frappé contre un obstacle. C'est à cause du ressac qu'il est plus difficile de nager sur le bord d'une plage qu'en pleine mer.

sa longueur varie entre 1^m,50 et 2^m,50 environ et sa largeur entre 0^m,40 et 0^m,50 ;
on ne saurait mieux comparer sa forme générale qu'à celle des planches employées
par les blanchisseuses pour repasser le linge. Cette planche est parfois plate ;
mais plus souvent un peu convexe des deux côtés ; elle est faite généralement en
bois de *koa*, sorte d'érythrine de faible densité ; elle est polie avec soin et peinte en
noir. Le baigneur la conserve et l'entretient avec la plus grande sollicitude ; après
s'en être servi, il l'expose au soleil jusqu'à ce qu'elle soit complètement séchée,
puis il la frotte avec de l'huile de coco et la renferme dans une gaîne en toile qui
est suspendue dans sa demeure.

Pour se livrer à ce jeu, les Hawaïens choisissent, soit une plage, soit de préfé-

rence, un endroit où il se trouve des rochers parce
que les flots se brisent plus violemment sur ceux-ci.
Plus la mer est forte, plus les lames sont hautes, et
meilleur est le sport, à leur avis. Dans les environs
d'Honolulu, c'est sur la splendide plage de Waïkiki,
près de la pointe de Diamant qu'ont lieu les bains
de ressac.

Lorsque le temps est favorable, chacun prend sa
planche à ressac et nage vers le large souvent à plus
d'un mille (1600^m) en mer ; il porte sa planche sous
un bras ou bien la guide devant lui ; il ne cherche
pas à passer sur les vagues, mais guette leur approche et plonge sous leur crête lorsqu'elles s'avancent
vers lui. Lorsqu'il est ainsi en pleine mer, il s'arrête,
surveille les vagues et c'est alors que commence
le jeu.

Fig. 40. — Escarpolette employée par les Maoris (Nouvelle-Zélande).

Le baigneur s'étend sur une extrémité de sa planche et attend l'arrivée d'une grosse
vague de fond qui s'avance en roulant pour se briser sur la grève ; lorsqu'il juge le
moment opportun, il s'élance avec sa planche sur laquelle il se couche alors à plat
ventre pour prendre position sur la vague ; il doit arriver à se mettre en équilibre
presque sur la crête de celle-ci, légèrement sur la déclivité tournée vers la côte et
doit s'y maintenir. S'il y parvient, il est entraîné par le flot avec une vitesse vertigi-
neuse, au milieu de l'écume et des embruns ; il se laisse ainsi porter jusqu'à une
très faible distance de la côte, parfois à peine à 1 ou 2 mètres lorsqu'il s'avance sur des
rochers ; quand on croit qu'il va être brisé sur l'écueil, noyé dans le remous, il
dirige son frêle esquif au milieu des anfractuosités, ou bien il se laisse glisser hors
de sa planche, la saisit par le milieu et plonge pour reparaître un instant après en
pleine mer pendant que la vague roule, écume et se brise en mugissant.

Ce n'est pas sans une profonde émotion, presque de l'angoisse, qu'on assiste pour
la première fois à ce jeu hardi.

Pour se maintenir dans la position voulue sur la crête de la vague, les com-
mençants se servent de leurs mains et de leurs pieds comme de pagaies ; mais le plus
grand nombre, rompus à cet exercice violent, après avoir assuré la position de

leur minuscule radeau s'y agenouillent, s'y asseyent et même s'y tiennent debout, les bras étendus ou croisés. Ils maintiennent alors leur équilibre en faisant varier leur centre de gravité par des mouvements des jambes ou du corps.

Ce jeu parait très simple, et nombreux sont les étrangers qui, en le voyant pratiquer, ont voulu l'imiter ; mais ils n'ont réussi qu'à se faire rouler par la vague et à exciter l'hilarité de la foule témoin de leur piteux échec. En réalité, il faut une grande adresse et une dépense considérable d'énergie musculaire pour se maintenir sur la vague. Placé trop en avant, on est certain d'être culbuté ; trop en arrière, on n'est plus entraîné et la vague suivante vient vous submerger.

Fig. 41. — Nubiennes traversant une rivière.

Il n'était pas rare, autrefois, vers le milieu du dernier siècle, de voir la plus grande partie des habitants d'un village passer ainsi la journée presque entière à ce jeu favori, lorsque le vent du large soufflait frais ; de vieux chefs corpulents, âgés de 50 et 60 ans, y rivalisaient d'ardeur avec les plus jeunes gens ; et tous poussaient d'assourdissantes clameurs dont le bruit étouffait le murmure des flots ».

On demande un ressac « sérieux » en France pour en faire autant.

* * *

Les sauvages « jouent » aussi à d'autres jeux tout aussi bien que nos écoliers. Ils se livrent à des courses pédestres, à des luttes, à des sauts, etc. En général, ils se servent peu d'engins, exception doit être faite cependant pour une escarpolette (*fig.* 40) d'un genre particulier et qui fait la joie de plusieurs peuplades. C'est une longue perche du sommet de laquelle pendent des cordes. Les indigènes se cramponnent à celles-ci par les mains et tournoient comme des fous en se pourchassant les uns les autres et en faisant mille gambades.

*
* *

Les Nubiens sont très habiles pour traverser les rivières, même quand ils ne
savent pas nager. Ils se déshabillent et se mettent à califourchon sur un tronc
flottant qu'ils dirigent avec leurs pieds tout en portant leurs vêtements en équi-

Fig. 42. — Sauvages naviguant sur des racines d'arbres.

libre sur la tête. Les Nubiennes (*fig.* 41) sont spécialement expertes dans cet exercice.

Chez d'autres peuplades (*fig.* 42), on est encore plus habile : assis sur les
racines flottantes les plus irrégulières, les sauvages arrivent à voguer même en
pleine mer, où cependant les vagues sont généralement très fortes, et à se diriger
avec une rame rudimentaire.

*
* *

Le sport pédestre — le *footing* — a aussi ses adeptes.

Les Opatas, qui habitent le haut Mexique, le long de la mer de Californie,
sont capables de fournir des courses de quarante et cinquante lieues en vingt-
quatre heures ; on raconte aussi des Tarahumaris certains exploits surprenants.

Un Tarahumari aurait, en effet, porté une lettre et rapporté la réponse, entre deux localités à six cent cinquante kilomètres de distance, en cinq jours : ce qui fait deux cent soixante kilomètres par jour, onze kilomètres à l'heure... Je ne garantis rien.

En tous cas, le Tarahumari, à pied, force le cheval à la course. On le charge souvent de chasser les chevaux vers le corral : au bout de deux ou trois jours, il revient avec la troupe de quadrupèdes absolument épuisés, lui-même étant frais et dispos. De même, il force n'importe quel cervidé : c'est une affaire de temps.

Nous extrayons d'un article de M. H. de Varigny certains renseignements curieux sur une singulière tribu sauvage, les Séris, qui habitent également le haut Mexique, et tiennent, à n'en pas douter, le record de la vitesse.

Fig. 43. — Palétuviers.

Les Séris sont de très beaux échantillons de l'homme de proie : ce sont des carnassiers que, par erreur, la Providence fit bipèdes.

Les Séris sont passés maîtres en pédestrianisme. Ils ont des chevaux, mais jamais ils ne s'en servent comme bêtes de somme ou de trait : ils vont plus vite à pied. Le cheval, pour eux, n'est que du gibier. Ils le poursuivent, l'atteignent, sautent dessus, le jettent à terre en lui brisant le cou ; et la vue des *vaqueros* montés, qui arrivent à bride abattue pour les châtier, ne les impressionne pas : de leurs mains et de leurs dents, ils déchirent un quartier de chair pantelante, et se sauvent avec ce fardeau. Les *vaqueros* ne les poursuivent pas : ils savent bien l'infériorité du cheval.

C'est à la course encore que les Séris capturent le cerf. L'usage est de se mettre à quatre ou cinq pour la chasse, et jamais l'animal ne s'en tire.

Les enfants s'entraînent sans cesse à la vitesse. Ils s'exercent sur des quadrupèdes semi-domestiques, mi-chien mi-coyotte ou encore sur le lièvre. En moins de cent mètres, deux cents mètres au plus, l'enfant a rattrapé le chien. Et l'adulte atteint le cheval dans les mêmes limites.

L'expérience a été faite de lancer un Séri sur un cheval qui s'enfuyait au triple

FIG. 44. — Pont de lianes sur un affluent du Zambèze.

galop. A moins de deux cents mètres du point de départ (départ arrêté, et non pas lancé) de l'Indien, celui-ci avait rejoint la bête et l'avait renversée. En deux heures il a raison d'un cerf.

La femme n'est pas moins résistante. En 1893, une Indienne Séri, voulant faire soigner son enfant malade, fit, en portant celui-ci, soixante-douze kilomètres en moins de douze heures et, sur la route, elle avait forcé et capturé un lièvre pour l'offrir au sorcier et se le rendre propice. Et les matrones traversent couramment une partie du désert, large de quarante-cinq kilomètres, durant la nuit, chargées de leurs enfants et du bien le plus précieux dans cette région désolée, de cruches d'eau.

FIG. 45. — Australien grimpant à un arbre.

Les enfants s'amusent à prendre au vol les oiseaux ; les tout petits forcent le lapin, mais à la dixième année déjà ce jeu est au-dessous de leur dignité.

*
* *

Les Papous de la Nouvelle-Guinée ont parfois un mode de locomotion assez singulier.

En longeant les côtes du détroit de Dourga, les Hollandais virent une tribu entière de Papous qui, grimpés sur les palétuviers [1] du rivage (fig. 43) cheminaient d'un arbre à l'autre et couraient pour ainsi dire de branche en branche avec une aisance et une agilité rappelant celles des singes. Des faits analogues ont été cités par quelques écrivains presque toujours dans un sens à la fois faux et exagéré. On a voulu y voir la preuve d'un rapprochement réel de ces tribus avec les quadrumanes. M. Earl réduit cette assertion à sa juste valeur par quelques observations bien simples. Il fait remarquer que, dans les régions intertropicales, les côtes formées par des terrains d'alluvion sont invariablement entourées d'une ceinture de palétuviers d'un largeur souvent de plusieurs milles. A la Nouvelle-Guinée, comme sur la côte nord de l'Australie, ces arbres forment un ensemble pour ainsi

1. Sur les palétuviers et leurs curieuses racines en échasses, voir notre précédent ouvrage : *Les Plantes Originales*.

dire à deux étages. L'étage supérieur formé par les troncs et les branches est une vraie forêt. Au-dessous s'étend l'étage inférieur, consistant en un inextricable fouillis de racines, où il est absolument impossible de pénétrer sans se frayer un passage à coups de hache. En outre, ces racines plongent dans une boue demi-liquide qui ne saurait supporter le poids du corps. Tout naturellement, les sau-

Fig. 46. — Un grimpeur cinghalais.

vages, qui tirent de la mer une grande partie de leur nourriture, ayant à faire journellement le trajet de la terre ferme à la pleine eau, préfèrent cheminer à travers les branches, qui sont d'ailleurs entrelacées de manière à rendre cette route praticable même pour des Européens. Notre voyageur affirme avoir vu plu-sieurs fois des files de marins, portant leurs mousquets en bandoulière, franchir de cette manière, les marécages à palétuviers. (de Quatrefages.)

D'une manière générale, d'ailleurs, les rivières ne constituent pas, pour les sau-vages, un obstacle, comme cela a lieu pour nous autres civilisés. Ils passent à gué les ruisseaux les plus profonds et se jouent des cataractes comme si elles n'existaient pas. Si la rivière est vraiment par trop large, ils ne font pas appel aux armatures de fer, pas plus qu'au ciment hydraulique ; ils se contentent (*fig.* 44) d'établir un pont rudimentaire à l'aide de lianes. Tout léger qu'il paraisse, c'est là un ouvrage très solide, qui dure des années. Mais, évidemment, il faut être habitué à marcher dessus et à ne pas glisser entre les mailles de son réseau : on se cramponne comme on peut aux « montants » et on arrive à bon port plus vite qu'on ne le croirait *a priori*.

* * *

Certains sauvages pourraient faire concurrence aux écureuils.

Fig. 47. — Pirogue des indigènes de la baie de Humboldt.

Les Australiens ont une manière singulière de grimper aux arbres (*fig.* 45). Un indigène qui veut, par exemple, aller chercher au sommet le miel dont il est très friand prend un rotang de 5 à 6 mètres de long, fait un nœud à une extrémité et le lance avec la main gauche en lui imprimant un mouvement circulaire qui le fait tourner autour de l'arbre. Lorsqu'il tient les deux bouts, il en enroule un autour de son bras droit et maintient l'extrémité nouée de sa main gauche. Il pose alors son pied contre l'arbre, rejette son corps en arrière, les bras tendus en avant et l'ascension commence. Le rotang monte par saccades, et le Noir grimpe en même temps le long du tronc avec une agilité extraordinaire. (Verneau.)

Il grimpe encore d'une autre façon.

Quand le Noir est assuré qu'un opossum s'est réfugié dans un arbre, il en examine l'inclinaison ; puis, assujettissant sa lance derrière le dos, il fait avec sa

hachette, dans l'écorce épaisse, trois entailles superposées à un demi-mètre l'une
de l'autre. Il passe la main droite dans l'entaille la plus élevée, l'orteil du pied
droit dans la plus basse, le pied gauche dans l'entaille intermédiaire, et avec la

FIG. 48. — Indigène de Nouvelle-Guinée à la chasse des oiseaux de Paradis.

main gauche, il fait une entaille nouvelle pour y poser la main. Prenant sa
hachette entre les dents, de sa main droite devenue libre, il ouvre ensuite une
autre entaille, et, se soulevant à l'aide de ses mains, il monte d'un échelon. La
même opération recommence, et il parvient au sommet d'un gommier en aussi
peu de temps qu'un Européen le ferait au moyen d'une échelle. Arrivé au nid de
l'animal, il harponne sa proie dans son trou, et, au milieu de cris de joie, il lui

brise la tête contre le tronc de l'arbre, pour la jeter ensuite à sa femme qui la recueille. (Hovelacque.)

Ces Australiens ont d'ailleurs des attitudes bizarres. Ainsi, pour se reposer, ils

Fig. 49. — Piège pour gros gibier.

se tiennent sur une jambe, comme les Échassiers, et appuient sur elle, au niveau du genou, l'autre jambe pliée sur elle-même.

A Ceylan, il y a des castes spéciales de grimpeurs (fig. 46) qui vont sur les palmiers pour en extraire le callou ou vin de palmier dont on tire une excellente eau-de-vie [1]. Chaque grimpeur a les pieds réunis par une corde, qui les fait ainsi appuyer l'un sur l'autre et il monte en enserrant le tronc avec ses genoux. C'est un rude métier et, à la longue, les jambes de ces Cinghalais finissent par s'arquer par l'habitude de grimper aux arbres.

*
* *

Les peuples sauvages sont aussi d'une habileté inouïe dans l'art nautique. Il faudrait un volume entier pour décrire toutes les formes de leurs navires qui, cependant, se font tous remarquer par leur extrême simplicité. Généralement leurs

Fig. 50. — Piège à nœud coulant.

pirogues sont d'une seule pièce et creusées dans un tronc d'arbre en bois dur et, par suite, imperméable à l'eau ; ils en évident la cavité en s'aidant de morceaux de bois enflammés et en enlevant la partie brûlée au fur et à mesure que le bois est converti en charbon. C'est un travail fort long, mais les nègres, n'ayant que fort peu de distractions, ne regardent pas au temps. Et puis, une pirogue ainsi obtenue risque moins de se « détraquer » que si elle était formée de planches juxtaposées, et dure des années sans subir la moindre détérioration : l'épaisseur en est d'ailleurs si grande qu'elle peut rouler dans les torrents et tomber sur des rochers sans être endommagée. Quelquefois, on y ajoute à droite et à gauche (*fig.* 47) deux planches réunies au bateau pour en assurer la stabilité. Grâce à cette disposition un homme peut se promener dessus sans la voir pivoter, et guetter, de tous les côtés, le poisson qu'il convoite et qu'il sait fort bien transpercer d'une flèche.

Dans les régions froides du nord de la terre, pour faire des canots on ne fait pas appel au bois qui y est trop rare ; on se contente de peau de phoque plus ou

---

1. Sur le palmier à vin, voir notre précédent ouvrage : *Les Plantes Originales*.

moins tannée. C'est dans ce frêle esquif que les Lapons affrontent la rencontre des banquises et se livrent à la chasse des phoques et des terribles morses.

Citons aussi comme bateau original celui qu'emploient les Bournouans qui habitent non loin du lac Tchad. C'est une espèce de tonneau, fait au moyen de l'énorme calebasse du *fucillea*, pourvu d'une ouverture à la partie supérieure et soutenu, en bas, par une forte traverse de bois ; cet engin forme un excellent bateau pour une ou deux personnes légèrement équipées. On se met debout dans l'intérieur sans aucun risque de se mouiller, et l'on traverse aisément ainsi les cours d'eau. La réunion de plusieurs de ces appareils forme ce que l'on appelle une *makara* et peut servir à passer des fardeaux très lourds. (Barthe.)

* * *

Mais, de tous les sports, la pêche et la chasse, sont certainement ceux que les

Fig. 51. — Piège pour capturer les petits mammifères.

sauvages pratiquent avec le plus d'habileté, ce qui est d'ailleurs pour eux non seulement un plaisir mais encore une nécessité : rares sont les cultivateurs, car pour la plupart ils se nourrissent de poisson et surtout de gibier. Pour capturer le poisson, ils emploient, en somme, les mêmes engins que nous, depuis l'hameçon de la pêche à la ligne jusqu'à la nasse et au filet. Quelques-uns, comme je le disais au paragraphe précédent, sont assez habiles pour les prendre en leur lançant des flèches, ce qui est fort difficile à cause de la réfraction de l'eau qui dévie le rayon visuel.

Pour la chasse, ils emploient généralement aussi l'arc et les flèches et, malgré la légèreté apparente de celles-ci, arrivent à tuer les gibiers les plus volumineux, car ils connaissent les endroits les plus vulnérables. Quand ils s'emparent d'un animal non pour le manger, mais pour une autre utilisation, ils savent le tuer sans le détériorer, nous pouvons presque dire sans que la victime... s'en aperçoive. Nous représentons (*fig.* 48) un indigène de la Nouvelle-Guinée cherchant à s'emparer d'oiseaux de paradis, qu'il vendra un haut prix aux Européens ; il se cache dans la ramure et, avec un arc, recouvert en partie de feuillage qui en cèle la perfidie, il vise les oiseaux venant se percher à sa portée ; il a soin d'employer une flèche terminée par une boule pour que le sang ne coule pas et que l'oiseau soit simplement étourdi par le choc.

*
* *

Les Nègres font aussi grand usage de pièges. La forme la plus commode est un simple fossé recouvert de branchages, où les animaux qui passent se laissent choir. On arrive ainsi à capturer toutes sortes de gros animaux, par exemple l'éléphant (voir fig. 37, p. 49), le zèbre, le lion, etc., dont il serait difficile de venir à bout d'une autre façon.

D'autres pièges sont un peu plus compliqués. Ainsi celui que représente notre figure 49 est susceptible de tuer net un rhinocéros, un hippopotame, ou même paraît-il, un éléphant. Formé par une masse très lourde se terminant en bas par une pointe acérée, il est suspendu par le haut à un arbre et réuni indirectement au sol par des systèmes de cordes disposées de telle sorte qu'un animal qui passe fait déclancher la masse, laquelle lui tombe sur la tête et l'assomme, tandis que la pointe le blesse plus ou moins grièvement.

Nous représentons aussi deux autres pièges. L'un (fig. 50) est assez analogue au collet que connaissent si bien nos braconniers, sauf qu'il est réuni à une branche flexible qui se relève quand l'animal a passé sa tête ou sa patte dans le nœud coulant et a contribué ainsi à serrer celui-ci. L'autre (fig. 51) est un « assommoir », c'est-à-dire un corps lourd qui se déclanche quand un petit mammifère passe au-dessous et l'écrase en partie. Pour faciliter l'arrivée de l'animal juste à l'endroit voulu on met à droite et à gauche une petite barrière qui guide ses pas vers la mort.

CHAPITRE VIII

Téléphones rustiques.

Les sauvages ont bien des manières de se comprendre de loin : ils n'ont pas besoin — heureux hommes ! — d'avoir recours à l'horripilant téléphone.

Ainsi quelques-uns possèdent des tambours très sonores ou se servent simplement de troncs d'arbres desséchés sur lesquels ils frappent suivant certaines règles pour faire connaître ce qu'ils désirent à une peuplade voisine.

D'autres — et le fait est très répandu — allument des feux sur des éminences et ne le font que dans des circonstances spéciales, pour que le voisin qui les aperçoit sache de quoi il retourne et, à son tour, puisse le communiquer à une autre tribu plus éloignée. En Afrique, par exemple, les nouvelles se transmettent ainsi avec une rapidité prodigieuse.

Les Peaux-Rouges procèdent autrement et se bornent à faire des signaux avec les bras et les mains à un de leurs camarades placé bien en vue (*fig.* 52). C'est un mélange de télégraphe Chappe, du parler des sourds-muets et des signaux maritimes. Pour ceux qui voudraient se verser dans cet idiome, nous représentons la manière de dire : *Qui êtes-vous ?* (*fig.* 52) ; *Ami* (*fig.* 52); *Indien Kaïowa* [1] (*fig.* 53); *Indien serpent* [1] (*fig.* 54) ; *Non* (*fig.* 55); *Indien au pied noir* [1] (*fig.* 56) et *cheval* (*fig.* 57). C'est un téléphone qui ne se détraque jamais !

Pour dire, par exemple : *Je pars chez moi*, on dirige la main avec l'index tourné vers la poitrine (*Je*), puis on l'étend en avant et dehors jusqu'au niveau de l'épaule (*pars*) et on abaisse brusquement le poing préalablement fermé (*vers ma hutte, chez moi*).Toutes les peuplades indiennes comprennent ce langage par gestes, même quand leur langage parlé diffère du tout au tout.

*
* *

Cette mimique, on le conçoit, ne peut se comprendre qu'à une assez faible distance. Il n'en est pas de même du langage sifflé dont nous allons parler maintenant et qui « porte » très loin.

Aujourd'hui que les moyens de locomotion sont devenus si nombreux et si perfectionnés, il n'est pas étonnant que la population des îles Canaries soit extrêmement mélangée, surtout dans les villes. Mais au xviᵉ siècle cet archipel était habité par une race d'hommes bien particuliers, connus sous le nom de Guanches.

1. Noms de tribus indiennes.

M. Verneau, qui a fort bien étudié ces premiers occupants du sol, est arrivé à cette

Fig. 52. — Procédé employé par les Peaux-Rouges pour se comprendre à distance.
En haut, un Indien demande : « Qui êtes-vous? » En bas, l'Indien répond : « Ami ».

conclusion qu'ils doivent être regardés comme les descendants directs de nos chasseurs de rennes de l'époque quaternaire. C'est au commencement du xve siècle
qu'un Normand, Jean de Béthencourt, parti de Granville, découvrit l'archipel

canarien. Il était accompagné de deux chapelains qui, dans un récit publié à leur retour, écrivirent, au sujet des Guanches, cette phrase énigmatique : « Ils parlent

ainsi que si fussent sans langue et, dit-on, par deça, que un grand prince, pour aucun meffait, leur fit tailler leur langue. » Nous reviendrons sur ce sujet tout à l'heure. Après Béthencourt, de nombreux Européens se rendirent dans l'archipel, et finalement celui-ci fut conquis par les Espagnols. Les Guanches se défendirent énergiquement ; mais, obligés de plier, ils se réfugièrent dans les montagnes et presque tous devinrent bergers. L'apaisement se fit petit à petit ; quelques-uns s'unirent aux Espagnols et, actuellement, les peuplades que l'on rencontre doivent être considérées comme des métis,

Fig. 53. — Manière de dire : « Indien Kaïowa ».

mais, tout de même, descendant des Guanches dont elles ont conservé certains traits de mœurs.

Or, il n'y a pas bien longtemps, M. Bouquet de la Grye, envoyé en mission à Ténériffe, a constaté que « les bergers de Gomera ont un langage sifflé qui leur vient des Guanches : les modulations représentent des idées et des articulations ; les sons qu'ils émettent s'entendent à des distances prodigieuses ». M. Verneau a constaté qu'ils peuvent ainsi causer entre eux à des distances de trois et même de cinq kilomètres !

Y a-t-il là un mode de communication différent du langage parlé, ou n'est-ce qu'un simple pastiche du sifflet des gavroches de nos boulevards extérieurs ? Dans ces derniers temps, M. Lajard, ayant eu l'occasion d'aller aux Canaries, a démontré que ni l'une ni l'autre de ces deux hypothèses ne pouvaient être acceptées. Il s'est d'abord rendu compte que le sifflement en lui-même était simplement produit, comme chez nous, par l'air expiré fortement soit entre les doigts, soit avec la langue. Voici, au reste, pour les personnes qui voudront se livrer à cet inté-

Fig. 54. — Manière de dire : « Indien serpent ».

ressant exercice, les modes de sifflement les plus fréquents qu'a pu observer M. Lajard.

« A. *Avec une main.* — 1° Le petit doigt. Celui-ci est porté dans la bouche tout entier et plié sur lui-même, la face palmaire de la main dirigée en haut, le pouce étendu. Ce doigt forme une anse horizontale qui vient se placer entre les dents ; la partie ouverte de la courbe est fermée par la langue, qui s'appuie au-dessous, laissant seulement au milieu un orifice étroit pour l'échappement de l'air. 2° Avec l'index plié. On se sert également de ce doigt. 3° Avec l'index étendu. Le bout s'applique sur la langue, la pulpe au-dessous ; l'air sort par un léger vide ménagé d'un côté entre les incisives supérieures, la phalangette et la masse de la langue, qui forme le reste. 4° Avec le deuxième et le quatrième doigts. Ils viennent se toucher par l'extrémité, au milieu de la bouche ; le vent trouve sa voie entre ces doigts et la langue, qui est en dessous.

Fig. 55. — Manière de dire : « Non ».

B. *Avec les deux mains.* — 1° Avec un seul doigt de chaque main. L'un et l'autre sont étendus, rectilignes, et forment un angle plus ou moins aigu. Ce sont ordinairement les index ou les petits doigts. 2° Avec deux doigts de chaque main, le deuxième et le troisième.

C. *Avec la langue.* — La langue se creuse en forme de gouttière, les bords relevés latéralement, et s'applique ainsi sous les incisives de la mâchoire supérieure. La lèvre supérieure participe, dans une certaine mesure, à ce travail ; elle s'étire transversalement et s'abaisse jusqu'au voisinage de l'orifice réservé à la sortie de l'air. Ce procédé s'applique aux faibles distances, il me semble moins employé que les précédents. »

Muni de ces renseignements, M. Lajard, pour étudier ce que les sifflements en question voulaient dire, a eu l'heureuse idée de s'assimiler le mécanisme de ce langage d'une manière complète, et de siffler lui-même de façon à tailler de petites bavettes avec les insulaires. Bientôt on ne dira plus siffler comme un merle, mais comme un... canari.

Fig. 56. — Manière de dire : « Indien au pied noir ».

M. Lajard s'est, de cette façon, rendu compte que le langage sifflé n'est ni un idiome spécial, ni un sifflet qui cherche à imiter la langue espagnole par des combinaisons plus ou moins compliquées, mais que c'est la langue espagnole elle-même dont l'intensité est renforcée à l'aide du sifflement. Le descendant des Guanches siffle en parlant, et voilà tout ! Pour des oreilles non prévenues, le mélange du sifflet et de la voix est inintelligible, mais quand on sait de quoi il s'agit, on arrive à distinguer les mots de la langue.

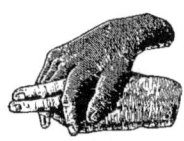

Fig. 57. — Manière de dire : « cheval ».

Le langage sifflé a l'avantage de se faire entendre à de grandes distances. Chez nous il rendrait peut-être d'utiles services. Mais il ne faut pas s'illusionner, le langage des Guanches n'est pas d'une clarté très grande, et, dans ce vocable, un

discours de réception à l'Académie ferait le plus piteux effet ! « Les phrases, dit en
effet M. Lajard, sont méconnaissables au point que les bergers eux-mêmes les
plus exercés, dans leurs montagnes, m'ont déclaré ne pouvoir pas dire tout ce

qu'ils veulent, ou plutôt ne pas pouvoir
comprendre tout ce que leur partenaire
viendrait à leur dire. Les conversations
sifflées sont donc de courte durée. »

En Europe, et particulièrement à Paris,
on pourrait rapprocher des Guanches les
maçons et autres ouvriers qui sifflent un
air à la mode en revenant de leur travail.
Nous ne nous y arrèterons pas, bien
entendu. Nous devons cependant parler

Fig. 58. — Pigeon muni d'un sifflet éolien
multiple.

des malfaiteurs qui se servent du sifflement comme moyen de correspondance, et
pour se donner des indications mutuelles sur le bourgeois à « chouriner » ou
la maison à « cambrioler ». Ils sifflent, comme les Guanches, à l'aide de leur bouche seule ou avec leurs doigts. Quelquefois aussi ils emploient des instruments
spéciaux. Mais ici, dans le son n'entre pour rien ni la langue française, ni même
l'argot ; ce sont des sifflements conventionnels, nullement comparables par
conséquent avec le langage des Canaries.

Fig. 59. — Sifflet éolien simple servant à protéger
les pigeons de l'attaque des aigles.

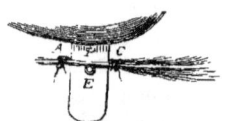

Fig. 60. — Manière de fixer le sifflet à
la queue du pigeon.

Savez-vous maintenant quelle haute idée se dégage des faits que nous venons
d'exposer brièvement ? Non. Eh bien, M. le docteur Bordier, dans un curieux
article, par une suite de déductions plus ou moins hasardées, est arrivé à dire
que nos ancêtres très éloignés ont été d'abord des siffleurs et que ce n'est que
plus tard, peu à peu, qu'ils se sont transformés en parleurs ; ce n'est pas le lapin
qui a commencé, c'est le sifflet ! Comme preuve matérielle — et celle-là est intéressante — il rappelle qu'à Beuniquelle, station magdalénienne[1] de Tarn-et-Ga-
ronne, on a trouvé des phalanges de rennes percées d'un trou pour siffler. Il paraît

---

1. Endroit où l'on a découvert des fossiles datant de ce qu'on appelle en Géologie la *phase
magdalénienne* (période quaternaire [âge du Renne]). Ce nom vient de ce que les premières
fouilles qui firent apparaître des fossiles de cette époque furent faites dans la caverne de la
Madeleine (Dordogne).

même que cet instrument s'est propagé jusqu'à l'époque des dolmens, ainsi que le prouve une défense de sanglier trouvée dans le dolmen de Genévrier.

Puisque nous en sommes au sifflet, terminons par une curieuse application, à coup sûr inattendue, qu'en font les Chinois, connus d'ailleurs pour leurs idées fantasques. Les habitants de Pékin sont bien embarrassés ; voyez un peu. D'une part ils adorent les pigeons et de l'autre ils ont besoin des oiseaux de proie qui enlèvent les immondices dont leur cité est constamment remplie [1]. Ils ne sont pas, les pauvres malheureux, affligés d'un excellent conseil municipal qui, comme dans notre bonne ville de Paris, fait nettoyer la voirie et se met toujours aux petits soins des habitants. Mais voilà, les aigles vont dévorer les pigeons qui font cependant si bien dans le paysage, et si l'on tue les aigles, que vont devenir les immondices? Doivent-ils sacrifier l'utile à l'agréable? Eh bien, ni l'un ni l'autre! Les Chinois (très malins, malgré leur aspect) adaptent sur la queue des pigeons (*fig.* 58) un sifflet spécial, très léger, connu sous le nom de *chao-tse*, et que le vent fait résonner quand le pigeon fend l'espace. « La forme du *chao-tse*, dit M. Martin, est très variable, suivant la disposition donnée aux éléments dont il se compose :

FIG. 61. — Pigeon muni d'un sifflet éolien simple.

ce sont des morceaux de roseaux juxtaposés en manière de pipeau ; quelques-uns sont faits avec une petite courge (*fig.* 59). A l'extrémité des roseaux et sur un ou plusieurs points de la courge est un sifflet ; l'appareil doit être assez léger pour que l'animal n'éprouve aucune gêne à porter l'instrument qui est fixé sur lui de la manière suivante : une petite palette se détache d'un point du *chao-tse*, elle se place entre les deux pennes caudales moyennes du pigeon et, à l'aide d'un petit bâtonnet passant par un anneau de la palette, l'instrument se maintient solidement (*fig.* 60). Les sifflets sont dirigés de telle sorte que l'air pénètre avec une force proportionnelle à la rapidité du vol et suivant la flèche indiquée sur la figure 61 ; les sons ont eux-mêmes des tonalités qui varient suivant les dimensions des roseaux et des courges. » Les aigles, effrayés, paraît-il, par ce bruit, ne touchent pas aux pigeons porteurs de *chao-tse*. Dans les rues de Pékin, rien n'est plus étrange que cette musique aérienne semblant venir des cieux. Ce qu'il y a de vraiment curieux, c'est que, pour les Chinois, ces sons représentent les paroles mystérieuses échappées de la bouche des empereurs des anciennes dynasties et, les rappelant aux vertus de leurs pères, les excitent à méditer sur les catastrophes qui ont précipité l'empire jusqu'au fond de l'abîme. Eux aussi, décidément, tiennent à ce que leurs ancêtres soient des siffleurs ! Comme quoi la science et les superstitions se rencontrent plus souvent qu'on ne serait tenté de le croire !

1. Voir notre ouvrage : *Les Animaux Excentriques.*

CHAPITRE IX

Cheveux de toute sorte.

Les cheveux contribuent beaucoup à donner aux diverses races leur physionomie spéciale, bien qu'ils ne diffèrent entre eux que par des caractères infimes et mêmes difficiles à bien spécifier dans une description.

On distingue ordinairement en anthropologie quatre variétés principales de cheveux quant à leur aspect et à leur nature : cheveux *droits, ondés, frisés* et *crépus* ou *laineux*. Il est facile de se rendre compte à simple vue des aspects particuliers de ces variétés, mais un examen plus attentif montre que ces différences se manifestent jusque dans la structure microscopique du cheveu.

Les cheveux droits ou lisses sont ordinairement longs et tombent lourdement en plaques sur les côtés du crâne ; tels sont les cheveux des Chinois, des Annamites (*fig.* 62), des Mongols, des Indiens de l'Amérique. Les cheveux droits

Fig. 62. — Cheveux lisses (Annamites).

sont ordinairement raides et gros, mais on en trouve parfois d'assez fins, par exemple chez les Finnois occidentaux ; il est vrai que dans ce cas ils ont une tendance à devenir ondoyants.

Les cheveux *ondés* ou *ondulés* dessinent une longue courbe en spirale incomplète d'une extrémité à l'autre ; on les dit *bouclés* quand ils présentent un enroulement à l'extrémité. L'ensemble de la chevelure offre un aspect ondulé assez agréable ; nous ne citerons comme exemple que certaines femmes blondes écossaises. Ce type d'ailleurs est très répandu parmi les Européens bruns ou blonds. Dans le type *frisé* (*fig.* 63), le cheveu est enroulé en plusieurs tours de spire formant des anneaux successifs d'un centimètre de diamètre ou plus. Tels sont les cheveux des Australiens, des Nubiens, de certains mulâtres, etc.

Enfin, le type de cheveux *laineux* ou *crépus* (*fig.* 64) est caractérisé par des tours de spire excessivement étroits (de 1ᵐᵐ à 9ᵐᵐ au maximum); les an-

FIG. 64. — Cheveux crépus
(naturel de la Nouvelle-
Guinée).

FIG. 63. — Cheveux frisés
(Guerrier Papou).

FIG. 65. — Cheveux crépus
chez un Nègre.

neaux de la spirale sont très rapprochés, nombreux, bien roulés et s'accrochent souvent les uns aux autres, formant des touffes ou des boucles, le tout rappelant un peu extérieurement la laine de mouton. Ce type comporte deux variétés. Quand les cheveux sont relativement longs et leurs spires assez larges, la chevelure prend l'aspect d'une toison continue comme chez certains Mélanésiens ou chez la plupart des Nègres (*fig.* 65). Dans sa classification des races humaines, Hæckel a pris ce type comme caractéristique du groupe des *ériocomes*. Mais quand les cheveux sont courts et à spires très étroites, ils ont une tendance à former, en s'enchevêtrant, de petites touffes dont les dimensions varient de la grosseur d'un pois à celle d'un grain de poivre ; ces touffes sont séparées par des espaces qui paraissent nus (*che-veux en grains de poivre*). Ce type de chevelure, dénommé *lophocome* par Hæckel,

est répandu chez les Hottentots et les Boschimans ; mais la plupart des Nègres l'ont dans leur enfance, et même à l'état adulte, dans certains endroits, vers les tempes, au front, bref partout où les cheveux restent très courts. (Deniker.)

Quand les cheveux divergent en tous sens, on dit que l'on a affaire à une tête *en vadrouille* — terme un peu bizarre, mais scientifique (*fig.* 66).

Quelquefois, les cheveux forment de véritables cordes et ressemblent alors beaucoup aux poils de certains caniches. C'est ainsi qu'ils étaient chez les Tasmaniens (*fig.* 67) que la civilisation (?) a fait disparaître de la surface du globe.

Fig. 66. — Cheveux dits « en vadrouille » (*sic*) d'un indigène de Stanley Pool.

Le mécanisme en vertu duquel se produisent les différents degrés de frisure

Fig. 67. — Cheveux en cordes (Tasmanien).

Fig. 68. — Australien de Port-Lincoln.

des cheveux est encore un objet de discussion. Nathusius a émis l'opinion que leur forme dépend avant tout de la forme même de leur follicule ; il a montré, en effet, que les cheveux droits ont un follicule droit, tandis que les frisés sortent

d'un follicule plus ou moins recourbé en forme de spirale. De son côté, M. Sanson
affirme que, chez le mouton, les zigzags ou tours des spires sont dus à une série de
rétrécissements provenant des alternatives de bonne et de mauvaise alimentation.
Enfin Weber, Henle et Kölliker rattachent la frisure à un aplatissement des cheveux, déterminant un enroulement sur le plat. Les recherches de Pruner-Bey sont
entièrement favorables à cette manière de voir. Il résulte en effet, de nombreuses
mensurations faites sur des cheveux de toute nature par ce savant anthropologiste,
que l' « indice » du cheveu, c'est-à-dire le rapport centésimal de son petit diamètre à son grand diamètre, atteint son maximum pour les cheveux lisses et dé-

Fig. 69. — Naturel de la baie de Humboldt.   Fig. 70. — Tête d'Arfakis.

croît ensuite graduellement pour les cheveux bouclés, les cheveux frisés et les
cheveux crépus. Cet indice est de 90 chez les Samoyèdes et de 84 chez les Japonais qui ont des cheveux lisses ; il descend à 52 chez les Nègres d'Afrique et à
40 chez les Papous qui ont les cheveux crépus. (L. Testut.)

L'abondance des cheveux est à peu près la même dans toutes les races humaines
(environ deux cent soixante par centimètre carré). La barbe est beaucoup plus variable. Les Mongols, les Malais, les Américains en ont à peine aux coins de la
bouche et sur le menton. Chez les Aïnos (voir fig. 81, page 93 et chapitre XX), les
Iraniens, les Todas, les Australiens (fig. 68), les Mélanésiens, la barbe est au contraire,
forte et abondante sur les lèvres, le menton et les joues, où elle s'avance parfois
jusqu'aux pommettes. Chez les Nègres et les Boschimans, la barbe, crépue, demeure
toujours très courte.

La coiffure et la barbe donnent aux sauvages des aspects bien particuliers et
qui frappent quand on les voit pour la première fois. Mais si quelques-uns laissent
pousser leurs cheveux tels quels, d'autres aussi leur donnent des soins spéciaux,
les taillent de façons diverses, les nouent d'une manière plus ou moins fantasque.
Regardez par exemple ce naturel de la baie de Humboldt (fig. 69) avec ses cheveux

noués par grosses touffes rondes, et cet Arfakis (*fig.* 70) dont la chevelure extraordinaire fait penser aux fantaisies que l'on taille dans les ifs. Certains suppriment

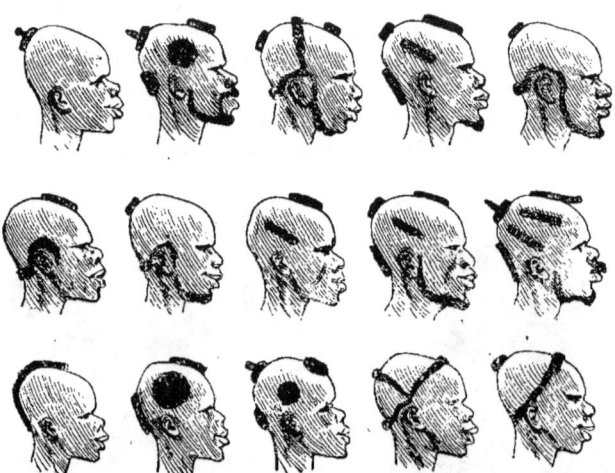

Fig. 71. — Manuel du parfait coiffeur chez les nègres Bangolas en Afrique.

leurs cheveux par place et arrivent de la sorte à multiplier les dessins ainsi formés, comme on le voit dans la figure 71 qui représente la coiffure « copurchic »
des nègres Bangolas, laquelle, pensons-nous, n'est pas encore prête de gagner la
vieille Europe. Mais sait-on jamais ce que la mode nous réserve ?

CHAPITRE X

Musique nègre.

Il est assez curieux de constater qu'une chose paraissant à première vue d'aussi peu d'importance pratique que la musique soit l'art certainement le plus répandu parmi les races humaines. Il n'y a guère que les Fuégiens, certains Micronésiens et les Veddahs — c'est-à-dire une quantité infime de l'humanité — qui ne possèdent aucun instrument de musique.

La musique des peuples incultes est le plus souvent réduite à un seul de ses éléments, le rythme ; et cela se comprend quand on pense que, la plupart du temps, elle n'est que l'accompagnement de la danse. La mélodie et l'harmonie, quand elles existent, sont très rudimentaires. Néanmoins, de l'avis même des spécialistes, il est très difficile de noter les airs « sauvages » ; et les trois quarts des notations que l'on a publiées dans différents ouvrages sont inexactes.

Nous reproduisons cependant ici quelques-unes de ces mélopées primitives, recueillies par M. Benedikt Friedländer dans son voyage à Samoa. Voici la plus simple ; c'est un chant de *danse*.

U-a   i-la   i-la   mai-   le ta-la   Au-e   a   -   è.

Puis ces trois romances qui ne sont pas dépourvues d'un certain charme :

I

Ton-ta nu-mi-a   le-na   vai   au-ai   ia-a   e   —   Au-e

Vai-te le sa-ma   tou o-lo   a-tu   ai-au   ai ià-a   è —

II

III

***

Enfin ce *chant de rameurs* à deux parties qui nous prouve que l'intelligence de
la musique se développe au fur et à mesure des progrès, de la civilisation. Dans sa
simplicité et son originalité naïves, il n'est pas désagréable :

'u - a io 'u - a - io — na - u fa - a - lo - go - fa - a

logo - è ! e - ma - lu mai lo - ta ti - no - e !

* *

La difficulté de noter les airs sauvages provient de ce que l'on a toujours essayé de les rendre d'après notre gamme heptatonique ; or cette gamme, quoique existant chez beaucoup de peuples incultes, n'est pas la seule dont ils se servent. On trouve chez eux l'usage exclusif de certaines suites de sons à intervalles fixes, c'est-à-dire de véritables gammes à **2**, 3 et jusqu'à 6 tons. Le plus souvent, ce sont les « tons naturels » (tonique, tierce, quinte) qui constituent la gamme (Boschimans). Les airs des peuples incultes sont le plus souvent en ton mineur : en somme, la gamme n'étant qu'une convention basée sur la construction des instruments, dont les plus perfectionnés, comme notre violon, ne peuvent donner que les demi-tons ou exceptionnellement les quarts, les tiers de ton, il ne peut être question d'une « gamme naturelle ». Ce sont les instruments musicaux d'un peuple qui déterminent la gamme dont il se sert ; aussi l'étude de ces instruments devrait-elle

Fig. 72. — Tambour des habitants de l'île Dampier (Nouvelle-Guinée).

précéder celle du chant. Comme la musique primitive se réduit presque au rythme seul, les premiers instruments de musique ont dû être des objets servant à battre

FIG. 73. — Boîte à musique (Sansa) des Nègres. On la place sur une calebasse (qui renforce le son) et on joue avec les doigts.

FIG. 74. — Détail de l'instrument de musique appelé « gora ».

la mesure : morceaux de bois que l'on claque l'un contre l'autre, comme cela se voit encore aujourd'hui chez les Annamites, tambours primitifs (fig. 72) en bois ou comme ceux dont se servent les Australiennes pendant les *Korroberri* [1], un manteau de peau d'opossum tendu entre les jambes et sur lequel on frappe en cadence avec un bâton. Mais, comme les castagnettes, le triangle, etc., ce ne sont pas à proprement parler des instruments de musique. Ces derniers doivent produire une gamme ou une série de sons. On en distingue trois sortes : les instruments à vent, à corde, et de percussion. L'instrument à vent le plus ancien est pro-

FIG. 75. — Un concert au milieu de l'Afrique. Boschiman jouant de la gora ; sa femme l'accompagne en chantant.

1. Voir chapitre XI, page 89.

bablement la flûte ou le chalumeau en jonc, en bambou, en os d'animaux ou d'homme, etc , comme on en voit chez les Botocudos et les Ypurinas du Xingu (Brésil). L'arc fut le premier instrument à corde ; les Cafres et les Nègres d'Angola « jouent de l'arc » en y attachant une gourde et en raccourcissant à volonté, à l'aide d'un anneau mobile, la corde qu'ils pincent. Les instruments à percussion les plus répandus parmi les Nègres sont les « sansa » sorte de boîte à musique (*fig.* 73) et le xylophone (voir chapitre XIX, la panoplie du musée ethnographique du Trocadéro) ou claquebois. Les peuples les plus incultes ont cependant des instruments composi-

Fig. 76. — Nègre de Taïti jouant de la flûte avec son nez.

tes ; telle la « gora » des Boschimans (*fig.* 74) dont voici la description : un tuyau de plume fendu et découpé en forme de feuille est attaché à l'extrémité d'un arc ; on le porte à la bouche et on le fait vibrer : c'est donc un instrument à anche et à corde à la fois (*fig.* 75). Mais il émet des sons si faibles que l'artiste est souvent obligé de mettre un de ses doigts dans le nez et un autre dans l'oreille pour mieux entendre sa musique : il se sert ainsi d'une sorte de microphone. (Deniker.)

En fait d'instruments de musique, les indigènes de l'Australie sont mal pourvus : ils ne possèdent que des bâtons en bois dur, assez épais, en forme de massues et extraordinairement sonores. Quelquefois ils se contentent de frapper une de ces massues avec le boomerang, arme dont nous parlerons au chapitre XIX.

***

L'art musical est très rudimentaire chez les Mincopies, lesquels ne connaissent même pas le tambour, si généralement répandu. Ils n'ont qu'une courte phrase musicale se répétant indéfiniment et qui rappelle un peu celle de certaines bourrées en usage dans la Basse-Bretagne. Ils accompagnent cette mélopée à l'aide d'une petite planche de forme elliptique tronquée, qui sert à marquer la mesure aux danseurs.

***

Dans les îles de la mer du Sud, on rencontre très fréquemment un instrument de musique assez singulier : c'est une grosse coquille marine, un *murex*, percée d'un trou à son extrémité.

***

Quelques Nègres ont une manière peu ordinaire de jouer de la musique. Au lieu de souffler dans leur flûte par la bouche, ce qui est le plus naturel, ils envoient l'air par les narines. C'est ce que montre notre figure 76. Et le fait n'est pas isolé ; ainsi les Guaranis, Indiens du Brésil, soufflent par les narines dans un flageolet en roseau, fixé dans un fruit sec ou dans un petit vase en terre percé de trous. A Paris même, on peut voir souvent des aveugles chercher à attirer l'attention du public en jouant de la flûte avec leur nez ; ils arrivent d'ailleurs à un résultat inverse à celui qu'ils désirent et au lieu d'émouvoir la pitié, ils ne font que provoquer la répulsion.

* *
*

Les Bongos, passionnés de musique, possèdent divers instruments sonores. Le plus employé est un arc de bambou dont ils placent les extrémités entre les lèvres, de manière que la bouche remplisse l'office de caisse sonore.

Ils utilisent aussi une calebasse ou, ce qui est plus simple encore, un trou, creusé dans le sol et recouvert d'écorce, qui sert de caisse. Ils font aussi un tintamarre infernal avec d'énormes trompes en forme de tubes ou de bouteilles, creusées dans un tronc d'arbre, des cornets en corne d'antilope, des tambours, des flûtes et même des gourdes remplies de cailloux. Quant aux tambours, ce sont des bûches creuses sur lesquelles on tend une peau de chèvre.

Les Mittous, voisins des Bongos, sont plus raffinés : ils savent jouer habilement d'une sorte de lyre à cinq cordes, dont la caisse sonore est recouverte de peau.

Les Niams-Niams utilisent aussi une sorte de harpe munie d'une caisse sonore et de quelques clochettes. Pour convoquer leurs camarades à la guerre, ils se servent de tams-tams et de trompes en bois. Certains musiciens ambulants s'habillent d'une manière grotesque, en portant aux bras des grelots et sur la tête des amas de plumes. On se demande pourquoi ils chantent, car ils chuchottent leurs airs d'une voix si faible qu'il faut être à côté d'eux pour les entendre.

Tous les instruments de musique que nous venons de décrire ne donnent que des sons grossiers ; pour nos oreilles délicates c'est tout au plus s'ils ne sont pas désagréables. Exception doit être faite cependant pour l'instrument de musique que représente notre figure 77 et qui se compose de roseaux de différentes grandeurs et susceptibles par conséquent de rendre des sons différents. C'est, en somme, la flûte de Pan dont se servent les bergers de temps immémorial, et dont la chanson mélancolique est connue de tout le monde. Mais ici, l'instrument est de grande taille et émet des sons très puissants : il faut un « coffre » solide pour s'en servir.

* *
*

Très généralement la musique des sauvages n'a pour but que d'accompagner le rythme des danseurs ; elle n'a rien de mélodieux.

M. J. de Brazza a donné une excellente description d'un de ces orchestres de Nègres dans une fête chez les Batékés.

« Figurez-vous, raconte-t-il, un grand cercle formé moitié d'hommes et moitié
de femmes, tous debout ; au centre, une cinquantaine d'hommes assis par terre

Fig. 77. — Musiciens nègres se servant de volumineuses flûtes de Pan.

composant l'orchestre. Au milieu d'eux se trouve le tam-tam, un gros cylindre de
bois. C'est un arbre coupé et ouvert d'un seul côté sur lequel est tendue et liée
une peau de mouton.

Le côté opposé se termine par quatre pieds courts. Un homme bat avec les mains sur la peau, et, suivant qu'il frappe au centre ou près du bord, il en tire un son plus ou moins profond. Près de là, cinq ou six musiciens soufflent dans de grandes gourdes de 40 centimètres de haut, qui donnent une note basse de violon.

Deux ou trois autres soufflent dans de petites gourdes qu'ils tiennent par le bout et en tirent un son un peu plus haut. Il y en a d'autres qui sifflent dans une petite gourde à deux trous, de la taille d'une orange, et produisent deux ou trois notes qui ne sont pas trop perçantes. D'autres encore sifflent dans une gourde qui a un trou latéral et donne aussi un son grave. Puis il y en a un, qui tient un instrument à cordes formé d'une branche de bambou-palmier, dont on a détaché les fibres extérieures ; ces fibres forment quatre cordes, une demi-gourde fournit la caisse d'harmonie que l'artiste pose sur son ventre, pendant que ses deux mains touchent les cordes qui rendent un son agréable. Au milieu de l'arc et aux deux extrémités les Batékés mettent trois spatules de fer, autour desquelles sont des anneaux qui vibrent en même temps que les cordes de l'instrument. L'arc mesure à peu près 1m,10, sa forme est régulière. On le trouve en usage chez les Pahouins, les Batékés et les Alifourous.

Ce n'est pas tout l'orchestre encore. Il faut y ajouter un certain nombre d'instrumentistes, jeunes et vieux, armés de morceaux de bois creux composant une boîte qui renferme des graines et qu'ils agitent en cadence. D'autres battent des mains, d'autres encore se frappent le ventre, etc. Puis il faut ajouter toutes les jeunes filles debout formant la moitié du cercle et qui tiennent chacune une petite gourde remplie de semences. Le son des gourdes se mêle aux battements des mains, aux hurlements, aux sifflements des hommes, etc. C'est vraiment infernal, et cependant au milieu de toute cette confusion, il y a une espèce de règle, que les joueurs suivent, guidés par un chef d'orchestre placé debout au milieu du cercle, tenant en main la peau d'un chat sauvage tigré, découpée en longues bandes et se démenant, appelant, battant des mains pour maintenir la mesure. »

*
* *

Ch. Letourneau remarque que la musique d'ensemble chez les Nègres occidentaux, n'est même pas soupçonnée, et que, si l'on réunit quelquefois en orchestre divers instruments, chacun n'en continue pas moins à vibrer pour son compte, les musiciens se préoccupant seulement de faire autant de bruit que possible. Il faut noter, comme une exception unique, l'extraordinaire émotion que produisit un jour sur un chef, à Kouka (Soudan), une boîte à musique jouant le *ranz des vaches* : « Il se couvrait la figure de ses mains et écoutait en silence ; puis comme un des assistants avait rompu le [charme] par une bruyante exclamation, il lui asséna un coup qui fit trembler tous les autres. »

Même amour de la danse, du chant et du tam-tam, chez les tribus de race inférieure, dans l'Afrique orientale. A ce sujet, on a remarqué que ces Noirs ont à un haut degré le sentiment chorégraphique de la mesure, à tel point même que des centaines de danseurs frappent la terre d'un seul coup de talon avec un ensemble parfait. Mais dans ces plaisirs bruyants, l'intelligence a très peu de part. Les paroles, toujours improvisées, se bornent à quelques mots qui n'ont ni rime ni raison, et que l'on répète à satiété pour leur bruit.

CHAPITRE XI

Fêtes joyeuses et fêtes sanglantes.

Tout comme nous — moins que nous cependant — les sauvages éprouvent le besoin de se distraire. Habituellement, leurs fêtes ont lieu à propos de diverses circonstances, par exemple avant de partir à la guerre (*fig.* 78) et se manifestent par des libations et surtout par des danses qui, à nous autres raffinés, paraissent bien étranges. Ces danses, quoique peu compliquées, varient sensiblement d'une peuplade à l'autre. A titre d'exemple, voici, d'après M. J. de Brazza, la description d'une danse chez les Batékés, dont nous connaissons déjà (page 83) les instruments de musique.

« La première impression est celle que produirait un bal de carnaval où tous les danseurs seraient ivres.

Hommes et femmes ont d'ailleurs ceint leurs reins de leurs meilleurs pagnes et ont mis tous les ornements qu'ils possèdent : perles, cornes de gazelles, bandes de peau, fétiches, gris-gris, etc. Les coiffures sont des plus bizarres. On voit des tresses, des chignons, des boucles de cheveux dans lesquelles sont fixées des plumes de coq.

Leur peinture est quelque chose d'unique dans son genre. Les vieilles ont, en général, le visage entouré d'une bande blanche, de façon qu'il ne reste de noir que les yeux, le nez et la bouche. Les jeunes beautés sont frottées de rouge par tout le corps, et une partie de cheveux ainsi teints leur fait une couronne rouge. Quant aux hommes, il y en a de toutes façons.

Le blanc, le rouge, le noir sont étendus sur le visage, la poitrine et les bras, suivant le caprice de chacun. Les uns ont les yeux entourés de blanc, de rouge, de noir ; les autres ont les tempes rouges ; d'autres les bras chamarrés des trois couleurs ; d'autres, enfin, portent un grand V au milieu de la poitrine ; en un mot, il y en a pour tous les goûts. Tous ces gens ne font autre chose que se démener, se tordre, tourner la tête. C'est toute une confusion de couleurs qui se meuvent, une palette de peintre dont le fond représente la chair noire ; le rouge, le carmin, le blanc, le brun de Sienne, le noir d'ivoire, le bleu, rendent l'agitation des bonnets, des pagnes, des barbouillages et des mille perles dont ils ont formé leurs colliers. Le plus curieux de tout, c'est qu'il y a des prix comme dans nos cotillons. Quand on fait un tam-tam, les villages voisins sont invités et leurs habitants reçoivent des cadeaux, selon leur habileté dans la danse

et dans la musique. Souvent, au milieu de l'horrible musique, un jeune homme
sort des rangs, fait signe au tam-tam de s'arrêter et commence un discours à la
fin duquel il porte à une jeune danseuse, la belle de son cœur, soit un pagne du
pays, soit un tambo, grosse perle bleue, soit une caurie (petite coquille servant de
pièce de monnaie). J'ai remarqué aussi des vieux qui faisaient des présents aux
vieilles barbouillées de blanc.

Un jeune homme brandit un long bâton, orné d'anneaux de cuivre, fait signe à
la musique de s'arrêter, prononce un discours qu'on applaudit, passe devant le
demi-cercle des jeunes filles et arrache, en toute hâte, une plume de coq de la

Fig. 78. — Danse guerrière des Zoulous.

tête de l'une d'elles. C'est celle qui a dansé le mieux à son gré, c'est-à-dire qui
a le mieux et le plus rapidement exécuté l'ensemble des mouvements que voici.
La danseuse doit plier successivement et légèrement les jambes, faire saillir la
poitrine en avant, pencher la tête d'abord à droite, puis à gauche, secouer
la gourde remplie de semences, puis recommencer à plier de nouveau les
jambes, etc. Tous ces mouvements se succèdent avec une rapidité surprenante. »

*
* *

Dans la plupart des fêtes, les sauvages augmentent encore la bizarrerie de leur
aspect par divers déguisements, souvent fort curieux, et surtout par l'emploi
de masques ou de têtes en sorte de carton. A titre d'exemple, nous représentons
ceux dont font usage les Tékunas (*fig.* 79), et qui sont très amusants; les
réjouissances pour lesquelles ces accoutrements bizarres sont imaginés, consistent
surtout en processions à travers les villages ; aussi, à part les vêtements, qui sont

un peu... sommaires, ne se croirait-on pas en France à l'époque du Mardi-Gras ou de la Mi-Carême ?

* * *

Les Négritos de Malacca célèbrent leurs fêtes surtout à la saison des fruits et à l'occasion des fiançailles.

Le père de famille qui donne un festin envoie à ceux qu'il invite un morceau de bambou, percé de trous ; il indique ainsi combien de jours doit durer la fête. Les chefs de famille rassemblent leurs proches et leurs amis, qui tous viennent, en grand costume, au lieu de réunion, apportant des victuailles en abondance ; là ils sont reçus par un chef à moitié magicien, qui leur donne un coup de sarbacane sur les épaules, prend leurs armes, les renferme chez lui, puis tourne autour d'eux trois fois en dansant ; il s'assied ensuite et reçoit les provisions apportées par les invités : chair de sanglier et d'autres animaux, poules, manioc, ignames, riz, enfin l'arak, espèce de mauvaise eau-de-vie, tantôt de fabrication indigène, tantôt achetée aux Chinois et aux Malais. Manger, boire et danser, telles sont les principales occupations dans ces fêtes sauvages qui durent un temps assez long. On danse plusieurs jours et plusieurs nuits sans discontinuer ; ceux qui succombent à la fatigue ou à l'ivresse sont remplacés par d'autres. Les femmes dansent ensemble au milieu des hommes, qui font des rondes autour d'elles ; tout en sautant, elles chantent une espèce de stance à laquelle répondent les hommes, et cela se répète à l'infini. (M. Marche.)

* * *

Les indigènes des Nouvelles-Hébrides dansent au son de tams-tams formés de troncs d'arbres creusés, quelquefois percés de trous réunis par une fente verticale.

Ceux qui dirigent le *sinn-sinn* (danse) ont des bâtons emblématiques sur lesquels sont modelés ou gravés soit des têtes humaines, soit des corps entiers. C'est à la suite des récoltes d'ignames et des nominations de chefs que se font ces fêtes. Voici en quoi elles consistent : l'un des indigènes entonne un couplet, dont le refrain est accompagné par tous les autres ; puis ces derniers forment un cercle, s'avancent vers celui qui est au centre, en agitant d'une main un casse-tête et de l'autre une sagaie. Tantôt ils tournent autour de lui à la file indienne, tantôt ils se forment sur quatre ou cinq rangs et font le tour des tambours, précédés de quelques femmes qui portent des branches d'arbre et exécutent des pas de danse. A l'occasion de ces danses, ils se barbouillent le visage en rouge et en noir ; à Sandwich, à Mallicolo, ils portent des masques d'écorce peinte de différentes couleurs, surmontés de grands chapeaux pointus. Dans toutes les îles, ces fêtes sont le prétexte de banquets copieux ; on tue les plus gros cochons et on boit le kava. (M. Pineau.)

* * *

Les Australiens ont imaginé une danse singulière, dite du squelette : pour cela, ils se dessinent en blanc sur la peau, les os sous-jacents, approximativement bien entendu.

Leur fête annuelle, le *Korroberri*, dure six semaines : elle commence quand la lune est dans son plein et une demi-heure après le coucher du soleil. Ceux qui s'y livrent dorment pendant le jour et dansent surtout la nuit. Dans ces danses, on voit souvent six hommes s'avancer vers les musiciens en frappant en cadence, alternativement, à droite et à gauche, avec leur hache de guerre. D'autres fois, ils jouent des pantomimes, ou marchent en écartant les jambes, les genoux en

Fig. 79. — Déguisements de fête chez les Tékunas.

dehors et poussent des grognements. Ils sont relayés, de temps à autre, par une femme qui sautille seule, les bras en l'air et les doigts écartés.

*
* *

Lorsque les fêtes n'ont pas pour cause les préparatifs d'une grande guerre (*fig.* 80), elles sont motivées par une grande chasse. C'est ce dernier cas qui se rencontre chez les Nègres du Mozambique, lorsqu'ils vont à la chasse à l'éléphant, qui constitue, pour eux, un gibier très important.

Pour s'emparer de cet animal, les hommes se réunissent au nombre d'une vingtaine et se préparent à leur expédition en se livrant, pendant huit jours, à des libations et à des danses. Les femmes prennent part à ces fêtes préliminaires et doivent parcourir le village en faisant toutes sortes de contorsions. Leur tâche accomplie, ces dames vont boire entre elles et reparaissent, quatre ou cinq heures après, avec une incertitude dans la démarche et une flaccidité des membres qui augmentent le charme de leur gesticulation. La journée se termine par un *fackeltanz* (danse où chaque figurant porte un flambeau) du dernier grotesque. Cette fête a probablement pour but de dédommager la femme du chasseur des privations qu'elle va subir. Il lui faut, en l'absence de son époux, renoncer à la bonne chère, à la toilette, à la pipe ; elle ne doit pas sortir de la maison, et la moindre incartade la rendrait responsable de l'insuccès de la chasse. Les hommes, pendant ce temps, non moins avinés que leurs femmes, gambadent avec la grâce et l'acquis d'un ours bien dressé, autour d'un tambour (ngoma kou) violemment battu avec les poings, ou d'une caisse d'écorce râclée avec des pierres et qui sert de basse et de table d'harmonie à un instrument de musique (kinanda) que l'on y applique, tandis qu'une espèce de fifre en corne de chèvre domine l'orchestre et le complète. Quand ils sont enfin saturés de bière, les chasseurs quittent le village au point du jour, munis de brandons enflammés, qu'ils emportent dans la crainte de manquer de feu dans les jungles, et qu'ils placent devant leur bouche pour combattre l'influence de l'air froid du matin. (Burton.)

*
* *

Chez les Ghiliaks (région du Bas-Amour) a lieu, une fois par an, une curieuse fête, dite de l'Ours, qui confine à la religion.

La fête a lieu au mois de janvier et dure, accompagnée de différentes récréations, une quinzaine de jours. On se procure des oursons soit en les prenant directement dans leur caverne, soit en les achetant chez les compatriotes de Sakhaline. Souvent on les paye jusqu'à 100 roubles (400 francs) et davantage. Le jeune ours est transporté sur un traîneau formé d'un tronc d'arbre creux, dans lequel il se trouve attaché par une chaîne. Les tentes où s'arrêtent les voyageurs sont considérées comme particulièrement honorées. Il arrive parfois que l'ours, par suite de négligence de la part de ses gardiens, étrangle un enfant ; mais les parents ne se plaignent pas et considèrent, au contraire, l'événement comme un signe heureux. Arrivé dans le village, l'ours est placé dans une cabane à part ; une vieille femme est chargée de lui donner à boire et à manger. On lui passe de l'eau dans une cuiller en bois à travers la petite fenêtre de la cabane. Sa nourriture consiste principalement en poisson ; parfois, on y ajoute du millet et toutes sortes de restes. Souvent les habitants de plusieurs villages se réunissent pour la fête qui est toujours accompagnée de jeux, surtout de courses en traîneaux. Le personnage principal de la fête, l'ours, reçoit ce jour-là une nourriture abondante. On le promène plusieurs fois dans les rues du village. Cette promenade s'opère de façon qu'il doit approcher de chaque maison, après avoir fait un détour vers la rivière ; on croit, par ce procédé symbolique, amener l'abondance du poisson pour chaque famille. Pendant la promenade, plusieurs hommes tiennent l'ours par des chaînes ; dans chaque maison où il entre, on lui donne du poisson,

du millet, des baies et on le taquine en même temps. Quelques Ghiliaks se prosternent devant lui ; cependant ce n'est pas un signe d'adoration, comme on
pourrait le croire tout d'abord : les uns le font simplement comme une farce, les
autres sérieusement, en suppliant l'esprit de l'ours de ne pas exercer sur eux
sa vengeance après la mort de l'animal. Quand l'heure fatale du sacrifice approche,
on attache l'ours à un pieu et on commence à lui envoyer des flèches à qui mieux
mieux ; on l'achève enfin d'un coup de lance et il meurt tranquillement, avec un
stoïcisme parfait, en mettant sa patte de devant sur la poitrine ; souvent alors,
on entend pleurer sa vieille bonne. Finalement, on allume le bûcher ;

Fig. 80. — Danse nocturne chez les Baris, servant de préparatifs de guerre.

les Ghiliaks se mettent autour, chacun prend un morceau de l'animal tué et le
mange, après l'avoir légèrement grillé sur le feu. Le festin continue des journées
entières et l'on mange et l'on boit tout ce qu'on possède en fait de poisson, de
millet, de thé et d'eau-de-vie ; la peau et le crâne de l'ours sont conservés comme
talismans. (Seeland.)

Une fête analogue a lieu chez les Aïnos, qui habitent une partie du Japon. On
prend un jeune ours et une femme est chargée de le nourrir (*fig.* 81) soit au sein,
soit au biberon. Quand il est suffisamment gras, on le met à mort. Cette « fête de
l'Ours » a lieu une fois par an et donne lieu à d'énormes réjouissances.

Il y a aussi une « fête de l'Ours » chez les Finnois. L'infortuné ourson a la con-
solation, avant de périr, d'entendre la sorte de complainte suivante (recueillie par
M. Michel Ribaud) que lui adresse le peuple dans la joie.

« Où le bel Ohto (ourson) est-il né ? Où sa belle crinière a-t-elle grandi ? De quelle région la tête grasse a-t-elle été apportée ? Où la queue blanche a-t-elle été trouvée ? Est-ce sur le chemin du bain ou sur le sentier qui mène au puits ? »

« Le vieux, le brave Waïnomoïnen répondit :

« Ohto n'est point né dans un lit ; il n'a point dormi dans une crèche. Le bel Ohto est né, sa belle crinière a grandi dans les régions voisines de la lune et du soleil ; dans la patrie des étoiles, sur les bras des grandes *Otawa* (grande Ourse). Ukko, le roi splendide des cieux, jeta dans l'eau un flocon de laine, et ce flocon fut poussé par les vents, enflé par la vapeur humide, porté par les vagues de la mer jusqu'aux rives de l'île florissante, jusqu'au promontoire de Miel.

« Mielikki, la douce vierge de la forêt, la femme courageuse de Tapio, s'élança au milieu des vagues, prit le léger flocon de laine et le cacha dans son sein.

« Déjà elle berce doucement son bien-aimé dans son petit lit d'or, suspendu au toit de sapin. Elle nourrit son Ohto, sa belle crinière, au pied de l'humble bouleau, dans la petite forêt de pins, parmi les fleurs qui portent le miel.

« Mais Ohto n'a pas encore de dents, les ongles manquent encore à ses pattes. Mielikki, l'hôtesse de la forêt, la femme courageuse de Tapio, va partout chercher des dents et des ongles pour son ours ; elle en cherche sur les collines verdoyantes, dans les plaines couvertes de pins, dans les champs riches d'arbousiers. Un pin, un bouleau s'élevaient sur leurs tiges. Dans le pin brillait un rameau d'argent ; dans le bouleau un rameau d'or. Elle arracha ces rameaux avec la main et en fit des dents et des ongles pour Ohto.

« Et elle bâtit une *lupa* de bois de prunier et voulut que l'ours l'habitât au lieu de parcourir les marais, d'errer dans les bois et de s'égarer dans les plaines...»

* *

Si maintenant nous nous transportons dans l'Amérique du Nord, nous ne trouvons pas de danses moins bizarres (*fig.* 82) ; là on fête surtout le bison, qui constitue pour les Peaux-Rouges un élément important de leur alimentation.

Voici, par exemple, une de ces danses, décrite par un témoin oculaire, M. Ten Kate :

« Autour d'un grand feu, une centaine d'Apaches, accroupis ou debout, éclairés par la lueur rougeâtre des flammes, formèrent un grand cercle. Deux hommes et un garçon de huit à dix ans trottèrent avec une grande rapidité autour du feu ; ces trois Indiens formaient les principaux personnages de la soirée. Le premier danseur, de haute et belle stature, s'était couvert toute la figure d'un masque en cuir de mouton ; sur la tête il portait un grand ornement en bois rouge et blanc, dont la forme ressemblait à celle d'un trident. Son corps musculeux et haletant était peint en blanc ; de grands lambeaux de toutes couleurs, ornés de plumes, tombaient de ses épaules, tandis que les hanches et les cuisses étaient couvertes d'un jupon court en cuir de mouton, orné de longues franges ; ses pieds étaient chaussés de hautes bottines. Il portait dans chaque main un petit glaive en bois courbé. Le deuxième danseur était habillé de la même manière ; la partie supé-

rieure de son corps était peinte en noir, tandis que la partie inférieure était blanche ; au lieu d'un jupon en cuir de mouton, il en portait un en coton transparent.
Le garçon était peint en blanc de la tête aux pieds. Il portait un masque comme
les autres, mais il n'avait pas, comme eux, des ornements en bois sur la tête.
Dans chaque main, il tenait un bâton court.

Fig. 84. — Femme Aïnote allaitant un ourson pour le jour « de la fête de l'Ours. »
Sur les branches de l'enclos voisin on voit les crânes des ours tués à la chasse ou immolés les
années précédentes.

De temps en temps on cessait le trottement à grands pas, pour sauter et trépigner
ou bien pour croiser les épées. Tantôt leurs mouvements rappelaient ceux d'un
taureau sauvage regardant fièrement autour de lui dans l'arène ; tantôt ils ressem-
blaient à ceux d'un cheval, se cabrant, secouant sa crinière et faisant trembler la
terre par son piétinement. Plusieurs fois ils firent entendre un cri court, mais
déchirant. Le plus grand des trois Indiens alla toujours au-devant des autres, le

garçon resta en arrière. Après quelques instants, trois hommes vinrent rejoindre les autres : deux étaient ornés comme les précédents, tandis que le troisième, habillé de blanc et portant un masque, remplissait le rôle d'acteur comique ; de temps en temps, il se mettait sur leur passage et dansait devant eux gesticulant de toutes ses forces, imitant et ridiculisant leurs mouvements d'une manière grotesque. Après avoir dansé quelque temps, les danseurs s'en allèrent pour reprendre haleine derrière les spectateurs ; après un moment de repos, ils recommencèrent la danse. La musique qui accompagnait cette représentation n'était pas moins bizarre : plusieurs hommes accroupis, armés de longs bâtons, frappaient sur une peau de vache très dure, étalée par terre, et sur de petits tambours en cuir. Au fur et à mesure que ce spectacle approchait de sa fin, les danseurs et les spectateurs s'animaient davantage. A la fin de la soirée ces derniers formèrent un grand cercle ; ils firent entendre un chant monotone et, toujours en sautant, ils se mouvaient lentement autour du feu. Leurs corps peints, toujours en mouvement, et de plus en plus échauffés par la danse, offraient un spectacle aussi bizarre que sauvage, qui atteignit son plus haut degré lorsque le premier danseur, poussant un cri effroyable, fit un saut qui le porta au-dessus des flammes et le fit redescendre de l'autre côté du grand feu. »

* *
*

Les fêtes revêtent parfois un caractère d'atrocité inouïe, par exemple chez les Sioux qui, tous les ans, célèbrent une grande fête afin d'obtenir une chasse fructueuse. On va le voir, d'après le récit suivant, dû à un témoin oculaire, qui, par exception, avait été autorisé à y assister.

« Nous étions à peine entrés dans l'arène qu'une troupe d'une vingtaine de sauvages se mit à battre du tambour et à chanter des prières ; puis, aux acclamations de la foule, deux jeunes guerriers nus jusqu'à la ceinture, peints et portant des plumes sur la tête et à la main une douzaine de sifflets en os, également ornés de plumes d'aigle, se sont mis à danser en tirant de leurs sifflets des sons aigus et en tenant les yeux fixés sur la lune. Deux par deux, d'autres Sioux se sont joints à la danse jusqu'à ce qu'ils fussent cinquante dans l'arène, les tambours et les sifflets ne cessant leur bruit que de quart d'heure en quart d'heure. Il y avait alors une courte pause pendant laquelle les danseurs changeaient de sifflets. Cette première partie de la cérémonie est la « danse de la lune » ; c'est une invocation aux dieux, qui dure jusqu'au jour. A environ 100 mètres de l'arène, on nous montra une grande tente en peau de bison, dans laquelle se trouvaient huit jeunes Sioux que l'on préparait à la cérémonie et à la torture. Malgré la chaleur intense de la saison, le feu était entretenu à l'intérieur de la tente. On versait de l'eau bouillante sur les rochers et sur les jeunes guerriers. Au lever du soleil, ces derniers furent appelés. Ils étaient restés pendant quarante-huit heures soumis à une température très élevée et privés de nourriture. En arrivant à la porte de l'enceinte ils s'élancèrent et firent leur entrée dans l'arène au milieu des cris perçants

Fig. 82. — La danse des bisons, chez les Peaux-Rouges.

de la multitude assemblée. Tandis que le maître des cérémonies organisait la danse, les jeunes Sioux s'amusèrent à garder sur leurs mains des charbons ardents. Voici maintenant la partie la plus horrible de la fête. Un gros sauvage à demi nu et atrocement peint s'est avancé vivement, armé d'un long couteau étincelant, et avec la rapidité de l'éclair, a découpé et soulevé la peau de la poitrine des jeunes guerriers ; en même temps, cinq ou six autres sauvages attachaient des lanières

Fig. 83. — Danseurs exécutant le « pas national » chez les Duks-Duks.

aux lambeaux de peau et de chair découpés sur les corps des malheureux. Les lanières mesuraient vingt pieds de long, et leur bout extrême était solidement assujetti à l' « arbre de la médecine » au centre de l'arène. Pendant cette opération barbare, un des jeunes Sioux tomba évanoui et mourant. On l'entraîna hors de l'enceinte au milieu des hurlements et des sifflets de la foule. Les autres restaient debout, les membres tremblants, les mains jointes au-dessus de leur tête, les yeux fixés sur le soleil levant. A un signal donné, les tambours commencèrent à battre et les chants à retentir. Puis les danseurs s'agitèrent convulsivement de haut en bas, lentement d'abord, puis de plus en plus vite ; ils tiraient avec force sur leurs attaches, hurlant de douleur et d'excitation frénétique, encouragés par les cris et les vociférations des spectateurs de cette scène d'horreur, qu'aucune plume ne saurait décrire. Au bout de la première heure, deux des danseurs s'étaient dégagés, avaient été emmenés par leurs amis et applaudis par la foule. A la fin de la deuxième heure, les amis d'un jeune brave accoururent, l'arrachèrent au supplice et l'entraînèrent hors de l'arène tout couvert de sang. On nous conseilla alors de nous éloigner. Lorsque la « danse du soleil » s'achève, dans ces instants de délire, les Sioux peuvent tout à coup être pris de fureur, se jeter sur un Blanc et lui casser la tête d'un coup de tomahawk. Il était dix heures du matin lorsque nous quittâmes le camp. On nous annonça alors que le jeune guerrier qui s'était évanoui venait de mourir de ses blessures. »

* * *

Parmi les costumes les plus extraordinaires que revêtent les sauvages au moment de leurs fêtes, il faut citer ceux des Duks-Duks (fig. 83), qui habitent une des iles de l'archipel de la Nouvelle-Bretagne. Les danseurs se couvrent la tête d'un énorme cône d'écorce, ou tressé de paille et d'herbes, sur lequel des dessins figurent grossièrement les yeux, le nez et la bouche, quelquefois aussi un bras ou une jambe. De plus, leur corps est revêtu d'une sorte de vaste jupe, faite avec des guirlandes de feuillage, qui les recouvre presque entièrement et, en tout cas, leur cache les bras. Ainsi habillés, ils se livrent à une danse tantôt simple, comme celle que représente l'aquarelle de la couverture de ce livre ; tantôt plus échevelée. Chose curieuse, ce déguisement carnavalesque ne sert pas seulement aux réjouissances publiques : il est également revêtu par les juges, qui sont à la fois policiers et bourreaux. Ces graves personnages parcourent les villages dans cet accoutrement, se font exposer le pour et le contre des différends et rendent les arrêts qu'ils comportent : on assure que, dans les cas graves, ils ne se font aucun scrupule d'assommer le délinquant... et même, souvent, de le manger ; singulière facon de lui apprendre à vivre ! Qui aurait cru qu'un déguisement si fantaisiste et si grotesque pût cacher une âme si noire ?

CHAPITRE XII

Amateurs de combats de bêtes.

Dans beaucoup de pays, on se passionne pour les combats d'animaux, même chez les peuples civilisés. Tout le monde a entendu parler des combats de taureaux en Espagne, des combats de grillons en Chine, des combats de poissons à Java, des combats de coqs (*fig.* 84), etc. Au sujet de ces derniers, voici le récit d'une séance à Séville, par A. Desprès (*Les Débats*) :

« Presque au milieu de la ville, non loin de la place de los Descalzos, un peu au delà du marché, dans une rue étroite, on pénètre dans une maison simple d'apparence et dépourvue d'enseigne. A la porte, dans un couloir, un gardien perçoit un droit de 1 fr., et l'on entre de suite dans une salle ronde, renfermant au milieu une petite arène élevée au-dessus du sol de 50 centimètres, ronde de 1m,30 de diamètre, et entourée d'une grille de fer haute de 60 centimètres environ. Quatre rangées de gradins en amphithéâtre, pouvant contenir 50 à 60 personnes, entourent cette arène. Deux couloirs permettent l'accès de l'arène où l'on entre par deux portes opposées. Au-dessus de l'arène est suspendue une balance dont les plateaux sont remplacés par des crochets. Le sol de l'arène est couvert de terre et de sciure de bois. Un combat de coqs va commencer.

Deux éleveurs entrent dans l'arène, chacun avec son coq. On passe une anse de gros fil sous les ailes des coqs et l'on suspend les deux animaux aux crochets qui représentent les plateaux de la balance. On constate ainsi que les deux coqs ont le même poids, ce qui a, à ce qu'il paraît, une très grande importance.

C'est ici le lieu de dire que les coqs ne sont pas à leur état naturel. Élevés dans le but du combat, on leur a coupé la crête frontale et les deux crêtes qui pendent sous le bec. Le cou est déplumé jusqu'aux orifices des oreilles. Il ne reste plus à la queue que quatre plumes. Les ailes sont coupées à la moitié, et le train postérieur est entièrement déplumé. En réalité, cela est fait pour que les coqs ne puissent s'envoler hors de l'arène et ne puissent cacher leur tête sous leur plumage. Il n'y a aucune armure attachée aux ergots.

Des voyageurs belges qui assistaient avec moi à ces combats ont été surpris de la toilette singulière faite à ces coqs. Ils avaient vu des combats de coqs un peu partout ; mais les coqs avaient leur crête et leur plumage intacts.

Dans une séance, on fait combattre autant de coqs que les éleveurs en apportent. Nous avons assisté à quatre combats qui ont duré de dix à vingt minutes.

Lorsque les coqs sont pesés, on les place dans l'arène et l'on ferme les portes. Les deux coqs prennent alors l'attitude commune du combat, le cou tendu, tête-àtête et le bec ouvert, pendant environ 10 secondes. Puis ils s'élancent tous les deux à la fois, les pattes relevées et les ergots en avant, toujours à la hauteur de la tête de l'adversaire. Les coups se succèdent rapides, pattes contre pattes d'abord, puis on voit un des deux coqs sauter plus haut, tantôt l'un tantôt l'autre. A un moment

FIG. 84. — Combat de coqs.

donné l'un des deux coqs fléchit en arrière sur ses deux pattes et s'assied sur son croupion. Il se relève pourtant et attaque son ennemi, mais ses coups portent moins haut. A ce moment ce coq est vaincu, et, en l'examinant, on voit qu'il est blessé à la tête, au cou ou sous le bec. Il saigne et les amateurs, qui sont sur le premier gradin, relèvent alors des toiles disposées à cet effet, pour n'être pas éclaboussés par le sang. Le combat continue néanmoins : mais il est inégal. L'animal blessé passe sa tête entre les barreaux de la grille de l'arène. Mais l'autre coq va le chercher, le prend par les plumes de la tête et le ramène dans l'arène. Le coq ainsi ramené se défend encore, mais les coups sont faibles, tandis que ceux de son adversaire sont toujours aussi énergiques. Le coq blessé s'affaisse ; et l'autre coq ne cesse de frapper et ne s'arrête que quand le vaincu laisse tomber son bec sur le sol. Alors le vainqueur ne frappe plus et chante, quelquefois, son chant de triomphe ; le combat est fini, les éleveurs viennent chercher le mort et le victorieux.

Sur les quatre combats qui ont eu lieu devant nous, le premier a été longtemps incertain, le deuxième l'a été moins : l'un des coqs, blessé au cou se massait et cachait sa tête. Mais son adversaire venait le secouer sans pouvoir le frapper ; alors celui-là se relevait furieux, et portait de formidables coups d'ergot ; mais il n'atteignait que la poitrine de son ennemi, tandis que celui-ci frappait toujours à la tête ; enfin le bec du vaincu toucha terre. Le troisième combat a été égal pendant cinq à six minutes. Mais, après un coup violent, l'un des deux coqs fléchit, tomba : il avait un œil crevé ; néanmoins, il se releva, se défendit encore, mais mollement : quelques coups de désespoir, et c'était tout ; cependant, il essaya de se reprendre : il se mit à tourner circulairement et son adversaire eut quelque peine à le rejoindre. Pourtant, il parvint à le saisir et le frappa durement. Le coq atteint s'assit sur ses ergots, reçut encore quelques coups et s'affaissa.

Le quatrième combat présenta dans toute son horreur le spectacle de la férocité du coq. Dès le troisième choc, l'un des deux adversaires tomba sur son croupion, battit des ailes et se releva péniblement. Il avait reçu le coup mortel : un coup d'ergot dans l'œil gauche. (C'est toujours cet œil qui est crevé le premier, le coq est sans doute droitier.) Peut-être l'ergot avait-il pénétré dans le crâne. Il y avait deux minutes que le combat avait commencé. Le coq blessé, appuyé sur la balustrade de l'arène, encore debout, restait immobile. Pendant les huit minutes qui ont suivi, le coq vainqueur vint, plus de quinze fois, saisir les plumes de la tête du coq vaincu et le frapper à la tête, avec ses ergots, de toutes ses forces. Le malheureux coq ne répondait à aucune attaque et recevait les coups sans pouvoir les parer. Son cruel adversaire l'achevait ; enfin, le bec du coq vaincu toucha terre et le triomphateur entonna le chant de victoire. Ce combat nous écœura et nous sommes partis.

Ce spectacle, dans un coin de la séduisante Séville, serait une tache, si la population éclairée s'y rendait. Ce n'est un spectacle de hasard que pour les gens de passage comme nous. Et ils n'ont nulle envie d'y retourner. C'est un jeu ; les artisans, les fermiers des environs de Séville, les petits négociants vont jouer le dimanche aux combats de coqs et y engagent même de grosses sommes. On a parié devant nous 10 douros pour un coq. Séville n'a probablement que ce moyen de jouer : en effet, dans les cafés, on ne joue ni aux cartes, ni au billard. Et c'est précisément parce qu'il s'agit d'un jeu, de paris, et qu'il faut éviter toute supercherie, que ces combats ont un cachet de férocité qui répugne. Il faut qu'un des deux coqs soit bien mort, et devant tout le public. C'est pour cela, qu'au quatrième combat on a attendu que le coq vainqueur achevât son adversaire blessé qui ne se défendait plus.

Chose curieuse : pendant toutes les péripéties de ces combats, à part les paris à haute voix, le silence le plus complet règne dans cette petite salle. Pas une réflexion, pas une marque d'émotion ou de surprise. Il n'y a plus que le jeu. Une dernière remarque doit encore être faite. Les femmes ne vont pas à ce spectacle, et c'est sans doute tout à fait par hasard que nous en avons vu une seule, le jour de Pâques, et ce n'était pas une Espagnole. »

* * *

Dans l'Inde on s'adresse à des animaux plus volumineux, ainsi que le montre le récit suivant d'un voyageur, Louis Rousselet, et publié dans le *Tour du monde* :

« Vers la fin du mois de juin, les pluies nous laissèrent un peu de répit et le Guicowar en profita pour commencer la série des fêtes qu'il s'était promis de nous donner. Ce ne furent plus que chasses, joutes et combats.

La cour des Guicowars est la seule de l'Inde qui ait conservé jusqu'à nos jours les anciennes coutumes du moyen âge dans leur splendeur primitive. L'appauvrissement de leurs États a obligé la plupart des autres rajahs de dépouiller d'une grande partie de leur luxe ces magnifiques cérémonies, et, chez quelques-uns, l'influence anglaise a fait introduire des usages européens qui s'allient mal avec le goût du pays.

Les luttes d'athlètes ou d'animaux sont de tous les divertissements ceux que le Guicowar préfère ; il y dépense des sommes énormes. D'un caractère ardent et sanguinaire, il aime avec passion ces jeux palpitants et cruels dans lesquels la vie des hommes est toujours en danger. Il organise lui-même ces fêtes avec une générosité qui va jusqu'à l'extravagance. Ses parcs renferment un grand nombre d'éléphants, employés spécialement pour les combats, et une semaine se passe rarement sans un de ces spectacles. L'éléphant (*fig.* 85), qui est en général un animal d'une grande douceur, peut être amené par un système de nourriture excitante à un état extrême de rage, que les Indiens appellent *musth* ; il devient alors furieux et attaque tout ce qui se présente à lui, hommes ou animaux. Les mâles seuls peuvent devenir *musth* ; il faut les nourrir pendant trois mois de sucre et de beurre pour obtenir ce résultat.

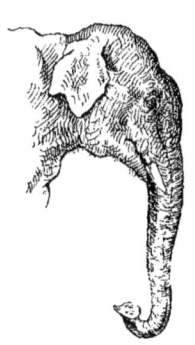

FIG. 85. — Tête d'éléphant des Indes.

Le Maharajah m'annonça un jour, avec un bonheur évident que le lendemain aurait lieu un combat d'éléphants. Nous allâmes voir les deux animaux qu'on allait mettre aux prises et sur lesquels de nombreux paris étaient déjà engagés. Ces deux énormes bêtes, chargées de chaînes en fer d'un poids considérable, étaient enfermées chacune par une clôture épaisse. Une foule compacte se pressait tout autour, louant ou critiquant les qualités ou les défauts de chaque animal. Le roi allait et venait au milieu des courtisans comme un simple particulier, gesticulant, criant et pariant avec les autres. Je fis aussi quelques paris avec le Rajah, Bhao et plusieurs nobles, simplement pour suivre l'exemple général, car j'eusse été fort embarrassé de savoir pourquoi je donnais la préférence à l'un des éléphants plutôt qu'à l'autre.

Le lendemain, Harybâdada, le grand veneur, vint nous chercher en voiture au Moutibaùgh pour nous conduire à l'*hâghur*, ou arène des éléphants, située dans l'ancien palais des nababs de Guzarate, édifice d'une assez grande antiquité. Un beau portique conduit dans une vaste cour entourée de bâtiments en briques, avec revêtement de pierres sculptées dont l'ensemble rappelle le style François Ier. Après avoir traversé des appartements sombres et abandonnés, nous entrâmes dans la loge du roi, où se trouvaient déjà réunis les principaux courtisans, assis sur des coussins autour du trône et des fauteuils préparés pour nous. L'arène, que nous dominions en entier, a la forme d'un vaste parallélogramme de trois cents mètres de long sur deux cents de large ; elle est complètement entourée de murailles épaisses ; un grand nombre de portes étroites permettent aux hommes d'entrer ou de sortir, sans que l'éléphant puisse les suivre. Le sommet des murs est garni d'estrades, qui sont livrées à la multitude, passionnée pour ces sortes de spectacles ; les toits des maisons voisines, les arbres même sont couverts d'une foule bigarrée et bruyante comme à toutes les fêtes. Sur un tertre élevé se groupent les éléphants femelles qui semblent prendre grand plaisir à ce spectacle. Dans l'arène même sont les deux mâles, enchaînés chacun à l'une des extrémités ; ils expriment leur fureur par des sons de trompe et enfoncent avec rage leurs défenses dans le sable. Par un curieux instinct, l'éléphant *musth* reconnaît toujours son *mahout* ou cornac et s'en laisse approcher même dans cette circonstance.

De gracieux jeunes gens, presque nus, se promènent par groupes ; ce sont les *salmariwallohs*, qui remplissent ici le même rôle que les *toréadors* dans les combats de taureaux et qu'on me permettra d'appeler *éléphantadors*.

Ils ne portent qu'un léger turban de couleur et un petit caleçon très collant, qui ne doit donner aucune prise à la trompe de l'éléphant. Les plus agiles ont pour seules armes une cravache en nerf de bœuf et un voile de soie rouge ; d'autres sont munis de longues lances, et enfin un petit nombre portent une fusée placée au bout d'un bâton et une mèche allumée.

Ces derniers ont la mission la plus grave ; ils doivent se porter dans différents points de l'arène et accourir pour sauver l'éléphantador en danger. Ils se placent devant l'animal en furie et font éclater sur lui leur fusée ; l'éléphant effrayé recule et on peut alors secourir le blessé. Mais il ne leur est permis d'user de ce moyen que lors d'un danger pressant ; pour chaque méprise ils sont réprimandés et s'ils laissent tuer l'éléphantador, ils sont punis sévèrement. Tous ces jeunes gens, généralement choisis parmi les plus beaux et les mieux faits, sont d'une agilité surprenante.

Quelques instants après nous, le Guicowar pénétra dans la loge et prit place entre le grand veneur et moi ; le signal fut donné et l'arène évacuée pour le *kousti* (lutte). Les mahouts prennent place sur le cou de leurs éléphants ; les chaînes

sont enlevées et les deux animaux se trouvent en présence. Après un instant d'hésitation, ils marchent l'un vers l'autre, la trompe levée et rugissants.

La rapidité de leur course va en augmentant et la rencontre a lieu au centre
de l'arène. Leurs fronts se heurtent avec un bruit formidable et la violence du
choc est telle que leurs pieds de devant perdent terre et qu'ils restent arc-boutés
l'un contre l'autre. Chacun d'eux voit avec fureur le mahout de son adversaire et
tâche de le saisir. La lutte s'engage, les trompes s'enlacent comme des bras, et les
cornacs ont quelquefois à se défendre avec leurs piques. Pendant quelques minutes, les éléphants restent front contre front, jusqu'à ce que l'un d'eux faiblisse et
sente qu'il va être vaincu. Ce moment est critique, car l'animal sait bien que
pour fuir, il doit présenter le flanc à son ennemi, qui peut le percer de ses défenses
ou le renverser. Aussi le vaincu, réunissant toutes ses forces, repousse d'un seul
bond son adversaire et prend la fuite. Le combat est décidé, des clameurs éclatent
de tous côtés et les assistants s'occupent plus de leurs paris que des éléphants.

Il s'agit alors d'emmener le vaincu et de laisser le champ libre au vainqueur.
Des hommes arrivent portant de grandes pinces en fer dentelées et dont les manches très longs sont réunis par un ressort. Ils lancent avec adresse une de ces
pinces à un pied de derrière de chaque animal ; par l'effet du ressort, cette pince reste
fixée, les longs manches s'engagent entre les jambes de l'animal et les dents entrant
à chaque pas un peu plus dans la peau, l'éléphant s'arrête court. Immédiatement,
le vaincu est entouré, enchaîné, lié et conduit par une troupe d'hommes armés au
dehors de l'arène. Le vainqueur y reste seul, son mahout en descend, la pince est
retirée et le *satmari* commence.

C'est le second acte, c'est-à-dire le combat entre l'éléphant et les hommes.
L'hâghur est envahi par la brillante troupe des éléphantadors et des porte-fusées
qui accourent de tous côtés en criant. L'animal, ahuri par cette invasion subite,
reste indécis, mais bientôt il reçoit un coup de cravache sur la trompe, des lances le
piquent de toutes parts, et furieux il s'élance sur l'un des assaillants. Un autre
passe devant lui en agitant son voile rouge, l'éléphant le poursuit, mais, continuellement taquiné, il change souvent de course et ne saisit personne.

Après un quart d'heure d'efforts inutiles, il comprend enfin son erreur, et
changeant de tactique, il attend. Alors un des meilleurs éléphantadors s'avance
vers l'animal, lui donne un vigoureux coup de cravache et bondit de côté au
moment où la trompe va le saisir. Mais l'éléphant ne le quitte plus ; cette fois il a
choisi son ennemi et rien ne peut le lui faire abandonner ; il ne reste plus au
coureur qu'à gagner une des petites portes et à sortir de l'arène. L'animal, aveuglé par la furie, vient frapper la muraille et, se figurant tenir enfin son assail-
lant, piétine le sol avec rage.

Dans le premier combat auquel j'assistai, l'éléphant poursuivait avec acharne-
ment un jeune homme très bon coureur et, malgré les coups de lance qui l'assail-
laient, ne le perdait pas un instant de vue.

Éperdu, le fuyard voulut gagner une des issues, mais au moment où il l'atteignait, la trompe de l'animal le saisit au poignet ; il fut enlevé en l'air et jeté avec

force contre terre. Une seconde de plus et l'énorme pied déjà levé lui écrasait le crâne, quand un des porte-fusées, se précipitant au-devant de l'éléphant, le couvrit de flammes ; l'animal s'enfuit en rugissant.

Enfin les trompettes sonnent et les éléphantadors disparaissent par les petites portes. L'éléphant ne comprend pas cette fuite soudaine et paraît s'attendre à quelque attaque imprévue. Une porte s'ouvre et un cavalier maharate entre dans l'arène, la lance au poing, monté sur un élégant cheval dont la queue est coupée très court afin de ne pas donner de prise à l'éléphant. Celui-ci accourt avec fureur, en dressant la trompe afin d'écraser l'être qu'il hait le plus. Il a en effet pour le cheval une aversion toute particulière, qu'il manifeste même dans ses moments de plus grande douceur.

Ce troisième acte du combat est le plus gracieux. Le cheval, admirablement dressé, ne bouge que sur l'ordre du cavalier, et celui-ci permet à l'éléphant de le toucher presque avec sa trompe, avant de bondir de quelques pas. Il attaque de sa lance l'énorme bête, tantôt en arrière, tantôt sur les flancs ; il l'amène au paroxysme de la rage ; mais en ce moment même l'éléphant manifeste son intelligence extraordinaire ; feignant de ne plus s'occuper du cavalier, il se laisse approcher par derrière, et, faisant volte-face avec une étonnante rapidité, il est sur le point de saisir le cheval qui ne se sauve que par un bond désespéré. Enfin le combat est terminé, le cavalier s'éloigne. Les porteurs de pinces, accueillis par les huées de la foule, entrent pour reprendre l'éléphant. Ces pauvres gens ont fort à faire, car l'animal les charge et ils ne l'arrêtent qu'avec difficulté.

Le roi fait amener le porte-fusées qui a sauvé la vie au pauvre *satmariwallah* et lui donne en récompense une pièce d'étoffe brochée et une bourse de cinq cents roupies [1].

Un autre genre de combat, quoique moins beau et moins grandiose, ne manque pourtant pas d'originalité : c'est celui du rhinocéros (*fig.* 86). On a enchaîné à des extrémités opposées de l'arène les deux animaux qui doivent combattre. L'un d'eux est peint en noir et l'autre en rouge, afin qu'on puisse toujours les reconnaître.

A notre arrivée, les deux vilains animaux sont mis en liberté et parcourent la place d'un trot disgracieux et en poussant des rugissements. Leur vue paraît être très mauvaise, car ils se croisent plusieurs fois sans s'arrêter ; enfin, ils se rencontrent et s'attaquent avec rage. Corne contre corne, ils font des séries de tierces, de quartes, de feintes, absolument comme avec une épée, jusqu'à ce que l'un d'eux réussisse à passer sa corne sous la tête de son ennemi. C'est du reste là leur seul point vulnérable ; aussi, celui qui se trouve dans cette mauvaise position, tourne-t-il subitement la tête, de manière à ce que la pointe repose sur l'os de sa mâchoire au lieu de lui traverser la gorge. Ils restent ainsi immobiles quelques minutes, puis se séparent et l'un d'eux prend la fuite. Pendant une heure, ils combattent, à plusieurs reprises, avec une fureur croissante ; leurs cornes se

---

1. La roupie vaut environ 2fr,37.

heurtent avec bruit, leurs énormes lèvres sont couvertes d'écume et leur front est ensanglanté. Des valets les entourent et leur jettent des baquets d'eau pour les rafraîchir et leur permettre de soutenir la lutte. Le Guicowar ordonne enfin de faire cesser le combat ; une fusée les sépare, puis ils sont attachés, levés et emmenés.

Dans les combats d'animaux, les buffles aussi montrent une fureur terrible.

Fig. 86. — Combat de rhinocéros dans les Indes.

Leurs cornes énormes sont une arme redoutable que redoute le tigre lui-même, et leur agilité les rend bien plus dangereux que l'éléphant. Mais la plus bizarre de toutes les luttes est celle que je vis une fois dans l'hàghur de Baroda, entre un âne et une hyène, et, qui le croirait ? c'est à l'âne que resta la victoire. La vue de l'hyène l'avait rendu tellement furieux, qu'il l'attaqua aussitôt et l'eut promptement mise hors de combat par ses ruades et ses coups de dents. Couvert de guirlandes et de fleurs, il fut emmené au milieu des bravos de la foule. »

Il y a quelques années, on a tenté, en France, de faire battre ensemble un taureau et un lion ; mais le spectacle a été si écœurant qu'il a soulevé des protestations unanimes. Ces luttes sanglantes ne s'accordent pas avec notre délicatesse de sentiments et d'idées. Et puis nous avons bien assez à faire de nous occuper de notre propre lutte pour la vie.....

CHAPITRE XIII

Mariages et cérémonies nuptiales.

Le Mariage par achat.

Chez les peuples non civilisés, la femme est presque exclusivement une bête de somme. Esclave de son père avant le mariage, elle devient celle de son mari après la cérémonie nuptiale. Quand elle convole en justes noces, la jeune femme est donc pour sa famille une véritable perte qui demande une compensation : c'est là l'origine de l'achat des fiancées, qui est général chez les sauvages, et qui est peut-être le seul point commun que présentent les mariages — si variés — de ces peuplades incultes. Cet achat est, d'ailleurs, loin d'être le même quant à sa valeur et à la manière dont il est effectué.

Dans l'Uganda (Afrique centrale), pour obtenir une épouse, il faut donner quatre taureaux, une petite boîte de cartouches ou six aiguilles à coudre : les indigènes offrirent plusieurs fois au voyageur Wilson de lui donner une femme en échange d'un habit, ou — ô poésie ! — d'une paire de souliers. Chez les Karoks californiens, les parents ne cèdent pas leur fille pour moins d'un demi-fil (collier) de coquilles de dentales; et encore, lorsqu'elle appartient à une famille aristocratique, est jolie et adroite à faire du pain de gland et à tresser des paniers, elle coûte parfois jusqu'à deux fils. Chez les Cafres, les classes pauvres se contentent d'un bœuf ou de deux vaches, les classes moyennes de trois à dix vaches. Les plus riches exigent vingt à trente têtes de bétail. Chez les Shastikas, en Californie, on achète une femme à son père avec des chevaux, des couvertures ou des peaux de buffle, et l'on donne jusqu'à douze de ces peaux pour une fille très attrayante. Les Indiens d'Orégon payent aussi leur femme avec des chevaux, des peaux de buffle ou des couvertures. Les Banyais « renoncent » à leur fille pour plusieurs chèvres et têtes de bétail. Dans la Colombie anglaise et à l'île Vancouver, il en coûte, pour se marier, de vingt à quarante livres sterling, sous forme de divers objets de valeur. Les Damaras sont moins difficiles : ils échangent leur fille contre une vache, et s'estiment avoir fait une bonne affaire. Chez les Navajos du Nouveau-Mexique, une jeune fille, très belle et douée de toutes les vertus, ne vaut pas moins de douze chevaux. C'est aussi en juments que se payent les fiancées chez les Patagons. On se contente de deux peaux de daim chez les sauvages du pays de Monzoni, d'une chèvre chez les Nègres de Bondo, d'esclaves chez les Mandingues. Les Chulims payent une femme

de cinq à cinquante roubles ; les Turalinzes, d'ordinaire, de cinq à dix. Les riches
Bashkirs payent quelquefois jusqu'à trois mille roubles, mais les plus pauvres
peuvent acheter une femme pour une charretée de bois ou de foin. En Tartarie,
les parents vendent une fille pour quelques chevaux, bœufs, moutons ou livres de
beurre ; chez les Samoyèdes et les Ostiacks, on la vend pour un certain nombre
de rennes. Chez les Indiens Kisans, deux paniers de riz et une roupie [1] de monnaie
constituent la compensation donnée aux parents de la fille. Chez les Mishmis, un
homme riche donne pour une femme vingt mithuns (espèce de bœufs), mais un
homme pauvre peut avoir une femme pour un porc. A Timorlant, selon
M. Forbes, on ne peut acheter une femme sans la payer comptant avec des défenses
d'éléphant. Aux îles Carolines, l'homme fait au père de la fille qu'il épouse un
cadeau, consistant en fruits, en poissons et autres choses semblables. A Samoa, le
prix de la mariée comprend des canots, des cochons, et toute marchandise
étrangère pouvant tomber entre les mains des indigènes, et, chez les Fidjiens,
le prix accoutumé est une dent de baleine. (Westermarck.)

*
* *

Dans plusieurs peuplades, l'achat originel a dégénéré en un simple cadeau.
Ainsi, chez les Padams, le jeune homme, pour amadouer les parents, leur offre
des souris des champs et des écureuils, et les Ainos qui, comme ces derniers, considèrent comme une honte de trafiquer pour de l'argent du bonheur de leurs enfants,
acceptent du fiancé, du saki, (boisson obtenue par la fermentation alcoolique du
riz), du tabac et du poisson. C'est sous la même forme de cadeau que subsiste
l'achat chez les peuples devenus à demi civilisés : ainsi a lieu la chose chez les
Chinois, où le cadeau aux parents fait partie du contrat de mariage ; au Japon, où
les cadeaux sont aussi obligatoires que, chez nous, la bague des fiançailles. Et,
comme le remarque Michaelis, les Juifs modernes ont un semblant d'achat dans
leurs cérémonies de mariage qui s'appellent « épouser avec le sou ».

Quand le fiancé est trop pauvre, il achète sa femme à crédit ; dans ce cas,
l'épouse et ses enfants ne quittent le toit paternel que lorsque le prix a été versé
intégralement. Cela se passe, par exemple, à Unyoro (Afrique centrale), où les
enfants nés pendant la dette appartiennent à la famille de la femme ; si le père
veut les racheter, il peut le faire avec des vaches.

Bien souvent aussi le fiancé, pour payer sa femme, se place chez ses beaux-
parents, qu'il dédommage ainsi par les services qu'il leur rend. Cette pratique
est très répandue en Amérique, en Afrique, en Asie et dans l'archipel Indien,
même chez des races grossières, telles que les Fuégiens et les Bushmen.

D'autres fois enfin, le candidat à la main d'une jeune fille échange ses sœurs,
ou ses propres filles s'il a déjà été marié. Cela se voit, par exemple, à Sumatra.

*
* *

Le Mariage par capture.

Le mariage par capture, très exceptionnel chez nous, est en quelque sorte normal dans quantité de peuplades sauvages. Chaque clan vit en guerre avec les clans voisins et le fiancé qui irait y demander une épouse se verrait repousser avec pertes et fracas. D'autre part, le jeune homme ne peut guère se marier dans sa propre tribu, où tout le monde est plus ou moins de la même famille : de tout temps, l'homme a témoigné une répugnance marquée — et justifiée amplement — pour les mariages consanguins. Le seul moyen de sortir de ce dilemme est d'enlever de force les filles des clans voisins, et c'est ce que l'on fait. En Australie, notamment, un jeune homme qui veut se marier réunit quelques amis et ils vont enlever une jeune fille d'une peuplade ennemie, sans lui demander au préalable son avis : si même elle se défend trop, le Roméo n'hésite pas à étourdir sa Juliette d'un coup de massue sur la tête, pour l'emporter sans difficulté. Une coutume semblable prévaut dans les plus grandes des îles Fidji, à Samoa, à Tukopia, à la Nouvelle-Guinée, très fréquemment dans l'archipel Indien et parmi les tribus sauvages de l'Inde.

Il n'est pas rare, non plus, de voir un clan entier se soulever et attaquer une peuplade voisine pour lui enlever en bloc toutes les jeunes filles en âge de mariage. C'est ainsi que Coxe dit, en parlant des habitants d'Unimak, qu'ils envahirent les autres îles Aléoutiennes et enlevèrent les femmes, objet particulier de leurs incursions. De même les Bonaks de Californie attaquent leurs voisins pour les voler et leur prendre des femmes. Les Indiens Macas de l'Équateur achètent quelquefois leurs épouses, mais plus souvent se les procurent par rapt. Ainsi agissent aussi les Caraïbes et certaines peuplades brésiliennes.

Autrefois le mariage par capture était certainement beaucoup plus répandu qu'aujourd'hui ; sur notre sol même, chez l'homme des temps primitifs, l'homme des cavernes, le fait avait lieu fréquemment.

La preuve en est chez beaucoup d'autres peuples civilisés ou non et où la capture de la fiancée subsiste sous forme symbolique dans la cérémonie du mariage. M. Westermarck a rassemblé quelques faits typiques de ce genre :

Chez les Indiens Mosquitoes, quand la noce est fixée et les cadeaux payés, le marié saisit la mariée et l'enlève, suivie de ses parents, qui font semblant d'essayer de la délivrer. Les Araucaniens (sud du Chili) considèrent l'enlèvement de la mariée avec une violence feinte comme un préliminaire essentiel des noces. Les Uaupès, leurs voisins, « n'ont pas de cérémonie particulière à leurs mariages, si ce n'est qu'on enlève toujours la fille par force, ou que, du moins, on en fait semblant, même quand ses parents et elle sont parties consentantes au mariage ». On peut en dire autant des Fuégiens, bien que, chez eux, la capture soit parfois plus qu'une cérémonie.

Anderson remarque que, chez les Bushmen, la femme n'est que trop souvent une « cause de guerre ». M. Couder dit en parlant des Béchouanas (sud de l'Afrique) : « En ce qui regarde les cérémonies nuptiales, il y en a une qui consiste

FIG. 87. — À la poursuite de la fiancée (chez les Cafres).

dans le jet d'une flèche dans la hutte par le marié ; elle est digne de remarque parce qu'elle est un symbole. » Chez les Wakambos, le mariage est une vente, mais le marié « doit emporter la mariée par force ou stratagème ». Les Wa-Taïtas et les Wachagas de l'Afrique équatoriale de l'Est ont aussi une cérémonie nuptiale, qui rappelle l'enlèvement et il en est de même chez les Nègres de l'intérieur et les Abyssins. Chez les Arabes, les Tartares et d'autres peuples de l'Asie centrale, comme aussi dans la Russie d'Europe, des traces de capture se retrouvent dans la cérémonie du mariage, tandis que les Tangutans, les Samoyèdes, les Votyacks, etc., ont encore la coutume de voler leurs épouses ou d'enlever celle qu'ils aiment lorsqu'ils n'ont pas la somme fixée pour l'achat. Chez les Lapons, les Esthoniens (bords du golfe de Finlande), les Finnois, le mariage par capture avait lieu autrefois et on en a trouvé, dans les temps modernes, quelques réminiscences dans la cérémonie du mariage en quelques parties de la Finlande. De même chez les Cafres (*fig.* 87) où le mariage par capture n'existe plus guère qu'à l'état symbolique.

*
* *

La même coutume existait chez les peuples de la race aryenne. Selon les lois de Manou, une des huit formes légales de la cérémonie du mariage était le rite du Rakshasa, c'est-à-dire « l'enlèvement par la force d'une jeune fille qui crie et pleure, ses parents ayant été tués ou blessés en la défendant et leur maison dévastée ». Ce rite était autorisé par une tradition sacrée chez les Kshatriys.

Selon Denys d'Halicarnasse, le mariage par capture a été une coutume de l'ancienne Grèce, et Plutarque nous apprend qu'il a été conservé à Sparte comme un symbole important dans la cérémonie du mariage. De nos jours même, selon Sakellarios, il arrive qu'on se procure de la sorte des épouses en Grèce. Chez les Romains, la mariée se réfugiait aux genoux de sa mère et était emmenée de force par le marié et ses amis. A l'âge historique, ceci n'était qu'une cérémonie ; mais, à une époque plus reculée, la capture semble avoir été une réalité : « Les premiers Romains, dit M. Ortolan, d'après leurs traditions héroïques, ont été obligés de recourir à la surprise et à la force pour enlever leurs premières femmes. » Les anciens Teutons enlevaient fréquemment des femmes pour épouses. En parlant des nations scandinaves, Olaüs Magnus dit qu'elles étaient continuellement en guerre les unes avec les autres, pour la même raison.

Chez les Welches, le matin du mariage, le marié, accompagné par ses amis à cheval, enlevait sa femme. Les Slaves des temps anciens, selon Nestor, pratiquaient le mariage par enlèvement, et dans les cérémonies nuptiales des Russes et d'autres nations slaves, des réminiscences de cette coutume survivent encore.

En réalité, chez les Esclavons du Sud, la capture de fait était en vigueur encore au commencement du siècle dernier. Selon Olaüs Magnus, elle était d'usage en Moscovie, en Lithuanie et en Livonie, et Seignior de Gaya dit que son symbole se retrouvait de son temps, en Pologne, en Prusse et en Samogithie.

Hyménée ! Hyménée !

*
* *

Cérémonies Nuptiales.

Autant de peuplades, autant de cérémonies nuptiales; un volume ne suffirait pas à les énumérer. Contentons-nous d'en citer quelques-unes au hasard.

* *

Certaines se rapprochent assez de ce qui se passe en Europe, par exemple l'aubade (*fig.* 88) que, tel un galant troubadour ou un langoureux mandoliniste espagnol, le fiancé donne à sa « promise » dans l'île de Formose. D'autres s'en éloignent beaucoup au contraire, ainsi cet usage de certains Peaux-Rouges et d'après lequel il n'y a pas de bon repas de fiançailles (*fig.* 89) sans que le futur époux jette à la figure de sa fiancée une poignée d'os.

* *

Chez les Kalmouks, la cérémonie nuptiale est assez intéressante.

FIG. 88. — Une aubade à la fiancée (île de Formose).

Après avoir réglé les comptes, on s'adresse aux *geulungs* (prêtres) pour fixer le jour de la cérémonie. Ceux-ci consultent les livres astrologiques et indiquent la date qui dépend, disent-ils, de l'année dans laquelle les fiancés sont nés, de certaines coïncidences de noms, de chiffres, etc. ; mais, en réalité, la fixation de cette date n'est influencée que par le montant des cadeaux qu'on leur offre à cette occasion. Souvent ils indiquent une époque trop éloignée, en ajournant le mariage à deux ou trois ans. Naturellement, les parents sont mécontents de cette décision ; ils multiplient les présents, et la date se trouve avancée en raison de l'importance du cadeau. Le jour fixé pour le mariage, la fiancée part à cheval vers le campement de son futur, le visage voilé ; elle est accompagnée d'une suite nombreuse de parents et d'amies. A l'arrivée, elle entre dans la tente qu'elle a apportée comme dot, tandis que le promis reste dans une autre hutte où, ordinairement, il boit avec ses amis. Le prêtre, après avoir récité des prières et béni la hutte nouvelle, va dehors et commence la cérémonie devant les futurs, qui se trouvent à genoux sur un tapis de feutre blanc. Il dit des prières, demande aux promis s'ils se réunissent de leur gré, exhorte le mari à la bienveillance envers sa femme, et cette dernière à l'obéissance à son mari, puis leur donne un gigot d'agneau, que l'homme doit tenir par le manche et la femme par la partie charnue. C'est alors qu'interviennent deux jeunes garçons d'honneur, qui forcent les conjoints à baisser la tête jusqu'à terre en disant : « Adorez le soleil, adorez le gigot, adorez le beurre ! » Plusieurs garçons et filles, qui se trouvent tout près, prennent alors les toques du mari et de la femme et les jettent dans la hutte, puis se précipitent pour les rapporter ; celui des deux époux dont la toque est rapportée la première est considéré comme le plus heureux. Pendant le repas copieux qui suit cette cérémonie, les femmes essayent d'attirer la jeune mariée dans leur cercle et les filles la défendent; il s'ensuit une bataille souvent très vive, qui se termine toujours au profit des femmes. Une fois parmi ces dernières, la mariée arrange ses cheveux en deux tresses (signe de femme mariée) et termine le repas de noces. Quelquefois, après la cérémonie, la nouvelle épouse attache des rubans multicolores sur la baguette avec laquelle on remue le lait et sur le collier du chien de la maison. Comme dans certaines tribus du Thibet oriental, la jeune mariée doit éviter de rencontrer son beau-père ; elle ne peut revoir ses parents avant quelques mois ou même un an. Lorsque, après cet intervalle, elle revient à la maison paternelle, elle doit s'agenouiller à la porte pendant que les parents la reçoivent de l'intérieur, et c'est à la porte que se font les embrassements. Les cérémonies d'usage terminées, les parents sortent et peuvent s'entretenir avec leur fille. (Deniker.)

* *

Chez les Congolais, lorsque le futur a versé le prix de son épouse, on la conduit dans une case isolée et on l'enduit de divers onguents. Pendant ce temps s'accomplissent, au dehors, une série d'opérations magiques, qui ont pour but d'attirer sur elle tout le bonheur possible. Au bout de quelques jours, on va la chercher et on la revêt de tous les ornements que la famille possède..... ou a dû emprunter pour faire bonne figure. Une fois ornée, la fiancée se montre enfin en public et toutes ses amies viennent déposer des cadeaux à ses pieds. Enfin, on l'emmène à la demeure de son mari ou plutôt dans une case spéciale, car chaque femme a une demeure particulière. Entre temps ont lieu des festins et des libations qui se prolongent même pendant plusieurs jours de suite.

* *

Le mariage n'est pas toujours considéré comme une réjouissance, au moins en apparence.

Fɪɢ. 89. — Repas de fiançailles chez les Peaux-Rouges : le fiancé jette une poignée d'os à sa future femme.

Ainsi, chez les Mordivires, qui habitent de petits ilots sur les bords du Volga, on a la coutume de fiancer les enfants dès l'âge le plus tendre. Lorsqu'ils sont arrivés à l'état adulte, le mariage est célébré à l'église et, au retour, la mariée ne doit faire que geindre et se lamenter ; quelques-unes prennent si sérieusement la chose, qu'elles s'égratignent entièrement le visage, couvert d'une espèce de voile en toile brodée. Le lendemain du mariage, le plus âgé de la famille porte cérémonieusement aux époux du pain sur lequel il a placé une petite pièce de monnaie et une agrafe comme celle dont les femmes se servent pour fermer leur robe. Il pose trois fois le pain sur la tête de la jeune femme, en prononçant des mots consacrés d ont le dernier servira de surnom à l'épouse. (Verneau.)

*
* *

Le mariage n'est pas non plus bien gai chez les Danakils, peuplade qui occupe un territoire limité à l'ouest par les montagnes de l'Éthiopie, au nord et à l'est, par le détroit de Bab-el-Mandeb.

Ce mariage n'est qu'une acquisition de la femme par le mari ; celui-ci donne en échange à son futur beau-père des chèvres ou des chameaux. Les affaires d'intérêt conclues, on construit une hutte, dans laquelle se place la fiancée, puis on va chercher le futur mari. Il ne porte pas d'armes, mais il tient à la main un fouet. Tous les représentants du sexe fort des deux familles se rangent autour de la hutte et égorgent les animaux destinés au festin ; la première victime abattue doit être une chèvre blanche. Pendant qu'elle saigne encore, on la place toute pantelante au seuil de la cabane et le mari doit marcher par dessus pour aller trouver sa femme. A ce moment, toute la bande se met à hurler et à frapper sur la hutte avec des bâtons. Au tapage répondent les cris de la malheureuse créature battue par son seigneur et maître. Puis ceux du dehors prennent la victime blanche et la jettent au-dessus de la hutte. (Caix de Saint-Aymour.)

*
* *

Les épreuves des fiancées, chez les Ouabembas du Nyassaland sont fort curieuses. M. Guillemé les a décrites avec soin :

Chez les Ouabembas, toute jeune fille doit, avant d'entrer en ménage, faire une retraite d'un mois. Elle consiste, pour la fiancée, à accomplir sous l'œil et la direction d'une matrone chargée de sa formation une série d'épreuves toujours bizarres et souvent fort compliquées. Et tout cela dans le but, disent les Noirs, de la mater, afin que, dans la suite, elle soit d'un caractère docile, serviable et, autant que possible, toujours affable envers son mari.

Pour atteindre ce résultat, la fiancée est séparée de ses compagnes et enfermée dans une hutte d'où elle ne pourra sortir que voilée et conduite par la personne chargée de sa surveillance. Les danses et les jeux publics lui sont interdits. La fontaine, rendez-vous habituel des femmes de tout âge et de toute condition, qui s'y livrent si volontiers à d'interminables commérages, ne lui est plus accessible. Elle ne fera plus partie des cercles qui se forment, chaque jour, autour des maîtres bavards. Ses repas même lui seront servis à part et seront pris en silence. En un mot, elle est condamnée à mener une existence de recluse, et, pour qui connaît la vie indépendante des femmes noires, ce long isolement doit paraître fort pénible. Cependant, comme elle n'a jamais vu faire autrement, la jeune fille s'y soumet sans trop de répugnance, car ainsi le veut la coutume, et la coutume impose sa tyrannie chez les enfants de la nature comme chez les détenus de la civilisation.

FIG. 90. — Un ménage de naturels de la baie de Humboldt : c'est la femme qui porte les fardeaux les plus lourds.

La monotonie de cette vie d'ermite est cependant rompue par l'exécution d'un programme déterminé dont tous les points doivent être strictement observés.

Le premier de ces exercices est la course aux obstacles, pour l'exécution de laquelle la hutte est transformée en manège. Sa forme ronde se prête du reste admirablement à cet usage. Sur la piste où la recluse est appelée à courir, quatre obstacles sont dressés. Elle doit les franchir tantôt en sautant par dessus, tantôt en passant par dessous, sans jamais toucher à la barre transversale mobile que soutiennent deux bois fourchus. Si, aux premiers tours, la jeune fille n'est pas encore assez habile pour les franchir selon les règles, on lui pardonne son insuccès ; mais, lorsque le temps fixé pour cet exercice touche à sa fin, si la fiancée est aussi peu dégourdie et aussi maladroite qu'aux premiers jours, il est d'usage de recourir aux moyens violents pour la rendre plus habile. Lorsqu'elle arrive en présence de l'obstacle, on l'aide, au moment opportun, en lui appliquant un bon coup de fouet. Tout se passe donc comme au steeple-chase.

Si, dès le début, la fiancée subit avantageusement cette épreuve, on procède immédiatement au second exercice. Celui-ci consiste à passer à travers un cercle garni de pointes acérées et d'épines aiguës mêlées à des dards de porc-épic. Elle commence par y passer la tête avec précaution, recommence plusieurs fois la manœuvre et finit par saluer de la tête les assistants qui se tiennent sur le seuil de la hutte. Si elle réussit à faire passer le cercle de la tête aux pieds sans se faire d'égratignures, elle est chaleureusement félicitée. Si, au contraire, elle s'y frotte et s'y pique, la matrone qui préside aux manœuvres lui tire les oreilles et la fait recommencer.

Un troisième exercice consiste à danser avec une cruche pleine d'eau que retient sur la tête un coussinet de feuilles vertes. Au dehors, un tambour résonne et indique le mouvement de la danse. A l'intérieur, la recluse en suit la cadence en battant des mains et en frappant des pieds. Tout doucement, elle se met en mouvement, accélère peu à peu son allure, pour arriver enfin au comble de l'art et faire plusieurs fois le tour de la hutte, toujours en tournant sur elle-même. Si la cruche, perdant l'équilibre, vient à tomber et à se briser, ce qui arrive presque toujours, la fiancée se met à genoux, demande pardon de sa maladresse et présente ses épaules à la directrice qui lui donne une friction de bois vert.

Le dernier exercice, capable de donner la chair de poule aux plus insensibles, est peut-être plus pénible encore à cause des idées qu'il évoque. Pour clôturer sa retraite, on fait asseoir la fiancée sur un escabeau placé devant la porte de la case. Elle reçoit alors une poule qu'elle doit, à force d'habileté, plumer sans lui ôter la vie et sans lui faire pousser aucun cri. Et, tandis que les plumes s'envolent au vent, la matrone explique à la jeune fille le symbolisme de cette épreuve. « Tu dois t'attendre, lui dit-elle, à être plumée toi-même comme tu plumes cette poule et, comme elle, apprends à ne pas troubler la paix du village par d'inutiles gémissements. » Ici, le « protocole » veut que la fiancée verse des larmes, et, certes, il y a bien de quoi, car la perspective d'un pareil avenir n'est pas gaie et l'horizon qu'on lui fait entrevoir est loin d'être rose.

Le jour des noces, la belle-mère donne au prétendant une baguette avec laquelle il frappe quatre fois les épaules de la jeune fille. Et, pour s'assurer qu'elle est bien dressée, quatre fois aussi il lui marche sur les orteils et quatre fois il lui arrache une mèche de cheveux au sommet de la tête.

Si cette femme supporte tout cela sans se plaindre, elle est mûre pour le mariage.

* *

Chez les Bangaïs (du sud du Zambèze) c'est la femme qui commande dans le ménage. Dès le début de son mariage, le mari reconnaît cet usage en venant habiter chez sa femme et non en l'emmenant chez lui. Il doit de plus rendre une foule de services à sa belle-mère et notamment l'approvisionner de bois. Il lui est interdit de s'asseoir devant elle, et, si le besoin l'oblige à se reposer, il doit s'accroupir de façon à cacher ses talons : c'est une grave offense que de montrer ses pieds à sa belle-mère. Aucun Nègre de ces tribus ne fait quelque chose sans aller en demander la permission à sa femme; c'est elle le maître absolu.

Les femmes sont très jalouses de prouver leur vertu et, dans ce but, lorsqu'elles sont accusées d'un méfait quelconque, réclament l'épreuve du « mouavi » dans laquelle elles ont une foi absolue.

Cette épreuve se pratique de la manière suivante : quand un homme s'imagine que l'une ou l'autre de ses femmes lui a jeté un sort, il envoie chercher un docteur dont la spécialité est de préparer une infusion de *goho* ; toutes les femmes du prétendu ensorcelé vont dans les champs, où elles ne prennent rien jusqu'au moment où le docteur a fini de préparer son breuvage. L'opération terminée, chacune des épouses, la main tendue vers le ciel, boit la dose voulue de cette drogue tant soit peu vénéneuse ; celle qui la vomit est considérée comme innocente, et revient chez elle tuer un coq, dont elle fait hommage à ses bons génies pour les remercier de leur protection ; mais la malheureuse que la drogue a purgée est déclarée coupable et brûlée vive sur-le-champ. (Livingstone.)

*
* *

D'une manière très générale, chez les sauvages, la femme est considérée comme un être tout à fait secondaire, auquel le mari se contente de donner les gros ouvrages et de faire porter les bagages (*fig.* 90) quand il se déplace. Il est bien rare que l'un et l'autre se manifestent un respect mutuel. Le fait suivant est plutôt rare.

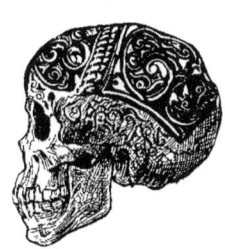

De face.   De profil.

Fig. 91 et 92. — Un singulier cadeau de noce. Crâne de Négrito-Papou, de l'intérieur de Bornéo, sculpté par les Dayaks.

La condition sociale de la femme chez les Toubous (sud du Sahara) est assez curieuse en ce que l'épouse montre une grande retenue vis-à-vis de son mari. « Elle ne prend jamais ses repas en sa présence et ne mange non plus jamais avec lui ; elle ne lui parle qu'en détournant le visage et il lui répugne de le nommer devant d'autres personnes. Aussi le nom de l'homme marié finit-il peu à peu par se perdre et est remplacé par une périphrase. Les parents mêmes de la femme semblent avoir conscience de la situation extrêmement délicate qui leur est faite en présence de l'époux. Pour les beau-père et belle-mère, de même que pour les beaux-frères et belles-sœurs, celui-ci devient un individu qu'il faut s'abstenir soigneusement de désigner sous son propre nom, à moins de nécessité absolue. Se trouve-t-il dans une réunion d'hommes, et son beau-père vient-il à paraître ? il se lève aussitôt et s'éloigne ; est-ce son beau-frère qui survient, et celui-ci l'aperçoit-il ? le mari ne bouge pas, mais l'autre passe son chemin. En revanche, il ne s'assied pas dans une société où se trouve son beau-frère ; mais relevant son pagne, il passe outre. S'il a des enfants et qu'on ait besoin de le désigner, on use de cette circonlocution : « le père de tel ou tel fils » ou « le père de telle ou telle fille ». (Nachtigal.)

La femme légitime, dans le Tibesti, a une plus grande initiative qu'on ne pourrait le croire. C'est elle qui se charge de la case, des bestiaux, des achats et des ventes, des déménagements, etc., et elle imite les allures des hommes au point de... chiquer toute la journée.

*
* *

Il est rare qu'un mariage — de même que chez nous — s'accomplisse sans que les parents ou les amis fassent des cadeaux de noces, ainsi que nous l'avons déjà dit plus haut. Ce sont tantôt des bijoux, tantôt des victuailles. Certains sont bizarres, comme on va le voir par ce qui se passe chez les Dayaks, habitants de Bornéo.

« Parfois un guerrier seul se met à l'affût derrière un buisson, pour trancher la tête à n'importe quel passant. Ce sont surtout les jeunes gens qui se livrent à cet exercice, car un homme n'oserait pas demander une fille en mariage s'il n'avait à lui offrir une tête coupée de sa main ; aussi lorsqu'il n'a pas tué d'ennemi s'embusque-t-il pour couper la tête à l'homme, à la femme ou même à l'enfant qui passera. Il est rare, néanmoins, qu'il s'attaque aux femmes ou aux enfants, car pour réussir auprès de sa belle, il doit lui présenter la tête coupée par lui encore saignante. Elle s'en saisit, entre dans l'eau, y plonge le trophée et se lave avec l'eau ensanglantée qui en découle. Une tête qui ne proviendrait pas d'un homme adulte n'aurait pas beaucoup de valeur. Une fois en possession d'une tête humaine, le Dayak la prépare. Parfois il se contente de vider le cerveau par le trou occipital et de dessécher la pièce en la soumettant à l'action du feu qui la carbonise en partie ; mais le plus fréquemment, la préparation n'est pas aussi simple, le crâne est ciselé, poli, décoré d'ornements d'étain. Souvent les motifs de l'ornementation sont traités avec un véritable art, témoin la pièce que représentent nos figures 91 et 92, et que possède le musée de Lyon. » (Verneau).

Tout de même, je préfère les gerbes du candide lilas blanc et les corbeilles de délicates orchidées...

CHAPITRE XIV

Ces chers petits...

La manière dont les enfants sont soignés par les sauvages est vraiment sommaire et contraste avec les soins minutieux avec lesquels nous élevons les nôtres.

Ainsi, chez les Kalmoucks, le nouveau-né est lavé à l'eau salée, puis emmailloté dans des chiffons et placé dans une boite en bois qui lui sert de berceau. On le laisse souvent plusieurs semaines sans le sortir de cet appareil, mais on a pris la précaution de le poser à cheval sur une espèce de cuiller, terminée par un conduit en bois, destiné à donner issue aux excréments. Au-dessus du berceau, on dispose une sorte de toit en feutre, auquel sont suspendus des arcs en métal et de petites flèches, en guise d'amulettes. Dans les voyages, on attache le tout sur le dos d'un chameau. Quand l'enfant ne tient plus dans son appareil, on le retire et on le laisse ramper ou courir tout nu dans n'importe quelle saison. Dès l'âge de quatre ans, il commence à monter à cheval. (Verneau.)

Dans les pays chauds, les enfants s'essaient à fumer souvent même avant qu'ils aient cessé de teter, c'est-à-dire vers trois ans. A partir du moment où ils savent marcher, on les laisse d'ailleurs agir un peu à leur guise : ils en profitent pour faire mille farces aux animaux domestiques, pour se livrer à des promenades dans les bois, grimper sur les arbres et fumer comme des sapeurs (*fig.* 93).

* *

La tendre enfance des Géorgiens n'est pas enviable. A peine un enfant est-il né qu'on lui enveloppe la tête d'ouate et qu'on le coiffe d'un bonnet attaché fortement avec une lanière. Cette coutume est destinée à lui déformer le crâne pour que, plus tard, le *popak* — la coiffure nationale — le coiffe bien. On couche l'enfant dans son berceau et on le sangle si fortement qu'il ne peut guère bouger pendant les deux premières années de son existence. On le sort très rarement de sa prison et on ne le nettoie presque jamais; un tuyau, situé au-dessous du berceau, conduit les déjections au dehors. Dans cette position, l'enfant, on le comprend, ne s'amuse guère et son crâne s'aplatit. Cependant, pour que le noir ennui ne le ronge pas trop, on attache à une traverse des colliers et des grelots, qui ont en même temps pour rôle de le préserver du mauvais œil. Quand la mère va aux champs, elle emporte le tout avec elle, ou, plus souvent, l'attache derrière la grosse charrette à buffles dont on se sert habituellement.

* *

Les Mandchoux (*fig.* 94), les Apaches (*fig.* 95), n'ont aussi que des notions

FIG. 93. — Jeunes Nègres fumant.

vagues sur l'utilité des mouvements pour les jeunes enfants. Ils « entassent » le
poupard dans un berceau étroit avec des quantités de linges et l'attachent avec

des cordes, de telle sorte qu'on se demande comment il n'en devient pas difforme.

*   *
    *

Il ne fait pas bon non plus naître enfant lapon. Les marmots sont enfouis dans un berceau formé d'un morceau de bois creusé, taillé en pointe aux extrémités, et garni de mousse à l'intérieur. La mère l'emporte partout avec elle ; quand elle s'arrête, elle l'accroche à une branche, ou, s'il n'y a pas d'arbres, l'enfonce dans la neige !

*   *
    *

Les femmes sauvages de l'Australie portent constamment leurs petits enfants dans une corbeille. Lorsqu'ils sont un peu plus âgés, elles les portent sur une de leurs épaules, où ils se maintiennent en saisissant leur mère par la tête. La plupart les aiment beaucoup. Parfois, cependant, elles leur traduisent leur affection..... en les dévorant. Quand un garçon atteint l'âge de quatorze ans, on l'admet au rang des guerriers.

A cette occasion a lieu une cérémonie si importante, que les tribus ennemies suspendent les hostilités. Les guerriers font le simulacre d'enlever les jeunes gens, et, pendant ce temps, les femmes se lamentent et s'entaillent les jambes avec des coquilles de moules. Les néophytes sont entraînés dans un endroit écarté. Un vieillard, grimpé sur un arbre, tourne un instrument sacré, formé d'une planchette, attachée par une corde en cheveux humains ; cet instrument produit un bruit strident qui est, pour les femmes et les enfants, un avertissement de ne pas approcher, sous peine de mort. On épile la tête du garçon et on lui met des touffes de mousse aux aisselles. (Verneau.)

Quelquefois, on fait subir au néophyte diverses opérations ; on lui fait, par exemple, sauter une incisive, après lui avoir fendu la gencive. Finalement, on procède à une autre cérémonie non moins cruelle. Le parrain du néophyte, s'ouvrant les veines du bras, lui donne à boire de son sang ; puis, le mettant à quatre pattes, en arrose son dos : c'est un véritable baptême de sang. Pendant qu'il est dans cette position, le parrain lui fait de longues entailles, qui vont du cou jusqu'aux régions lombaires ; il les élargit le plus possible avec ses doigts, sans doute pour mêler les deux sangs. Si le malheureux garçon pleure et se débat, les guerriers poussent un cri particulier qui fait accourir les femmes ; ils leur rendent l'adolescent, jugé indigne de devenir un chasseur et un guerrier. Le garçon qui supporte stoïquement ces mutilations est admis homme ; on lui révèle les secrets des guerriers ; son parrain lui choisit un nom à terminaison spéciale, qu'il doit porter dorénavant ; jusqu'alors, il n'avait eu d'autre nom que celui du lieu de sa naissance. On lui remet le talisman qui doit le protéger à la guerre, à la chasse et dans les maladies : c'est un morceau de pierre cristalline, censée être un excrément de la divinité ; il doit la garder dans un sac enveloppé de cheveux d'homme et ne jamais la montrer aux femmes, qui, sous peine de mort, ne doivent pas chercher à la voir. (Lafargue.)

*   *
*

Fig. 94. — Une famille mandchoue : Monsieur, Madame et Bébé.

Chez les Papous de la Nouvelle-Guinée, le vol des enfants est général et forme la base d'un commerce, en quelque sorte régulier. L'esclave est presque l'unité monétaire du pays. C'est chez eux que les Malais viennent s'approvisionner d'esclaves ; pour cela, ils se rendent dans des « marchés » spéciaux où se font les trafics.

L'amour maternel n'est guère plus développé chez les Néo-Hébridais : il n'est pas rare de voir les mères vendre leurs enfants pour la modique somme de 2 fr. 50. Ces coutumes ont presque disparu, fort heureusement, grâce à la lutte entreprise contre l'esclavage.

* *

L'infanticide est très fréquent chez les Canaques. On sacrifie surtout les filles quand il y en a trop. Les garçons sont au contraire soignés avec sollicitude. Les frères et les sœurs doivent se fuir et ne pas s'adresser la parole.

* *

L'adoption est très répandue chez les Mincopies.

Fig. 95. — Berceau d'un enfant apache.

Les enfants sont tendrement aimés, et pourtant il est rare qu'ils restent chez leurs parents au delà de la sixième ou septième année, par suite du développement qu'a pris, chez ces peuples, cette coutume pour tout homme marié, reçu dans une famille, de demander à titre de remerciement et de témoignage d'amitié, l'autorisation d'adopter un des enfants de la maison. La requête est habituellement accueillie et l'adopté change de demeure. Les parents vont le voir souvent, mais ne peuvent le prendre chez eux, même temporairement, qu'avec la permission du père nourricier. Celui-ci peut d'ailleurs disposer de son fils adoptif comme des siens propres et le céder à un nouvel adoptant. (de Quatrefages.)

* *

Il y a quelquefois des différences surprenantes dans la manière dont les enfants sont traités suivant qu'ils sont garçons ou filles.

Ainsi chez les Vouazaramos, qui habitent en face de Zanzibar, les enfants sont l'objet d'attentions délicates de la part des auteurs de leurs jours ; mais si c'est un fils, le père fait le serment

Fig. 96. — Enfant de Grèce.

de ne pas raser la tête de l'enfant jusqu'à ce qu'il atteigne l'âge viril. La mère se couvre d'amulettes, qu'elle place la nuit sous la tête du poupon, et ne les abandonne qu'au bout de quelques années. Les soins maternels ne font d'ailleurs pas défaut aux enfants. La femme porte constamment sa progéniture sur le dos, dans une peau dont les bouts s'attachent par devant la poitrine et cela, non seulement jusqu'à ce que le bambin commence à marcher, mais jusqu'à ce qu'il soit assez fort pour aller et venir sans être exposé à un accident. C'est un étrange tableau que celui de l'enfant ainsi plongé dans une espèce de poche et ne laissant voir que sa

Fig. 97. — Enfant emmailloté. (Époque romaine : statue en terre cuite trouvée à Viterbe).

Fig. 98. — Enfant emmailloté. (xve siècle ; sculpture de Notre-Dame).

Fig. 99. — Enfant de Corse.

petite tête percée de deux points ronds, noirs et saillants, d'une fixité extraordinaire. Pendant le jour, il ne sort guère de là que pour prendre le sein de sa mère, ce qu'il fait jusque vers la fin de la troisième année. Tous les enfants ne sont pas aussi favorisés. L'usage veut qu'on expose les jumeaux dans les jungles ou qu'on les vende. Si les incisives de la mâchoire supérieure apparaissent avant celles du bas, le petit être est également vendu ou mis à mort, car il porterait malheur à sa famille. (Verneau.)

*
* *

Presque partout, la naissance d'une fille est considérée comme une calamité ou au moins comme une chose presque inutile, sans doute parce que les filles ne peuvent pas se livrer à autant de travaux que les garçons.

Même chez les doux Sakalaves, la venue d'une fille fait éprouver à la famille un sentiment pénible. Si au contraire c'est un garçon, on le met avec joie sur une natte et le père plante à côté sa plus belle sagaie ornée de guirlandes de feuillage.

Il parait cependant que si le devin, appelé, déclare que l'enfant est né dans un mauvais jour, on l'expose dans une forêt, on l'enterre vivant ou on le précipite dans une rivière. Mais ces coutumes barbares ont dû disparaître depuis la conquête. Les enfants des Sakalaves sont très choyés de leurs parents ; les mères les portent sur la hanche ou sur le dos, à l'aide d'un pagne très solide et les pères ne leur adressent jamais la moindre remontrance.

* *
*

Les Vaniùngues, qui vivent au voisinage du Cap, étouffent immédiatement tout enfant qui naît avec des dents. De même, plus tard, si les dents de la mâchoire supérieure apparaissent avant celles de la mâchoire inférieure, on expose l'infortuné poupon dans un endroit désert où il ne tarde pas à être dévoré, à moins qu'il ne soit rencontré par une âme compatissante et adopté. Les enfants tettent jusqu'à quatre ans.

Fɪɢ. 100. — Enfant de
    Vaucluse.

* *
*

Pour compléter avantageusement ce chapitre, empruntons à M. A. Rameau quelques détails intéressants sur l'emmaillotement des enfants : pour une fois nous quitterons les peuplades sauvages pour aller un instant chez les nations civilisées.

« L'habillement du nouveau-né a préoccupé les peuples de tout temps et de leurs réflexions sont sorties les vêtements les plus bizarres et les plus antihygiéniques qu'on puisse imaginer (*fig.* 96). Sauf chez les Spartiates, qui laissaient leurs enfants nus se développer tranquillement, sans entraves, de façon à en faire plus tard de beaux adolescents, ce qui semble avoir avant tout préoccupé les anciens, c'est le souci de fournir des tuteurs aux membres et aux corps frêles des enfants. Si tous étaient nés bien conformés, si tous les peuples avaient, comme les Spartiates, exposé sur le Taygète les nouveau-nés mal bâtis, il est bien probable que cette idée ne fût jamais venue. Malheureusement, les enfants mal conformés ne sont point une rareté, et il est presque naturel qu'on ait songé à martyriser les bébés pour leur donner des membres droits et un thorax bien constitué. Si cette méthode orthopédique n'avait été appliquée qu'aux difformes,

Fɪɢ. 101. — Enfant
    du Morbihan.

il n'y aurait eu que demi-mal. Mais il n'en fut point ainsi. Lorsqu'on vit les effets du rachitisme survenir généralement dans le courant de la seconde année, déformant le thorax, les membres et la colonne vertébrale sans que rien ait pu faire présager

ces modifications à la naissance, on songea aussitôt que ces déformations prove-
naient d'une mauvaise hygiène. On se dit que si, dès la naissance, on avait habillé
l'enfant de façon à maintenir tout son corps bien droit, la difformité n'eût point
existé dans la suite.

On a pu remarquer à l'Exposition de 1889 une bien curieuse statuette en terre
cuite, modelée en forme de gaine, le chef paraissant couvert d'un mignon capuchon et portant au cou une sorte de petite rondelle nommée *bulla* (*fig.* 97). C'est
un document très précieux, trouvé à Viterbe, et qui marque d'une indéniable façon

Fig. 102. — Enfant   Fig. 103. — Enfant   Fig. 104. — Ancien
du Finistère.   de l'Ile-de-France.   maillot français.

les procédés des Romains touchant l'emmaillotement. Chez eux, dès sa naissance,
l'enfant était plongé dans un bain. On l'enveloppait ensuite dans un linge de lin.
Des bandelettes entouraient ce premier vêtement. On le serrait étroitement depuis
le haut jusqu'aux pieds, en ayant soin d'emprisonner les bras ; peu à peu ceux-ci
étaient rendus à la liberté, puis les pieds et les jambes. Dans la France du moyen
âge, on entortillait encore les enfants à peu près selon la méthode romaine. Le bébé
était enveloppé d'abord dans une pièce d'étoffe. Chez les riches, c'était de la toile ;
mais il ne faut pas oublier qu'à cette époque, une chemise de toile, même chez les
riches, était un luxe. Le plus souvent on entortillait le nouveau-né dans de la laine.
Par-dessus les langes on enroulait des bandes, quelquefois même d'une façon assez
curieuse, ainsi que le montre une sculpture de Notre-Dame de Paris (*fig.* 98).

Au XVIII⁰ siècle l'enfant corse (*fig.* 99) et celui de Vaucluse (*fig.* 100), bien que
ficelés proprement des aisselles jusqu'aux pieds, ont leurs mains libres, ce qui est
déjà un grand progrès ; mais partout ailleurs, riches ou pauvres, bretons(*fig.* 101
et 102), parisiens (*fig.* 103 et 104) ou luxembourgeois (*fig.* 105), ont les bras
consciencieusement ramassés sous les couvertures de toute sorte et, si le ligotte-
ment est moins strict, l'emprisonnement n'en est pas moins complet, le malheureux petit est réduit à l'immobilité.

Dans ces conditions, il ne faut point s'étonner de voir les déformations considérables qui ont atteint les enfants jusqu'à notre siècle. Aujourd'hui, le maillot,

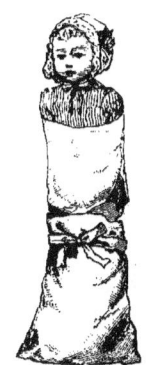

grâce aux médecins qui, plus souvent qu'autrefois, s'occupent de l'habillement des nouveau-nés, couvre et protège l'enfant sans le gêner. Il faut aussi rendre grâce à J.-J. Rousseau qui s'est élevé fortement contre l'usage des maillots serrés. On ne parle plus que pour mémoire des bandes de plusieurs mètres, ornées de broderies chez les riches, en étoffe grossière chez les pauvres, qui entouraient et *soutenaient* le corps des enfants. De temps à autre, dans les provinces arriérées, on rencontre encore une sorte de corset avec ou sans baleines, lacé par derrière et serré pour maintenir le tronc droit. Mais son emploi se restreint de plus en plus et il faut espérer qu'avec les progrès de l'instruction, cette coutume disparaîtra complètement. D'ailleurs, d'une façon générale, le maillot est à peu près constitué partout aujourd'hui d'une façon semblable.

FIG. 105. — Enfant du Luxembourg.

La tête est coiffée d'un béguin, bonnet à trois pièces, assez large pour ne point serrer la tête de l'enfant et noué sous le cou par deux cordons. C'est surtout pour la tête que la plus légère compression est préjudiciable : après la naissance des enfants, les os sont encore mous et la moindre pression suffit pour les déformer. Ces déformations lorsqu'elles atteignent les os du crâne, ont pour résultat de fabriquer des idiots ou des fous. Les Caraïbes, qui ont la malencontreuse habitude de pétrir ainsi la tête de leurs enfants, fourmillent d'idiots. En 1834, Achille Foville, médecin aliéniste, eut l'attention attirée de ce côté en voyant chez beaucoup de fous une dépression circulaire autour de la tête. Cette dépression était causée par un bandeau qu'on avait l'habitude de serrer autour de la tête des enfants. A Toulouse, vers la même époque, Delahaye faisait la même constatation.

FIG. 106. — Enfant de la Lorraine.

La poitrine est couverte d'une chemisette en toile douce, par-dessus laquelle est passée une brassière de coton ou de laine. En réalité, la brassière n'est point passée sur la chemisette, mais en même temps. Les manches de la chemisette sont coulées dans celles de la brassière et les deux vêtements passés du même coup. Par dessus le tout, un petit fichu en pointe est posé.

Le tronc et les membres inférieurs sont couverts par des langes, un premier en toile, un second constitué par une couverture de laine roulée autour du corps. Pour maintenir le tout, les bandes, autrefois employées, sont remplacées par des épingles spéciales, épingles de sûreté, de nourrice, épingles anglaises, dont la pointe est dissimulée dans un crochet et qui ne peuvent piquer l'enfant.

Grâce à ce maillot, aucune compression n'est exercée sur les membres, les bras sont libres, les jambes, enroulées dans les langes, jouissent cependant d'une certaine liberté. Aussi est-ce ce maillot qu'il faut recommander. Le bébé de la Lorraine que représente notre figure 106 est particulièrement bien emmailloté. Il a en plus dans le dos, une espèce de coussin qui permet de le poser un peu partout, il se trouve toujours dans une sorte de petit lit. Le bébé suisse (*fig.* 107) n'a malheureusement pas les bras libres, mais son maillot se rapproche beaucoup du précédent.

Quant au bébé de la Charente-Inférieure (*fig.* 108), il possède un maillot qui

Fig. 107. — Enfant de la Suisse. Fig. 108. — Enfant de la Charente-Inférieure. Fig. 109. — Enfant de la Creuse.

ne laisse libre qu'un seul de ses bras. Remarquez bien que c'est le bras droit et vous trouverez du même coup l'explication de cette injustice. Ses parents veulent absolument que leur enfant soit un droitier, et pour le forcer à l'être ils n'ont rien trouvé de mieux que de lui enlever l'usage de son bras gauche. C'est sans doute un moyen infaillible, mais, pour barbare qu'il soit, certains auteurs prétendent que c'est par ce mécanisme que nous sommes presque tous droitiers, même ceux qui, dès leur naissance, ont eu les deux bras libres. Nous dépendons en effet, sous ce rapport, de notre nourrice, paraît-il, qui fait de nous des droitiers ou des gauchers !

En effet, une droitière a une tendance à porter son poupon sur son bras droit, et celui-ci, ayant son bras gauche contre la poitrine de sa nourrice, ne peut s'en servir, tandis que son bras droit reste libre. De là viendrait la différence d'adresse et de force qui existe entre les deux côtés de notre corps. Cette théorie est séduisante au premier abord ; il ne faudrait cependant point lui accorder une créance complète, car bien des enfants droitiers ont eu pour nourrices des gauchères et *vice versa*. Il intervient certainement une question d'éducation, les parents n'aiment point ordinairement avoir un enfant gaucher, et lui interdisent même, grâce à leurs observations continuelles, de devenir ambidextre.

Quoi qu'il en soit, il vaut mieux, dans l'intérêt de l'enfant, qu'il faut considérer

avant tout, lui permettre de remuer les bras à sa guise ; ils n'en auront que plus de force par la suite et il n'en résultera pour eux aucune déformation. Le même raisonnement pourrait s'appliquer aux jambes et, théoriquement, le meilleur costume serait celui qui laisse les jambes libres. Malheureusement, il n'en peut être toujours ainsi. Pour des raisons de propreté très compréhensibles, on ne peut revêtir l'enfant d'une culotte, on ne peut l'habiller que de linges faciles à renouveler. Dans ces conditions, mieux vaut lui laisser un peu moins de liberté dans ses mouvements, puisque, au fond, l'hygiène et l'enfant y gagnent encore.

Tel n'est pas cependant l'avis de tout le monde, et en Angleterre ou en Amérique surtout, les enfants en bas âge sont simplement vêtus d'une longue robe à manches, qui flotte sur leurs membres inférieurs et leur laisse une liberté abso-

Fig. 110. — Enfant des Basses - Pyrénées.

lument entière. Il y a, à cette méthode, des avantages certains, mais les inconvénients sont nombreux, surtout dans nos contrées. A la rigueur un tel vêtement serait bon dans des régions très chaudes, mais dans nos climats tempérés et plutôt froids d'une façon générale, les enfants courent de grands risques avec ce mode d'habillement. Leur corps n'est pas ainsi assez garanti contre l'air extérieur, et l'enfant, qui a besoin de ne pas perdre sa chaleur, n'est pas assez couvert. Aussi vaut-il mieux encore vêtir le nourrisson pour l'empêcher de perdre une quantité de chaleur qu'il ne pourrait recouvrer par l'exercice. »

A ce que nous venons de rapporter s'ajoutent avantageusement les lignes suivantes, dues à M. Jean Guérin.

« Dans la Creuse (*fig.* 109) la sangle court de bas en haut du corps, empêchant ainsi tout mouvement des bras et des jambes. Dans les Basses-Pyrénées (*fig.* 110), où les mères sont exposées souvent à courir les champs ou la montagne avec leur progéniture, le vêtement du nourrisson se complète d'une espèce de sac muni de lanières,

Fig. 111. — Nourrisson dans un sac suspendu à un mur.

que les femmes ajustent à leurs épaules de façon à n'être pas gênées dans leurs occupations par l'enfant qu'elles portent.

Autrefois dans le pays basque, l'enfant était souvent placé dans un sac de toile qu'on accrochait au mur comme un paquet (*fig.* 111). Dans la Vienne on se contentait même d'une ceinture passée sous les bras du nourrisson. Dans la Gironde, le procédé était plus barbare encore. Après avoir creusé le tronc d'un arbre (*fig.* 112) et en avoir garni le fond de paille ou de chiffons, on y laissait l'enfant. Le poids du corps pesait alors sur les jambes et sur les bras, faisant ainsi remonter les épaules et amenant la déformation de la poitrine.

Disons aussi un mot de l'exploitation des « meneurs ». Les meneurs existent

Fig. 112. — Tronc d'arbre évidé en usage dans certains villages de la Gironde.

Fig. 113. — Sac de « meneur » pour porter les nourrissons.

encore. Ils font métier maintenant de conduire les nouveau-nés en province chez les nourrices, ou d'amener les nourrices à Paris pour s'y placer. Autrefois leur profession était tout autre. Ils parcouraient les campagnes et, moyennant un salaire quelconque, se chargeaient de transporter à l'hospice des enfants que leurs mères voulaient abandonner. Ils faisaient voyager les frêles créatures qui leur étaient confiées tantôt en les couchant sur la paille dans des boîtes ou des paniers, tantôt en les plaçant debout et serrées les unes contre les autres dans des hottes. Dans le Poitou, les meneurs remplissaient leur charge à moins de frais encore. Parfois un bissac ou une besace de toile leur suffisait. Le plus souvent ils s'en allaient, un enfant par devant, un enfant par derrière portant dans des sacs les pauvres petits êtres. Ces sacs font l'objet de la figure 113. Ainsi livrées au froid et portées, parfois sans aucun soin, dans des hospices éloignés, les frêles victimes mouraient presque toujours avant leur arrivée au terme du voyage. On a établi qu'en moyenne trois sur cent seulement des nourrissons étaient sauvés. »

*
* *

Voici, à propos des différentes manières de porter les enfants, ce que dit M. Félix Regnault :

« L'homme s'imagine volontiers que tous les actes qu'il accomplit lui sont naturels et innés. Ayant toujours vu ses semblables les remplir de même façon, il ne peut concevoir que d'autres agissent autrement.

Bien peu de personnes savent, par exemple, qu'en certains pays on dort accroupi, qu'en d'autres on se sert des pieds comme organe préhensile, que certaines tribus sont gauchères, etc., etc. Il suffit cependant de voyager un peu pour être vite désabusé.

On note alors la prodigieuse variété qui existe dans l'accomplissement des actes en apparence les plus simples.

Considérons la manière de porter les enfants. Nos habitudes à cet égard nous sont bien connues. Nous portons l'enfant sur les bras, mais cette pratique n'est pas évidemment la meilleure. En dehors de la fatigue qu'elle occasionne, elle exige une attention continuelle, une absorption de tous les instants en faveur du petit être que l'on promène ainsi. Dans la vie sauvage et même à demi civilisée, les nécessités de l'existence ne permettent

Fig. 114. — Indienne Brésilienne portant son enfant à l'aide d'une sangle lui passant sur la tête.

point de pareils loisirs. La mère doit continuer à travailler comme par le passé ; il est même des pays où elle laboure la terre.

Nos paysans laissent l'enfant dans son berceau et, au besoin, l'y ligotent. C'est aussi la coutume des Arméniens, des Maronites et des Tartares.

Pour n'avoir point la peine de délier l'enfant au moment de lui donner le sein, la mère s'agenouille à côté et, prenant point d'appui sur la barre supérieure du petit lit, elle incline sa poitrine au-dessus de l'enfant qui, pour s'alimenter, reste dans la même position que pour dormir.

En Russie pourtant, la femme ne se sépare pas de son bébé. Dans la Russie blanche et chez les Ostiacks, elle met son nourrisson dans une légère corbeille d'osier et porte ce berceau sur le dos, bien assujetti au moyen de bretelles.

Bien préférable est la coutume africaine. La Négresse porte son enfant sur le dos. Il y est solidement maintenu au moyen du pagne ou pièce d'étoffe qui se fixe sur le devant de la poitrine. De cette façon, elle porte toujours son enfant avec elle, soit qu'elle défriche, soit qu'elle pile le millet, soit encore qu'elle revienne de la fontaine en portant une cruche sur la tête. Mère dévouée, mais travailleuse infatigable, le souci de l'allaitement ne l'interrompt même pas. Et, tout en continuant son labeur, elle passe d'un mouvement machinal son sein allongé en forme de gourde, soit par dessus l'épaule, soit au-dessous de l'aisselle à l'enfant qui crie la faim.

Et si ce mode d'allaiter n'est guère possible qu'aux Négresses, grâce à la forme allongée de leurs seins, nous trouvons la coutume de porter les enfants sur le dos répandue dans bien des pays (*fig.* 114) [Voir aussi figure 62]. C'est une pratique constante des Japonais, et l'on sait qu'ils sont réputés, à juste titre, comme le peuple le plus attentionné vis-à-vis des enfants.

M. le Dr Vidal a donné dans la *Revue d'anthropologie* des détails bien intéressants à ce sujet. L'enfant, depuis sa naissance jusqu'à l'âge de 3 ou 4 ans, est porté toujours et partout sur le dos, grâce à la robe appelée kimono, d'une ampleur telle, qu'en écartant légèrement les côtés croisés sur le devant de la poitrine il se forme dans le dos un plus ou moins grand espace en forme d'entonnoir. C'est là qu'on met l'enfant; la tête seule dépasse le bord de ce vêtement, les mains et les bras sont libres de rester cachés ou d'être au dehors.

De la sorte, l'enfant est exposé au froid le moins possible, réchauffé par le corps de celui qui le porte, et bien que tous ses mouvements soient libres, il n'a à craindre ni une chute, ni un choc quelconque. On en voit même qui dorment, quelque vives et saccadées que soient les allures du porteur.

D'autre part, la personne qui porte l'enfant jouit de toute la liberté de ses mouvements. Et même il n'est pas rare de voir des enfants de 5 ou 6 ans porter ainsi sur le dos leur tout jeune frère ou sœur.

Dès qu'un enfant est malade, le premier soin qu'on lui donne et qu'il réclame du reste avec instance est de le placer sur le dos : c'est ainsi que les parents le portent à l'hôpital.

Les domestiques indigènes agissent de même à l'égard des enfants des Européens et ceux-ci ne paraissent pas s'en plus mal trouver.

Chez d'autres peuples, la coutume varie et la hanche, ordinairement la gauche, supporte le poids de l'enfant. En ce cas un lien permet de maintenir le bébé, et laisse libre le bras gauche du porteur. Le lien chez les Malais consiste en une pièce d'étoffe qui vient se fixer sur l'épaule droite ; chez les Niams-Niams, c'est un large morceau de peau de bête, fixé transversalement, et qui passe au-dessous de l'épaule droite. Il constitue la principale pièce du vêtement féminin.

Il est intéressant de remarquer que lorsque la femme porte les objets sur la tête, le dos est généralement choisi pour porter l'enfant. Il en est ainsi chez de nombreuses peuplades nègres. Au contraire quand on porte les objets sur le dos, l'enfant se place alors sur la hanche, où il est assujetti en bandoulière. Ainsi au Congo, sur le littoral, les objets sont mis sur la tête et l'enfant tenu sur le dos; dans l'intérieur, pays plus accidenté, on ne peut plus porter sur la tête car on serait exposé à tomber ; on met alors les fardeaux dans une hotte sur le dos avec une courroie sur le front, et l'enfant est alors assis sur une large bande de peau de chèvre qui forme bandoulière.

M. Lapicque, dans son voyage aux îles Andaman, a de même constaté que les femmes de ce pays portent une hotte sur le dos, la courroie passée sur la poitrine, et leur enfant sur la hanche.

Les peuples sauvages ont ainsi résolu la question de pouvoir travailler tout en élevant leurs enfants. Chez nous les nécessités de la vie sont moins impérieuses, et la femme peut consacrer tout son temps à son enfant. L'éducation maternelle devient alors une occupation pleine de charme, et les soucis de la maternité sont chantés et célébrés à l'envi par nos poètes et nos peintres. »

Combien, dans tout cela, nous sommes éloignés de l'enfant tel que le voient les poètes !

> Il est si beau, l'enfant, avec son doux sourire,
> Sa douce bonne foi, sa voix qui veut tout dire,
>   Ses pleurs vite apaisés,
> Laissant errer sa vue étonnée et ravie,
> Offrant de toutes parts sa jeune âme à la vie
>   Et sa bouche aux baisers....

> (Victor Hugo).

CHAPITRE XV

Comment comptent les sauvages.

Quand on réfléchit à l'importance qu'ont les chiffres et la numération dans tous les actes de notre vie, on se demande s'il existe des peuples pouvant se passer de cette science fondamentale, presque innée chez les peuples civilisés. Cela est cependant et certains ignorent même l'arithmétique la plus élémentaire. Voici, d'après Ch. Letourneau et divers anthropologistes, quelques renseignements sur cette question peu connue.

* *

Les plus arriérés au point de vue qui nous occupe sont les Veddahs de Ceylan et les Fuégiens, les seuls types humains vivant aujourd'hui encore sans la moindre organisation sociale, en hordes familiales. A l'échelon le plus humble se trouve le Veddah, qui ne serait pas élevé à la moindre conception numérique, qui ne saurait même pas dire « un », « deux », « trois », et à qui ne serait pas venue l'idée de se servir de ses doigts pour désigner les premiers nombres. Pourtant, les Veddahs ont une langue articulée, que l'on rattache même à la famille aristocratique des langues à flexion ; mais le vocabulaire de cette langue, distinguée par sa naissance, est extrêmement pauvre ; il ne comprend qu'un très petit nombre d'expressions pour désigner les objets les plus usuels et même le Veddah n'y parvient qu'en recourant à des périphrases bizarres.

Les Fuégiens, eux, ne savent compter que jusqu'à trois, et encore avec beaucoup de difficulté.

* *

Relativement au Veddah, l'Australien est un mathématicien remarquable, car il a déjà essayé de compter ses doigts. Sans doute, il n'y est point parvenu ; mais à tout il faut un commencement. La plupart des clans australiens n'avaient réellement dans leur langage que deux noms de nombres, les deux premiers, « un » et « deux ». Au delà de deux, on disait parfois « beaucoup ». Les plus forts arithméticiens disaient « deux plus un », « deux plus deux », pour trois et quatre. On en a vu, comme l'ont fait tant de peuples primitifs, procéder collectivement et dire « une main » pour cinq, « deux mains » pour dix. On rapporte même que dans un district particulièrement avancé sous ce rapport, on serait allé jusqu'à quinze, peut-être vingt. A vrai dire, du moment où l'on se sert de la main comme unité collective, il suffit de savoir compter jusqu'à deux ou jusqu'à deux et deux pour exprimer es nombres dix et vingt. L'impuissance où semblent avoir été, en général, les clans d'Australie de trouver cinq noms de nombres distincts et sériés semble bien indiquer qu'ils ont dû avoir d'abord l'idée collective et numérique de l'ensemble des doigts d'une main. Au moment où les Européens ont pu les étudier, ils s'efforçaient d'analyser cette collectivité numérique des doigts de la main, mais n'y étaient pas arrivés, car ils n'avaient pas encore cinq noms de nombres et, pour dire « cinq », ils se contentaient de lever une main.

*
* *

En ce qui concerne la science des nombres, les Nègres d'Afrique sont infiniment plus développés que les Australiens, d'abord parce qu'ils sont plus intelligents et aussi parce qu'ils sont, en général et de longue date, fort adonnés au commerce, à ce point que les petits Nègres s'amusent à compter des cauries (voir page 87) et que, chez les Yorubas d'Abeokuta, on injurie un homme en lui disant : « Vous ne savez seulement pas combien font neuf fois neuf. » Mais la numération n'a pas eu, en Afrique, une autre origine qu'ailleurs, c'est-à-dire l'emploi des doigts de la main. Chez les Cafres Zoulous, par exemple, l'expression employée pour dire « six » signifie littéralement « prendre le pouce de l'autre main ».

*
* *

La numération papoue est digitale et décimale ; elle est même mimique. Ainsi, aux îles Banks, on commence à compter par un, en abaissant successivement les doigts jusqu'à dix, nombre que l'on indique en joignant les mains. A Saa (Cambodge), la récolte des yams (ignames) est une opération fort compliquée. Voici comment on procède : deux hommes comptent en même temps jusqu'à cinq, soit dix ; et ils notent ensuite les dizaines, en disant « un, deux, trois » ; pour mieux marquer la dizaine, un homme s'assied chaque fois qu'on y arrive ; puis à dix dizaines, soit à cent, on s'aide d'une marque spéciale, d'un yam, comme signe mnémonique. A la Nouvelle-Calédonie, les tribus les plus habiles en numération ont neuf noms de nombres. Dix se dit « les mains » ; au delà de dix, on recommence et, pour exprimer vingt, on dit « un homme ». Quelques mathématiciens distingués peuvent parvenir ainsi jusqu'à cent, mais en s'aidant de petits bâtons dizainiers fichés dans le sable ou d'encoches faites sur un morceau de bois. Les moins intelligentes des tribus néo-calédoniennes n'ont que quatre noms de nombres et disent « une main » pour cinq ; « les mains » pour dix ; pour quinze, on avance un pied ; pour vingt, le second pied, en disant « un homme ». On ne réussit donc à compter qu'en s'aidant d'une grossière mimique mnémonique. Quand néanmoins le calculateur s'embrouille et s'arrête, il proclame alors son impuissance par une locution, qui, littéralement, signifie : « il n'y a plus de grains de sable » c'est-à-dire : « au delà, c'est l'inexprimable ».

*
* *

Pour les idées de nombre, l'incapacité des Indiens de l'Amérique méridionale est extrême. Peut-être, cependant, devrait-on faire exception pour les Patagons, les Puelches (Indiens des pampas de l'Amérique du Sud), les Araucaniens, qui possèdent une numération étendue, allant jusqu'à cent, même jusqu'à mille ; mais ce n'est là qu'un legs traditionnel de l'ancienne civilisation des Incas : ils ne l'ont pas inventée. Partout ailleurs, on a à peine quelques noms de nombres, toujours à base digitale. Ainsi, les Abipones n'ont dans leur langue que trois expressions numériques savoir : « les doigts d'un émou » pour dire quatre ; « les doigts d'une main » pour dire cinq ; enfin, pour dire vingt, « les doigts des mains et des pieds ». Ces Indiens n'ont donc pas dépassé le stade arithmétique des unités collectives. Pourtant les Abipones sont, sur ce point, plus avancés que d'autres naturels. Ainsi, les Botocudos n'ont que deux expressions numériques, « un et deux » ; au delà, ils disent « beaucoup ». Les Indiens de la Colombie vont jusqu'à « trois ». Pour les quantités plus fortes, ils montrent leur tête, mimique qui signifie évidemment : « aussi impossible à compter que mes cheveux ».

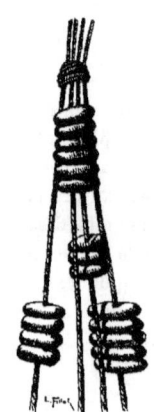

FIG. 115. — Boulier compteur employé au Pérou.

Chez d'autres Indiens, l'aptitude mathématique est un peu plus développée. Ainsi les Tamanas de l'Orénoque disent : « un, deux, trois, quatre », puis « une main ». Pour « six », ils disent « un de l'autre main » ; pour dix, « deux mains » ; pour onze, « un du pied », et cela en étendant les deux mains et avançant un pied. Pour vingt, « un Indien », et ainsi de suite : « deux, trois, quatre Indiens ».

*
* *

Comme celle de tous les peuples primitifs, la numération des Esquimaux est digitale. A peine peuvent-ils compter les doigts d'une seule de leurs mains. Stella affirme même qu'ils ont seulement trois noms de nombres : mais ils savent joindre les mains pour dire « dix » ; puis, opérant de même sur les orteils, ils vont jusqu'au nombre « vingt ». Au delà la plupart d'entre eux se déclarent à bout de force arithmétique, en s'écriant : « Où prendrai-je le reste ? » quelques-uns, pourtant, parviendraient à ajouter « un homme » à « un autre homme » et ainsi de suite jusqu'à « cinq hommes ».

Dans quelques parties reculées du Pérou et de la Bolivie, on se sert pour compter d'une sorte de boulier (*fig.* 115), qu'a fait connaître M. E.-T. Hamy. Il se compose essentiellement d'un certain nombre de cordelettes liées ensemble à une de leurs extrémités et le long desquelles peuvent glisser de petites boules transpercées. Les ficelles sont choisies de couleurs différentes et les boules sont empruntées à la coque de divers fruits. Ces boules peuvent être enfilées à la fois sur toutes les ficelles ou sur un certain nombre seulement. Il s'en trouvera, par exemple, que quatre fils traverseront, d'autres n'en recevront que trois, deux ou même un seul. L'Indien aura ainsi le moyen de se créer des catégories de nombres juxtaposés correspondant, dans nos procédés, à autant de colonnes qu'il y aura de cordelettes à l'appareil. Si, comme cela se présente d'ailleurs, le calculateur indigène convient que les boules enfilées une seule fois représentent des unités, que celles à travers lesquelles passent deux fils équivalent aux dizaines, etc., il sera en mesure de représenter des nombres quelconques. Il transcrira, par exemple, comme dans la figure 115, le nombre 6039, en enfilant neuf boules à un fil, trois à

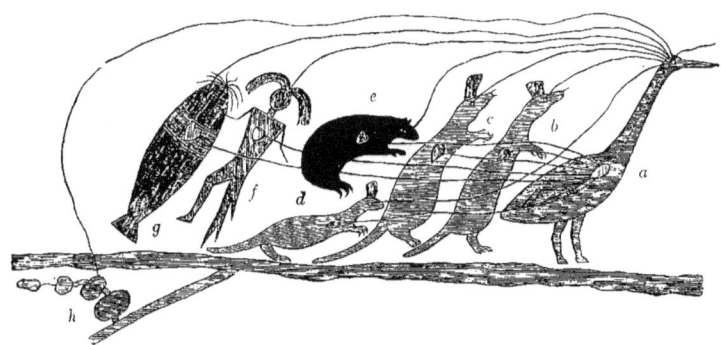

Fig. 116. — Pétition des Indiens Chippeways au Président des États-Unis.

deux fils, six à quatre fils. Et le petit instrument, une fois lié à l'extrémité inférieure comme il l'était au préalable à l'extrémité supérieure, conservera indéfiniment le nombre qui lui aura été ainsi confié.

***

Chez les Aztèques, qui vivaient autrefois au Mexique, on avait recours à la pictographie pour la notation arithmétique. C'était d'ailleurs un peuple de marchands. Mais leur numération décimale avait été, dans le principe, digitale comme toutes les autres, puis six se disait 5 + 1 et sept 5 + 2, etc. La pictographie servait pour les gros nombres. Ainsi, le nombre 20 était figuré par un drapeau, tandis que, depuis 1 jusqu'à 19, on n'employait que des points. Le carré de 20, soit 400, se représentait par une plume, sans doute à cause de la multiplicité des barbes de la plume. Une bourse ou un sac signifiait 8000, parce que dans les marchés on pouvait payer avec des sacs contenant chacun 8000 grains de cacao. Pour écrire des fractions de ces gros nombres, on dessinait une moitié, un quart, une fraction aliquote de drapeau, de plume, de sac.

***

A propos de pictographie, si la place ne nous était limitée, nous pourrions nous étendre longuement sur son emploi dans l'écriture rudimentaire. « On trouve, dit M. Deniker, des essais imparfaits de cette écriture dans les dessins des Mélanésiens, représentant différents éléments de leur vie, dans certains tableaux sur rochers des Boschimans et des Australiens. Mais, déjà chez les Esquimaux, à côté de la représentation simple des objets, on voit apparaître certaines figures qui désignent l'action ou le rapprochement entre les objets : c'est le commencement de l'exécution idéographique. Cette idéographie est en rapport avec le langage par gestes. On peut donc présumer *a priori* qu'elle est très développée chez les Indiens de l'Amérique du Nord. Et il en est réellement ainsi. Le nombre d'inscriptions « peintes » ou gravées sur planchettes de bois, sur morceaux d'écorce, sur les peaux (souvent sur celles qui couvrent la tente) est énorme dans toutes les tribus. Ce sont des messages, des récits de chasse, des chansons, de véritables annales comprenant des cycles de soixante-dix années. On peut juger du développement de la pictographie chez les Indiens par l'exemple suivant d'une pétition (*fig.* 116) présentée en 1849 au président des États-Unis par les chefs des Chippeways réclamant la possession de certains petits lacs (*h*) situés au voisinage du lac Supérieur (figuré sur notre gravure par la grande bande transversale noire), vers lequel conduit une certaine route (trait oblique dans le coin gauche, en bas*)*. La pétition est peinte en couleurs symboliques (lilas pour l'eau, blanc pour la route, etc.), sur une pièce d'écorce. *a* y représente le principal chef pétitionnaire, dont le clan a la grue pour *totem* ou animal emblématique et ancestral ; les animaux qui suivent *b, c, d, e, f, g,* sont les *totems* de ses copétitionnaires. Leurs yeux sont tous reliés au sien pour exprimer l'unité de vue, leurs cœurs au sien pour exprimer l'unité de sentiments. L'œil de la grue, symbole du chef principal, est en outre le point de départ de deux lignes : l'une, la plus petite, dirigée vers le président (réclamation) et l'autre vers les lacs (objet de la réclamation). »

C'est un véritable rébus !

CHAPITRE XVI

Corps déformés artificiellement.

Se déformer le corps de parti pris semble une aberration. C'est cependant une pratique très répandue chez les peuplades incultes, voire même chez les peuples civilisés car l'emploi des boucles d'oreilles et des corsets arrive au même résultat que les ornements bizarres des sauvages.

**

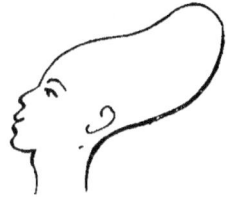

Fig. 117. — Tête d'enfant, déformée grâce à une pression lente mais continue.

Les Néo-Hébridais, dans un but qui n'apparait pas très nettement, déforment la tête des enfants (*fig.* 117) et lui donnent une forme en pain de sucre. A Tanna et à Sandwich, ils se percent la cloison nasale et y introduisent un morceau de coquillage ; ils y suspendent quelquefois un morceau de bambou ou d'écaille de tortue. Les oreilles sont de même démesurément percées et portent des boucles faites aussi en écaille de tortue. Ils se peignent la figure soit en rouge avec de l'ocre, soit en blanc avec de la chaux, soit en noir avec de la suie. Le rouge et le noir sont employés les jours de fête ; le noir seul pour les hommes, et le blanc pour les femmes, sont le symbole du deuil. (M. Pineau.)

**

Les Australiens portent souvent de petites chevilles jaunes qu'ils se passent dans la cloison du nez. Ils y placent aussi leur pipe.

**

Les habitants des îles Salomon (*fig.* 118) se percent le bout du nez pour y introduire le tuyau d'une plume de perroquet. Dans la cloison, ils mettent un anneau de nacre et dans les ailes du nez deux petites baguettes qui viennent se croiser au-devant de la bouche. Ils se transpercent aussi le lobule de l'oreille et l'agrandissent de telle sorte qu'on puisse y introduire un morceau de bois de 5 centimètres de diamètre.

**

Les Papous de la Nouvelle-Guinée s'introduisent dans la cloison du nez une longue cheville en bois, une côte de porc ou une coquille. On a vu l'un d'eux très

FIG. 118. — Indigène des îles Salomon.

FIG. 119. — Sorcier prenant une prise avec une petite cuiller. La cuiller et la tabatière sont portées chacune dans un trou pratiqué dans chaque oreille.

fier d'avoir pu s'introduire de la sorte une cartouche chargée de carabine Spencer...

Les femmes des Bournouans introduisent une perle fine dans les ailes de leurs larges narines.

*
* *

Les Canaques de la Nouvelle-Calédonie se percent le lobule de l'oreille et l'agrandissent progressivement en y mettant des morceaux de bambou de plus en plus larges ou des feuilles de bananier. Cet orifice n'est pas seulement un ornement, il a aussi son utilité : les Canaques y placent notamment leur pipe, leur tabac et leurs allumettes.

Nous représentons (*fig.* 119) un de leurs sorciers prenant une prise dans une petite cuiller qu'en temps ordinaire il porte dans un trou pratiqué dans l'oreille.

* *

Dans toutes les peuplades sauvages, pourrait-on dire, on trouve cette coutume de s'embellir (?) en s'étirant progressivement une partie quelconque du

Fig. 120. — Tête de Botocudos, avec ses oreilles et sa lèvre inférieure considérablement dilatées.

Fig. 121. — Tête de femme Indienne, dont la lèvre inférieure a été progressivement étirée d'une manière excessive.

visage. A force d'être tiraillé sans cesse, l'organe s'allonge et finit par rester dans cet état. C'est ainsi que les sauvages se font des oreilles (*fig.* 120) et des lèvres (*fig.* 121) démesurées, qui doivent même les gêner terriblement. Mais que ne ferait-on pas pour appeler sur soi l'attention publique ?

* *

Chez les Peaux-Rouges, nombreuses sont les peuplades qui se déforment la figure de différentes façons, parfois d'une manière horrible. La forme la plus recherchée, par exemple, des Botocudos (*fig.* 120) est une rondelle de bois léger qu'ils s'introduisent dans la lèvre inférieure et dans le lobule de l'oreille. Pour cela, on perce ces organes dès la plus tendre enfance, puis on y introduit des morceaux de bois de plus en plus gros, de manière à dilater progressivement l'orifice. On arrive ainsi à y introduire des rondelles de 6 centimètres de diamètre. Si le bord de l'orifice, par trop distendu, vient à se rompre, on réunit les lambeaux au moyen d'un fil végétal.

* *

Les Papous de la Nouvelle-Guinée ont, au pied droit, le gros orteil séparé du second doigt par un intervalle : cette déformation tient à l'habitude qu'ils ont de

se servir du pied pour ramasser de petits objets, voire même décortiquer des bananes ou prendre du poisson. Leur démarche, d'autre part, est très caractéristique : les hommes marchent en portant le pied droit en avant et trainent le pied gauche sans lui faire quitter le sol.

*
**

Chez les Dinkas (peuplade nègre établie sur les rives du Nil Blanc), hommes et femmes s'arrachent les incisives de la mâchoire inférieure, ce qui trouble beaucoup leur prononciation.

Fig. 122. — Bottines d'une Chinoise.

Par suite de cette mutilation, les vieillards arrivent à être repoussants ; chez eux, les dents supérieures n'ayant pas rencontré l'opposition que devaient leur faire celles d'en bas, sortent de la bouche et se projettent de toute la longueur d'une phalange de doigt. Cette particularité a fait donner par les Nubiens à quelques-uns d'entre eux le sobriquet d'Abou-Senoûn (père de la dent saillante). Les dents cariées sont en outre très communes, ce qui est surprenant, les Africains étant représentés comme ayant en général les dents fort belles. (Schweinfurth.)

*
**

La pratique de se limer les dents peut se rencontrer un peu partout sur la surface du globe.

Les M'Boulous s'arrachent ou se mutilent les incisives à la façon des Fans ou

Pahouins, des Osyebas (Congo) ou des Okandas ; tantôt ils enlèvent aux enfants trois incisives de la mâchoire inférieure, tantôt ils taillent en pointe les mêmes dents à la mâchoire supérieure, tantôt ils se contentent d'entailler le bord interne des deux incisives médianes. Voici comment se pratique cette opération. On introduit dans la bouche du patient un morceau de bois rond qui sert d'enclume et qui a pour but d'empêcher la dent de sauter quand on la frappe : on place ensuite un couteau sur la dent, dont on détache un morceau au moyen d'une pièce de bois qui sert de maillet. Les Nègres prétendent qu'il leur est ensuite plus facile de manger de la viande. (Verneau.)

Fig. 123. — Pied de Chinoise.

*
**

Les Battaks, qui occupent la partie montagneuse de Sumatra, se noircissent les dents sous prétexte que les chiens ont les dents blanches ; de plus ils se liment les incisives et les canines, à moitié de leur longueur.

Est-ce pour les rendre plus solides, pour être moins exposés à les casser ? Ce n'est pas probable, car ils les liment aussi en avant sur leur épaisseur. Il semble que ce soit une simple question de mode, l'opération ne portant guère que sur les dents apparentes, les incisives et les canines. Mais ils ne s'en tiennent pas là. La grande mode, la suprême élégance chez les Battaks consiste à porter à la bouche un ornement de cuivre. C'est une tringlette de cuivre parfaitement ajustée, qui borde les incisives et les canines et se relève en crochet, de chaque côté, pour pénétrer dans la petite molaire, où chaque bout est solidement fixé. (Brau de Saint-Pol Lias.)

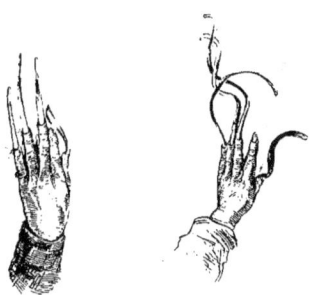

Fig. 124. — Mains de lettrés Chinois.

*   *   *

Des peuples presque civilisés ont aussi l'habitude de se déformer plus ou moins le corps. C'est ainsi que les Chinoises enferment leurs pieds dans d'étroites bottines (*fig.* 122) pour les empêcher de se développer et même les forcer à se plier un peu en leur milieu (*fig.* 123).

On ne voit pas ce qu'une pareille coutume a d'élégant, non plus que celle des lettrés chinois qui, pour montrer aux autres leur supériorité, laissent croître leurs ongles (à l'exception de celui de l'index) d'une manière démesurée (*fig.* 124) au point que, incapables de se soutenir par eux-mêmes, ces ongles s'affaissent et s'enroulent en une spirale irrégulière.

CHAPITRE XVII

Le tatouage.

Le tatouage n'est guère pratiqué chez nous que dans la basse classe et il y est dénué de sens artistique. Il en est tout autrement chez les peuplades sauvages (*fig.* 125)

où il a grande importance et où il est regardé comme constituant un ornement de premier ordre. Certains peuples, même très civilisés, les Japonais par exemple, s'y livrent aussi quelquefois avec exubérance, comme on le voit dans la figure 126. On dit même que, plus près de nous, quelques grands personnages ont fait du tatouage une affaire de mode. C'est cependant une opération toujours longue et pénible (*fig.* 127) qui demande du patient un certain sang-froid et un désir vraiment excessif pour le résultat à atteindre, sans parler d'un profond mépris pour les conséquences fâcheuses auxquelles il s'expose, étant donnée la quasi-impossibilité de « passer l'éponge » le jour où l'on souhaiterait pouvoir le faire.

Fig. 125. — Main tatouée d'un indigène des îles Marquises.

Chez les Mincopies, les deux sexes se couvrent le corps entier d'un tatouage fort simple résultant de petites incisions horizontales et verticales disposées en séries alternantes. M. Man paraît croire qu'aucune idée spéciale ne se rattache à cette pratique ; toutefois quelques-uns des détails qu'il donne porteraient à penser le contraire. Les femmes sont généralement chargées de l'opération et emploien comme instrument un morceau de quartz ou de verre ; mais les trois premières incisions, qui sont placées au bas du dos, ne peuvent être faites que par un homme et avec une flèche employée à la chasse des porcs sauvages. En outre, tant que ces blessures restent ouvertes, le patient s'abstient de la chair de ces animaux. Il y a là, on le voit, les indices d'une sorte d'initiation ou d'un rite tout au moins consacré par l'usage. Indépendamment de leur tatouage, les Mincopies se tracent sur le corps, avec des terres de trois teintes différentes, des dessins dont la couleur et la disposition varient selon que l'individu est triste ou gai, qu'il est en deuil ou qu'il se prépare à une fête. Enfin, à certains moments, ces insulaires se recou-vrent le corps entier d'une pâte d'argile qui, en séchant, leur forme une sorte de carapace. C'est là une des choses qu'on leur a le plus reprochées. Des hommes s'endui-sant de boue ne pouvaient être, disait-on, que des espèces de pourceaux. En réalité, cette pratique a pour but, selon Mouat, de se garantir de la piqûre des moustiques, selon M. Man, de se protéger contre les rayons trop ardents du soleil. On comprend que cet usage, aussi antihygiénique que possible, doit être pour une forte part dans la fréquence des affections rhumatismales et diarrhéiques signalées chez ces insulai-res. (de Quatrefages.)

FIG. 126. — Japonais tatoué.

Le tatouage des Canaques — qui n'en abusent pas — est assez particulier en ce qu'ils cherchent à obtenir des dessins en relief (*fig.* 128). Dans ce but, ils se perforent la peau de nombreux trous et dans chacun ils introduisent un fragment d'herbe sèche auquel ils mettent le feu. Chaque point brûlé gonfle, d'autant plus qu'on laisse pendant quelques jours sur la partie tatouée un cataplasme de plantes vésicantes qui empêche momentanément la plaie de se cicatriser.

Chez les Néo-Hébridais, il en est de même. On opère à l'aide d'épines de citron-niers sauvages et on introduit du charbon dans les piqûres. Celles-ci apparaissent en relief. Les femmes sont tatouées sur le dos et sur les seins.

Le tatouage chez les Papous de la Nouvelle-Guinée est pratiqué par les femmes qui opèrent avec une épine longue de 15 millimètres dont elles lardent la peau en l'enfonçant avec un petit maillet. Dans la plaie, elles introduisent de la suie de noix de coco délayée dans l'eau. Finalement, la tatoueuse, se remplissant la bouche d'eau, en asperge la partie tatouée, et elle sèche la plaie avec des fibres de coco.

Les Australiens se tatouent souvent. Les hommes seuls ont la poitrine, le ventre et les épaules décorés de marques de dignité qui sont interdites aux femmes. Le sexe fort monopolise également les lignes et incisions de « beauté », estimant peu convenable que la femme se permette des excès de parure ; on lui

Fig. 127. — Une scène de tatouage à Samoa.

accorde seulement quelques lignes grossièrement taillées sur les bras, le dos et la poitrine (le plus souvent sur les seins). Elle attache un grand prix à ceux de ces embellissements qui lui sont permis. (Carl Lumholtz.)

Les Australiens opèrent les entailles avec une écaille ou un caillou tranchant. Pour empêcher la cicatrisation des coupures, on les saupoudre pendant trois mois avec du charbon ou l'on fait courir sur elles des bataillons de fourmis. Que ne ferait faire la coquetterie !

La forme du tatouage peut devenir une marque nationale. Tous les Makonas par exemple, portent un tatouage en relief, affectant la forme d'un fer à cheval et placé sur le front, ainsi que sur les tempes où il entoure plusieurs lignes horizontales. En outre, chaque indigène ajoute à ces tatouages toujours semblables des dessins variés sur la poitrine et sur les côtés du ventre. Ces ornements semblent avoir pour rôle de permettre à leurs parents de les reconnaître lorsqu'ils viennent à succomber sur un champ de bataille.

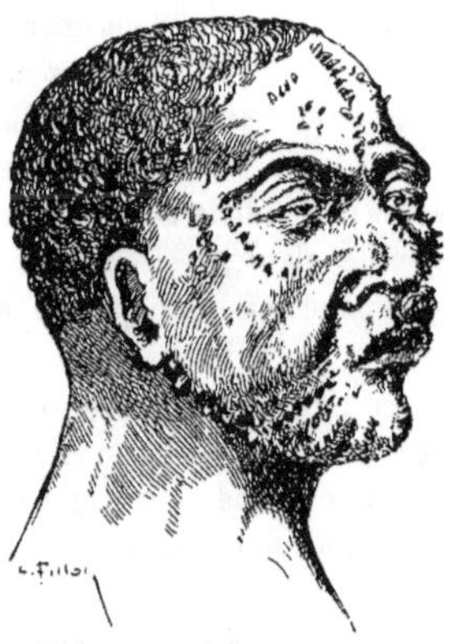

Fig. 128. — Tatouage en relief (Tête de Canaque).

* * *

Le tatouage n'est bien souvent produit que par des cicatrices, comme cela se voit chez les Vouanyamouézis, du voisinage du lac Tanganyka.

La marque nationale est une double rangée de cicatrices linéaires, pratiquées par un ami à l'aide d'un rasoir ou d'un couteau ; ces cicatrices vont du bord externe du sourcil jusqu'au milieu des joues, et descendent parfois jusqu'à la mâ-

Fig. 129. — Tatoué de la Nouvelle-Zélande.

Fig. 130. — Vieux chef Maori tatoué.

choire inférieure ; chez quelques-uns, une troisième ligne part du sommet du front et s'arrête à la naissance du nez. Cette espèce de tatouage se fait en noir chez les hommes, en bleu chez les femmes ; quelques élégantes y ajoutent de petites raies verticales placées au-dessus des yeux ; toutes, sans distinction, s'arrachen les deux incisives centrales de la mâchoire inférieure ; le sexe fort se contente d'en‑ lever un coin des deux médianes supérieures. Hommes et femmes se distendent les oreilles par le poids des objets qu'ils y insèrent. (Burton.)

Les Néo-Zélandais — aujourd'hui considérablement modifiés par les Euro‑ péens — se tatouaient beaucoup le corps et surtout le visage (*fig.* 129). Les jeunes gens de vingt ans étaient seuls soumis à ces pratiques, et encore fallait-il qu'ils aient assisté à quelques combats.

L'opérateur commençait par tracer sur la peau, avec du charbon, les dessins qu'il avait l'intention d'exécuter, puis il prenait un instrument composé d'un os d'albatros, ajusté à angle droit à un petit manche en bois, de trois ou quatre pou‑ ces de long, dans la forme d'une lancette de vétérinaire. L'os était tantôt simplement tranchant à l'extrémité, tantôt aplati et muni de dents aiguës comme un peigne. Il appliquait cet instrument contre la peau et frappait avec un petit

bâton sur le dos du ciseau, pour le faire pénétrer dans l'épiderme et l'entailler d'une manière suffisante, en suivant le dessin préparatoire. On conçoit que le sang devait couler en abondance ; mais l'opérateur avait soin de l'essuyer à mesure avec le revers de sa main ou avec une petite spatule de bois. A mesure que la peau était entaillée, la couleur était introduite dans la coupure au moyen d'un petit pinceau. Elle se composait de charbon pilé, de manganèse (suivant Nicholas), ou enfin d'une teinture végétale. (Rienzi.) Les chefs (*fig.* 130) avaient des ornements particulièrement variés.

Fig. 131. — Tète momifiée d'un tatoué de la Nouvelle-Zélande.

Les femmes ne pouvaient se faire tatouer que les épaules, les membres, et, sur la figure, seulement aux sourcils, aux lèvres et au menton.

Les momies des Néo-Zélandais montrent très bien ces tatouages (*fig.* 131), qui, par l'effet du dessèchement de la peau après la mort, sont devenus encore plus apparents que sur le vivant.

* * *

Le tatouage est aussi très répandu chez les Indiens de l'Amérique du Nord qui y procèdent avec une épine enfoncée dans la peau suivant des dessins variés. Les sorciers, par exemple, et les chefs en sont presque couverts.

La bètise humaine n'a pas de limite !

CHAPITRE XVIII

La coquetterie

ne perd jamais ses droits.

La coquetterie est innée en nous, un peu chez l'homme, beaucoup chez la femme. Les sauvages n'échappent pas à la loi générale ; bien au contraire, ils la poussent peut-être à son extrême limite. Leurs ornements nous font sourire souvent, bien qu'ils ne soient pas, en somme, plus extravagants que ceux que la mode nous impose parfois. Rares sont en effet les femmes qui se contentent de leur grâce naturelle, ou qui, comme les jeunes Samoéennes (*fig.* 132) se bornent à se placer dans les cheveux quelques fleurs délicates.

**
**

La coquetterie est particulièrement développée chez les M'Pongoués ou Gabonais.

Les femmes surtout donnent le ton à l'élégance sauvage et les modes qu'elles adoptent, spécialement les diverses variétés de cette coiffure élevée connue sous le nom de casque M'Pongoué, sont reproduites avec toutes sortes d'exagérations dans l'Afrique équatoriale : elles se chargent les jambes et les bras d'anneaux de cuivre et le cou de colliers de perles, et se drapent gracieusement dans des pagnes de couleurs voyantes. Les hommes ne sont pas moins raffinés dans leur toilette ; les élégants se coiffent de chapeaux mous, portent des chemises de couleur avec des cravates bleues et rouges et de grandes redingotes noires ; seulement, la plupart n'ont pu se décider à adopter l'usage du pantalon, et le remplacent par un morceau d'étoffe bariolée dont ils s'enveloppent les reins ; c'est surtout le dimanche qu'il faut voir cette exhibition de grotesque. Les élégantes du M'Pongoué, telles ces grandes dames de Paris, qui ne peuvent faire quatre pas sans être suivies par un valet de pied, ne sauraient circuler qu'accompagnées par deux captifs : l'un porte leur enfant, l'autre leur grand parapluie. Tout ce monde-là est plein de vanité ; dès qu'un Gabonais a quelques sous, il achète un trousseau de clefs qu'il porte ostensiblement à son cou pour faire croire qu'il a des coffres ; quand ses ressources augmentent, il achète une quantité de coffres qu'il met bien en vue dans sa case pour faire croire qu'il possède énormément de marchandises. Devenir un « grand monde » est l'ambition suprême de tous.

Un « grand monde » est celui qui a beaucoup de femmes, beaucoup de rhum, un chapeau haute-forme et du crédit chez un négociant blanc. Aussitôt qu'à la suite de quelque expédition commerciale heureusement réussie, un pauvre diable devient un « grand monde », il est aussitôt l'objet de l'envie, de la jalousie et de la haine de tous ses camarades qui ne sont pas comme lui arrivés à l'opulence ; malheur à lui s'il n'est pas constamment sur ses gardes, le poison joue un rôle terrible en Afrique, et on l'emploiera pour se venger de lui ; le pauvre « grand monde » sait du reste à quoi s'en tenir, et jamais il ne prend un aliment qui n'a pas été préparé par sa première femme et goûté quelque temps à l'avance par ses autres femmes. (de Compiègne.)

FIG. 132. — Jeune Samoéenne.

Le roi n'est pas moins vaniteux. M. Griffon du Bellay, qui connut le roi Denis, dit que peu de gens pouvaient se vanter d'être aussi bien vêtus. Lorsqu'il s'agit d'étendre notre autorité sur les populations du cap Lopez, auprès desquelles sa renommée de prudence et de sagesse lui avait donné un grand crédit, ce fut lui qui fut chargé de la négociation du traité et, dans cette occasion, il put pendant près de six semaines apparaître à ses sujets émerveillés, chaque jour dans un costume nouveau, et chaque jour plus brillant que la veille : aujourd'hui en général français, demain en marquis de Molière, plus tard en amiral anglais, et toujours la tête ornée d'une perruque, qui n'était certainement pas la partie de son costume à laquelle il attachait le moins d'importance, car, à ce moment, cette perruque n'était pas encore devenue pour les chefs indigènes aussi banale que les uniformes militaires.

* *

D'une manière générale, on peut dire que les Nègres varient peu leur costume, du moins en faisant appel aux productions du pays. Il n'en est pas de même quand ils trouvent à se procurer des objets provenant d'un Européen. Ils ne se sentent pas de joie de s'en vêtir alors, sans se douter qu'ils sont d'un grotesque achevé. Les costumes à broderies (*fig.* 133), et les chapeaux haute-forme (*fig.* 134), exercent sur eux une attraction irrésistible. Les explorateurs connaissent bien cette manie et, pour se faire bien venir des « rois » qu'ils sont susceptibles de rencontrer, ils emportent avec eux tous les laissés pour compte des marchands de bric-à-brac, et à l'occasion, les leur donnent solennellement. C'est d'un haut comique.

* *

Les Nègres modifient quelquefois leur costume lorsqu'ils voyagent. Ainsi les Batékés (Nègres du Congo), portent en temps ordinaire, une pagne de 80 centi-

FIG. 133. — Chez les Basutos (peuplade du nord de l'Afrique).

Le « commandant » David Musapha et son « général ». Celui-ci, très fier d'avoir endossé l'habit d'un officier européen, a cru devoir compléter l'uniforme par un volumineux chapeau haute-forme.

mètres qui tombe en arrière, comme un jupon, de la taille aux genoux, et auquel ils ajoutent quelquefois, mais rarement, une sorte de veste sans manches pour leur torse. Mais, d'après L. Guiral, en voyage, ils simplifient souvent leur costume, déjà bien simple pourtant, et s'accoutrent comme les peuples voisins de

Franceville, avec un morceau d'étoffe retenu à la ceinture et passant entre les jambes. Ainsi court vêtus, ils peuvent facilement marcher à grands pas, et ils évitent en même temps l'usure et les accrocs à leur habillement, qui n'est pas composé, il est vrai, d'un grand nombre de pièces, mais qui n'en a que plus de droit à leur sollicitude.

Leurs voisins, les Adoumas, portent comme vêtement une peau de singe posée sur la tête et retombant sur les épaules.

FIG. 134. — Indigènes des Philippines pourvus de deux superbes « huit reflets ».

Les Mandingues (du bassin du Haut-Sénégal et de la Gambie) sont plus vêtus que leurs voisins du Congo. Ils portent comme les Ouoloffs (du Sénégal), une longue robe sans manches, faite de guinée bleue ou blanche. La culotte à la maure vient se nouer au-dessus du genou ; leur jambe, sèche et nerveuse, est nue, le pied est chaussé d'une sandale en cuir écru. Leur tête est coiffée soit d'un bonnet blanc ou d'un bonnet rouge, soit d'un vaste chapeau à haute cuve et à larges bords, dit chapeau bambara, dont le double fond est destiné à abriter la tête des rayons du soleil. Ils portent un sa_ bre suspendu à l'épaule gauche par de lourdes bellières ; la poignée et le fourreau de cette arme sont en cuir maroquiné et verni, ainsi que les sachets ou gris-gris qu'ils se pendent au cou, où ils sont retenus par des cordonnets en tresses de cuir, qui attestent une grande dextérité de main. Leur barbe et leurs cheveux sont souvent divisés en longues mèches tressées. Les jeunes filles y sont jolies, se coiffent avec goût, portent une seule boucle d'oreille à gauche pour se distinguer des Foulanes, leurs ennemies. (Fleuriot de Langle.)

* *

Les Galloises ne sont pas moins coquettes. Elles vendraient père et mère pour un pagne fin, un flacon de patchouli ou un beau collier de perles. Elles se couvrent les bras et les jambes de petites barres de cuivre ou d'airain roulées en anneaux ;

mais c'est surtout dans l'ornement de leur tête qu'elles mettent de la recherche. Il y a des coiffures de toutes variétés, à une corne, à deux cornes, avec la moitié de la tête rasée, avec le casque à la Gabonaise, etc. Elles savent même se servir de faux cheveux. Voici comment elles procèdent : la patiente se couche à plat ventre ; à côté d'elle, on dépose deux ou trois poignées desdits faux cheveux, un flacon d'huile de palme, de la sciure d'un bois odoriférant et de la terre glaise. Une amie s'asseoit sur un tout petit tabouret et commence l'opération de la coiffure, pour ainsi dire, cheveu par cheveu ; quand l'amie est fatiguée, une autre la relaye, et ainsi de suite, car l'opération dure toujours depuis le lever du jour jusqu'à la nuit. L'édifice ainsi construit a pour base de la terre glaise délayée dans

FIG. 135. — Une Malaise avec ses volumineuses boucles d'oreilles.

de l'huile de palme ; le plus souvent il affecte la forme d'un triangle ayant au sommet et à l'extrémité de chaque angle un toupet formé par des cheveux roulés en boule. Les élégantes le teignent en deux couleurs différentes avec de la terre rouge et la râpure d'une écorce qui produit un jaune très vif. Ces femmes ont une grande réputation de beauté. (Marquis de Compiègne.)

*
* *

Les femmes thibétaines se soumettent dans leur toilette à un usage ou plutôt à une règle incroyable et sans doute unique dans le monde : avant de sortir de leurs maisons, elles se frottent le visage avec une espèce de vernis noir et gluant, assez semblable à de la confiture de raisin. (P. Huc.)

Les mieux barbouillées passent pour les plus pieuses.

*
* *

En Malaisie, les femmes ont d'étranges ornements d'oreilles en argent massif (*fig.* 135), d'une longueur de 12 centimètres, pesant en moyenne une livre et demie et quelquefois deux livres. La pose de ces boucles (*fig.* 136) donne lieu à une scène publique très curieuse. La jeune fille est attachée à un poteau de bois très dur, se terminant par une pointe, et planté au milieu de la place du village. Les habitants l'entourent parfois pendant que l'orfèvre, qui est ordinairement le chef du kampong (village), introduit dans le lobe supérieur de l'oreille, percé préalablement d'un trou où pourrait passer un crayon, la pointe intérieure d'une des spirales de l'ornement non encore close ; il amène progressivement l'oreille jusqu'à l'intérieur du vide formé au centre de cet étrange bijou, par le ploiement de la tringle d'argent qui le compose. Quand ce premier résultat est obtenu, la pointe de la spirale est fixée sur la pointe qui termine le poteau, et la jeune fille, tournant autour, aide au rapprochement du métal, qui est en même temps martelé par l'orfèvre contre la partie conique du poteau faisant office d'enclume, jusqu'à la fermeture complète, ce qui ne s'obtient pas sans peine. Ainsi est fixé pour la vie cet ornement bizarre. On ne pourra le retirer qu'après la mort de la femme, en lui fendant les oreilles. (J. Claine.)

* *
*

Les Nègres n'ignorent pas l'usage de la pommade et souvent même ils en abusent.

Les Vouazaramos, qui habitent en face de Zanzibar, enduisent leurs cheveux d'une couche de terre ocreuse, délayée dans de l'huile de sésame ou de ricin. Avant que cette pâte ne soit sèche, on divise la chevelure en une foule de petits tortillons, à l'extrémité desquels on applique la pommade en lui donnant la forme de petites boulettes. La tête est ainsi entourée d'un cercle de fines mèches qui se terminent toutes par des sortes de gouttelettes rouges. Les femmes, au lieu de s'étirer les cheveux et de les diviser en petits tortillons, les disposent en deux grosses touffes hémisphériques, séparées par une raie qui s'étend du front à la nuque. Il en est qui remplacent les houppes sphériques par de petites houppes allongées simulant ainsi deux oreilles pointues. (Burton.)

* *
*

Les Dinkas (sur les rives du Nil Blanc) ne portent aucun vêtement, sauf, parfois, un tout petit tablier. Par contre, ils se surchargent d'ornements. Les hommes portent des anneaux d'ivoire à la partie supérieure des bras ; les plus riches y ajoutent des anneaux semblables à l'avant-bras. Ils se servent aussi de colliers et de bracelets faits en lanières de peau d'hippopotame tressées ou de queues de chèvres ou de vaches.

Les femmes, de même, garnissent leurs chevilles et leurs poignets d'anneaux de fer. Schweinfurth dit que certaines épouses d'hommes riches ont sur elles, sans exagérer, un demi-quintal de ces ornements sauvages ; il est curieux de voir à quel point ce peuple libre de toute domination, s'est fait l'esclave de la mode et en porte littéralement les chaînes.

Les hommes et les femmes s'introduisent dans le pavillon de l'oreille, par des trous faits exprès, des anneaux de fer ou des bâtonnets armés d'une pointe en fer. Les femmes se transpercent en outre la lèvre supérieure et y mettent une perle de verre que retient une épingle de fer.

Leur cheveux n'ayant rien de séduisant, ils les coupent à ras, dans les deux

sexes. Quelques individus, cependant, mieux pourvus sous le rapport de la chevelure, en tirent grande vanité et passent la majeure partie du temps à la soigner. Ils arrivent à lui donner un ton d'un rouge fauve en la lotionnant avec de

Fig. 136. — La pose des boucles d'oreilles en Malaisie.

l'urine de vache ou en y appliquant, d'une manière prolongée, un mélange de
cendres et de bouse de vache. Puis ils les lissent, et, les maintenant à l'aide d'épingles, en font de longues mèches pointues qui se tiennent raides sur leur tète. Généralement ils rehaussent encore leur beauté (!) en mettant une sorte de casque
de mailles faites entièrement de grosses perles blanches cylindriques ou de plumes
d'autruche.

Pour exprimer qu'ils sont en deuil, ils se mettent une corde au cou.

* *

Les Négresses du Congo attachent une grande importance à leur chevelure et lui prodiguent des soins minutieux destinés à rehausser leur élégance. Parfois elles tressent leurs cheveux de manière à en faire un véritable chapeau d'homme ou bien elles les divisent en touffes dont le bord est entouré d'une natte. Elles les font souvent retomber sur les épaules en une série de petites nattes.

C'est surtout à l'intérieur du pays que se rencontrent les coiffures les plus extravagantes. Quelques élégantes, dit Livingstone, divisent leurs cheveux et les attachent à un cerceau qui leur entoure la tête à la manière d'une auréole. Quelques autres portent sur le front un diadème orné de perles et formé de crins et de poils tissés. Les crins de la queue des buffles qu'on trouve plus à l'est sont quelquefois ajoutés par ces dames à leur épaisse toison. D'autres encore disposent leurs cheveux sur des morceaux de cuir façonnés en cornes de buffle ou bien les réunissent en une seule natte qu'elles portent sur le front.

* * *

Les Nègres du Haut-Ogòoué, qui cependant se préoccupent aussi peu que possible de l'élégance de leurs vêtements, attachent une grande importance aux ornements. En outre des colliers et des anneaux aux bras et aux chevilles, beaucoup se teignent le corps. Les femmes Okandas s'enduisent toute la peau d'un rouge végétal délayé dans de l'huile de palme, couleur à laquelle elles joignent souvent du blanc, du jaune, du noir. Elles ont aussi la coutume de se teindre les cheveux et de s'arracher les cils. Chez les Adoumas, les chefs se teignent entièrement de blanc. De même chez les Olambas, dont les chefs se barbouillent de rouge et où les vieillards se teignent les cheveux et la barbe de la même couleur.

* * *

Autant de peuplades, autant de coutumes, quant à la coquetterie. Là, on aime mieux la verroterie, ici les peaux d'animaux, ailleurs les pagnes les plus bariolés. Mais, de tous les objets de luxe, aucun n'est aussi universellement employé que les plumes d'oiseaux qui, à l'éclat des couleurs, joignent la facilité de pouvoir être fixées, grâce à leurs tuyaux solides. Chez les Peaux-Rouges, hommes et femmes en font un grand usage. Les généraux s'en mettent de longues théories dans le dos (*fig.* 137), et un danseur (*fig.* 138) ne serait pas considéré comme tel s'il ne disparaissait pas sous un capuchon de plumes plus ou moins artistement arrangées.

* * *

Chez les Canaques de la Nouvelle-Calédonie, les chefs, en temps de guerre, s'ornent la tête d'une grosse coquille percée de quatre trous, dans lesquels passent des cordelettes en poils de roussette (chauve-souris), qui viennent s'attacher sous le menton. Les indigènes ordinaires se parent de bracelets en coquilles, en poils de chauve-souris, de colliers en fragments de serpentine. Les jarretières, en poils de chauve-souris, ne sont portées que par les hommes et les filles des chefs, jusqu'à un certain âge.

* * *

Fig. 137. — Le général Sioux Sitting Bull.

Les Papous de la Nouvelle-Guinée, quoique sommairement vêtus d'une bandelette qui entoure la taille et passe entre les jambes, portent des ornements aussi nombreux que variés, notamment une ceinture d'écorce décorée de dessins peints en rouge, des bracelets tressés, des anneaux en coquilles, en queue de kangourou, et garnis de cheveux. Ils ont souvent dans les cheveux un long peigne de bambou terminé par un paquet de plumes. Sur le front, ils se font des bandeaux avec des dents ou des coquillages. Sur la tête, certains se parent avec des diadèmes de plumes et, à leurs oreilles, pendent des feuilles odorantes ou des boucles d'oreilles en graines, en écorce, en plumes ou en coquilles. Avec ces mêmes objets et des défenses de sanglier, ils fabriquent aussi des colliers qui leur retombent sur la poitrine. Leur corps est en outre vêtu de peintures et de tatouages.

Les Papous prennent grand soin de leur chevelure qu'ils considèrent comme un ornement naturel très important, ce qui ne les empêche pas d'avoir souvent la tête remplie de parasites. Et ceci nous amène à revenir sur le sujet de notre deuxième chapitre. Il est même des tribus, en effet, qui seraient désolées de n'en pas avoir, car la vermine est, pour les Papous, un mets dont ils sont très friands ; mais comme il faut, pour se le procurer, un voisin complaisant qui prête sa tête, (voir fig. 15, page 16), ils ont imaginé un système ingénieux pour pouvoir s'offrir ce régal à tout moment : par dessus leur chevelure ils appliquent une perruque montée sur de petites baguettes recourbées; les parasites entrent dans cette perruque, et l'indigène n'a qu'à l'enlever pour avoir un plat servi. (Verneau.)

Comme tous les autres Nègres, les Papous ont les cheveux noirs.

Mais dans la Nouvelle-Guinée et dans les îles adjacentes, ils transforment souvent cette couleur naturelle en une teinte jaune ou rouge vif. Des coraux calcinés, broyés et pétris avec de l'eau de mer, les cendres de divers végétaux sont employés pour obtenir ce résultat. Les Gaulois faisaient, dit-on, de même, et l'on sait que, de nos jours, des procédés analogues sont encore mis en œuvre dans le

même but. N'est-il pas singulier de voir les derniers raffinements de la coquetterie moderne aboutir à un genre de parure qui fut en usage chez nos ancêtres barbares, qui l'est encore chez les sauvages Papous ? (de Quatrefages.)

* *

Tout sauvages qu'ils sont, les Néo-Hébridais n'ignorent pas la coquetterie.

La chevelure ne subit aucun arrangement spécial, excepté à Tanna, où les habitants, qui ont les cheveux très longs, font des petites nattes qu'ils entortillent dans des fibres de végétaux et qu'ils réunissent ensuite à leurs extrémités, pour former du tout une queue qui tombe sur la nuque. Dans quelques îles, ils se fixent dans les cheveux, des plumes ou des

Fig. 138. — Un Peau-Rouge paré pour la danse.

peignes plats ou ronds, faits par eux-mêmes ; ces peignes sont en bois, à plusieurs dents, et souvent ornés, à leur extrémité supérieure, de plumes blanches. A Mallicolo, les naturels enduisent leur chevelure avec de l'huile de coco, les femmes portent aux bras des bracelets ; ceux-ci sont faits avec des dents de porc, ou bien avec des petites perles blanches et noires à Mallicolo, blanches et rouges à Sandwich; ces perles sont fixées sur des tresses de fibres de végétaux, et disposées en losanges ; autrefois, au lieu de perles, ils employaient, pour faire leurs bracelets, des extrémités de coquillages et des arêtes de poissons; ils emploient aussi des morceaux d'écaille de tortue qu'ils font bouillir afin de leur faire prendre la forme du bras. Quand ils tirent de l'arc, qui.

est leur arme habituelle, ils se mettent autour du poignet un bracelet en bois, qui empêche la corde de frapper la main. A Sandwich, les hommes portent, en guise de hausse-col, une écaille d'huitre ou un morceau de coquille suspendu à une tresse. Ils portent aussi comme parure, une petite dent de cochon, maintenue sur la nuque par une corde qui s'attache sur le front. Les femmes portent aussi des bracelets en bois ou en coquillages, et des colliers qui étaient formés autrefois de morceaux de co-

Fig. 140. — Première femme du roi Loben-gula.

Fig. 141. — Deuxième femme du roi Loben-gula.

Fig. 139. — Le roi Lobengula (de la tribu des Matabélés).

quillages percés, et maintenant de perles de diverses couleurs. (M. Hagen.)

On n'en finirait plus si l'on voulait décrire toutes les excentricités que peut revêtir la « tignasse » des Nègres, et les chapeaux dont ils la revêtent ! A titre d'exemple de ces fantaisies, nous donnons le portrait du roi Lobengula (*fig.* 139), un Matabélé (sud-est de l'Afrique) qui, en somme, n'a pas mauvaise figure, et qui s'est payé un sympathique canotier, sortant probablement du Louvre ou du Bon Marché. Par opposition avec cette simplicité, on voit Mme Lobengula n° 1 (*fig.* 140), portant un couvre-chef plutôt volumineux et devant simplement lui tenir la tête chaude. Quant à Mme Lobengula n° 2 (*fig.* 141), elle n'y va pas de main-morte avec son chapeau gigantesque, figurant je ne sais quel personnage décoré, et se terminant par un bouquet de plumes ; tout cet échafaudage est si lourd qu'il culbuterait certainement, si de vastes brides ne le reliaient solidement aux bras. Mme Lobengula n° 2, gageons que vous voulez devenir Mme Lobengula n° 1 !

⁎

Quand ils sont en fête, les Australiens se parent avec un luxe exubérant. Le corps des danseurs est barbouillé de rouge, de jaune ou de blanc ; leurs cheveux, enduits de cire d'abeilles, sont ornés de plumes, de houppes de cacatoès blanc, etc. Quelques-uns tiennent entre les dents des bouffettes de plumes de talégalles, ou des touffes de poils d'opossum, pensant se donner ainsi un air martial. A ces petits plumets, on donne le nom d'*ita ka*. D'autres ont collé à leur barbe, avec de la cire, un fragment de coquille ; les Nègres d'Australie et les Malais sont les seuls d'entre les sauvages qui emploient ainsi cet ornement. (Lafargue.)

Des peintures sur peau sont fréquentes chez les Mombouttous. Si les dames Mombouttoues, dit Schweinfurth, n'ont pas de vêtement, en revanche elles se peignent le corps de dessins noirs faits avec le suc du fruit d'un gardénia et qui ressortent sur la couleur brune de leur peau. Ces dessins, d'une grande régularité, semblent pouvoir se varier à l'infini : ce sont des étoiles, des croix de Malte, des abeilles, des fleurs, des lignes, des zigzags, des rubans, des nœuds, etc. L'une est rayée comme un zèbre, l'autre tachetée comme un léopard. Certaines présentent les veines du marbre ou les carrés d'un damier. Dans une fête, c'est à qui aura un nouveau dessin ; celui-ci est porté pendant deux jours, puis soigneusement enlevé et remplacé par un autre. A ces dessins éphémères se joignent ceux du tatouage, qui servent de marque distinctive individuelle et qui sont formés de lignes ou de bandes tracées horizontalement sur la poitrine et sur le dos.

⁎

Les Aïnos abusent moins de la peinture, mais ils en usent cependant. Les femmes notamment se barbouillent la lèvre supérieure (*fig.* 142) pour faire croire sans doute qu'elles ont des moustaches.

⁎

Les Bongos, quoique vêtus sommairement d'un tablier fait de lanières de cuir suspendues à une ceinture ou de simples paquets de feuillage, sont très amateurs de parures.

Les femmes portent dans les ailes du nez, dans les lèvres, aux commissures labiales, des plaques, des clous, des spirales de cuivre ou des tiges d'herbe ; elles s'arrachent les cils et les sourcils avec une pince en fer ; elles se tatouent les bras ; elles se suspendent aux oreilles des grelots en cuivre ou en fer ; elles portent des anneaux aux chevilles et aux poignets ; elles se plantent enfin, dans les cheveux,

Fig. 142. — Types d'Aïnos : les femmes ont les lèvres peintes.

de grandes épingles en forme de fer de lance. Les hommes font usage d'une espèce de brassard, formé d'anneaux isolés, qui s'étend du poignet au coude. Beaucoup se percent les lèvres pour y introduire des clous de cuivre à grosse tête, et se bordent les oreilles d'anneaux et de petits croissants du même métal. Au-dessus du nombril, ils se percent la peau du ventre pour y introduire une cheville en bois. (Verneau.)

Malgré leurs parures, les femmes n'ont aucun charme. Une femme adulte, dit Schweinfurth, acquiert une telle ampleur de ceinture, une telle masse de chair, qu'on est frappé de la disproportion qui existe entre les deux sexes. Chez elle, la jambe est fréquemment de la grosseur de la taille d'un homme, et le tour de ses hanches rappellerait celui de la Vénus hottentote. La silhouette de ces graves personnes marchant d'un pas solennel évoque le souvenir d'un babouin qui danse. Parmi ces beautés, il n'est pas rare d'en trouver qui pèsent trois cents livres.

* *
*

Chez leurs voisins, les Mittous, les femmes se déforment la lèvre supérieure d'une façon tout à fait extraordinaire : elles l'allongent démesurément en y introduisant de grandes plaques de quartz, d'ivoire ou de corne ; de plus, dans la lèvre inférieure elles portent un pendentif de quartz poli, long de 6 centimètres. Schweinfurth dit que cette bouche saillante et cuirassée permet de produire un clappement analogue à celui d'un bec de hibou, de cigogne, voire même de baleiniceps, clappement qui dans la colère devient très expressif.

* *
*

Des trophées de têtes humaines sont très prisés par les Jivaros, peuplade du Haut-Amazone ; mais chez eux, ces têtes sont préparées d'une manière si spéciale, qu'elles arrivent à n'être pas plus grosses que le poing, tout en conservant la forme ordinaire : on en trouve dans tous les musées et quelquefois chez les marchands naturalistes.

Les *chanchas* (c'est ainsi qu'on désigne ces trophées) (*fig.* 143) ne sont autre chose que la peau de têtes humaines, séparée des os et conservée par un procédé particulier. Lorsqu'un Jivaro a tué un ennemi, il lui coupe la tête et l'emporte chez lui. Il enlève avec soin tous les téguments, auxquels les cheveux restent adhérents, et les dessèche en introduisant dans cette peau des pierres chauffées au feu. La peau se durcit tout en se réduisant d'une façon considérable. Ainsi, le Muséum possède une de ces chanchas et la couronne en paille tressée, ornée de plumes noires, rouges et jaunes, que portait pendant sa vie le guerrier dont la tête a servi à préparer le trophée : la couronne mesure 56 centimètres de circonférence et la chancha ne mesure plus que 25 centimètres de tour. Une fois préparée, la tête est trouée au sommet, pour permettre d'y passer une cordelette ; les lèvres sont l'une et l'autre percées de trous dans lesquels on fixe une sorte de longue frange tombant aussi bas que la chevelure et qui constitue un simple

ornement. Parfois la dépouille est ornée au milieu de ses cheveux, de plumes de
magnifiques oiseaux-mouches. Les chanchas ont, aux yeux des Jivaros, une valeur
inappréciable. Lorsqu'elles viennent d'un guerrier renommé par sa bravoure, elles
sont regardées comme des idoles, des talismans qui doivent protéger efficacement

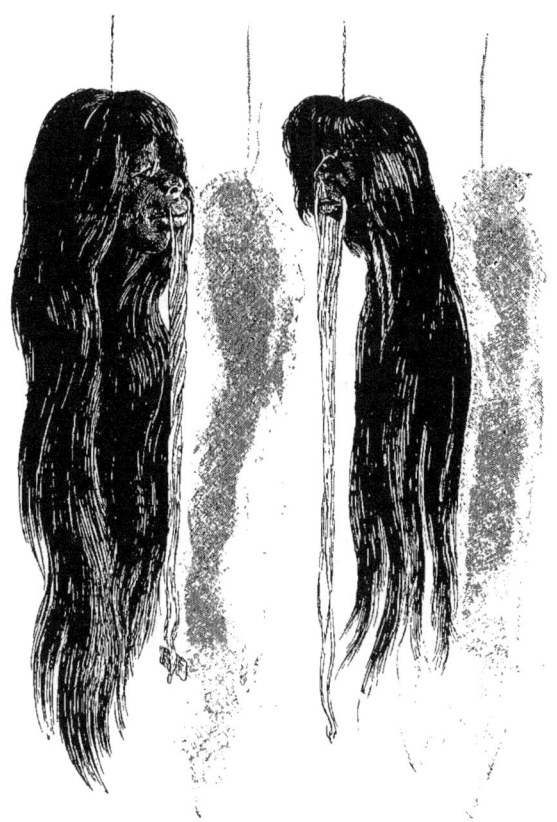

FIG. 143. — Deux *chanchas* (têtes momifiées de la grosseur du poing).

leurs heureux possesseurs. Aussi les Indiens s'en parent-ils dans les circonstances
importantes de leur vie. En temps ordinaire, ils laissent croître leurs cheveux,
dont ils forment une longue tresse à laquelle ils attachent le plumage d'oiseaux
qu'ils ont abattus. Mais quand ils vont en guerre, et quelquefois pendant les fêtes
solennelles, ils suspendent à leur natte les têtes des ennemis tués de leurs mains.
On conçoit très bien que chez une peuplade belliqueuse, la possession d'un certain

nombre de chanchas soit entourée d'un véritable prestige. Chacune de ces dépouilles rappelle une action d'éclat accomplie par le guerrier, chacune provenant
d'un ennemi tué de sa main. Il n'est donc pas surprenant que les Jivaros aiment à
s'en parer, comme chez nous on aime à se parer de décorations. Lorsque la tribu
célèbre une victoire, chaque guerrier se suspend ses trophées dans la chevelure et
ce doit être un spectacle étrange que celui de tous ces sauvages exécutant leurs
danses, ornés des têtes de leurs ennemis. (Verneau.)

*
* *

Les Indiens du Rio-Napo sont plus délicats ; séduits par l'éclat des insectes
appelés chrysophores que la nature « a revêtus de cuirasses resplendissantes devant
lesquelles pâlirait tout le luxe de l'Asie au jour du triomphe d'un sultan », ils les
utilisent pour la parure sous forme de pendeloques pour les chapeaux, en les
mélangeant avec des os, des graines et des dents de singes. Les cuisses énormes de
ces insectes, séparées du corps et enfilées comme des perles, forment des colliers.
Quant aux Roucouyennes (Guyane), ils préfèrent les élytres de buprestes attachées
au bout d'une queue d'écureuil. Ces mêmes élytres servent aussi dans le Rio-Napo,
où l'on a une affection toute spéciale pour le cliquetis qu'elles produisent en se
heurtant les unes les autres.

*
* *

Ce ne sont pas seulement les insectes morts qui sont employés dans la parure,
mais encore les insectes vivants. A la Havane, les dames se parent avec des
coléoptères lumineux, les pyrophores, enfermés dans des sachets de gaze ; quand
leurs « cocuyos », comme elles les appellent, ne brillent plus, elles les excitent en
les secouant. De retour du bal, elles font prendre un bain à leurs insectes et,
pour les réconforter, leur donnent à sucer des morceaux de canne à sucre.

*
* *

Il est piquant de remarquer, à ce propos, qu'à une période de notre histoire,
on a eu aussi le goût des insectes vivants, et quels insectes !... des puces ! Oui, les
puces que tant de personnes ont en dégoût et qui ont, cependant, excité la verve
de divers poètes :

> Pucelette noirelette,
> Noirelette pucelette,
> Plus mignonne mille fois
> Qu'un agnelet de deux mois,
> Et mille fois plus mignonne
> Que l'oisillon de Vérone,
> Comme pourra mon fredon
> Immortaliser ton nom !
>
> COURTIN DE CISE.

A la fin du xviie siècle, certaines femmes avaient pris la mode d'élever une belle puce attachée à une chaîne d'or ou d'acier, d'une finesse extrême : il paraît qu'un Anglais avait fabriqué une chaîne et un cadenas, tous deux si petits et si légers que la puce les soulevait en sautant.

* *

Dans la coquetterie, le costume joue un grand rôle ; le décrire dans ses innom-

Fig. 144. — Un costume sommaire (Australiens).

brables formes nous entraînerait trop loin ; contentons-nous de donner quelques exemples pris çà et là.

Les Australiens de l'intérieur sont entièrement nus (*fig.* 144). Ceux du nord s'enveloppent de peaux d'opossums. Ceux du littoral se recouvrent de vêtements plus ou moins grotesques, mais ils n'y voient qu'un ornement et non des objets destinés à combattre les effets de la température.

L'Australien, par exemple, transpirera le jour entier dans un gilet de laine ; le soir, à l'heure de la fraîcheur, où il aurait le plus besoin d'être chaudement couvert, il enlève son tricot pour mieux dormir, couché et enveloppé comme de coutume. S'il part pour la chasse, il ne garde pas un seul vêtement sur lui, voulant avoir toutes ses aises ; même un pseudo-civilisé préfère une nudité complète pour mieux grimper et suivre le gibier. (Carl Lumholtz.)

Le Noir aime particulièrement les vêtements européens : on arrive ainsi à le rencontrer affublé d'un vêtement de général d'opéra-comique ou simplement vêtu d'une chemise, voire même d'un chapeau de femme.

Le costume des Négritos de Malacca est fait avec l'écorce d'un arbre particulier, l'*antiaris toxicaria*. On détache les écorces en frappant sur le tronc de l'arbre avec des maillets de bois. Elles sont ensuites lavées, puis séchées à diverses reprises. A la suite de cette sorte de rouissage, il reste un amas de fibres qui, passant

FIG. 145. — Samoyèdes couverts de fourrures.

entre les jambes, faisant le tour de la taille et retombant par devant en éventail, constitue l'unique costume des Négritos.

Comme coiffure, les hommes ont parfois sur la tête une simple cordelette munie de petits nœuds ou rosaces ; les femmes, par un rudiment de coquetterie, préfèrent les simples fleurs des champs.

***

Dans les pays froids, en Sibérie par exemple, on fait grand usage de vêtements en peaux de mammifères, ou fourrures, qui ont la propriété de garantir du froid en conservant la température intérieure. Beaucoup de peuplades les ornent de manière à les rendre agréables à l'œil.

Les Samoyèdes (*fig.* 145) s'habillent avec des peaux de rennes ornées d'une frange en peau de chien.

Dans l'habillement des femmes, on remarque beaucoup de détails qui leur sont propres, et qu'elles n'ont empruntés à aucune autre nation. Elles ont la tête et le visage découverts, excepté dans les voyages d'hiver. Leurs cheveux forment des tresses qui pendent par derrière et qu'elles ne défont jamais. Elles portent des pendants d'oreilles en grains de coraux. Leur robe est un assemblage de morceaux de drap, dont le devant de la poitrine et le dos sont communément formés de peaux de jeunes rennes qu'elles ornent par devant et par derrière de quelques morceaux de drap. Le bas de la robe de dessus est garni de trois bandes de

belles fourrures. Cette robe est ouverte par devant ; elles rabattent un des côtés sur l'autre et la fixent au moyen d'une ceinture qui a, au lieu de boucle, un gros anneau de fer, auquel elles attachent ses deux extrémités. Les femmes Samoyèdes portent des culottes de peaux de renne préparées comme nos peaux de daim. Elles ne quittent point leurs habits, même pour se coucher. Les hommes ôtent les leurs, mais ils gardent leurs culottes. (Pallas.)

Fig. 146. — Un Ostiack plutôt emmitouflé.

* * *

Au Kamtchatka, les indigènes — ceux du moins qui n'ont pas adopté le vêtement russe — portent des fourrures très variées ; il n'est pas rare de voir un costume fait à la fois de peaux de renne, de renard, de chien, de marmotte, de bélier sauvage, de veau marin, de plumes d'oiseaux, de pattes d'ours et de loup, etc. ; pour le confectionner, il ne faut pas écorcher moins de vingt animaux.

* * *

Les Toungouses portent d'étroits vêtements en peau de renne et les laissent ouverts sur la poitrine pour montrer les parures qu'ils portent en dessous.

En hiver, le Ghiliak met par dessus son habillement ordinaire un ou deux pantalons en peau de phoque et en étoffe ouatée, un veston en peau de chien, préférablement noir, la fourrure retournée en dehors ; un bonnet en fourrure et de grandes bottes en peau de phoque, avec de la paille dans l'intérieur. La ceinture ou courroie à laquelle sont attachés un couteau et un briquet est regardée comme la partie essentielle du costume. Les femmes portent à peu près le même vêtement, mais un peu plus large, garni de nombreuses figurines découpées, en étoffe et en fourrure, et de pendeloques en laiton ; comme ornements, elles portent, en outre, des bracelets en laiton et des pendants d'oreilles, larges de 5 centimètres, en étain garni de perles et de verroteries de fabrication ghiliaque. Sur le cou, on voit souvent un collier en perles avec une figurine en bois (amulette) attachée au milieu. La pipe constitue pour ainsi dire l'objet complémentaire du costume chez les Ghiliaks des deux sexes ; cette pipe est de provenance chinoise ; elle est très petite et faite en laiton avec un tuyau en corne large de

Fig. 147. — Coiffures et vêtements *au ballon* (Caricature française du xviiie siècle).

70 centimètres et une embouchure en néphrite ; le Ghiliak ne la quitte jamais. (Deniker.)

***

Les Ostiacks du Nord (*fig.* 146) font aussi grand usage de fourrures.

Les hommes sont habillés d'une longue tunique de peau, surmontée d'un capuchon et garnie d'une paire de gants à l'extrémité des manches. L'été, les indigènes portent une tunique dont le poil est tourné en dedans ; l'hiver, ils mettent par dessus, une autre tunique avec le poil en dehors. Souvent, le vêtement est serré à la taille par une ceinture garnie de boutons de cuivre, qui sert à suspendre un couteau, une pierre à aiguiser, des dents d'ours, etc. Enfin le costume est complété par de hautes bottes en peau de renne. Dans cette région, les femmes portent de longues tuniques de fourrures flottantes, ouvertes sur le

devant du haut en bas, ayant la forme des *kaftans* tartares. Dans les grandes circonstances, elles revètent des vètements bariolés de peaux de différentes couleurs, dessinant une mosaïque chatoyante. Au delà du cercle polaire, comme
partout ailleurs, la femme aime à se parer ; pour paraître plus belles, les Ostiaques réunissent leurs cheveux par derrière en deux longues tresses ornées de
verroteries, de morceaux d'étoffe rouge, de boutons, d'anneaux et de chaînettes
en cuivre, qui leur tombent jusqu'aux talons. Sur les bords de l'Obi, comme
dans nos régions, une longue chevelure est regardée comme un ornement du
beau sexe. Cette opinion encourage la supercherie et, pour allonger leurs tresses,
les femmes ostiaques multiplient les ornements en ayant soin d'insérer des touffes
de cheveux entre les morceaux d'étoffe, afin de rendre l'illusion complète.
(Rabot.)

*
* *

Tous les costumes que nous venons de passer en revue ne sont pas, en somme,
plus extraordinaires que ceux que l'on a portés chez nous dans le temps, par
exemple, les coiffures et les vêtements *au ballon* du XVIIIe siècle (*fig.* 147), les
grotesques « manches à gigot » et l'ignoble « crinoline » ; ou ceux que l'on voit
encore de nos jours, depuis l'habit « à queue de pie » et le corsage « polichinelle »
essentiellement inesthétiques, jusqu'à la fourrure du « chauffeur » que l'on croirait empruntée à quelque Samoyède en rupture de banquise.

CHAPITRE XIX

Armes pour se défendre

et armes pour attaquer.

L'industrie des Nègres africains diffère beaucoup d'une localité à l'autre. Dans notre gravure (*fig.* 148), on en a représenté les principales formes : c'est un des panneaux du musée d'ethnographie du Trocadéro, qui porte d'ailleurs, en outre, diverses productions de l'art nègre. M. Hamy, qui en est l'organisateur, en a donné une intéressante description ; nous ne saurions mieux faire que de la reproduire, en l'abrégeant.

Le premier panneau, placé en bas et à droite, est réservé au bassin du Zambèze, et surtout aux régions inférieures de ce bassin. Un voyageur autrichien bien connu, M. le Dʳ Emile Holule, et un voyageur français, M. Bouret, ont fait les frais de ce curieux ensemble. L'industrie du fer est singulièrement dominante, mais le laiton joue aussi un rôle considérable. Les manches des hachettes, des sagaies ou des lances, le bois des arcs, les manches et les gaines des poignards sont entièrement couverts de tortillons de cet alliage, fort adroitement entrelacés. Le fer se montre sous l'aspect de larges armatures de lances ou de haches, plates, étroites ou allongées, quelquefois bizarrement contournées en crochet du côté de la monture. Le reste de la panoplie se compose de bracelets divers, de cornes à poudre et de fétiches.

Avec les panoplies nᵒˢ 2 et 3, nous abordons la région des grands lacs que Burton, Speke, Livingstone, etc. nous ont si largement ouverte. Ces régions, livrées à des guerres perpétuelles, sont principalement représentées par des armes offensives et défensives. Des industries pacifiques, la vannerie seule offre de l'intérêt, avec ses décors rouges, verts et noirs, entrelacés en figures géométriques. Les industries guerrières présentent quelques particularités : les boucliers de l'Uganda, en cuir couvert de joncs tressés et à centre conique, sont fort remarquables. Nous n'avons rien à dire des arcs, des flèches, des lances, des sagaies, dont la qualité montre que l'art du forgeron n'est pas moins développé sous l'Équateur que sous le tropique du Capricorne. Les massues sont en cornes de rhinocéros et analogues à celles des Cafres du Zoulouland. Le seul instrument de musique répandu est une trompe de guerre en corne d'antilope.

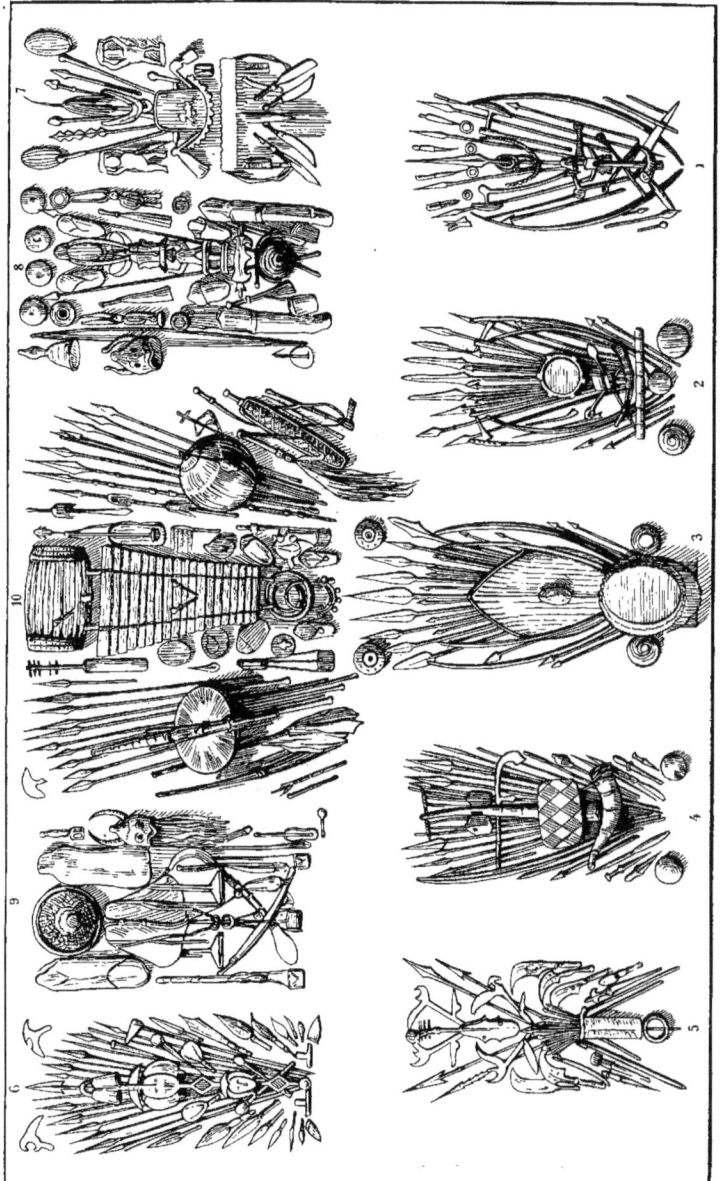

Fig. 148. — Panoplie du Musée d'ethnographie de Paris contenant diverses armes et quelques instruments de musique des Nègres africains.

Nous voici sur le Nil Blanc avec la panoplie n° 4. Au centre se montre, vu d'en haut, un banc orné de losanges incrustés en clous d'étain. La trompe qui surmonte ce banc est une de ces défenses d'éléphant pour la possession desquelles se sont poursuivies dans ce malheureux pays tant de guerres d'extermination. En travers se voit un curieux instrument qui rappelle dans une certaine mesure une arme de la haute antiquité égyptienne. Et, par derrière, tout un fourmillement de sagaies et de lances aux pointes hérissées, des poignards, des massues, des cuillers. L'industrie du fer, qui se donne libre carrière chez tous ces Nègres de la vallée du Nil, est contre-balancée dans les régions un peu plus occidentales par celle du cuivre, dont les Mombouttous, découverts par M. Schweinfurth, ont développé l'usage d'une façon tout à fait extraordinaire.

La panoplie n° 5 nous montre de grandes lances de cuivre rouge, d'un travail véritablement remarquable, et qui justifient l'étonnement du voyageur qui a, le premier, pénétré dans le pays de production de ces étonnants engins. Le fer des Niams-Niams s'entre-croise dans cette panoplie avec le cuivre des Mombouttous et prend les formes bizarres et étranges que nous montrent les *trombash*, ces armes de jet, à équilibre instable, qui, projetées au milieu des bataillons ennemis, s'en vont ricochant de ci de là, faisant de cruelles blessures avec leurs lames bizarrement découpées. Le Mombouttou ignore le *trombash*, mais il possède une sorte de poignard courbe, tout à fait curieux à rapprocher de la *harpé* des monuments égyptiens.

L'Akka ou Pygmée a sa petite lance, son petit arc et ses petites flèches dans son petit carquois, avec lesquels il ose attaquer les plus volumineux pachydermes de la faune africaine, dont il vient, à bout, paraît-il, sans de trop grandes difficultés (Voir fig. 37, page 49). Son carquois est en vannerie assez grossièrement tressée, ses flèches sont embouties en fer, sans aucune espèce d'ornement. Mais le Niam-Niam et le Mombouttou, ses voisins et ses maitres, connaissent un véritable luxe dans la garniture de leurs armes où brillent les cuirs blancs et verts soigneusement polis.

Leur vannerie est aussi traitée avec beaucoup de soin et il est certain portevase que ne renierait point le plus habile artisan de la vieille Europe.

L'examen de la panoplie n° 6 nous mène sur l'Ogôoué et au Gabon. L'industrie du fer domine encore toutes les autres ; la fabrication des lances et des sagaies armées de crochets récurrents, aussi compliqués que possible, préoccupe encore avant tout les métallurgistes locaux. Ils y joignent cependant la fabrication de clochettes simples ou accouplées, de fers de hache et de poignards ou coutelas de formes caractéristiques, qu'on emmanche dans des gaines assez bien adaptées aux formes de ces engins et couvertes en peau de serpent.

Quelques-uns de ces poignards, ornés de laiton tendu, rappellent dans une certaine mesure les *trombash* des Niams-Niams et ont été invoqués avec raison, par de Compiègne, à l'appui d'une origine commune des Niams-Niams et des Nègres de l'Ouest, qui leur ressemblent d'ailleurs à tant d'autres égards.

L'industrie de la terre cuite est représentée principalement par la fabrication de pipes à fourneaux droits, simples ou multiples; celle du bois a pour objectif

FIG. 149. — Guerriers Mangonis avec leurs boucliers.

habituel l'exécution de cuillers ornées de symboles en relief, de manches de couteaux, d'éventails, de soufflets, etc.

Le cuivre à l'état de fil est employé, comme au Congo, au Zambèze, etc., à décorer les manches de couteaux, les poignards, etc. Son principal usage est cependant de servir, tantôt pur et tantôt mélangé au laiton, à fabriquer les masques de danse des sauvages de l'Ogôoué, masques ovales, munis d'un manche de bois losangique ajouré et représentant une tête humaine ornée de larges oreillères et surmontée d'un chapeau en croissant renversé.

En Guinée supérieure, les industries du cuir et de la paille reprennent un rang qu'elles n'auraient pas dû perdre. On voit au centre de la panoplie n° 7 une giberne en cuir noir, de fabrication achantie, sur le fond de laquelle se dresse en cuir blanc un cheval au galop. Au-dessous, tendue en travers, figure une ceinture de cuir, ornée de grosses cauries blanches (coquillages). Dans les recoins supérieurs sont fixées des calebasses, ornementées au feu, que surmontent de volumineux bancs en bois sculpté, formés d'un personnage portant sur la tête une sorte de plate-forme légèrement concave.

Sur le cours supérieur du Niger (panoplie n° 8), la sculpture sur bois s'applique principalement à représenter de grandes idoles, ornées de cornes immenses, assises et fumant (idéal du bonheur sur terre) dans de longues pipes aux fourneaux énormes. Les corroyeurs y fabriquent, en cuirs de couleurs variées, découpés et superposés, des bottes montantes, des babouches, etc. Les taillandiers vendent de longs couteaux à bout carré, qu'ils emmanchent dans de courtes gaînes, également carrées, recouvertes de peau de serpent. Enfin les écuelliers ont toute une vaisselle en calebasses curieusement ciselées et décorées. En Gambie, le travail du cuir, enseigné par les Maures aux Mandingues, est particulièrement remarquable. Le rouge, le noir et le jaune brun font d'ailleurs tous les frais d'une décoration dans laquelle le vert et le jaune clair dominent sur le Niger inférieur.

La panoplie n° 9 nous montre un équipement complet de cavalier des environs de Sainte-Marie-de-Bathurst. On y reconnaît son outre à eau, son oreiller, sa selle, etc.; il est armé d'un sabre à poignée conique dont la lame est française et que recouvre un fourreau de cuir décoré, largement dilaté à son extrémité; une poire à poudre en corne revêtue de cuir, un sac à balles également en cuir orné, des sachets et des gris-gris contenant des sentences du Coran; un large chapeau de paille complète son costume.

Le n° 10 est relatif à l'ethnographie du Sénégal et de ses dépendances. Au centre, on voit un énorme *balafou*, sorte de xylophone à vingt touches de bois assez bien accordées. Une grosse caisse, un petit tambour Papel, une lyre Toucouleur et divers autres instruments à cordes entourent le balafou. Le fond de la panoplie est formé de lances Peuhls en fer et cuivre, à talon en forme de soc, de bâtons de commandement Mandingues, de sabres, de poignards, d'arcs, de carquois, etc. Sur les côtés sont des chapeaux à corne recueillis sur les bords de la Casamance, des haches de Laobés, des *ilers* ou fers de bêche, etc. Au centre et dans le bas enfin, est fixée toute une collection de ces amulettes de cuir que les Ouoloffs font fabriquer pour toutes les circonstances de la vie.

*
* *

Fig. 150. — Chasse au bison à l'aide d'épieux ferrés.

Presque tous les peuples sauvages portent, outre l'arme pour attaquer, des boucliers (*fig.* 149) pour se défendre, des flèches et des lances : il y en a de toutes sortes, aussi bien en écorce qu'en fer ou en bronze, mais surtout en cuir. Très souvent ces boucliers sont peints ou décorés en relief et font la gloire de leur heureux possesseur.

Les armes les plus communes à tous les sauvages, aussi bien en Afrique qu'en Amérique, sont certainement les lances et les épieux plus ou moins ferrés dont ils se servent aussi bien contre leurs ennemis que contre les animaux (*fig.* 150) ; pour ceux qui savent s'en servir, ce sont des armes terribles.

* * *

Sous le rapport des instruments, les Mincopies présentent un vif intérêt, car ils en sont pour ainsi dire restés à l'âge de pierre, quoique connaissant le fer depuis l'arrivée des Européens. Ils ont cinq noms particuliers pour désigner leurs outils : 1° l'*enclume*, 2° le *marteau*, fragment lisse et arrondi de dolérite ou de basalte à grain fin ; 3° la *pierre à aiguiser*, formée de grès légèrement micacé et ressemblant presque entièrement à certains de nos couteaux préhistoriques, elle sert à affiler le tranchant des lames qui arment les javelots ou la pointe des flèches ; 4° les « *dents de quartz* », lamelles et éclats employés pour raser et tatouer, tirés des veines d'un quartz tantôt opaque, tantôt transparent comme du cristal, ou de cailloux à demi' translucides et d'un blanc bleuâtre ; 5° les *pierres à cuire*, cailloux communs d'environ 2 pouces de diamètre, qui sont chauffés et dont on recouvre le mets que l'on veut faire cuire.

Quand on a besoin d'une nouvelle pierre à aiguiser, comme les Mincopies ne connaissent pas l'art de tailler la pierre, ils choisissent un bloc de grès. S'il est trop grand, on le place sur le feu jusqu'à ce qu'il se brise. L'opérateur choisit le fragment qui répond le mieux à ses intentions et le façonne à l'aide de son dur et lisse marteau de pierre. Au bout de peu de temps le tranchant de la pierre est émoussé ; mais elle sert pendant plusieurs mois pour donner un fil plus fin. Les lamelles et les éclats ne servent jamais qu'une fois. En fait on en emploie plusieurs pour chaque opération. Les éclats en forme de lame tranchante servent à raser, ceux qui ont une pointe aiguë sont employés pour le tatouage et les sacrifices. Lorsque l'opération est finie, ces instruments sont jetés sur quelque tas de débris ou l'on en dispose de toute autre manière. Quiconque vient à marcher sur l'un d'eux, même involontairement, s'expose aux plus grands malheurs. La fabrication de ces petits éclats est considérée comme rentrant dans les devoirs des femmes, et ce sont elles qui s'y livrent habituellement. Deux morceaux de quartz blanc sont nécessaires pour obtenir les lamelles. Ils ne sont ni pressés ni entourés d'un lien fortement serré pour déterminer une ligne de moindre résistance aux coups. Mais l'une des pierres est d'abord chauffée et exposée au froid. Puis, la tenant d'une main ferme, on la frappe à angle droit avec l'autre pierre. Par ce procédé, on obtient en peu de temps le nombre de fragments voulus. Un certain tour de main est sans doute nécessaire pour obtenir l'espèce d'éclat que l'on désire. Les plus petits sont fabriqués de la même façon sans jamais employer la pression. Aucune superstition ne s'attache aux pierres tranchantes. Les pierres à aiguiser ne sont

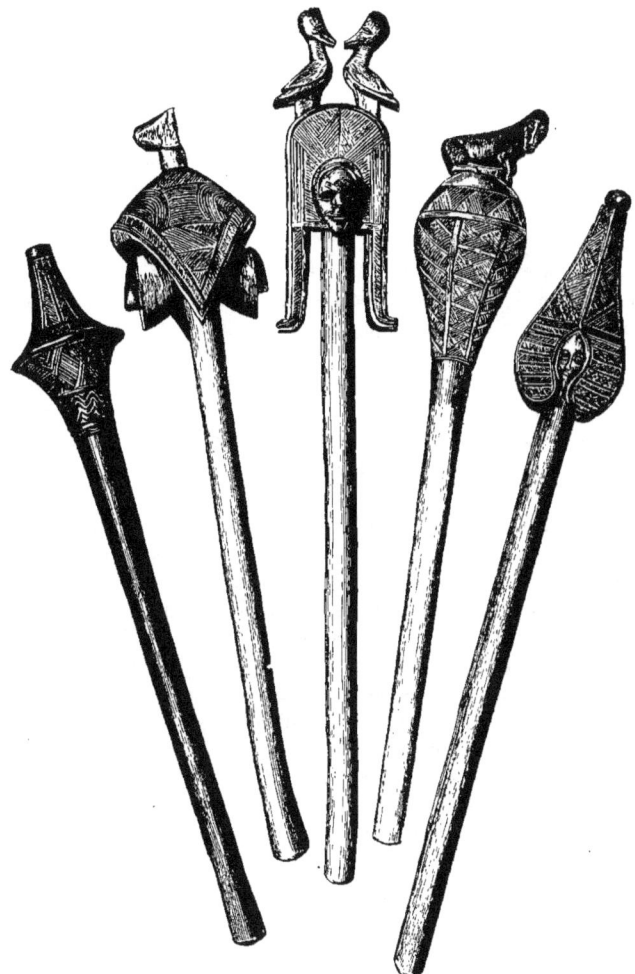

Fig. 151. — Casse-tête en bois.

jamais employées à couper le bois ou les os. Ces derniers sont habituellement brisés à coup de marteau pour en avoir la moelle. Avant l'introduction du fer, on perçait de petits trous avec un fragment d'os ou de coquille, mais rarement, peut-être, même jamais, avec une pierre. On n'a jamais trouvé aucun instrument de pierre que l'on puisse supposer avoir servi comme scie ou comme grattoir. Des coquilles étaient sans doute employées dans ce but. (M. Man.)

Les ancêtres des Mincopies étaient d'ailleurs plus avancés que les types actuels, car ils savaient faire des haches et des ciseaux au tranchant aiguisé.

* * *

Les Négritos de la presqu'île de Malacca, emploient rarement l'arc et les flèches, bien que connaissant la manière d'empoisonner celles-ci. Ils leur préfèrent la sarbacane, à l'aide de laquelle ils projettent avec une grande sûreté de petites flèches empoisonnées.

Les Canaques, essentiellement guerriers, ont plusieurs armes. Ils emploient surtout les casse-tête (*fig.* 151), qu'ils fabriquent en bois dur et lourd, et qu'ils taillent à leur extrémité en forme de champignon ou de bec d'oiseau. Quelquefois ils les terminent avec une hache de serpentine à laquelle ils tiennent beaucoup en raison du temps considérable qu'il faut pour la polir. La manière dont ils fixent cette pierre dure est très originale : ils la perforent de deux trous et l'introduisent incomplètement dans la fente faite à une branche d'un d'arbre, le banian. Au bout d'un an ou deux, les deux lèvres de la plaie de l'arbre se sont refermées sur la hache, le tissu ligneux a pénétré dans les trous et la pierre se trouve sertie d'une manière immuable dans la branche, que l'on n'a plus qu'à tailler pour en faire une arme de guerre des plus redoutables pour ceux qui en reçoivent un coup sur le crâne.

Ils se servent aussi de la fronde et portent les projectiles — pierres taillées en forme d'œuf — dans un filet attaché à la ceinture.

Mais ils emploient de préférence la sagaie qui présente toute sorte de formes, lisse, barbelée, etc. Pour la lance, ils l'entourent, sur une faible longueur, d'une cordelette fixée d'autre part à leur index. Cette cordelette lui imprime un mouvement giratoire qui assure la justesse du jet.

Dans certaines occasions, sans doute pour effrayer leurs ennemis, les guerriers se placent sur le visage des masques en bois dont la face grimaçante, le nez immense, les dents larges et écartées, la barbe longue leur donnent un aspect horrible.

* * *

Les Nègres du Haut-Ogôoué fabriquent eux-mêmes les objets en fer dont ils se servent.

Plus on s'éloigne de la côte et plus on rencontre de forgerons. L'ouvrier fait lui-même son charbon de bois ; chez beaucoup de peuplades, il traite aussi le minerai, tandis que chez d'autres, le forgeron se contente de travailler le fer qu'il achète à des voisins sous forme de cylindres ou de gros clous. La forge est installée dans une case spéciale, appelée *garde*, ouverte à tous les vents. C'est là qu'on se réunit pour fumer, causer, régler les comptes et recevoir les étrangers. Le foyer est un grand trou creusé dans le sol. Pour activer la combustion, l'ouvrier nègre emploie un soufflet composé de deux cylindres en bois, creux à l'intérieur et percés en bas d'un trou qui reçoit un tuyau venant déboucher dans un autre tuyau en terre cuite. La partie supérieure de chaque cylindre est recouverte d'une peau solidement fixée et munie au centre d'un manche en bois. C'est en élevant et en abaissant alternativement les deux peaux d'un mouvement rapide que l'on détermine un courant d'air continu, suffisamment énergique. La masse de fer rougie est saisie avec des pinces en fer ou en bois vert et martelée sur une pierre à l'aide

Fig. 152. — Fondeurs de bronze.

d'une masse en pierre ou en fer. C'est ainsi que sont fabriqués les couteaux, les poignards, les haches, les pointes de flèches et de sagaies, les anneaux de bras et de jambes, les épingles de coiffure, les instruments agricoles, les fourneaux de pipes, etc. Les objets de parure, une fois forgés en petits cylindres, sont tordus et souvent ciselés à l'aide d'un burin.

D'ailleurs, en dehors des boucliers et des étoffes, les Batékés, les Adoumas et beaucoup d'autres tribus ont des industries assez compliquées ; ils savent fabriquer, avec des fibres végétales, des paniers dans lesquels ils mettent tous les menus objets dont ils peuvent avoir besoin en voyage et qu'ils décorent de dessins en relief. Avec de la terre, un grand nombre de peuplades façonnent encore de grosses bonbonnes, qui peuvent contenir jusqu'à quarante litres, des bouteilles, des gargoulettes, souvent ornées, avec assez de goût, de lignes parallèles en creux, et des marmites de toutes dimensions. Pour conserver les liquides, ils se servent fréquemment de grandes courges de diverses formes. (Verneau.)

On observe chez les sauvages toutes les phases par lesquelles a passé chez nous l'industrie minérale. Les uns en sont encore à l'époque du bronze (*fig.* 152), les autres sont arrivés à l'époque du fer (*fig.* 153.)

Voici, à titre d'exemple, quelques détails sur le traitement des minerais de fer chez les Makonas, où il se pratique sous la direction d'un chef.

Lorsqu'arrive la saison sèche, on commence par élever une vaste enceinte en terre glaise, dans laquelle le chef assigne à chaque homme, à chaque femme, à chaque enfant, un espace où ils viendront déposer le minerai qu'ils recueilleront dans les environs. Pendant ce temps, une partie de la population coupe le bois et fait le charbon. Chacun empile son minerai dans l'enceinte, que l'on remplit ensuite de charbon. On recouvre le tout avec des barres de fer et de la terre, en ménageant de distance en distance des ouvertures en guise de cheminées ; on dispose enfin des soufflets de peau, dont les tuyaux communiquent avec l'intérieur du fourneau, et l'on met le feu, après avoir éloigné les femmes. L'activité la plus grande règne parmi les fondeurs. On relève les souffleurs qui n'ont trève ni jour ni nuit, on renouvelle le charbon, on s'assure que la fusion s'opère convenablement. Après quinze jours de travail incessant, le chef annonce que le fer est fondu. On éteint la fournaise en y jetant de l'eau. Les travailleurs vont se baigner, les hommes mariés rejoignent leurs femmes qui n'approchent pas de la fonderie dès que le feu y est mis, car la présence d'une femme ferait évanouir le minerai ou le changerait en pierres inutiles. On découvre enfin la fournaise, et chacun vient recueillir le produit de son minerai. Les blocs de fonte sont brisés au moyen de masses de fer et transportés dans les forges particulières, où l'on en fabrique des haches, des couteaux, des sapes, des fers de sagaie, des balles de fusil, des anneaux, etc. (Burton.)

**

Il semblerait logique que chez des peuples toujours en guerre soit avec leurs semblables, soit avec les animaux féroces, les individus assez habiles pour fabriquer des armes soient plus considérés que ceux qui sont incapables de rien faire de leurs dix doigts. Il n'en est généralement rien la plupart du temps, et ceux qui travaillent le fer sont regardés comme la lie de la société.

Aussi, chez les Toubous du Sahara, « un élément populaire à part, une vraie classe de parias, dit Nachtigal, ce sont les forgerons, parmi lesquels il n'est pas rare de trouver des femmes. Appeler quelqu'un *forgeron* est, au Tibesti, une injure qui ne peut se laver que dans le sang. Personne ne donne sa fille à un homme de ce métier ; nul ne laisse apprendre cette profession à son enfant. C'est une industrie qui s'exerce de père en fils, dans les familles où l'on ne se marie qu'entre soi, de sorte que la caste se conserve pure et sans mélange. Cet état d'infériorité des forgerons remonte bien au delà de l'Islam, malgré les légendes arabes qui prétendent que l'infamie indélébile dont est resté marqué les métier, vient de ce qu'un forgeron s'est rendu coupable d'un outrage à la foi et d'une trahison envers le prophète. La même distinction sociale se retrouve, en effet, même chez les peuples païens de l'Afrique, qui ont de tout temps vécu en dehors de l'Islam, et s'explique peut-être par les facultés magiques que l'on attribuait à cette sorte de gens. »

De même chez les Fungés, qui habitent le Senaar, les ouvriers qui travaillent le fer, forment une corporation de nomades. « On en rencontre beaucoup, dit Hartmann, le long du Nil Blanc et dans les villages du Senaar. Ils se dirigent vers le Senaar septentrional, où le bey les reçoit avec bienveillance, pourvu qu'ils

Fig. 153. — Sauvages travaillant le fer.

soient capables de lui réparer une chaîne, un fourreau de sabre, ou d'autres objets lui appartenant. Le peuple accuse ces gens inoffensifs de se transformer la nuit en hyènes ou autres monstres, pour commettre les plus atroces excès. Les forgerons sont des individus singuliers. Ils se recrutent surtout dans les districts riches en fer, tels que le Senaar méridional, le pays des Baris, dans les montagnes de Belenia et de Kereck. Leurs instruments sont bien simples : ils se servent, en guise de marteau, d'une lourde masse de fer et d'une pince solide au lieu d'enclume ; leur soufflet grossier consiste en deux tuyaux de cuir, par lesquels l'aide-forgeron presse l'air à travers les orifices d'argile. Ce que ces artisans savent exécuter avec des moyens aussi simples, fait honneur à leur adresse et à leur routine. Au lieu de salaire, les forgerons reçoivent les aliments nécessaires au soutien de leur vie. »

Parmi les instruments confectionnés par ces derniers, citons la *kulbeda*. C'est une arme de jet, assez lourde, offrant des ondulations, de brusques courbures et plusieurs pointes effilées, diversement façonnées. C'est un instrument analogue à celui des Niams-Niams et qui, en ricochant, doit faire d'affreuses blessures au milieu des guerriers sur lesquels on l'envoie d'une main sûre.

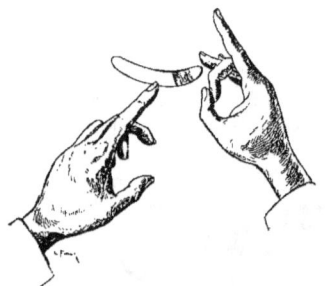

Fig. 154. — Expérience simple pour imiter la trajectoire du boomerang.

*
* *

Les Australiens ont imaginé une arme très curieuse que l'on ne connaît pas ailleurs et qu'ils sont d'ailleurs seuls à savoir utiliser. C'est le *boomerang*, morceau de bois un peu recourbé qui, lancé au loin, décrit une large parabole et vient retomber au pied de celui qui l'a projeté. La théorie mathématique de ce singulier mouvement est encore à faire, croyons-nous. Cet instrument de guerre est très ingénieux. Pour ceux qui voudraient se livrer à son étude, voici que lques données recueillies par M. A. Loir.

C'est un pieu en bois dur, d'une forme incurvée, de 60 à 80 centimètres de diamètre ; de 4 à 6 centimètres à la partie la plus large et allant en s'effilant aux deux extrémités. La partie concave a environ 2 à 4 millimètres d'épaisseur ; la partie convexe est presque tranchante. Lancé par un indigène, cet instrument peut aller horizontalement, en restant de 1^m à $1^m,50$ du sol, sur une longueur de 20 à 30 mètres ; arrivé à cette distance, il s'élève tout à coup en l'air à une hauteur de 10 à 20^m, décrivant une courbe considérable, et finalement vient

Fig. 155. — Indigène australien lançant une flèche avec le womerawa.

retomber aux pieds de celui qui l'a lancé. Pendant tout le temps de son évolution, le boomerang tourne sur lui-même avec une grande rapidité, comme s'il tournait autour d'un pivot, en produisant un sifflement aigu. Il est difficile de comprendre la loi de projection à laquelle le boomerang obéit pour suivre ces différentes directions. Entre les mains des Européens, c'est une arme dangereuse, car elle peut revenir brusquement sur celui qui l'a lancée et le blesser grièvement. Les aborigènes s'en servent à la chasse pour tuer les opossums ou les perroquets ; ils l'emploient aussi à la guerre, où ils arrivent, grâce à elle, à atteindre un ennemi abrité derrière un arbre. On se rendra compte facilement du trajet de cette arme, en découpant dans une carte de visite un petit boomerang aux dimensions propor-

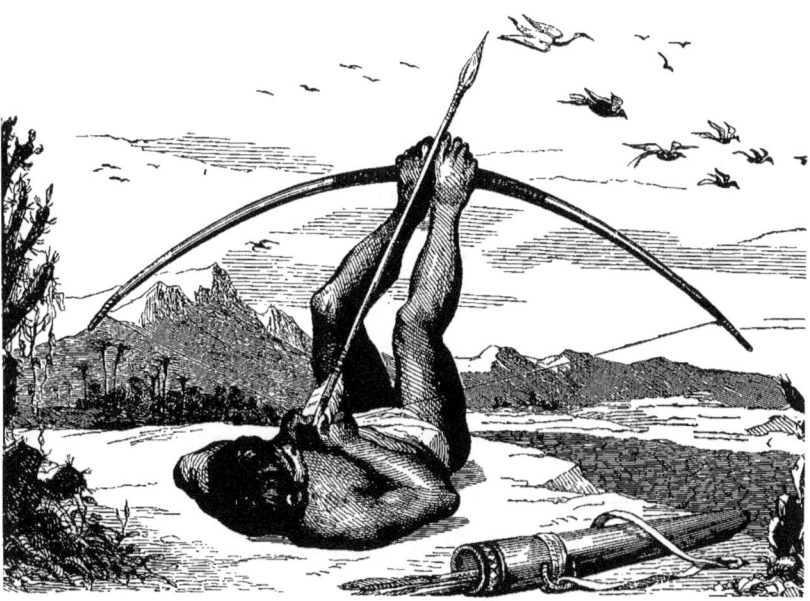

FIG. 156. — Une manière fantaisiste de tirer de l'arc.

tionnelles à celles que nous avons données plus haut (*fig.* 154). On placera le carton sur l'index de la main gauche, ou à plat sur un livre que l'on tient de la main gauche, la grande branche dépassant le bord de ce livre, de façon à pouvoir lui donner une chiquenaude qui enverra le petit boomerang dans l'espace ; après avoir décrit une courbe en l'air, tournant sur lui-même il reviendra aux pieds de celui qui l'a lancé.

Ils emploient aussi le *tomahawk*, hache en pierre polie emmanchée dans un morceau de bois : c'est à la fois une arme et un outil. La pierre est quelquefois un morceau de jaspe.

Les Australiens ne connaissent guère l'arc, cependant si répandu chez les peuples sauvages (voir fig. 90, page 115). Ils envoient néanmoins des flèches à 50 ou

60 mètres avec une grande précision, à l'aide du *womerawa*, sorte de bâton lanceur tout particulier (*fig.* 155).

Le womerawa est une pièce de bois d'un mètre de long, de six centimètres de large à un bout, et s'effilant en pointe à l'autre bout. Cette extrémité est garnie d'un petit crochet que l'on introduit dans un trou pratiqué à l'extrémité de la flèche. Puis saisissant le womerawa par la partie la plus large, on s'en sert comme d'un levier pour lancer la flèche. (A. Loir.)

*
* *

Les flèches sont des armes beaucoup plus terribles qu'on pourrait le croire à première vue. Les arcs que les sauvages emploient sont d'une rigidité extraordinaire et il faut une force remarquable pour s'en servir. Celle-ci ne manque pas à la généralité des sauvages, lesquels sont, en outre, d'une habileté inouïe pour diriger la flèche et lui faire atteindre l'endroit voulu. Généralement, ils lancent les flèches en tenant l'arc horizontalement, mais bien souvent, l'arc est trop grand et ils doivent le maintenir verticalement en l'appuyant par le bas à terre. Quelquefois, pour s'amuser, ils se mettent sur le dos (*fig.* 156), et tirent sur les oiseaux qui passent en tenant l'arc avec leurs pieds.

*
* *

Ce qui rend les flèches particulièrement dangereuses c'est que la plupart des sauvages en imbibent la pointe d'un poison qui est tantôt une matière chimique toxique, tantôt une substance putréfiée et, par conséquent, farcie de microbes dangereux qui ne demandent qu'à se développer dans la plaie.

Les Boschimans empoisonnent leurs flèches d'une manière assez curieuse.

Ils se servent des entrailles d'une chenille de 12 millimètres de longueur qu'ils appellent *n'goua*; ils les écrasent, en entourent la partie inférieure du fer de leur flèche et le font sécher au soleil. Ils ne manquent jamais, après cette opération, de se nettoyer les ongles avec le plus grand soin, car un atome de cette matière vénéneuse, en contact avec la plus légère égratignure, agit comme la substance empoisonnée des blessures si dangereuses que l'on se fait en disséquant. La douleur qu'elle produit est si vive, que le malheureux qui l'éprouve se roule et se déchire en demandant le sein de sa mère, comme s'il se croyait revenu aux jours de son enfance; ou bien, fou de rage, il s'enfuit loin de toute résidence humaine. Le lion n'en éprouve pas des effets moins terribles : on l'entend alors rugir avec désespoir, il devient furieux et il mord les arbres et la terre avec une frénésie convulsive. (Livingstone.)

Pour combattre les effets de ce terrible poison, les Boschimans administrent la chenille elle-même, écrasée et mélangée avec de la graisse ; ils en mettent un peu aussi dans la plaie. La n'goua, disent-ils, a besoin de graisse ; quand elle n'en trouve pas dans le corps de l'homme, elle le tue ; si on lui donne ce qu'elle désire, elle est contente et ne fait plus de mal.....

Ils se servent de ces flèches empoisonnées, non seulement contre les animaux

Fig. 157. — Masques de guerre en Neumecklenbourg.

et leurs ennemis, mais aussi contre les membres de leur propre tribu. Livingstone
cite un Boschiman qui se vantait d'avoir tué ainsi cinq personnes de sa race et en
parlait d'une singulière façon : « Deux étaient des *femelles*, nous dit-il, en comptant sur ses doigts ; la troisième était un *mâle* et les deux autres des *veaux*. — Il

faut, lui dis-je, que vous soyez bien endurci pour vous vanter d'avoir tué des femmes et des enfants, surtout de votre propre nation ; qu'est-ce que Dieu vous dira lorsque vous paraîtrez devant lui ? — Que je suis un homme adroit, répondit ce vieillard qui me parut n'avoir pas la moindre conscience, et qui, par conséquent, ne songeait point à la responsabilité de ses œuvres. »

Fig. 158. — Masque de peau humaine (NlleBretagne).

Cette chenille empoisonnée leur rend tellement de services qu'ils l'adorent — elle ou une autre espèce — sous le nom de *n'go*. Quand ils partent à la guerre, ils s'efforcent d'en trouver une et lui adressent cette prière : « Seigneur, est-ce que tu ne m'aimes point? Seigneur, amène un gnou (sorte d'antilope) mâle. J'aime ventre rassasié beaucoup ; mon fils aîné, ma fille aînée, aiment ventre rassasié beaucoup ; Seigneur, un gnou mâle amène sous mes traits. »

Ils empoisonnent aussi leurs flèches avec des graines d'euphorbe.

*
* *

Les Caraïbes empoisonnent leurs flèches avec le venin d'une grenouille, le *phillobates bicolor*.

Pour le recueillir, ils attachent l'animal au-dessus d'un feu de bois, et raclent avec un petit couteau les exsudations qui suintent de la peau surchauffée. Les effets physiologiques du poison de grenouille sont extérieurement les mêmes que ceux du curare, étudiés par Claude Bernard. La lenteur de l'absorption stomacale fait que le curare ingéré par la bouche en temps ordinaire est éliminé de l'organisme circulatoire avant de s'y être accumulé en quantité suffisante pour nuire.

Pénètre-t-il directement dans le sang par injection, piqûre, coupure, etc., il détermine en quelques minutes une paralysie motrice qui tue par asphyxie. Pour les animaux de petite taille, la mort est foudroyante ; pour les gros mammifères, comme le jaguar, le résultat peut se faire attendre quelques minutes. Si l'on vient à être piqué par une de ces flèches empoisonnées, on sait que la première mesure à prendre est d'interrom

Fig. 159. — Masque à mâchoire proéminente (Nlle-Bretagne).

pre immédiatement, au moyen d'une ligature, la circulation dans le membre blessé, puis de procéder à une cautérisation, etc. L'Indien connaît bien les propriétés mortelles de son curare, « sa poudre à lui », mais il ignore tout préservatif. Vient-il à se blesser, il ne tente rien pour échapper au poison, il se couche et attend la mort. Cette fin, en apparence si douce et si rapide, est le plus horrible supplice qu'une imagination puisse rêver. Le poison, n'agissant que sur le système nerveux moteur, laisse toute sa lucidité à l'intelligence, aussi longtemps que la mort par asphyxie n'a pas été déterminée par la paralysie des muscles de la respiration. Il en résulte que, pendant un temps très appréciable, la pensée, privée de tout moyen de communication avec l'extérieur, est en quelque sorte « enfermée toute vive dans un cadavre ». (A. Bertillon.)

* *

Pour terminer ce chapitre, il ne nous reste plus qu'à signaler des accessoires de

Fig. 160. — Masque à bec de perroquet, avec fausse barbe et fausse perruque (N^{lle}-Bretagne).

Fig. 161. — Masque à l'air plutôt renfrogné et orné de peintures (N^{lle}-Bretagne).

Fig. 162. — Masque exprimant la stupéfaction (N^{lle}-Bretagne).

combats dont les peuples un peu civilisés n'ont pas l'analogue. Ce sont — le croirait-on? — des masques, dont les sauvages s'affublent pour aller à la guerre. Il semblerait au premier abord que ces masques aient pour rôle de protéger le visage contre les flèches et les sagaies. Il n'en est rien, leur rôle est tout autre, à savoir d'effrayer les ennemis. Toutes les peuplades restées primitives se conduisent en tout comme de vrais enfants, qui se passionnent pour Guignol, alors qu'en réalité ils savent que Polichinelle et Gnafron n'existent pas, de même qu'ils pleurent quand leur père se défigure par un faux nez. Dans les combats, ils ont beau savoir que « c'est pour de rire » ils se laissent influencer par les visages horribles qu'ils ont en face d'eux : leur âme mollit et le coup perd de sa justesse. Ce serait un bien curieux musée que celui qui réunirait tous les masques employés par les sauvages, car il faut bien avouer qu'à ce point de vue ils ont beaucoup plus d'imagination que nous. Regardez, par exemple, ces masques du Neumecklenbourg (*fig.* 157); peut-on imaginer rien de plus affreux ni de plus compli-

qué avec ces sortes de têtes de poissons qui sortent des yeux, ces oreilles démesurément agrandies par des ornements en bambou, ces bouches élargies? On
comprend que la vue d'un pareil accoutrement frappe d'étonnement et de stupeur
celui qui l'aperçoit. Regardez aussi ces masques rehaussés de peintures de la
Nouvelle-Bretagne (*fig.* 158 à 162). Quoique simples, ils arrivent à une variété effa-
rante, et l'on se demande où les indigènes en vont chercher les modèles. A signaler
particulièrement le premier (*fig.* 158), fait avec des morceaux de peau humaine,
assemblés avec du mastic.

Tous les masques d'ailleurs servent presque indifféremment à la guerre et aux
danses, ainsi qu'à quelques cérémonies de sorcellerie. Les sauvages savent joindre
l'utile à l'agréable. *Utile dulci.*

CHAPITRE XX

Croyances singulières.

Tous les peuples — ou à peu près — croient à quelque chose ; les uns adorent les astres, les autres de grossières figurines (*fig.* 163) ; la plupart craignent les morts et leur religion se borne alors à les écarter ou à se les rendre favorables par l'intermédiaire d'un « sorcier » (*fig.* 164) qui, généralement, est un malin faisant ses petites affaires. Quelques-unes de ces croyances sont fantastiques et l'on se demande ce qu'il faut le plus admirer, de l'imagination de ceux qui les ont inventées ou de la naïveté de ceux qui y attachent foi.

Un voyage à bâtons rompus à travers les plus extraordinaires de ces croyances sera presque pour nous un conte des Mille et une Nuits.....

*
* *

La religion chez les Mincopies revêt un singulier mélange d'idées élevées et d'esprit enfantin. Leur dieu suprême est Puluga dont voici les « caractéristiques » : 1° Quoiqu'il ressemble à du feu, il est invisible. 2° Il n'est jamais né et il est immortel. 3° Par lui ont été créés le monde, tous les objets animés et inanimés, excepté les puissances du mal. 4° Pendant le jour, il est omniscient et connaît jusqu'aux pensées des cœurs. 5° Il s'irrite quand on commet certains péchés : il est plein de pitié pour les malheureux et les misérables, et quelquefois il daigne les secourir. 6° C'est lui qui juge les âmes après la mort et prononce pour chacune d'elles la sentence (qui les envoie au paradis, ou dans une sorte de purgatoire). L'espoir d'échapper aux tourments qu'on endure dans ce dernier lieu influe, dit-on, sur la conduite des insulaires.

« Voilà, certes, dit de Quatrefages, une conception élevée et profondément spiritualiste. Mais l'esprit enfantin et grossier du sauvage reparaît bien vite dans les idées que les Mincopies se font du mode d'existence de leur dieu. Puluga habite dans le ciel une grande maison de pierre ; il mange et il boit ; quand il pleut, il descend sur la terre pour faire ses provisions de vivres ; il passe la plus grande partie de son temps à dormir pendant la saison sèche. Les mets que recherche Puluga sont certains fruits, des racines, des graines. Y toucher pendant la première moitié de la saison pluvieuse irriterait tellement le dieu qu'un autre déluge en serait la conséquence.

C'est de Puluga que les Mincopies disent avoir reçu tout ce qui sert à les nourrir, mammifères, oiseaux, tortues, etc.

Quand on l'offense, il sort de sa maison, souffle, gronde, hurle et lance des fagots enflammés. Ainsi s'expliquent les orages accompagnés de violentes rafales, de tonnerre et d'éclairs.

On irrite Puluga de bien des manières. J'ai indiqué plus haut les principales.

Fig. 163. — Idole en bois chez les Bongos.

J'ajouterai que mal dépecer un porc, en cuire au four ou en rôtir la chair, sont des crimes dignes de mort. Toutefois Puluga ne tue jamais les coupables. Il les désigne à une classe d'esprits malfaisants, nommés *chol*, et aussitôt l'un d'eux les fait mourir.

Puluga n'est pas solitaire dans son palais. Il y vit avec une femme de couleur verte, qu'il a créée à son usage et qui a deux noms, dont l'un signifie la mère-Anguille (Chanaawlola). D'elle il a eu un fils (Pijcbor), qui vit avec ses parents et est leur premier ministre. Les filles sont très nombreuses. Elles portent le nom

d'esprits du ciel (Morowin). Ce sont des espèces d'anges de couleur noire, qui s'amusent à jeter dans les eaux douces ou salées des poissons et des crustacés pour la nourriture des hommes.

A côté de Puluga, le dieu bienfaisant et juste, à côté de ses bons génies, les Mincopies ont placé de nombreux esprits du mal. Les plus redoutés sont Eremchawgalo, Juruwin et Nila. Ceux-ci se sont créés eux-mêmes, et existent depuis un temps immémorial. Le premier est le démon des bois. Il a eu de sa femme Chanabodgilola, de nombreux enfants des deux sexes. Pendant que la mère et les filles restent au logis, Eremchawgalo et ses fils errent dans la jungle, prêts à percer de leurs flèches invisibles quiconque reste dans l'obscurité sans porter quelque tison, dont la clarté suffit pour écarter les esprits méchants. Les étoiles filantes, les météores sont autant de brandons enflammés qu'Eremchawgalo lance dans les airs pour découvrir les malheureux qui peuvent se trouver dans son voisinage. Aussi, dès qu'ils aperçoivent quelqu'un de ces feux du ciel, les Mincopies se cachent autant que possible, et restent quelque temps

Fig. 164. — Sorcier exorcisant.

silencieux, avant de reprendre leurs occupations interrompues.

Juruwin est le démon de la mer. Lui aussi a une nombreuse famille. Il possède plusieurs demeures sous-marines et va de l'une à l'autre, transportant dans un filet les poissons ou les victimes humaines dont il se nourrit. Son arme est une lance. Tout pêcheur qui est pris d'une crampe ou qui éprouve quelque mal subit croit avoir été frappé par Juruwin.

Nila est célibataire. Il habite les fourmilières ; et quoique toujours armé d'un couteau, il attaque rarement les êtres humains. Jamais il ne les tue pour en manger la chair, car il se nourrit de terre.

Les chol que nous avons vus être les exécuteurs des vengeances de Puluga, ont une tout autre origine. Ils descendent d'un ancêtre commun nommé Maiachal. Celui-ci était un homme qui périt misérablement pour avoir dérobé un porc, tué par un de ses compatriotes. L'esprit du voleur ne put pénétrer dans l'hadès (paradis) et s'arrêta sur le pont invisible qui y conduit. C'est là qu'il demeure avec ses descendants, qui, par ordre de Puluga, sont venus le rejoindre sous la forme d'oiseaux noirs à longue queue.

Le soleil (Chanabodo) est un personnage du sexe féminin. La lune (Maiaogar) est son mari. Les étoiles (Chato) sont leurs enfants. Cette brillante famille habite près du palais de Puluga mais n'y entre jamais. Les étoiles dorment pendant le jour. Le soleil et la lune, après nous avoir éclairés, passent sous la terre, et, tout en dormant, versent une douce lumière sur les malheureux esprits confinés dans l'badès (purgatoire). Les phases de la lune sont dues, selon les Mincopies, à l'habitude qu'a cet astre de se couvrir progressivement de nuages, comme eux-mêmes se couvrent de peintures. Les éclipses partielles ou totales sont de sa part un signe de mécontentement ; mais elles les impressionnent peu. Les éclipses du soleil, au contraire, les frappent d'une terreur profonde.

La lune et le soleil apparaissent dans cette mythologie comme des divinités secondaires. Parfois ils sont les ministres de Puluga ; mais ils ont aussi leurs volontés propres, qui doivent être respectées sous peine de châtiment.

Le dieu suprême a défendu d'employer à cuire les tortues le bois de l'arbre dont l'écorce fournit des fibres textiles. Celui qui transgresse ce commandement aura la gorge coupée, s'il est homme ; s'il s'agit d'une femme, elle perdra les seins.

Quand le crime est commis en plein jour, le soleil est l'exécuteur ; s'il a eu lieu pendant la nuit, la lune est chargée d'infliger la punition. Entre la première aurore et le lever du soleil, on ne doit se livrer à aucune occupation bruyante, surtout on doit éviter de faire résonner la corde des arcs, car ce bruit irrite le soleil, qui se venge en produisant une éclipse, en soulevant une tempête, etc.

Lorsque la lune est dans son troisième quartier et se lève au coucher du soleil, elle veut que l'on s'occupe d'elle seule et est jalouse de toute clarté autre que la sienne. Aussi à ce moment, les Mincopies cessent toute occupation, font halte s'ils sont en voyage et couvrent tous leurs feux. Quand l'astre est à quelques degrés au-dessus de l'horizon, ils se remettent au travail et raniment leurs foyers.

M. Man n'a trouvé chez les Andamaniens aucun signe d'adoration adressé aux arbres, aux rochers, aux pierres, non plus qu'aux astres ; Puluga lui-même ne serait, selon notre voyageur, l'objet d'aucun culte. Pourtant le capitaine Stokoe, qui, lui aussi, avait vécu parmi les Mincopies et s'était vivement intéressé à ces insulaires, déclare qu'ils adressent des hommages au soleil et à la lune. De son côté, le lieutenant Saint-John croit avoir reconnu un caractère religieux à certaines danses nocturnes, pendant lesquelles un vieillard entonne seul le chœur, contrairement à ce qui se passe dans toutes les autres.

Enfin quelques détails précis, donnés par M. Man lui-même, tendent à infirmer ce qu'ont d'absolu ses négations relativement au culte. Le chaman (prêtre) appelé auprès d'un malade dont il reconnaît l'état désespéré déclare qu'aucune prière ne saurait obtenir de Puluga de lui rendre son esprit. On prie donc le dieu suprême dans certaines circonstances. En outre, au moment d'une violente tempête, les Mincopies brûlent des feuilles de *mimusops indica*, persuadés que les crépitations de ces feuilles flattent l'oreille de Puluga et calment sa fureur. Cette pratique a bien tous les caractères d'une véritable offrande. »

**

Souvent les idoles ou les amulettes n'ont pas pour but de satisfaire le besoin de croyance qui anime la plupart des hommes ; elles ont une utilité plus immédiate, par exemple de guérir ou conjurer diverses maladies. C'est là le cas des amulettes représentées dans notre figure 165, et qui proviennent de l'île de Porto-Rico, dans les Antilles ; elles ont été trouvées par M. J. Claine, qui a recueilli sur elles les intéressants renseignements que nous allons donner.

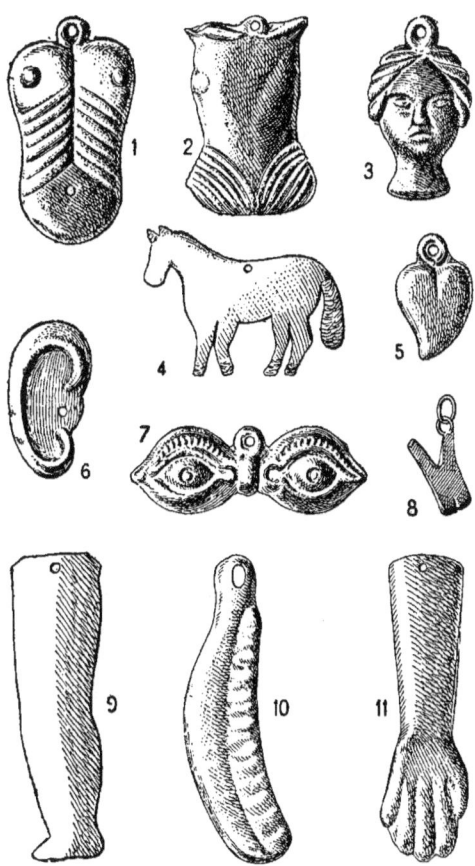

Fig. 165. — Amulettes servant à Porto-Rico pour guérir diverses maladies.

Quand un malheureux souffre d'une affection à la tête ou de migraines épouvantables, ce n'est pas à l'aide de l'assistance d'un médecin et de drogues plus ou moins connues qu'il cherche à se soulager. Au lieu d'aller chez le pharmacien, le pauvre Noir — rappelons qu'il a été importé d'Afrique, du Congo en particulier — le pauvre Noir va à la boutique (la plateria) de l'orfèvre le plus proche de chez lui, où il achète contre beaux deniers comptants l'estampage d'une petite tête en argent (fig. 165, 3), qui lui est vendue trois ou quatre fois sa valeur. En possession de son amulette, car il s'agit bien d'une amulette, il se dirige tout droit vers l'église pour y assister à l'office si c'est le matin ; ou bien, dans l'après-midi, il se contente de dire de nombreuses prières, accompagnées de gestes multipliés ; puis il fait bénir sa petite tête d'argent et la place le plus près possible de la statue ou de l'image d'un saint quelconque qui doit le guérir. Cette médication s'applique à toutes les maladies ; aussi trouve-t-on chez les orfèvres du pays un assortiment complet d'estampages des plus curieux, répondant à tous les maux qui peuvent affliger notre pauvre espèce humaine.

Parmi ces objets, on voit des modèles d'oreilles (*fig.* 165, 6), des yeux, généralement reliés ensemble par paires (*fig.* 165, 7) ; une mâchoire (*fig.* 165, 10), qui est destinée à procurer la guérison des maladies de la bouche en général, pendant que pour une dent grincheuse et gâtée, l'on se contente de sa représentation en argent massif (*fig.* 165, 8).

Si, après la tête, nous passons au reste du corps, dont les affections sont si nombreuses, hélas ! nous trouvons, pour guérir les maladies de poitrine, caractérisées par la maigreur excessive du torse qui laisse percer les côtes, une figure représentant ses effets (*fig.* 165, 1). Quant aux maladies des reins et du foie, un dos en argent (*fig.* 165, 2), doit, avec les bénédictions usitées, suffire amplement à la guérison. Les maladies de cœur représenté par sa forme consacrée, sont combattues de la même manière.

Tous les membres malades ou blessés possèdent leur estampage particulier ; ainsi, pour un bras cassé, le patient ou sa famille se procure à bon compte celui figuré dans la gravure (*fig.* 165, 11). Il en est de même pour les jambes ; quant à l'éléphantiasis (maladie des pays chauds qui affecte particulièrement les membres inférieurs et les déforme) très fréquente aux Antilles où elle a dû être importée de l'Afrique ou de l'Asie, ce membre en argent, affectant la déformation que cause cette maladie (*fig.* 165, 9), sert à en procurer la guérison ! Une panacée universelle, c'est la bouteille emplie de certaines plantes et d'huile d'olive, qu'on voit suspendue au-dessus du seuil de beaucoup d'habitations..... pour empêcher les maladies d'entrer. Ces quelques exemples sont suffisants pour faire connaître ces superstitions. Nous devons cependant ajouter pour être complet que ces usages ne se bornent pas seulement aux humains, mais s'étendent également aux animaux domestiques, particulièrement aux chevaux (*fig.* 165, 4), pour lesquels les insulaires de Porto-Rico ont beaucoup de sollicitude.

⁎

Partout, d'ailleurs, aussi bien en Asie qu'en Afrique, on a recours pour la guérison des maladies aux sorciers plutôt qu'aux médecins. Ainsi notre figure 166 représente — on ne s'en douterait guère — divers personnages de l'île de Ceylan guérissant le propriétaire de la maison de... crampes d'estomac. Cette médication cinghalaise porte le nom de « danse du diable » ; elle a pour but d'expulser les grands démons des maladies graves — ils s'appellent *mahâ, kolâ, sanni, yaksayâ* — et ses dix-huit serviteurs. Ceux qui se livrent à ce métier se rendent chez le malade en emportant plusieurs masques correspondant chacun à une maladie déterminée. Sur notre gravure on voit, à droite, un masque portant les bosses du démon des « pustules ». Au milieu, accroupi, se montre un masque jaune soufre couronné de serpents ; il correspond au démon du « choléra ». A gauche, sur les degrés, se tient le patient, la chevelure bien soignée, et en face de lui les masques

des démons des crampes et du poison l'aspergent avec des branches mouillées.
Cette cérémonie achevée, les deux masques se mettent à tourner sur eux-mêmes
d'abord lentement, puis de plus en plus vite, jusqu'à ce qu'ils tombent sur le sol,
suant et haletant, l'écume à la bouche. Du coup, le démon qui hantait le
malade, effrayé par les masques, est considéré comme parti. Le malade est soulagé

FIG. 166. — Danse du diable chez les Cinghalais.

de son mal... et de sa bourse, car les masques, quoique fréquentant le diable, ne
vivent pas de l'air du temps.

* *
*

Chez les Négritos de l'Inde, la religion s'accompagne de sacrifices humains,
destinés sans nul doute à calmer les dieux qui sont considérés comme malfaisants : mais — les bons apôtres — ces Négritos se contentent de mettre à mort
des jeunes filles et des jeunes garçons achetés aux tribus voisines.

Il eut été, en effet, cruel aux pères de concourir à l'égorgement de leurs enfants.
Le cannibalisme lui-même a ses accès d'humanité et répète qu'il ne faut pas
faire bouillir le chevreau dans le lait de sa mère. La règle, aux villages, était
d'échanger les *poussiahs*, c'est ainsi qu'on nommait la progéniture mal chan-
ceuse. Un djanni ou prêtre se présentait, emmenait les innocents comme le

boucher emporte les veaux dans sa carriole. Tout se passait donc convenablement. Pensez-vous que les Négritos ignorassent les égards qu'ils devaient à la bienséance publique, aux sympathies personnelles, à la commisération individuelle? En se fournissant de victimes au dehors et en expédiant au loin les enfants qu'on avait vus naître, on avait l'avantage que leur immolation inspirait moins de pitié. Non que jusqu'à leur triste fin on fût dur à leur égard, et qu'on les

traitât avec rigueur, tout au contraire. Les poussiahs, futures *mériahs* (victimes), étaient les favoris de tous, les enfants privilégiés de la communauté, aux frais de laquelle ils étaient habillés et nourris, nourris même d'aliments de choix, car on tenait à ce qu'ils fussent gentils et bien venus; d'ordinaire ils entraient dans les familles du chef et des notables; car les héberger était considéré comme une prérogative et une source de prospérité; le seul fait de manger au même plat maintenait en santé ou guérissait les maladies. (E. Reclus.)

Cette vie idyllique avait un triste lendemain.

Fig. 167. — Sorcier du Congo chassant les mauvais esprits.

Trois jours avant la fête, les orgies commençaient. Pendant ce temps, la victime, d'abord lavée à grande eau, était soumise à un jeûne absolu; puis on l'emmenait au fond de la forêt qu'habitait la déesse Tari, et on l'attachait à un arbre. Le moment du sacrifice venu, le djanni coupait les liens, car la mériah était supposée mourir volontairement et de plein gré. Il la stupéfiait au moyen d'un narcotique et, avec sa hache, lui cassait les coudes et les genoux. L'exécution faite, les assistants se précipitaient sur la victime pour s'emparer de quelque morceau de son corps. Il fallait l'enterrer au plus tôt, dans un coin de champ ensemencé, ou la suspendre de suite à une perche au-dessus d'un ruisseau, pour que la déesse protégeât le mortel qui avait été assez heureux pour détacher un fragment de la malheureuse victime. Dès le soleil couché, la « viande victimale » avait perdu son efficacité. Ces atrocités furent connues en 1836, par M. Russell, qui en avait été témoin. Les Anglais essayèrent d'y mettre fin et, dit-on, la coutume a disparu. Mais qui pourrait affirmer que des sacrifices de ce genre n'aient pas encore lieu dans quelques-uns de ces coins retirés où ne pénètrent guère les Européens ? (Verneau.)

* *
*

Fig. 168. — Idole en l'honneur de deux jumeaux.

La plupart des Nègres, ceux du Congo par exemple, ont sans cesse recours à un sorcier ou magicien qui, lorsqu'il s'agit de repousser un mauvais sort, s'habille d'une manière spéciale et, au milieu du village, se livre à une danse échevelée, confinant à l'épilepsie (fig. 167). La réputation de ces sorciers est telle que dans les pays où l'importation d'esclaves nègres a été considérable — aux Antilles, par exemple — les paysans créoles, s'ils se croient victimes d'un « sort », ne dédaignent pas d'aller consulter les sorciers Noirs pour lesquels cependant ils ont un profond mépris.

Si l'on veut donner du courage aux guerriers, le grand féticheur leur frotte le dos et le front avec une pâte noire qui, d'après eux, n'a pas sa pareille.

Mais ces Nègres savent aussi se passer des bons soins des sorciers, lesquels sont souvent onéreux. Quand il s'agit, par exemple, d'assurer un bon voyage à une pirogue, les femmes la frappent à l'avant en prononçant un *chut* prolongé et..... crachent à son intérieur.

D'après M. L. Guiral, pour attirer toute sorte de félicités sur la tête d'un homme, on agite autour de lui une corne fétiche, puis on mâche une espèce d'herbe et, en soufflant, on en crache les débris sur la personne qu'il s'agit de préserver de toute mésaventure. Pour éloigner la pluie, les Batékés agitent en l'air leurs cornes d'antilopes et crachent dans la direction des nuages menaçants. Si la pluie n'arrive pas, ils courent au village se vanter de leur succès ; mais, si quelques gouttes d'eau viennent à tomber, ils cessent d'agiter leur talisman, sous prétexte qu'ils ont les bras fatigués, et donnent ainsi à l'orage la permission de venir.

La salive, on le voit, joue un grand rôle dans les sortilèges des Nègres du Congo. Même à la naissance d'un enfant, on lui crache à la figure des herbes mâchées ; pour lui rendre la santé s'il est malade, on renouvelle l'opération; enfin, si le mal persiste, on lui administre un poison destinée à tuer le mauvais esprit qui l'habite : la conséquence la plus habituelle, c'est que l'enfant lui-même est empoisonné.....

*
* *

A la naissance d'un enfant, d'ailleurs, on a souvent la coutume, en Afrique, de fabriquer ou de se procurer diverses idoles qui doivent protéger le nouveau-né. Quand ce sont des jumeaux qui viennent au monde, la mère fait l'acquisition d'une statuette à double face (*fig.* 168) et la place dans une cour de la maison ; de temps à autre, elle lui offre des poules, des bananes et de l'huile de palme, le tout dans le but d'attirer sur la tête de ses nourrissons toutes les faveurs possibles et imaginables, ainsi que — et surtout — la connaissance de l'avenir.

Ces statues, on le voit, ne manquent pas de grotesque ; mais, en somme, elles sont moins éloignées d'une certaine ressemblance que les objets disparates constituant le bosquet sacré représenté dans la figure 169. C'est un oratoire en plein vent où la superstition d'un Nègre a accumulé tous les objets qui, d'après lui, doivent lui obtenir la protection des génies. Tout auprès du palmier est un *gbô*, sorte de Bacchus. Les Nègres l'appellent encore *byba*, démon ; c'est sous ce symbole qu'ils adorent le mauvais esprit. A côté une tête d'oiseau emmaillotée comme une momie est un autre symbole qu'affectionne le dieu; plus la tête est hideuse, plus cela convient. Une tête de singe, celle d'un animal sauvage peuvent avoir tout autant d'importance. On voit encore auprès du *gbô* : un *paloka* ou fourche dont se servent les féticheurs pour tenir immobile la tête de la victime quand ils l'ont étendue par terre ; un petit bâton court employé pour assommer la victime ; une carafe fétiche placée près de l'idole pour qu'elle boive quand elle a soif; de petites assiettes pour lui offrir de la farine de maïs : de l'huile de palme, etc... ; les symboles différents de divinité du *gbô* : l'un est en spirale : c'est l'image du serpent, un autre est en forme de clochette, etc. ; une clochette sacrée que les féticheurs agitent pour appeler le fétiche quand on va lui offrir un sacrifice ; une tige de fer avec quatre appendices recourbés représente Osou, fétiche compagnon d'Ifa, dieu de l'avenir. Quand le prêtre d'Ifa veut connaître l'avenir, il plante

Fɪɢ. 169. — Un bosquet sacré à la côte des Esclaves.

Osou devant l'idole d'Ifa ; enfin, un couvercle placé sur les vases renfermant les offrandes faites au serpent *Danobé*.

**
* *

Les Noirs du Haut-Sénégal croient à beaucoup de divinités malfaisantes et pour s'en préserver, ont toutes sortes d'amulettes et de gris-gris.

Le gris-gris des Banmanas, comme cela, du reste, a lieu chez tous les fétichistes, peut être rejeté du jour au lendemain ; il peut n'avoir qu'une valeur temporaire. On le jette, on l'abandonne parce qu'il n'était pas assez bon et qu'on a trouvé mieux, ou bien parce que l'acte qu'il était destiné à protéger, à faire réussir, est accompli. Il ne faut pas juger le but du gris-gris sur sa forme. Outre l'exemple de l'arc destiné à protéger la naissance d'un enfant, on peut citer celui d'Éli, chef de la tribu suzeraine des Trarzas. Ce gris-gris a une forme allongée et il est couvert de drap écarlate ; Éli s'en sert à la guerre ; si ses gens viennent à plier, il brandit son gris-gris, le secoue comme on ferait pour sortir l'épée de certaines cannes, et il en sort une hyène monstrueuse qui se rue sur l'ennemi. La chose lui a déjà réussi une fois et la hyène a mis les ennemis en fuite. (Dr Tantin.)

***

Dans toute la Sénégambie règne une croyance singulière. Chaque famille considère qu'elle a toujours un parent parmi les animaux. L'un est parent d'un scorpion, l'autre d'une tortue, un autre du trigonocéphale. Non seulement ils ne font pas de mal à l'animal qu'ils regardent comme leur parent, mais aussi ils le protègent, même quand c'est un animal dangereux. C'est ainsi qu'on a vu un Mandingue offrir un mois de sa solde pour qu'on épargne un python sur le point d'être tué. Cet animal, disait-il, était venu le visiter quand il était tout petit ; c'était un « frère ».

***

La plupart des Nègres africains s'imaginent vivre dans une atmosphère remplie d'êtres malfaisants et, pour apaiser leur fureur, ils ont sans cesse recours aux féticheurs qui ont chez eux une autorité presque absolue et à divers talismans (*fig.* 170).

Chez les Gabonais, une foule de choses sont *roonda* c'est-à-dire fétiches : telle île est roonda : si vous y mettez le pied, vous serez puni par les esprits qui la protègent ; tel oiseau est roonda : si vous le tuez, tous les malheurs fondront sur vous ; chaque famille a une viande qui est roonda pour elle. Si un de ses membres venait à en manger, il serait puni de mort instantanée. Aussi, pour se préserver des maux de toute sorte que peut faire tomber sur ces gens-là une telle collection de divinités malfaisantes, se couvrent-ils le corps de talismans et de gris-gris de toute sorte, et ont-ils sans cesse recours aux féticheurs qui se livrent à l'étude de la magie et acquièrent une immense influence. (De Compiègne.)

C'est aussi le féticheur qui apaise le courroux des mauvais génies au moyen d'incantations, qui prépare des philtres infaillibles, qui rend la justice et soigne les malades.

Lorsqu'une personne meurt, ils n'admettent pas que ce soit là un phénomène naturel. Ils font boire à ceux qu'ils soupçonnent être les auteurs du trépas un poison d'épreuve [1], obtenu en râpant une racine d'*oyanga* dans de l'eau. Les patients qui

1. Voir aussi au sujet des poisons d'épreuve, chapitre XIII, page 116.

survivent sont déclarés innocents ; ceux qui succombent n'ont que ce qu'ils méritent, et la conscience des féticheurs est tranquille.

Le poison d'épreuve, appelé *tali*, est très en usage sur la rive gauche de la Casamance. « Il est à remarquer, dit M. Alfred Marche, que cette coutume d'administrer du poison à titre d'épreuve n'est pas seulement répandue dans ces régions, je l'avais trouvée en Gambie, et je devais la retrouver sous un autre nom au Gabon et dans l'Ogòoué ; différentes relations en mentionnent l'existence au Congo et à Madagascar. Ici, on prépare le tali avec les feuilles et le fruit de l'arbre de ce nom ; à cette préparation, on ajoute du sang humain, le cœur des hommes morts dans l'année, plus les cervelles, avec le foie et le fiel ; on met ce hideux mélange dans une cuve et on l'y laisse infuser et fermenter pendant un an. Le tali se boit en grande cérémonie. Chaque année, vers le mois de novembre, tous les gens qui doivent tenter l'épreuve se réunissent et vont à Zékinchor demander au gouverneur l'autorisation de boire le tali ; j'ajouterai qu'ils lui payent un droit pour cela. L'administration, respectant les coutumes du pays, la leur accorde. Ils se rendent alors dans un emplacement situé en face de Zékinchor : c'est l'endroit fixé pour cette cérémonie par la tradition et les rites fétichistes. Là, ils trouvent un grand sorcier qui les attend ; les apprêts de la redoutable épreuve terminés, ils payent à celui-ci un nouveau droit pour avoir part à la distribution. Le sorcier goûte le poison, le déclare composé suivant les rites et le leur verse à pleines calebasses ; les patients boivent jusqu'à ce qu'ils tombent morts ou qu'ils rendent

FIG. 170. — Un talisman chez des Nègres africains.

ce qu'ils ont absorbé ; dans ce dernier cas ils sont reconnus innocents ou sorciers.

Les malheureux qui vont boire le tali sont généralement ceux qui ont été accusés de sortilèges sur leurs voisins ou leurs troupeaux ; d'autres vont le prendre afin de se faire connaître sorciers, et de pouvoir, le cas échéant, se porter comme prétendants à la couronne. Un Noir accuse son voisin d'avoir jeté un sort sur lui ou sur ses troupeaux, en allant la nuit placer sur la porte de celui-ci trois épis de mil. L'homme ainsi dénoncé est obligé d'aller le lendemain se faire inscrire pour le prochain tali ; s'il n'y va pas, le jour du départ pour la cérémonie, le roi le met à mort et confisque ses biens et sa famille en faveur de celui qui l'a accusé. En effet, celui qui porte contre quelqu'un une semblable accusation est forcé d'aller déclarer au roi qu'il en est l'auteur ; celui-ci seul connaît le dénonciateur jusqu'au jour où le résultat de l'épreuve vient montrer la véracité ou la perfidie du plaignant. Sur environ deux cents infortunés qui vont chaque année boire le tali, très peu en réchappent ; on me dit cinq ou six à peine ; mais il est, paraît-il, avec les sorciers des accommodements. Ceux-ci, moyennant un fort cadeau, vous donnent certains fétiches et vous administrent des ingrédients qui neutralisent l'effet du tali et le rendent inoffensif. »

*
* *

Chez les Nègres du Mozambique, le magicien (*fig.* 171) ou *mganga* est caractérisé surtout par l'épaisse couche de crasse qui revêt son corps ; sans crasse, pas de sorcellerie possible..... Les indigènes ont souvent recours à lui qui paraît exploiter hautement leur naïveté.

Rien, pour ces Nègres, n'arrive naturellement. Si un homme tombe malade, c'est que quelqu'un lui a jeté un sort. Vite le magicien est appelé, d'abord pour découvrir le coupable et le juger, ensuite pour donner ses soins au malade. Il débute invariablement par demander un comestible dont le choix est calculé d'après la fortune du client ; il affirme, par exemple, qu'il doit entrer une livre de grain dans les médicaments, ou qu'il est indispensable de tuer une chèvre dont la tête et la poitrine lui appartiendront. Vient ensuite le payement de ses honoraires, sans quoi pas d'ordonnance. La chose réglée, il ne manque pas de déclarer que le malade a été empoisonné par un sorcier, et il désigne le coupable. L'individu ainsi désigné est soumis à des épreuves qui décideront de sa culpabilité ou de son innocence. Dans l'Ousoumbara, on plonge un fer rouge dans la bouche de l'accusé ; chez les tribus méridionales, une espèce de grand clou, également rougi, lui est enfoncé dans les chairs à deux reprises diverses et à coups de maillet. Les Vouazaramos lui trempent la main dans l'eau bouillante, les Vouagandas prennent de l'huile pour le même objet ; les Vouazégouras lui traversent l'oreille avec des crins de gnou (espèce d'antilope). Les Vouakouafis le gorgent de viande jusqu'à ce qu'il en meure. Dans la Terre de la Lune, on fait infuser une écorce vénéneuse, appelée « mouavi » (voir page 116), qu'on a préalablement écrasée entre deux pierres ; l'infusion est avalée par une poule qui représente l'accusé ; mais si les parties ne sont pas satisfaites de l'épreuve, la boisson mortelle est administrée au prévenu. Il est bien rare qu'un individu accusé de sorcellerie par le mganga ou devin soit déclaré innocent. On en voit, d'ailleurs, qui avouent le prétendu crime qu'on leur impute et s'écrient en face du bûcher qu'ils ont fait mourir un tel par leurs sortilèges, qu'ils ont mis la maladie sur tel autre. Le coupable livré aux flammes, le devin exerce son rôle de médecin. Il chasse le diable que le sorcier a mis dans le corps du patient. Les principaux moyens employés sont le tambour, la danse et l'ivresse. Lorsque le tambour a suffisamment retenti, que le malade a bu ou dansé *quod satis*, le p'hépo (diable) est sollicité de vouloir bien sortir du corps dont il a pris possession et d'aller s'établir dans un objet inanimé dont la résidence lui plaira. Cet objet, nommé kéti ou siège, pourra être un certain genre de perles, deux petites baguettes réunies par une lanière en peau de serpent, une griffe de lion ou de léopard, ou autres choses de même nature, que l'on attache au bras, à la tête, au poignet ou à la cheville du patient. Le papier surtout est considéré comme un remède héroïque. Parfois la chose est plus compliquée. Il est des malades qui sont hantés par une douzaine de diables et il n'est pas facile de les

déloger tous. Pour cela le mganga prend de petits brins de bois, gros comme des allumettes, et les trempe dans une bouillie ocreuse. A l'aide de chacun d'eux, il trace des marques sur le corps du patient, puis entonne un chant magique et jette le bois par terre ; à chaque bâtonnet qui touche le sol, un esprit malfaisant s'échappe du corps du possédé. Je dois ajouter que le médecin emploie parfois des drogues plus ou moins répugnantes et qu'il ne craint pas, dans certaines circonstances, d'avoir recours à la saignée et surtout aux ventouses. Le mganga, on le voit, est un personnage qui cumule les fonctions. Aux précédentes il joint encore celle d'oracle. Lorsqu'il est appelé pour prédire l'avenir, il arrive d'un pas grave, soigneusement graissé et le front orné de cornes d'antilopes retenues par une ban-

FIG. 171. — Un vieux magicien.

delette de cuir. Avant d'opérer, il commence par solliciter une offrande. Les moyens qu'il emploie pour lire dans l'avenir sont aussi variés que bizarres, mais leur description nous entraînerait trop loin. Outre les devoirs importants de sa charge, le mganga remplit de même les fonctions qui en dérivent : à la chasse de l'éléphant, c'est lui qui jette la première lance et qui est responsable du succès de la journée. Il marque l'ivoire de signes cabalistiques pour se préserver des périls du voyage ; il approvisionne le chef des talismans qui doivent le protéger contre la malice à laquelle sont toujours en butte ceux qui conduisent les autres, et lui défend de se laisser précéder par n'importe quel individu de la caravane. En temps de guerre, il seconde la tribu de toute sa puissance : il prend une abeille, prononce sur elle certaines incantations et lui rend la liberté ; sur quoi l'insecte, allant réunir d'innombrables essaims, les dirige vers l'ennemi, pour qu'ils l'anéantissent. (Burton et Verneau.)

Il faut noter que, dans beaucoup de légendes nègres, on retrouve divers faits des traditions bibliques, par exemple, l'histoire de la création, du premier péché, de l'arche de Noé, du déluge, etc. En voici une, par exemple, qui a cours chez les Makonas, peuplade nègre des environs du Mozambique.

« Au commencement, le dieu Mouloungou fit deux trous ronds dans la terre ; de l'un il sortit un homme, de l'autre une femme. Puis il fit deux autres trous d'où sortirent un singe et une guenon, auxquels il assigna les forêts et les lieux stériles pour séjour. A l'homme et à la femme, il donna une terre cultivable, une pioche, une hache, une marmite, une assiette et du millet. Il leur dit de piocher la terre, d'y semer le millet, de se construire une maison, d'y faire cuire leur nourriture. L'homme et sa compagne, au lieu de lui obéir, mangent cru le millet, cassent l'assiette, répandent des ordures dans la marmite, jettent au loin leurs outils et vont chercher un abri dans les bois. Mouloungou, voyant cela, appelle le singe et la guenon, leur donne les mêmes outils et les mêmes ustensiles, et leur ordonne de travailler. Ceux-ci piochent et plantent, se bâtissent une maison, cuisent et mangent le millet, nettoient et rangent l'assiette et la marmite. Alors Mouloungou fut content. Il coupa la queue qu'il avait mise au singe et à la guenon et il leur dit: « Soyez hommes », tandis qu'il disait aux anciens hommes : « Soyez singes ». Au commencement les Africains étaient aussi blancs et aussi intelligents que les autres hommes, c'est par leur faute qu'ils sont devenus noirs et ignorants. Un jour Mouloungou s'étant enivré, était tombé dans le chemin, les vêtements en désordre. Les Africains qui passaient le raillèrent de sa nudité ; les Européens, au contraire, eurent honte et pitié de l'état de Mouloungou. Ils cueillirent des feuilles et l'en couvrirent respectueusement afin que d'autres passants ne le vissent pas. Le dieu punit les Africains en leur ôtant leur esprit et en leur donnant une peau noire. »

* *

Dans l'Ouzaramo (Afrique) existe une coutume assez particulière : deux individus se lient d'amitié et se reconnaissent comme frères par le serment du *saré*.

Les deux frères, placés sur la dépouille d'un animal, sont assis face à face, les jambes allongées, celles de l'un emboîtant celles de l'autre ; leurs arcs et leurs flèches sont déposés transversalement sur leurs jambes, et l'officiant brandit un sabre au-dessus de leur tête en vociférant l'anathème contre celui des deux qui manquerait à la fraternité. On immole ensuite un mouton ; l'une de ses parties que l'on a fait rôtir — le plus souvent c'est le cœur — est apportée aux héros de la fête ; les deux frères, s'étant fait l'un à l'autre une incision près du creux de l'estomac, prennent un morceau de la viande qu'on leur présente et le mangent arrosé du sang fraternel. (Burton.)

* *

Une coutume analogue se rencontre chez les Sakalaves de Madagascar où deux hommes se lient d'une amitié fraternelle par le *fattidrah* ou serment du sang. Voici comment se pratique cette cérémonie.

« Un vase contenant de l'eau est apporté ; l'officiant, qui est ordinairement un vieillard, y plonge la pointe d'une sagaie, dont les deux néophytes tiennent la hampe à pleines mains ; puis un autre individu jette alternativement dans le vase de la monnaie d'argent, de la poudre, des pierres à fusil, des balles, plusieurs petits morceaux de bois et quelques pincées de terre prise aux quatre points cardinaux. En même temps, celui qui dirige la cérémonie, accroupi auprès du vase, frappe à petits coups avec un couteau la hampe de la sagaie, rappelant le sens attaché à chacun des objets ci-dessus mentionnés ; l'argent, emblème de la richesse, signifie que les deux contractants devront partager leurs biens présents et futurs ; la poudre, les pierres à fusil et les balles, emblèmes de la guerre, indiquent que les dangers doivent leur être communs ; les fragments de bois et de terre ont aussi une signification particulière. Quand tous ces objets ont été mis dans le vase, le même individu demande aux deux futurs parents s'ils promettent de remplir les engagements imposés par le serment, et sur leur réponse affirmative, il les prévient que les plus grands malheurs retomberaient sur eux s'ils venaient à y

Fig. 172. — Le ravenal ou arbre des voyageurs.

manquer. Puis il prononce les conjurations les plus terribles, en évoquant Angatch, le mauvais génie. Ses yeux s'animent par degrés et prennent une expression surnaturelle lorsqu'il adresse, d'une voix forte et sonore, cette imprécation : « Que le caïman vous dévore la langue, que vos enfants soient déchirés par les chiens des forêts, que toutes les sources tarissent pour vous et que vos corps soient privés de sépulture, si vous vous parjurez ! » Cette première partie de la cérémonie terminée, le vieillard fait à chacun des impétrants, avec un rasoir, une petite incision au-dessus du creux de l'estomac, imbibe deux morceaux de gingembre du sang qui en coule et donne à avaler à chacun des deux le morceau de son vis-à-vis. Il leur fait boire ensuite dans une feuille de ravenal (*fig.* 172), une petite quantité de l'eau qu'il a préparée. En sortant, on se rend à un banquet de rigueur servi sur le gazon et on reçoit les félicitations de la foule. La cérémonie du fattidrah, bien que la même dans toute l'île, subit quelques modifications dans la forme, selon la peuplade chez laquelle elle a lieu. Ainsi quelquefois, le sang, au lieu d'être reçu sur un morceau de gingembre, est mêlé de suite avec l'eau que, dans le premier cas, l'on prend après. » (d'Escamps.)

*\
* *

Les prêtres kalmouks ne se donnent pas la peine de prier : ils débitent leurs oraisons à l'aide d'un moulin, simple boîte traversée par un axe mobile. « Des morceaux de papier sur lesquels des prières sont inscrites, dit M. Deniker, sont enroulés autour de cet axe et cousus dans un sac de soie jaune, le tout formant pelote. Le *geunliend* (prêtre) imprime sans cesse un mouvement de rotation à l'essieu, la pelote contenant les prières tourne avec lui et, tant qu'elle tourne, la prière est efficace et produit, paraît-il, des effets salutaires, s'il faut en croire la naïve imprudence de ces entreteneurs de la bêtise humaine. Dans les steppes kalmoukes, j'ai vu souvent, auprès des tentes, des machines analogues, mais en bois et plus grandes ; on les fait tourner au moyen d'une corde. Pour faciliter encore la besogne, on adapte parfois à ces *kourdé* des moulins à vent, dans le genre de ceux que l'on construit pour les appareils météorologiques ; le vent fait tourner alors la machine à prières, ce qui évite à son propriétaire tout travail et lui procure quand même la bénédiction des dieux auxquels sont destinées les prières. Dans les *kiourouls* (monastères) il y a des machines analogues, en bois, de très grandes dimensions et qu'on fait aller aussi à l'aide du vent ; dans le Thibet, il y en a de plus colossales encore, comme le décrit Prjevalsky ; elles sont mises en mouvement par de petites roues hydrauliques. Un peu plus, et l'on aura des machines à prières à vapeur. »

Les prêtres kalmouks sont des nuées ; ils forment une classe vraiment parasite, et passent leur vie à ne rien faire.

*\
* *

Les dieux, tout comme les enfants pas sages, ont quelquefois besoin d'être punis... C'est ce qu'estiment les Bouriats, qui habitent sur les bords du lac Baïkal.

Les idoles y sont très vénérées, mais en même temps elles sont traitées quelquefois d'une manière sévère, quoique juste. Si les prières qu'on leur adresse sont promptement exaucées, les dieux sont sûrs d'avoir leur récompense, qui consiste généralement dans une offrande de lait, de beurre et d'autres victuailles. Si en entrant dans une *iourta* bouriate, vous voyez les divinités barbouillées avec du beurre ou du lait autour de la bouche, vous pouvez être certain qu'elles se sont bien comportées et que la famille bouriate est en allégresse. La scène change si au lieu d'accorder ce qu'on leur a demandé, les petits dieux en cuivre se sont montrés récalcitrants. Alors on les fustige, et souvent on les met à la porte, où ils attendent dans la neige, tant qu'ils n'ont pas fait ce qu'on leur a demandé. (Landowski.)

Les Bouriats croient aussi aux sorciers et aux sorcières. Voici, à titre d'exemple, la séance que donna une magicienne au voyageur Pallas. « Elle était accompagnée de son mari et de deux autres Bouriats. Ils avaient chacun un tambour magique. Elle me dit que le nombre de ses conducteurs n'était pas complet, et qu'il lui fallait encore neuf tambours pour exercer son art avec solennité. Elle tenait deux *sorbi* ou crosses, garnies comme un fourreau de sabre de cavalier, ornées dans le haut d'une tête de cheval, d'une clochette et de beaucoup de petits ciseaux tout ouverts. Sa robe de cuir était garnie de ces petits ciseaux. Il lui pen-

Fig. 173. — Une des légendes des Iroquois : l'histoire des nains et de l'homme entouré de serpents.

dait en arrière, depuis les épaules jusqu'à terre, une trentaine de serpents entrelacés, faits de morceaux de fourrures blanches et noires, et de bandelettes de peaux de fouine et de belette rouge. L'un de ces serpents était fendu en trois à son extrémité ; elle l'appelait Mogoï et m'assurait que l'habit d'une magicienne serait incomplet sans ce serpent. Son bonnet était couvert d'un casque en fer, armé de cornes à trois pointes, semblables au bois du chevreuil. Elle ne fit aucune difficulté d'exercer son art en plein air et me parut très habile. Elle fit alors des mouvements et des sauts qui s'animaient de plus en plus. Elle chantait en même temps et récitait diverses imprécations en poussant des cris. Les tambours magiques l'accompagnaient. Les imprécations étaient entonnées par les Bouriats qui formaient un cercle autour de leur devineresse ; celle-ci reprenait et achevait le récitatif, presque toujours en entrant dans des transports convulsifs, en tombant en syncope et en passant ses mains sur son visage. Après les premiers chants, elle se mit à courir comme si elle avait voulu se sauver de la tente ; deux Bouriats se placèrent aussitôt devant la porte pour la retenir. Elle fit plusieurs autres grimaces ; elle courut en chantant sur les trois Bouriats qui jouaient du tambour et étaient assis sur la gauche de la tente, en leur présentant sa tête comme un taureau dans le combat. Elle prit ses deux crosses dans une main et sauta à plusieurs reprises dans la cheminée, comme si elle avait voulu attirer les esprits aériens, et les faire entrer dans la tente. Elle prit ensuite un air gai et demanda qu'on lui fît des questions ; elle y répondit en chantant et en se dandinant. Elle me demanda de l'eau-de-vie, m'assura que je serais heureux et que je ferais encore des voyages sur mer. C'est ainsi que se termina la farce. »

On se croirait à la foire, chez la somnambule...

* *
*

Les Todas (Hindoustan) rendent leurs hommages au soleil et à la lune.

Ils saluent le premier à son lever et à son coucher ; la seconde, semble-t-il, chaque fois qu'elle les éclaire, au moment où ils se retirent dans leurs huttes surtout. Cette salutation consiste à élever la main au front en récitant, avec un grand recueillement, la formule qui est une prière telle que ne saurait trop la répéter une population aussi foncièrement pacifique. Toutefois ce n'est pas à ces astres eux-mêmes, pas plus qu'aux lampes allumées devant les *dieux du tiriéri*, que s'adressent ces hommages. C'est à la lumière qui en émane. (de Quatrefages.)

Ils rendent aussi un culte à des fétiches et à quelques buffles de leurs troupeaux.

Ces fétiches, conservés dans des laiteries, plus saintes encore que les laiteries ordinaires, comprennent les *reliques des ancêtres*, qui consistent en quelque anneau, quelque petite hache et quelque autre objet semblable, et les *clochettes-dieux*, au nombre de deux, qui remontent aussi à une assez haute antiquité. Les prêtres (laitiers et gardiens du troupeau sacré) saluent ces reliques en versant quelques gouttes de lait et en répétant trois fois *nin arzbini*, c'est-à-dire « je t'adore ». Le troupeau sacré comprend une femelle qui jouit d'une suprématie marquée sur toutes les autres : c'est la *bufflesse à clochettes*. Cette noble vache est prise dans une famille aristocratique, dont l'origine se perd dans la nuit des temps. En cas de mort, une de ses filles lui succède. Si elle ne laisse pas de postérité, il faut se procurer une autre femelle de la même famille. La naissance ne suffit pas, d'ailleurs, pour qu'une bufflesse succède immédiatement à sa mère. Elle doit d'abord être consacrée. Pour installer la nouvelle venue, son gardien, pendant trois jours consécutifs, promène la *cloche-dieu* soir et matin autour de la tête de la postulante, en lui adressant des paroles où les éloges de la défunte se mêlent aux adjurations et aux prières qu'on lui adresse à elle-même. La clochette lui est pendue ensuite au cou pendant trois jours et trois nuits, puis on la lui enlève pour la remettre dans le « saint des saints », c'est-à-dire dans la chambre intérieure de la laiterie. A partir de ce moment, la *bufflesse-dieu* ne la portera plus de sa vie. (de Quatrefages.)

**
* **

Les Peaux-Rouges sont de grands enfants ; leurs légendes sont empreintes d'une grande naïveté et figurées d'une manière non moins primitive (*fig.* 173 et 174). En voici quelques-unes d'après le marquis de Nadaillac :

Selon les Indiens, leurs pères adoraient comme eux le Grand Esprit, maître et créateur du monde. Ils croyaient à une vie future qui se présentait à leur imagination comme un terrain de chasse où le gibier était toujours abondant. Leur culte se bornait à des offrandes de tabac et à des danses bizarres avec des costumes fantastiques en l'honneur de ce Grand Esprit. Il est aujourd'hui généralement admis que ces notions religieuses tiraient leur origine de communications avec les Européens, antérieures au seizième siècle, sur lesquelles nous n'avons que des données fort incomplètes, mais qui ont certainement existé. Les véritables dieux des Indiens, dont on retrouve la tradition même chez ceux d'entre eux qui ont embrassé le christianisme, étaient des dieux matériels et visibles, adorés comme dans toutes les mythologies anciennes à raison de la reconnaissance ou de la terreur qu'ils inspiraient. Hi-Nun était le dieu du tonnerre, et quand un Iroquois entendait gronder la foudre, il s'empressait, pour éviter le danger, de brûler un peu de tabac. C'est à Hi-Nun que ces peuples attribuent la destruction des géants qui désolaient la terre, et chaque découverte d'ossements des grands pachydermes ou des grands édentés qui, durant les temps tertiaires ou quaternaires, parcouraient librement l'Amérique, vient, à leurs yeux, confirmer la légende.

Le vent d'ouest, qui amenait la pluie, était aussi un dieu bienfaisant; il partageait avec Hi-Nun l'honneur d'avoir vaincu les géants.

Fig. 174. — Une des légendes des Iroquois : le géant de pierre que les nains ont tué à coups de flèches pour le punir d'avoir coupé la tête à quelques-uns de leurs camarades.

Le vent du nord, au contraire, était un dieu méchant et très redouté; il amenait avec lui le froid, la destruction des récoltes et la fuite du gibier. L'écho était le dieu de la guerre, chargé de faire retentir au loin les cris des Iroquois et d'assurer ainsi leur victoire. Les esprits, les uns bons, les autres mauvais, jouaient aussi un rôle considérable; parmi eux les géants de pierre étaient les plus dangereux, et de nombreuses légendes se rapportent aux terribles châtiments qu'ils infligeaient aux pauvres Indiens. Citons aussi les Grosses Têtes, une des fictions les plus extraordinaires dues à la crédulité humaine. Ces têtes sans corps étaient couvertes de longs cheveux qui remplaçaient les ailes et leur permettaient de parcourir l'espace.

La plus vieille légende de Hi-Nun le montre se révélant pour la première fois à un chasseur surpris par l'orage. Au milieu des éclats de la foudre, ce chasseur entendit une voix qui l'appelait. Il obéit, fit quelques pas et se trouva transporté au-dessus des arbres les plus élevés. La même voix lui donna l'ordre de regarder la terre et de dire s'il apercevait un serpent de taille gigantesque. Sur sa réponse négative, Hi-Nun lui frotta les yeux et aussitôt le chasseur vit clairement le monstre nageant au milieu d'un lac. Un des esprits qui volaient autour du dieu voulut, sur son ordre, tuer cet ennemi des hommes ; il ne put réussir et le chasseur dut à son tour exécuter la volonté d'Hi-Nun. Il banda son arc et sa flèche et perça la tète du serpent qui cessa de tourmenter les Peaux-Rouges.

Une légende plus gracieuse est celle d'une jeune fille que son père voulait contraindre à épouser un vieillard dont elle repoussait les avances. Désespérée, elle s'élança dans un canot et se laissa rapidement entraîner vers les chutes du Niagara, préférant une mort cruelle à l'horreur d'être la femme d'un homme qu'elle n'aimait pas. Heureusement pour elle, Hi-Nun était tout auprès dans une grotte, occupé à regarder les eaux jaillissantes. Il ouvrit ses ailes, s'abattit sur la barque, au moment où elle se brisait sur les rochers et enleva la jeune fille. Elle vécut pendant plusieurs semaines dans la grotte auprès de lui et elle apprit la cause de la maladie cruelle qui décimait les siens. Un énorme serpent était caché sous leurs wigwams ; il sortait seulement la nuit et empoisonnait de son venin les sources où les Indiens allaient puiser l'eau qui leur était nécessaire. Les morts devenaient sa proie et jamais il ne s'en trouvait assez pour assouvir sa faim.

Un jour Hi-Nun apprit à la jeune fille que le vieillard qui avait cherché à l'épouser était mort et lui ordonna de retourner vers les siens et de leur répéter ce qu'elle avait appris de lui. Elle obéit et engagea les hommes de sa tribu à se rapprocher du lac pour éviter ainsi leur dangereux ennemi ; mais le serpent ne pouvait être trompé, il suivit les Indiens et voulut se glisser de nouveau sous leurs demeures ; Hi-Nun veillait encore et quand il vit le serpent au moment d'atteindre son but, il lança sur lui un trait de sa foudre, dont le bruit formidable retentit au loin ; mais le serpent était seulement blessé ; Hi-Nun dut redoubler ses coups pour venir à bout du monstre. Dès qu'ils furent bien assurés de sa mort, les Peaux-Rouges le saisirent et le précipitèrent dans le Niagara ; il semblait qu'une montagne descendait le fleuve et, quand l'énorme bête arriva aux chutes, le seul poids de son corps amena la forme de fer à cheval que les rochers présentent encore.

Comme chez les Scandinaves, d'où sont peut-être venues ces légendes, les nains se montraient miséricordieux aux humains. Voici un récit souvent raconté par les Peaux-Rouges. Les Iroquois et les Cherokees qui habitaient la Floride étaient constamment en guerre. Après une lutte qui n'avait pas duré moins de deux ans, les premiers se préparaient à rentrer chez eux. Le soir même où cette décision fut prise, un de leurs principaux chefs tomba malade ; ses compagnons l'abandonnèrent sur les bords d'une des principales rivières qui descendent des Alleghanys.

De retour dans leurs wigwams, ils racontèrent que le chef s'était égaré et qu'il avait probablement été fait prisonnier. Heureusement pour lui, les nains l'avaient pris sous leur protection. Au moment où il attendait la mort avec la résignation stoïque de l'Indien, un canot accosta la rive, trois nains sautèrent à terre, s'approchèrent du mourant et lui racontèrent qu'ils étaient à la recherche d'animaux gigantesques qu'ils voulaient détruire pour les punir du mal qu'ils faisaient aux

hommes. Ils avaient appris que plusieurs de ces monstres allaient venir se désaltérer à un lac salé situé non loin de la rivière, et ils s'y rendaient pour les tuer. Ils
partirent pour remplir leur mission bienfaisante. A peine étaient-ils cachés sur la
rive du lac, qu'ils virent la terre s'ouvrir et un grand buffle en sortir; sur son appel
deux femelles, d'une taille non moins importante, vinrent le rejoindre. Tous les
trois se mirent à boire, puis se couchèrent pour dormir. Les nains les guettaient;
ils décochèrent leurs flèches et tuèrent les buffles. Ils revinrent ensuite vers l'Indien

Fig. 175. — La danse des serpents chez les Moquis.

malade, le guérirent par leurs soins et le ramenèrent vers les siens où il s'empressa de
punir ceux qui l'avaient lâchement abandonné. Sur son récit une troupe d'Indiens
se mit en marche, ils virent tout autour du lac salé des amas d'ossements bien
autrement grands que ceux des animaux qu'ils connaissaient. C'étaient les ossements des monstres exterminés. Aujourd'hui, ajoutent les Indiens, la mission
des nains est remplie ; aussi ont-ils disparu en même temps que les grands animaux qu'ils devaient combattre.

D'autres légendes montrent les morts revenant de nouveau vers les lieux où
ils avaient vécu. Pour éviter cette fâcheuse visite, les Indiens ont toujours soin de
placer sur la tombe des défunts la nourriture qu'ils préféraient de leur vivant,

et quand un enfant à la mamelle meurt, on met dans chacune de ses mains des linges imbibés du lait maternel. De là aussi un usage bizarre : les squaws, avant de partir en voyage, ont soin de frotter le visage des enfants avec des cendres blanches, pour que les esprits parmi lesquels ces enfants ont vécu avant de naitre ne puissent pas les reconnaître et venir les reprendre.

*
* *

Les Négritos de Malacca ont une singulière idée de la cosmographie. Ils croient que la terre grandit sans cesse et qu'elle ne tarderait pas à atteindre le soleil si elle n'était rongée par un vieil homme qui, ainsi, maintient le *statu quo.* Quant au ciel, il est, d'après eux, suspendu par un anneau au-dessus de leur tête. Quelques faits astronomiques réels sont utilisés dans leurs légendes. En voici une recueillie par M. Marche.

« Le soleil est une femme attachée par un coude et que son mari tire toujours derrière lui.

La lune aussi est une femme, nommée Kouenid, mariée à Mogand-Butan, qui possède la spécialité de faire des pièges pour attraper les hommes. Les étoiles sont les enfants de la lune.

Le soleil avait aussi des enfants. Un jour il dit à la lune :

— Il n'est visiblement pas possible que les hommes résistent à tant de lumière et de chaleur.

— C'est vrai, dit la lune, mais que ferons-nous ?

— Ce que nous ferons ? dit le soleil, c'est bien simple. Nous allons manger nos enfants et nous resterons seuls pour éclairer et chauffer les hommes.

— C'est bien, dit la lune, dévorons nos enfants !

Le soleil dévora toute sa famille, mais la lune cacha la sienne, au lieu de l'immoler ; puis, quand le soleil n'eut plus ni fils ni filles, elle fit sortir toute la nichée de la cachette. Et le soleil, furieux, se mit à la poursuite de la lune et de ses enfants.

Depuis lors, la chasse continue ; parfois le soleil parait sur le point d'atteindre la lune (explication des éclipses) ; mais elle s'échappe toujours et ne laisse sortir ses enfants que la nuit, lorsque son ennemi le soleil est loin. »

*
* *

En Amérique, on trouve des peuplades qui rendent une sorte de culte aux serpents : ce sont notamment les Moquis (*fig.* 175), lesquels vivent sur le territoire de l'Arizona dans les États-Unis. Voici, d'après M. G. Regelsperger, quelques détails sur cette curieuse coutume où la danse joue le principal rôle :

La série des cérémonies qui accompagnent cette danse dure neuf jours, mais c'est seulement le dernier jour qu'a lieu la danse en public. Le reste des rites s'accomplit en secret, dans les *kivas,* ou chambres souterraines.

En tête du cortège marche un vieillard, pieds nus, la tête couronnée de feuillages, tenant dans les mains un bol rempli d'eau dont il asperge le sol avec une
plume ; un second porte une corbeille de farine ; un troisième a d'une main un
collier de griffes d'ours, de l'autre un instrument de musique en forme de T,

FIG. 176. — Idoles hindoues (Ganésa, Siva et Parvati).

peint en blanc. A la suite viennent plusieurs individus porteurs de ces mêmes
hochets bizarres, puis des enfants âgés de quatre à sept ans, marchant à la file et
tenant aussi de ces instruments. Après un intervalle, arrive un autre vieillard,
ayant dans la main gauche un arc orné de plumes et de crins de cheval, et agitant
avec rapidité de la main droite une fronde de bois qui rappelle, par le bruit
qu'elle produit, le murmure de la pluie qui tombe.

Enfin, la dernière partie du défilé comprend une troupe de quarante-huit personnes qui tirent aussi des sons aigus de leurs instruments, tout en remuant les jambes et le corps.

Toute la troupe défile autour d'une grande pierre sacrée et d'un arbre également sacré, entouré d'une sorte de robe faite d'une peau de buffle, auprès duquel se font certaines prières et certaines cérémonies symboliques.

C'est alors que commence une scène émouvante, de nature à faire frémir les plus audacieux.

La dernière division de la troupe étant passée sous une arcade, en ressort bientôt sur deux rangs, et tous les individus de la file de gauche ont des serpents dans leurs mains et dans leur bouche, et, tandis qu'ils dansent, maintiennent entre leurs dents ces animaux dangereux et glissants. Quelques danseurs, pour faire mieux que les autres, se mettent même deux serpents dans la bouche.

Les individus de droite chatouillent avec des badines le cou et la tête des serpents pour détourner leur attention des danseurs dans la bouche desquels ils sont fortement serrés.

Le plus grand nombre des serpents employés sont des serpents à sonnettes, et l'on ne fait rien pour les rendre inoffensifs; mais les prêtres moquis possèdent, dit-on, un antidote contre le venin de ces ophidiens. A la fin de la danse, les serpents sont, par les mains d'un prêtre, placés sous la loge de l'arbre sacré; la peau de buffle qui l'entoure les empêche de s'échapper.

Le nombre de serpents dont on fait usage au cours de cette danse qui, en tout, ne dure pas plus de trois quarts d'heure, est d'une centaine; chacun des danseurs reprend environ trois à quatre fois de nouveaux serpents.

Le but de cette pratique est d'obtenir de la pluie. Les serpents, regardés par les Moquis comme des demi-dieux, passent pour servir d'intermédiaires entre eux et les dieux, et les guerriers sont censés leur chuchoter leurs prières tandis qu'ils tiennent ces animaux dans les dents.

Lorsque les serpents seront de nouveau relâchés dans la campagne, ils transmettront les prières aux dieux, et l'on peut s'attendre à obtenir, par ce moyen, des pluies abondantes.

**

Les Niams-Niams n'ont ni prêtres ni sorciers ; ils aiment mieux faire leurs affaires eux-mêmes. Quand ils se proposent de se livrer à une nouvelle entreprise et qu'ils veulent en connaître les chances de réussite, ils prennent un morceau de bois et le polissent à un bout. Ils en frottent ensuite un banc spécial arrosé d'une ou de deux gouttes d'eau. Si le morceau glisse facilement, l'affaire réussira ; sinon, elle échouera. C'est simple.

D'autres fois, leur manière de connaître l'avenir est plus cruelle. Ils font boire à une poule certain liquide oléagineux ou lui mettent la tête dans l'eau pendant un certain temps : si l'infortunée volaille résiste à l'un de ces deux traitements, l'affaire projetée est sûre.

**

Les Australiens n'ont aucune religion organisée : nulle part, chez eux, on ne

FIG. 177. — Introduction de crochets dans le dos d'un fakir.

rencontre d'idoles ni aucun vestige du culte. Le seul rudiment de religion qu'ils possèdent est la crainte superstitieuse de l'inconnu : aussi y a-t-il chez eux des sorciers susceptibles de jeter un sort sur quelqu'un et prétendant posséder de puissants moyens d'action sur le diable. Ils ont aussi des croyances singulières. Ils s'imaginent par exemple que l'esprit abandonne le corps pendant le sommeil ; quant aux Blancs, ce sont des Nègres ressuscités !

* *

Chez les Hindous, les divinités sont nombreuses ; il serait trop long de nous appesantir sur leurs multiples croyances religieuses, qui, pour la plupart, sont cependant intéressantes et gracieuses. Contentons-nous de représenter, à titre d'exemple, trois de leurs idoles, Ganésa, Siva et Parvati (*fig.* 176).

Le dieu Ganésa est à la fois le Janus et le Mercure des Hindous. On le considère en effet comme l'emblème de la sagesse, de la prudence et le protecteur du commerce. Les riches négociants indigènes de Bombay et de Calcutta croiraient s'engager témérairement dans une affaire s'ils ne mettaient tout en haut de leurs lettres de négoce le signe de cette divinité qui simule la trompe d'un éléphant. En effet, d'après les mythologues de l'Inde, Ganésa, fils de Siva et de Parvati, doit être toujours représenté sous la forme d'un petit homme obèse, ayant quatre bras et portant une tête d'éléphant, le plus intelligent des animaux malgré sa grosseur et que les anciens regardaient comme l'un des emblèmes de la sagesse. Au pied du trône de ce dieu, dont la présence écarte tous les dangers, et que l'on place pour ce motif à la porte de tous les édifices, on établit ordinairement une souris qui lui sert de coursier, malgré la disproportion du cavalier avec sa monture ; mais les bons Hindous n'y regardent pas de si près. (Théophile Bérengier.)

Le fanatisme amène, dans beaucoup de races, certains individus à un état mental particulier, et parfois à une insensibilité étonnante qui leur permet de se livrer à toute sorte d'exercices extraordinaires, déroutant à la fois la physiologie et l'anatomie. Ceci ne peut mieux se vérifier que chez les fakirs, sortes d'illuminés qui abondent dans l'Inde, ce pays de toutes les croyances. Moitié mendiants, moitié acrobates, passant pour inspirés par le haut Esprit, ils sont tenus en grand respect par les Hindous.

Certains d'entre eux, par exemple, se laissent introduire dans le dos (*fig.* 177), sans manifester la moindre douleur, des crochets de fer avec lesquels on les soulève ensuite à une certaine hauteur. Ils demeurent ainsi pendant plusieurs jours, puis on les redescend et ils se mettent à vivre la vie de tout le monde comme si de rien n'était.

D'autres mangent des animaux venimeux, par exemple des scorpions (*fig.* 178), et jouent avec des serpents extrêmement dangereux... mais auxquels ils ont eu soin d'enlever au préalable les crochets venimeux.

Quelques-uns ont des « trucs » particuliers pour étonner le public. Tel est le cas de ce fakir (*fig.* 179) qui se suspend aux yeux des poids très lourds, par exemple un enfant enfermé dans un filet. On ne sait trop comment se fait l'adhérence entre les yeux et la corde ; celle-ci se termine par deux godets qui s'appliquent exactement au pourtour de l'œil et il est probable qu'ils y adhèrent comme une ventouse sèche, par l'action de la pression atmosphérique.

Mais les fakirs présentent encore d'autres faits bien plus curieux.

Jetons, d'après l'intéressante revue *Les Lectures pour tous*, un coup d'œil sur leurs prodiges, maintes fois vérifiés par les voyageurs.

Fig. 178. — Fakir mangeant des scorpions et charmant des serpents.

Certains d'entre eux, par intérêt ou fanatisme, arrivent à se faire adorer comme des dieux, en copiant les attitudes des vieilles idoles hindoues. Et il ne faudrait pas s'imaginer que ce soit là chose facile. Parmi ces attitudes, il en est auxquelles on ne peut arriver qu'après quarante années d'exercices acharnés. Il est impossible de décrire les dislocations auxquelles parviennent certains de ces acrobates. Les fakirs arrivent à relâcher à tel point leurs ligaments articulaires, à rendre si souple le jeu de leurs muscles, qu'ils peuvent à volonté se luxer les jointures, se disloquer en tous sens, nouer et dénouer inextricablement leurs membres. Ils parviennent ainsi à représenter fidèlement les contorsions les plus désordonnées de leurs dieux de bronze. Et la foule de les adorer comme les idoles elles-mêmes.

Ceci n'est rien encore. Si nous approchons de Bénarès, la ville sainte, nous assisterons à des spectacles autrement extraordinaires.

Suivi par une foule immense, un atta-djorghi, un maître, un possesseur des plus impénétrables secrets, marche sous les grands arbres en prononçant avec flegme des paroles énigmatiques. Il tient à la main une longue corde, et de ses yeux levés, cherche une haute branche. Pour se pendre ? Oui, pour se pendre, et pas les pieds, ne vous déplaise ! Très calme, souverainement indifférent à toutes les réflexions de la foule, il entoure ses deux pieds d'un solide nœud coulant, jette l'extrémité de la corde par dessus une forte branche et commence à se hisser avec tranquillité. Si quelque Européen naïf reste auprès de lui pour assister au moment où il quittera cette position désagréable, il risquera d'attendre longtemps. Et cet homme demeure des jours, des semaines, des mois, tandis que les pièces de monnaie pleuvent autour de lui. Aucune trace de congestion, la figure est calme, de coloration normale, la voix est nette et tranquille, et si vous adressez au djorghi une question, il vous répond avec une lucidité parfaite. Dans cette attitude éminemment propre au recueillement, il médite sur la vanité des choses humaines. D'ailleurs, nulle supercherie

Fig. 179. — Fakir tenant un enfant suspendu à ses yeux. A droite, corde qui sert à supporter ce fardeau.

possible : jour et nuit, des milliers de spectateurs se pressent autour de lui. Et quand le djorghi juge la recette suffisante, il se dépend, ramasse les roupies (pièces de monnaie) éparses et s'éloigne tranquillement.

Il y a là de quoi, n'est-il pas vrai, faire hausser les épaules aux plus crédules ? Eh bien ! pour des fakirs exercés, ceci est encore un jeu d'enfant. Il en est parmi eux, et la chose est attestée par d'innombrables témoignages, qui s'enterrent vivants !

Le procédé est des plus simples. Ils creusent dans la terre molle un trou suffisant pour que la tête y puisse pénétrer complètement jusqu'aux épaules, et ils y déposent un morceau d'étoffe dont ils s'entourent la figure. Ceci fait, et le corps dressé hors de terre, à genoux ou appuyés sur les talons en arc de cercle, ils ramènent la terre avec leurs mains, de façon à s'en couvrir entièrement la tête et le cou. Et les assistants après avoir piétiné tout autour pour bien tasser la terre, examinent

Fig. 180. — Fakir ayant les bras levés depuis une trentaine d'années.

avec soin le sol afin de voir si l'air ne peut y pénétrer, s'il n'existe pas un tuyau, une conduite quelconque par où le brahmine pourrait respirer.

Il n'y a rien, toute supercherie est impossible, et les offrandes de tomber autour de ce tronc sans tête qui jaillit du sol comme une plante monstrueuse. Une main tendue et ouverte indique qu'il ne s'est pas enterré pour son simple plaisir. Mais, direz-vous, au bout de cinq, de dix minutes au plus, il quittera cette étrange position, aveuglé, congestionné, à moitié asphyxié? Point du tout! Des semaines entières il reste là, immobile. Et un jour, on voit une de ses mains s'agiter, creuser le sol autour de la tête enterrée, puis la face souillée, mais paisible, apparaître, et le djorghi aller reprendre ailleurs le cours de ses exercices, une abondante recette nouée dans un coin de son pagne sordide!

Il y a plus fort encore. Voici un fait attesté par plusieurs officiers anglais, entre autres le général Ventura et le capitaine Wade, et qui s'est passé en présence du roi hindou Radjet-Singh et de plusieurs milliers de spectateurs. Un djorghi célèbre s'engagea à rester dix mois dans un tombeau en maçonnerie que le Radjah ferait construire exprès. Au jour dit, le tombeau étant prêt et n'attendant plus que son hôte, le djorghi se boucha les narines et les oreilles avec de la cire ; puis il retourna dans le fond de son gosier, de manière à le boucher complètement, sa langue devenue plus longue à la suite de nombreuses incisions du frein, tomba dans un sommeil léthargique et fut cousu dans un sac que scella le Radjah lui-même en présence des Anglais. Ce sac fut placé dans un coffre de bois cadenassé, et le tout enfermé dans la demeure souterraine du fakir. Par-dessus, on jeta plusieurs tonnes de terre sur laquelle fut semée de l'orge. Tout autour, des sentinelles veillèrent jour et nuit.

Sceptique, le Radjah fit ouvrir deux fois le tombeau avant le terme convenu. Le djorghi était à sa place, raide et froid. Enfin dix mois après l'inhumation, et toujours en présence du général Ventura, la tombe fut définitivement ouverte. Le fakir n'avait pas bougé. Le corps était presque complètement froid, sauf au sommet de la tête ; ni le pouls ni le cœur ne battaient.

Après deux heures de soins : frictions, aspersion d'eau chaude, etc., le djorghi se ranima lentement et revint enfin à la vie.

C'est là un fait inouï et pourtant rigoureusement vrai. On a pu, il y a quelque temps, voir à l'aquarium de Londres et à l'exposition du Millénaire hongrois trois fakirs qu'on enfermait à tour de rôle dans un cercueil de verre et qui y restaient autant que le désiraient les savants qui contrôlaient ces expériences.

Le fanatisme, comme la colère, comme l'enthousiasme, comme toutes les passions vives, porte en lui des propriétés anesthésiantes extraordinairement développées. Certains fanatiques s'imposent des souffrances physiques pour se préparer les béatitudes d'un esprit purifié par la douleur ; mais dans l'être dont toutes les facultés, toutes les énergies sont tendues vers un même but, la douleur physique n'a plus guère de prise. Aux Indes, on montre des fakirs qui, pendant plusieurs années, s'attachent les deux bras au-dessus de leur tête à une barre transversale et endurent les plus horribles souffrances, jusqu'à ce que leurs membres desséchés, atrophiés, semblables à des branches effeuillées, demeurent dans cette position rendue naturelle par l'ankylose absolue des épaules (fig. 180). On en cite dont les bras restent levés depuis douze ans et dont les ongles ont poussé, traversant la main et se recourbant sur la face dorsale.

Certains enfin restent des mois entiers, couchés ou assis sur une planche hérissée de clous qui pénètrent lentement dans la chair (fig. 181), sans toutefois — chose curieuse — y causer la moindre hémorragie ni paraître provoquer la moindre douleur.

*
* *

Un état d'insensibilité analogue à celui des fakirs se montre chez les derviches,

sorte de religieux fanatiques qui habitent l'Égypte. Il y a quelques années, on a
pu les voir pratiquer leurs exercices au Jardin d'acclimatation. Ils tournaient sur
eux-mêmes comme des toupies, pendant longtemps, et sans paraître en être étour-
dis. Ils brisaient un verre, en mâchaient les morceaux et les avalaient. On les voyait
promener sur tout leur corps une torche enflammée sans se brûler. Un autre passait sa langue sur un fer rougi au feu tandis qu'un de ses coreligionnaires s'enfon-

Fig. 181. — Fakir assis sur des pointes depuis plusieurs jours.
Devant lui, un plat est destiné à recevoir les aumônes des passants.

çait dans la poitrine et même dans les yeux de lourds poignards ou des pointes
acérées terminées par un poids volumineux. Et cela plusieurs fois par jour....

*
* *

Les derviches tourneurs (*fig.* 182) sont les fakirs de Constantinople. « Moyennant une légère offrande, raconte M. Gustave Cirilli, dans *La Revue Mame*, les
Européens sont admis de fort bonne grâce à ces singuliers exercices. Aussi pratiques que dévots, les derviches savent concilier l'intérêt et le fanatisme ; et, de

leurs cérémonies, ils ont fait une sorte d'attraction, un spectacle lucratif. Très malins, en somme, ces braves gens, et beaucoup plus *jeunes Turcs* qu'ils n'en ont l'air.

Les derviches tourneurs logent, à Constantinople, dans le misérable faubourg de Kassim-Pacha, planté le long d'une colline ombragée et dégringolant jusqu'à la Corne-d'Or. Au milieu d'un jardin en friche, le tekké s'isole, croulant et délabré, formé de quelques galeries en bois et d'une petite mosquée où le public est admis. L'intérieur est des plus simples : une salle carrée, blanchie au lait de chaux, dominée sur trois côtés par des tribunes et, dans le milieu, un espace réservé, couvert d'un parquet luisant, protégé par une balustrade. Au fond, en face de la porte, la niche d'un mihrab s'encadre de quelques versets du Coran.

C'est là qu'on me fit pénétrer le jour où il me prit fantaisie de connaître ces singuliers personnages. De nombreux fidèles attendaient déjà, accroupis sur des nattes, et parmi eux plusieurs officiers turcs, égrenant pieusement leur chapelet d'ambre jaune.

Les derviches entrèrent à la file, une vingtaine, les pieds nus, la tête basse, les mains croisées sur la poitrine, vêtus d'un ample manteau noir ou bleu sombre, coiffés d'un haut bonnet de feutre brun comparé assez justement par Théophile Gauthier à un pot de fleurs renversé. Après de longues psalmodies récitées en chœur, ils firent trois fois le tour de la salle, marchant à pas scandés, se retournant et se saluant l'un l'autre, en inclinations profondes, puis baisant au passage la main de leur cheik, un grand vieillard à barbe blanche, digne et majestueux, qui se tient debout, impassible, surveillant la cérémonie.

Une musique très lente, douce et monotone, a retenti soudain, jouée par un orchestre de flûtes et de tambourins, installé dans les tribunes. A ce signal, les moines, dépouillant leurs manteaux, sont apparus en simples robes de laine blanche, et les voilà commençant à tourner, les bras étendus en croix, le buste immobile, pivotant sur les talons avec une aisance et une souplesse extraordinaires. Peu à peu la voix des flûtes monte, aiguë et sautillante ; le grondement des tambourins éclate en coups précipités, et, suivant cette cadence, le mouvement de la valse s'accélère, devient vertigineux et fou : les têtes étourdies s'inclinent mollement sur les épaules, les yeux se ferment à demi, noyés d'extase : les corps se distinguent à peine dans le tourbillon des jupes qui se gonflent, s'étalent, s'évasent et s'arrondissent.

Un acolyte du cheik, à l'air grincheux et bourru, circulait à travers la salle, examinant les attitudes de chacun et gourmandant les maladroits. Entre tous se distinguait un beau gaillard, tout jeune, à la pâle figure d'ascète, menant sa danse en artiste, avec un véritable talent, gracieux, infatigable, emporté dans un tournoiement frénétique. Par contre, deux ou trois pauvres vieux durent bientôt lâcher pied, le front emperlé de sueur, fourbus, époumonnés, titubant comme des hommes ivres.

Si bon derviche que l'on soit, on ne peut pas valser toujours. Au bout de trois quarts d'heure, tous s'abattirent, brusquement prosternés. Une dernière prière fut murmurée en sourdine, et chacun, ayant rechaussé ses babouches laissées en tas à la porte, s'en alla réintégrer sa cellule et se remettre de ses émotions.

Fig. 182. — Derviches tourneurs et danse du feu.

L'hallucination divine, le ravissement mystique cherchés par les derviches tourneurs, sont-ils réellement obtenus ? Ou bien n'est-ce là qu'une jonglerie d'habiles acrobates ? Problème assez délicat que je ne me charge point de résoudre. Il est difficile de lire au fond d'une âme de derviche, et aucun d'eux ne nous a fait la confidence de ses sensations. Le derviche ne se laisse pas encore interwiever. Cela viendra peut-être...

Qu'il y ait dans le nombre d'aimables farceurs, ce n'est pas douteux ; pourtant, à voir l'air de béatitude profonde qui illuminait certains visages, on sentait la conviction ardente et sincère, impossible à simuler.

Les exercices des hurleurs, auxquels j'ai assisté le lendemain, sont d'une barbarie assez peu appétissante. C'est toujours à Kassim-Pacha, un peu plus loin, dans un petit couvent en planches, d'aspect encore plus misérable que le premier. La cérémonie vient de commencer. Au fond d'une longue salle, une quinzaine d'hommes debout, serrés coude à coude, se balancent d'un mouvement rythmique, comme des ours en cage, et crient furieusement : « Allah ! Allah ! » Un large turban rouge est le signe distinctif de ces étranges sectaires. Planté devant eux, un vieux cheik barbu, maigre et pâle, tout de pourpre habillé, turban, robe et manteau, très vénérable et très décoratif, les excite de la voix et du geste et frappe du pied énergiquement pour accentuer la cadence.

Peu à peu l'invocation, répétée à l'infini, devient une sorte de cri inarticulé et sauvage, un râle sourd, un aboiement rauque qui n'a plus rien d'humain ; les faces se congestionnent, ruisselantes de sueur, hideuses et bestiales ; les épaules se projettent en soubresauts frénétiques et saccadés. L'exaltation arrive à son paroxysme.

Plusieurs assistants, fanatisés par le spectacle, se levèrent et vinrent prendre place au milieu des derviches, oscillant et vociférant à qui mieux mieux, eux aussi. Je reverrai toujours deux colosses nègres qui s'agitaient comme des fous furieux, avec des gestes convulsés d'épileptiques, les yeux blancs stupidement agrandis, le masque horrible et grimaçant, presque aphones à force de hurler. Ce fut, pour terminer, une autre scène non moins singulière. On déroula aux pieds du cheik des peaux de mouton teintes en rouge, et, par groupes de quatre ou cinq, les fidèles, hommes, enfants, vieillards, s'étant allongés, qui sur le dos, qui sur le ventre, qui sur le flanc, le vieux bonze, impassible, monta sur ces corps et les piétina doucement ; ce qui, paraît-il, est considéré comme un remède souverain à toutes les maladies.

Puis, à mesure qu'ils se relevaient, le cheik, avec un sérieux imperturbable, leur soufflait sur les yeux, sur le visage, exécutait par-dessus leur tête de bizarres passes magnétiques. Et chacun de s'en aller radieux, persuadé de sa guérison.

D'une loge aux étroits grillages, où des femmes étaient cachées, on descendit une toute petite fille de deux ans à peine. La pauvre enfant, couchée par terre, fut piétinée à son tour et se mit à pousser des cris aigus dont personne n'eut l'air de s'émouvoir. »

On gagne sa vie et on s'amuse comme l'on peut...

CHAPITRE XXI

De la belle étoile
à la maison de 3o étages.

Nous qui tenons tant au « confortable » de notre home, nous nous imaginons difficil ement que des peuples puissent vivre dans des huttes incomplètement fer-

Fig. 183. — Hutte indienne en bois.

mées (*fig.* 183), des tentes que le moindre vent fait choir (*fig.* 184), ou même toute leur vie à la belle étoile. C'est pourtant là le cas le plus général, surtout chez les peuplades non civilisées ; qu'elles soient sédentaires ou nomades, leurs habitations sont généralement réduites à leur plus simple expression, ainsi que va nous le montrer un coup d'œil jeté sur les modes d'habitation les plus sommaires.

⁎

Certains Négritos de Malacca ne se construisent aucune habitation ; quand la nuit arrive, ils dorment sous un arbre ou élèvent rapidement un abri de feuillage.

Ce n'est d'ailleurs pas là une règle générale, car d'autres individus des mêmes peuplades savent fort bien construire des huttes en bambou au milieu des bois. Certaines même ont un plancher élevé de deux pieds au-dessus du sol pour éviter le contact de la terre nue.

* *

Parmi les individus les plus dépourvus d'intelligence, il faut compter les Veddahs, qui se trouvent encore, quoique très décimés, dans l'île de Ceylan et dont nous avons déjà parlé au chapitre XV.

Ils n'ont aucune sorte d'habitation et passent leur vie à errer en plein air, cherchant contre la tempête un abri sous des rochers ou dans le creux des arbres. Ils se nourrissent de miel, de lézards, de singes, de daims et de sangliers. Leurs armes sont l'arc et la flèche, et ils sont aidés à la chasse par des chiens qui sont leurs seuls animaux domestiques. Leur physionomie est absolument privée de toute expression d'intelligence, et l'excessive négligence de leur personne leur donne l'air de la plus complète barbarie. Les Veddahs n'ont pas de mots pour rendre les idées de couleur et de nombre, et ils ne savent pas compter sur leurs doigts. Un des plus intelligents de ces hommes avait entièrement oublié le nom de son père et de sa mère qui étaient morts, et il avait la plus grande difficulté à se rappeler le nom de sa femme qu'il n'avait pas vue depuis trois jours. Quand un Veddah meurt, on enveloppe son corps dans des peaux et les hommes l'enterrent dans une fosse creusée avec leurs haches. On ne met rien sur la tombe et on ne visite jamais l'endroit de la sépulture. On offre au mort un repas funèbre et on l'adjure de l'accepter, puis les viandes sont partagées et mangées par les personnes présentes. (M. Durbar.)

* *

Chez les Négritos de l'Inde, l'habitation est presque réduite à sa plus simple expression. Nomades, ils se construisent des cabanes qui ne durent qu'un jour ou deux et qu'ils abandonnent pour aller en un autre lieu. Quelquefois cependant ils cherchent à rester stationnaires et à se livrer à l'agriculture.

Dans ce cas, le sauvage commence par abattre des arbres auxquels il met le feu dès qu'ils sont à demi secs. Puis il sème ou plante au milieu du fouillis des troncs enchevêtrés, du grain, des patates... Quand les broussailles repoussent, il abandonne sa hutte, faite de légers clayonnages et couverte de feuilles et va recommencer ailleurs. Un chien, quelques poules, des porcs, vivent comme ils peuvent sur ces défrichements imparfaits. La chasse, la pêche, les racines et les fruits sauvages semblent d'ailleurs constituer les principales ressources de ces populations. (de Quatrefages.)

* *

Les huttes des habitants de la Terre de Feu (*fig.* 185) sont aussi très sommaires.

Fig. 184. — Campement d'une tribu nomade au Congo.

Ce sont de simples abris faits en troncs d'arbres et en branchages. Les indigènes s'y entassent pêle-mêle autour du feu qui en occupe le centre. Il n'est pas rare de voir une cinquantaine d'individus tenir dans une cabane de 5 mètres de diamètre.

***

Les habitations des Bongos ont une forme conique et sont simplement consti-

FIG. 185. — Une petite hutte de la Terre de Feu.

tuées par des troncs d'arbres dressés verticalement et liés avec des branchages, des bambous, de la filasse et de l'argile. L'entrée en est si basse et si étroite qu'on ne peut y pénétrer qu'en rampant. Le sol est en argile battue par les femmes pour la rendre imperméable à l'eau et aux termites. Ce que ces habitations présentent de particulier, c'est qu'au sommet de la toiture, il y a un bourrelet circulaire entouré de six à huit morceaux de bois courbes : c'est un observatoire où se placent les indigènes pour surveiller leurs récoltes.

***

Les Négritos-Papous construisent sur pilotis des cases non groupées en village, mais disséminées au milieu des bois et des montagnes.

Les murs et le plancher sont faits en écorces fixées par des lattes qui s'entre-croisent ; le tout est en feuilles de sagoutier. L'intérieur de ces demeures est sombre, la lumière n'y pénétrant que par les fentes et par deux ouvertures qui servent de portes. Pour y atteindre, les Karous (c'est le nom qu'on donne encore à ces peuplades) placent devant la porte un tronc d'arbre avec de grandes entailles qui servent d'échelons. Chaque case n'est bâtie que pour huit habitants en moyenne, mais d'ordinaire on y trouve de 60 à 100 personnes de passage. La disposition intérieure des maisons est toujours la même ; elles sont divisées en trois compartiments par des cloisons. Le milieu sert de corridor et les côtés logent les habitants. Le grand feu qu'on y entretient constamment permet d'apercevoir, pendus aux cloisons, des arcs, des flèches, des piques et des amulettes. Comme il n'existe pas de cheminée, tout est noirci par la fumée. De lits, pas de trace ; les Karous couchent par terre. Si le temps est froid, ils se couvrent d'écorces. Chiens et porcs habitent avec les gens et se vautrent avec les enfants dans les ordures qui n'y font pas défaut. (Verneau.)

* *

Les Papous qui habitent au bord de la mer construisent dans l'eau même des

Fig. 186. — Habitation lacustre des Papous de la Nouvelle-Guinée.

habitations sur pilotis (fig. 186) réunies à la grève par une jetée supportée par des pieux. Cette jetée est rompue à la moindre alerte, ce qui protège les habitants de leurs ennemis. Lorsqu'ils se voient dans la nécessité de s'isoler dans ces forteresses, ils ont soin d'envoyer au préalable, quand ils le peuvent, les femmes, les enfants et les objets précieux au fond des bois. Les demeures de l'intérieur des terres sont aussi des huttes élevées sur des pilotis ayant environ la hauteur d'un homme.

* *

Quelquefois, les habitations sont simplement établies sur un arbre surplombant un lac ou une rivière (fig. 187). Elles sont si simples et si touffues qu'elles font penser involontairement aux nids des oiseaux appelés Républicains (fig. 188)[1].

* *

1. Voir notre précédent ouvrage : *Les Arts et Métiers chez les Animaux*.

Les cases des Canaques sont peu séduisantes. Construites en roseaux et en branchages entrelacés, elles ont un toit de chaume ou d'écorce de niaouli. La porte n'a que soixante centimètres de haut, et on ne peut y entrer qu'en ram-

Fig. 187. — Hutte sur arbre de l'île Dampier (Nouvelle-Guinée).

pant. A l'intérieur, il y a constamment du feu et, comme il n'y a pas de cheminée d'aération, l'atmosphère de l'habitation est empestée par la fumée. Toutes ces cases sont entassées les unes à côté des autres ; souvent, il n'y a pas une largeur d'un mètre pour passer. On croirait qu'ils cherchent à se mettre dans les conditions hygiéniques les plus mauvaises possible.

Les Mincopies sont relativement supérieurs aux peuplades précédentes sous le rapport de l'habitation.

Ils ont trois sortes de huttes. Les plus simples, dont ils font usage dans leurs excursions, représentent pour ainsi dire la tente de nos soldats. On les élève rapidement à chaque halte, et ce soin incombe aux femmes. Mais les hommes con-

Fig. 188. — Habitations construites par les oiseaux appelés Républicains et rappelant un peu celles établies sur les arbres par certaines peuplades (voir fig. 187).

struisent des huttes plus solides quand il s'agit d'un séjour un peu prolongé. Enfin, dans les villages proprement dits, ces demeures sont faites avec grand soin et prennent des dimensions assez considérables. Dans la tribu des Jarawas elles ont jusqu'à 13 mètres de long sur 12 de large. Des pieux enfoncés dans le sol, des traverses pour former la charpente du toit, de larges feuilles de palmier artistement assujetties constituent les matériaux de ces édifices qui peuvent braver les pluies les plus torrentielles. Ajoutons que l'on trouve toujours à l'intérieur des nattes ou des feuilles servant de lits. Ces huttes sont généralement disposées de manière à entourer une place elliptique destinée aux danses. A l'une des extrémités se trouve ce qu'on pourrait appeler la cuisine publique. (de Quatrefages.)

* *
*

Les Nègres du Mozambique ne construisent guère qu'en argile, mais ils le font avec beaucoup de soin. Ordinairement, les cases sont réunies au nombre de sept ou huit autour d'une cour d'une propreté parfaite.

Les huttes sont petites, hautes à peine de 3 mètres sur 2 mètres de diamètre. La muraille, en forme de cône tronqué et renversé, est faite de deux rangées de bambous. Entre ces deux espèces de charpentes, pour combler les vides, on glisse une série de boules d'argile de la grosseur du poing et cuites au feu. Toutes ces boules, d'égales dimensions, offrent, de l'extérieur, l'aspect d'un moulage d'une symétrie parfaite. La toiture conique est faite de bambous émergeant au sommet et disposés avec régularité ; par-dessus s'étend une couche d'argile séchée au soleil et recouverte elle-même d'une autre couche de chaume épais et serré. La

Fig. 189. — Intérieur d'une habitation chez les Kamtchadales.

muraille et le seuil sont intérieurement crépis d'argile, mais d'une argile appliquée avec tant de soin et séchée si doucement pour l'empêcher de se fendiller qu'on la prendrait pour du plâtre. Enfin toute la construction repose sur un plateau de terre durcie qui est élevé de 20 centimètres au-dessus du sol, pour mettre la case à l'abri des inondations, fréquentes dans un pays où tout travail de drainage et d'irrigation est inconnu.

Comme presque tous les Nègres, ils élèvent leurs greniers sur de très hauts pilotis pour les mettre à l'abri des bêtes pillardes.

*
**

Les habitations des Kamtchadales — les balaganes, comme on les appelle —

ont l'air de tours dont on n'aperçoit pas les entrées. Élevées sur de solides pieux, elles sont surmontées d'un toit pointu dans lequel s'ouvre une porte. C'est par celle-ci que l'on pénètre dans l'habitation en y grimpant par une échelle ; c'est par elle aussi que s'échappe la fumée. En réalité donc, les Kamtchadales pénètrent chez eux par la cheminée (*fig.* 189), sans doute pour se mettre à l'abri de l'attaque des ours affamés qui ne manqueraient pas de pénétrer par la porte si elle était à sa place ordinaire.

*
* *

Les Finnois possèdent deux genres d'habitations : des maisons de bois (*fig.* 190),

assez bien construites et d'un confortable relatif et des tentes sommaires appelées *kotas*. Ces kotas appartiennent non seulement aux familles pauvres, mais encore à des fermiers assez riches, qui savent s'en contenter. Ce sont de simples perches enfoncées dans le sol et inclinées de manière à se courber au sommet, où se trouve une ouverture pour le passage de la fumée. On remplit l'intervalle des pieux avec des branchages, de la mousse ou des lattes. Le foyer se

FIG. 190. — Maison de bois en Finlande.

compose uniquement de quelques grosses pierres posées sur le sol.

Les Ostiacks perfectionnent la kota en l'enveloppant d'une couverture.

*
* *

Les Kirghises et les Kalmouks (*fig.* 191) n'élèvent que des tentes en feutre, fait en laine de mouton et de chameau.

La carcasse de la tente ressemble à une cage et consiste en une claie de perches que l'on peut ouvrir et plier à volonté. Du côté extérieur, la carcasse se couvre de grandes pièces de feutre. En haut, c'est-à-dire à la coupole de la cage, il reste une ouverture ronde qui, par le mauvais temps, se couvre aussi de feutre. L'anneau supérieur est soutenu par des traverses en croix ou en fourche. La partie inférieure de la claie s'entoure encore de nattes sous le feutre. Il n'y a qu'une seule porte qui se ferme par un morceau de feutre suspendu à un linteau en bois. La lumière n'entre que par la porte et la coupole ; en sorte qu'il fait sombre dans la *iourte,* lorsque l'une et l'autre sont fermées. Le plancher est remplacé par du feutre. Les meubles consistent en caisses, sacs, pots, chaudières, etc. Ce ne sont que les riches qui se permettent le luxe d'un lit de bois, d'une table, etc. La couche est représentée par des feutres, des fourrures, de gros coussins et des couvertures doublées d'ouate. (Seeland.)

De loin, ces tentes ressemblent à des meules de foin. Quand les troupeaux qui accompagnent les Kirghises et les Kalmouks ont brouté toute l'herbe de la région

Fig. 191. — Tente (iourte) de Kalmouks pauvres.

où ils se sont fixés momentanément, ils déménagent sur des chameaux, et vont s'établir dans une autre contrée plus fertile.

* * *

Maintenant que nous avons fait connaissance avec les types d'habitations les plus primitives, il est intéressant d'étudier « l'évolution » de ces constructions et de les envisager d'une manière un peu plus générale ; nous allons le faire d'après M. Deniker, qui en a donné un exposé lumineux.

Les abris naturels, cavernes, roches surplombantes, trous dans le sol, feuillages touffus, troncs d'arbres creux, etc., ont dû être utilisés par l'homme primitif comme demeure. Mais lequel de ces abris a servi de modèle aux premières habitations artificielles ? Ce n'est pas la caverne, car actuellement encore elle est utilisée telle quelle par des populations civilisées, en Chine, en Tunisie, en Afghanistan, en France même, dans la vallée du Cher. D'ailleurs, sauf peut-être les cabanes d'Esquimaux (*fig.* 192), à moitié souterraines et recouvertes d'un dôme de glace, on ne trouve guère de constructions en matières minérales chez les peuples incultes. Ce sont les matières végétales qui ont été utilisées les premières pour les habitations fixes, et les matières d'origine animale pour les habitations transportables.

La *hutte*, qui est le prototype de l'habitation fixe, dérive probablement du

FIG. 192. — Cabanes d'Esquimaux.

paravent formé d'une série de branches fichées dans la terre comme on en voit encore chez les Australiens. Parfois ce paravent est construit en branches ou en larges feuilles de palmiers appuyées, comme un auvent, contre un cadre formé de deux piliers et d'une traverse (Veddahs de Ceylan, Andamans), ou contre des troncs d'arbres croisés (Botocudos et autres Indiens du Brésil). Il a suffi de disposer en cercle ou sur deux rangs parallèles les branches feuillues de ces paravents, de réunir leurs sommets, de boucher les interstices avec de l'herbe, de la mousse, de l'écorce, pour transformer le fragile abri en une hutte plus résistante, garantissant mieux contre les intempéries. La forme qu'avait dû ainsi prendre la demeure primitive dépendait donc avant tout de la disposition des branches du paravent ; les mettait-on en cercle ? la hutte devenait conique si les branches qui ont servi à sa construction étaient rigides, peu ramifiées (Fuégiens) ; hémisphérique, en coupole, si elles étaient flexibles et feuillues (Australiens) (*fig.* 193).

Cherchant à se garantir encore mieux de la pluie, du vent et du soleil, les premiers constructeurs ont dû creuser la terre au-dessous de la hutte, comme le font
encore aujourd'hui les Aïnos, les Tchoutches, les Kamtchadales. Ce travail a pu

Fig. 193. — Village australien.

donner l'idée, comme le dit Tylor, de prolonger les parois verticales au-dessus de
la terre (fig. 194). Les joncs, les petites tiges, les mottes de terre glaise ou de gazon
employés d'abord pour boucher les trous ont fini par former des murs, et l'an-

Fig. 194. — Maison faite en mottes de terre (habitation Aléoutienne).

cienne hutte soulevée se transforma en demeure un peu plus confortable (fig. 195)
ayant toit et murs. C'est probablement ainsi que prirent naissance les cabanes des
Cafres Zoulous en forme de ruche et les cabanes cylindriques, recouvertes d'un

toit conique, des Ovampos et des Gaulois du temps de César. La paille
entrant comme matière principale dans la construction du toit et parfois même

Fig. 195. — Huttes de terre dans la vallée du Sacramento (Brésil).

du corps de ces habitations, on peut les qualifier de *paillottes* ou *chaumières*.
Quant aux huttes quadrangulaires, elles se transformèrent de la même façon en

Fig. 196. — Tente de voyage des Arabes.

maisonnettes dans le genre de celles que l'on trouve chez les Mouchikongos ou sur
la côte guinéenne. Chez les peuplades du pourtour de l'Océan Pacifique et de

l'Océan Indien, depuis les Kamtchadales et les Indiens du Nord-Ouest de l'Amérique, jusqu'aux Maoris et aux indigènes de Madagascar, les maisons quadrangulaires sont dressées sur pilotis, même quand elles se trouvent loin de l'eau. Les
matériaux qui entrent dans la construction sont surtout le bambou, le roseau, les
feuilles de palmier.

Afin de consolider les murs en paille et en roseaux, on a dû de bonne heure

Fig. 197. — Une tente chez les Peaux-Rouges.

les enduire de terre glaise (Sénégal). Dans les pays très secs, on s'est aperçu que
les mottes d'argile pouvaient constituer à elles seules des murs assez solides, et
cette observation a conduit tout naturellement à la fabrication des briques séchées
au soleil. Ces briques ont été connues des Babyloniens, des Égyptiens et sont
encore employées aujourd'hui au Soudan, dans le Turkestan, au Mexique.

Depuis le moment où le chasseur primitif s'endormit la nuit sous la peau d'une
bête étalée sur deux ou trois perches et transporta le lendemain cette peau à une
autre place, *la tente* a été inventée. Les peaux sont restées les meilleurs matériaux pour
sa construction jusqu'à l'invention du feutre et des étoffes tressées ou tissées, suffi-

samment larges (*fig.* 197). L'écorce d'arbres n'est employée qu'exceptionnellement à cet usage, en Sibérie par exemple, et pour les tentes d'été seulement.
Comme la hutte, la tente peut être circulaire, soit conique (Indiens de l'Amérique
du Nord) (*fig.* 198), soit en coupole (Cafres) ; ou bien triangulaire, en forme de
toit prismatique (Thibétains, Tziganes). La dernière de ces formes n'a pas été per-
fectionnée et la tente arabe actuelle (*fig.* 197) qui en dérive ne diffère du prototype que par les dimensions et par la « marquise » disposée à l'entrée. Par contre
les deux formes circulaires ont été perfectionnées par l'emploi de treillages au lieu

Fig. 198. — Un village sur pilotis chez les Dayaks.

de piquets, du feutre au lieu de peaux. La tente est devenue ainsi une demeure
confortable, la mieux appropriée à la vie des nomades demi-civilisés, une véritable maison, recouverte d'un toit, qui est conique dans le *gher* des Mongols,
hémisphérique dans la iourte des Kirghises. Cette demeure des nomades a
même servi de modèle aux peuplades iénisséiennes ou altaïennes de la Sibérie
méridionale pour leurs habitations fixes. Leur maison de bois a, en effet, la forme
hexagonale ou octogonale imitant la iourte circulaire ; ce n'est que peu à peu, sous
l'influence russe, qu'elle se transforma en maison à quatre faces. Les *mazanki*
des Téléoutes de la Sibérie, des paysans roumains ou Petits-Russiens, avec leurs
murs en fascines enduites d'argile et de chaux, ne sont probablement que des imi-
tations des tentes à treillages.

Dès que la vie sociale se complique un peu, on voit apparaître à côté de l'habitation proprement dite d'autres constructions (*fig.* 198) : greniers et magasins
ordinairement édifiés sur des piliers (Malais, Aïnos) ou sur des supports en argile
(Soudan), en bois, etc., pour les protéger contre les attaques des bêtes. On y
accède, comme aux maisons sur pilotis, par des échelles rudimentaires : une série

d'encoches dans un tronc d'arbre. D'autres constructions, paillottes légères sur les arbres (*fig*. 199), servent de refuge en cas d'attaque et d'observatoire pour surveiller les mouvements de l'ennemi. C'est aussi l'idée de défense qui suggère le

Fig. 199. — Une maison aérienne chez les Négritos-Papous.

groupement des maisons en village. Dans les pays non civilisés, presque toujours les agglomérations urbaines et les villages sont entourés de palissades (craal des Cafres), de fossés, parfois remplis de trappes et de piquants (Laos), enfin de murs. Les tours de surveillance remplacent alors les miradors aériens sur les arbres (village lesghi du Caucase).

* *

Dans chaque pays, une fois franchies les étapes primitives de l'habitation, les architectures spéciales se développèrent de différentes façons.

« Souvent, dit Letourneau, l'architecture monumentale eut pour modèle initial la maison, dont le type premier résultait forcément du climat local, des matériaux usuels, du genre de vie des populations, etc., en somme du milieu physique et

Fig. 200. — Un monument de la Grèce historique : le Parthénon.

social. Ainsi, la maison grecque ayant été d'abord construite en bois, les architectes en conservèrent la forme, la copièrent même presque servilement dans leurs monuments en pierre. Or, la construction en bois exclut presque le cintre et la voûte ; aussi n'en trouve-t-on point dans les édifices de l'ancienne Grèce, du moins de la Grèce historique (*fig.* 200). » Cette absence de cintre se rencontre aussi dans nombre de monuments asiatiques (*fig.* 201). « Dans la Grèce très antique, par exemple à Tirynthe et à Mycènes, on a réalisé la forme cintrée de la voûte par l'encorbellement, procédé grossier que l'on retrouve aussi dans l'Italie très ancienne, en Égypte, dans les monuments de l'ancienne Amérique centrale, dans certains temples de l'Inde, etc. C'est qu'il ne s'agit point là d'une invention d'architecte, mais d'un expédient très primitif auquel on a eu recours dès que l'on a, pour un motif ou un autre, substitué la pierre au bois dans la construction des maisons. De cette pratique de l'encorbellement résultait un avantage : celui d'économiser la charpente du toit. Aujourd'hui encore, dans le petit archipel des Hébrides, les maisons sont bâties à la très ancienne mode, avec des pierres simplement superposées, sans ciment, et se rejoignant sur le faîte par encorbellement.

Fig. 201. — Ruines cambodgiennes.

Elles sont, en outre, de type circulaire et ressemblent à des ruches d'abeilles. Enfin, on les revêt de gazon à l'extérieur, car le climat est très inclément ; mais cela n'est nullement nécessaire à la solidité de l'édifice, puisqu'un petit monument grec très célèbre, très ancien, et connu sous le nom de *Trésor d'Atrée*, est construit exactement de la même manière sans recouvrement d'aucune sorte.

Cette forme cylindro-conique, provenant évidemment de la hutte primitive, a le très grand inconvénient de ne point comporter de grandes dimensions. On réalisa donc un très grand progrès en substituant au plan circulaire le plan quadrilatéral. Alors il fut aisé d'agrandir à volonté l'habitation, en l'allongeant, et d'en faire ainsi la maison commune, la « longue maison » de tout un clan.

Dans notre antiquité historique, les Grecs et les Romains avaient franchement adopté pour tous leurs édifices la forme rectangulaire. Mais pourquoi la voûte et le cintre sont-ils restés inconnus à la Grèce, tandis qu'à eux seuls ils caractérisent

l'architecture romaine ? Ce fut sans doute parce que Rome adopta de bonne heure
l'usage de la brique dans la construction des maisons. En effet, par son petit volume, par son poids minime, par sa forme géométrique, la brique se prête
admirablement à la construction régulièrement cintrée, qu'on ne peut réaliser en
pierres qu'à la condition de tailler au préalable les matériaux en leur donnant
une régularité mathématique. Les Romains ou leurs architectes étrusques prirent

FIG. 202. — Les « gratte-ciel » de New-York.

cette peine pour leur *cloaca maxima*, construction à laquelle on voulait donner
une solidité capable de braver les siècles ; mais, pour le commun des édifices,
l'usage de la brique permettait de s'en dispenser.

L'emploi de la brique entraîna un autre perfectionnement, l'usage de la chaux
ou d'un mortier capable de relier ensemble des matériaux trop légers et que l'on
ne pouvait plus se borner à superposer en muraille sèche. On sait qu'en ajoutant
de la pouzzolane à leur chaux les Romains obtinrent ce ciment célèbre qui riva-
lisa de durée et de résistance avec la pierre elle-même, et grâce auquel nombre
de constructions antiques ont pu défier les agents destructeurs : l'accessoire a
sauvegardé le principal. »

* * *

Le cadre de cet ouvrage ne nous permet pas d'étudier la maison moderne des peuples civilisés. Contentons-nous de remarquer que, comme toute chose, elle évolue sans cesse. L'art la transforma beaucoup à l'extérieur, tandis que les progrès de la science permirent de modifier sans cesse l'intérieur. Actuellement on bâtit surtout en pierres, mais celles-ci semblent devoir être détrônées petit à petit par l'acier, dont la légèreté est plus grande. C'est notamment grâce à l'emploi de l'acier qu'en Amérique on a pu élever (*fig.* 202) ces maisons colossales de plus de 30 étages qui plongent dans l'admiration l'Européen — l'arriéré — les voyant pour la première fois, et qui méritent bien le nom de « gratte-ciel » qu'on leur a donné dans le langage populaire.

CHAPITRE XXII

Bonjour ! Bonsoir !

Autant de peuples, autant de façons diverses de se saluer, de souhaiter à autrui toute sorte de prospérités, ou de lui témoigner son respect, soit par le geste, soit par la parole. Quel énorme volume ne ferait-on pas en rapportant les innombrables formes de ce cérémonial de tous les jours ! Donnons-en toutefois quelques-unes, recueillies çà et là dans quelques ouvrages, en remarquant que la plupart ont pour origine le désir de montrer qu'on est inférieur à la personne que l'on salue ou qu'on prend un vif intérêt à sa santé.

*
* *

En Abyssinie, les indigènes se prennent mutuellement la main et se la baisent. Ils prennent aussi l'écharpe de celui qu'ils saluent — quand il en a une — et ils se l'enroulent autour du corps; de sorte que, fort souvent, le salué reste à peu près nu, car la plupart des indigènes ne portent que cette écharpe et un caleçon de coton.

L'Anglais salue du chapeau, avec toutes les nuances en usage dans les pays policés, et il dit : *How do you do?* Comment faites-vous? — *How are you?* Comment êtes-vous? Le *bonjour* varie suivant les divers moments de la journée : *good morning, good evening, good night,* bonjour, bonsoir, bonne nuit, absolument comme chez nous.

L'Allemand, parlant à la troisième personne, aborde en disant : *Wie geht's?* Comment va-t-il? *Leben sie wohl!* Qu'ils vivent bien! Ou bien encore : *Was machst du?* Que fais-tu? *Wie befinden sie Sich?* Comment vous trouvez-vous? Comme l'Anglais, l'Allemand a un bonjour qui varie suivant les différentes heures du jour. Il emploie *guten Morgen* jusqu'à midi; *guten Tag,* de midi jusqu'au coucher du soleil; *guten Abend* pour la soirée, et *gute Nacht* pour souhaiter une bonne nuit.

Les Arabes sont solennels comme tous les Orientaux. Quand ils passent l'un à côté de l'autre, l'un d'eux dit : *Emchi bes-Slama,* marche sur la paix, et l'autre répond : *Ebkâ el'kh'eir,* va sur le bien.

Les Astrakanais ôtent une de leurs pantoufles pour saluer, quelquefois les deux. Chez nous, c'est tout le contraire : nos paysans du midi suspendent leurs chaussures au bout d'un bâton pour ne pas les user sur la route; mais ils se rechaussent — les femmes principalement — dès qu'un prêtre, un bourgeois, etc., apparaissent.

L'Ayenis souffle dans l'oreille de celui qu'il salue. Les Cambodgiens se prosternent par terre. Le Chinois s'approche en remuant ses deux mains appliquées sur la poitrine et, baissant ùn peu la tête, il dit *Tsin, tsin ;* ou bien il demande : *Tchi ko fane ?* Avez-vous mangé votre riz ? ou simplement : *Ya fane ?* Quand c'est une personne de marque, il opère une génuflexion en touchant la terre du front. Les rois et les chefs de la Côte d'Afrique s'abordent en se serrant trois fois le doigt du milieu. Lorsque les femmes de la Côte d'Or (rien du département de ce nom) se présentent dans une assemblée, elles enlèvent le peigne qui retient leur chevelure et celle-ci se déroule sur leurs épaules. Les habitants des Cyclades se saluent en se jetant de l'eau sur la tête.

Les Danois s'abordent en disant : *Lev vel,* vivez bien. L'Espagnol dit : *Buenos dias, señor,* bonjour monsieur ; dans les provinces on dit plus généralement *caballero* (cavalier) au lieu de *señor;* — *Vaya con Dios,* allez avec Dieu ; *Como estad V. M.* (vuestra merced.) Comment va Votre Grâce ? — Comme les Italiens, les Espagnols disent souvent : *je vous baise les mains.* Les Éthiopiens ont le même cérémonial que les Abyssins (voyez ci-dessus). L'Écossais dit : *Hoos' à wi' ye?* Comment tout est-il chez vous ? Le Grec moderne dit : *Ti Kaneis?* Que fais-tu ? Les Hébreux, anciens comme modernes, disent : *Salam,* la paix. Les Hollandais disent : *Hoc vaart's ge?* Comment voyagez-vous ? *Hoc varat uwe?* Comment voguez-vous ? ou bien encore : *Smakelijk eten?* Avez-vous un bon dîner ? L'habitant de Horne se couche à plat ventre pour saluer. L'Italien, en général, dit : *Come sta?* Comment va ? Il est prodigue du *je vous baise la main* ou *les mains.* L'Irlandais vous dit : *Puissiez-vous faire votre lit en gloire !* Dans l'Hindoustan on prend la barbe de celui qu'on salue — ce qui serait une grave insulte dans beaucoup de pays voisins. Les Japonais ôtent une de leurs pantoufles. Les Lapons appuient fortement leur nez contre celui de la personne qu'ils saluent et le « flairent » énergiquement ; les coryzas, pituites, etc., doivent certainement être fort rares dans ces pays, car il y aurait un certain danger à exercer une pression quelconque sur un nez souffreteux. Les habitants de Lémurec, près des Philippines, se prennent réciproquement le pied et s'en frottent le visage. Ceux de Palaos en font autant. Les habitants de Loango saluent en agitant frénétiquement leurs bras et en sautant trois ou quatre fois en avant et en arrière. Salut bien difficile à faire pour les octogénaires... et les infirmes.

Les Nègres du Cap Lopez mettent un genou en terre et frappent trois fois leurs mains l'une contre l'autre en les élevant à la hauteur des épaules. Les Marianais passent la main sur l'estomac de la personne qu'ils veulent saluer. Les Mexicains campagnards se saluent au moyen de la prière de l'Annonciation ; l'un dit : *Ave, Maria purissima,* et l'autre répond: *Sin labe concebida.* A part cela, tous les autres saluts usités en Espagne. Les Napolitains disent volontiers : *Crescite in santitœ,* croissez en sainteté. En Orient, généralement, quand la personne à laquelle on s'adresse est d'un rang élevé, on se prosterne plus ou moins

profondément, jusqu'à s'agenouiller et mettre les mains et le front dans la poussière. Cela se passe ainsi dans nos possessions annamites et tonkinoises.

Les Otaïtiens et, d'une manière générale, tous les habitants de la Polynésie font

Fig. 203. — Indiens des bords de l'Amazone, se soufflant réciproquement une prise
dans le nez en guise de salut.

comme les Lapons : ils se frottent le nez l'un contre l'autre. (Glissez, mortels, n'ap-
puyez pas.) Les Polonais disent : *Do nog upadam,* à vos pieds nous tombons ; mais
on dit aussi plus communément : *Wiech bedzic panbog pochwalomy !* le Seigneur
Dieu soit loué ! Chez les Russes on dit : *Zdrastoni,* soyez bien ; *Rabe vash,* votre
esclave ; *Kholo'p vash,* votre serf ; *Bogo toboi !* Dieu soit avec toi ! Il paraît cepen-

dant que cette dernière expression a changé peu à peu de signification et qu'aujourd'hui elle tendrait à vouloir dire quelque chose comme : Allez au diable ! Il
en est d'ailleurs de même de notre Dieu vous bénisse ; bien souvent sa signification est tout autre que celle que présentent les mots, comme par exemple dans
cette phrase : « Comment ! vous avez encore brisé ce candélabre ! Que le bon
Dieu vous bénisse !!!...

Généralement, chez les peuples de race slave, on se salue en disant : *Nui*, paix.
Les insulaires de Socotora baisent sur l'épaule ceux qu'ils veulent honorer.
Le sultan et les hauts personnages de l'île Ternate ne donnent audience que *debout*, et tous leurs sujets restent assis, comme si cette position était beaucoup plus
humble que l'autre. Voyez pourtant comme les appréciations changent, d'une
frontière à l'autre ! Que dirait un ministre, entrant fortuitement dans l'un de
ses bureaux, et qui verrait tous ses employés s'asseoir brusquement, avec un admirable ensemble ?.....

*
* *

Chez les Mincopies, pour s'embrasser, on se souffle réciproquement au visage.
Quand les Mombouttous s'abordent, ils se présentent la main droite et se prennent
le doigt du milieu, qu'ils font craquer en disant : *ganigghi*. Les Diours, lorsqu'ils
se rencontrent, se crachent l'un sur l'autre ; c'est en même temps un gage d'affection et de fidélité. Jamais un pacte n'est conclu entre deux trafiquants, sans qu'ils
procèdent à cette répugnante opération. Les Thibétains tirent la langue en se
grattant en même temps l'oreille.

Enfin la plus amusante façon de se manifester l'amitié par un salut se rencontre chez les Indiens de l'Amazone. « Chez eux, dit M. Paul Lemosof, le tabac
ne s'aspire pas ; il s'insuffle. Placé dans un tube en os — souvent un os humain —
recourbé en forme de chalumeau, la poudre excitante est envoyée au creux du nez
par la bouche même du priseur. Bien mieux, à la rencontre d'un ami (*fig.* 203),
on s'offre fraternellement une prise en se soufflant mutuellement et simultané-
ment dans le nez la poudre de tabac. »

Voyez-vous cette mode gagner le boulevard ?

CHAPITRE XXIII

Fantaisies de la dernière heure.

———————

Chez les peuples civilisés, les cérémonies mortuaires revêtent une uniformité assez grande, autant par la manière dont s'opère l'inhumation que par les rites qui l'accompagnent. Il n'en est pas de même chez les races sauvages ou à demi-civilisées, où les funérailles sont parfois extraordinaires et fantasques au delà de tout ce qu'on pourrait imaginer. Elles varient d'ailleurs extrêmement d'une peuplade à une autre, même très voisines, ainsi qu'on va le voir par les exemples suivants, pris entre beaucoup d'autres et parmi les plus curieux. Il y a toutes les fantaisies possibles depuis le cas où le décédé est traité d'une manière plutôt sommaire (*fig.* 204), et celui où on lui élève un monument (*fig.* 205), soigneusement construit et décoré. La plupart des sépultures montrent que la croyance à la survivance de l'âme est extrêmement répandue, si même elle n'est pas générale. Les sauvages ont même sur la forme et les apparences de cette âme des idées bien particulières, puisque, bien souvent pendant des années, ils apportent aux défunts des vivres, de la boisson, des flèches pour se défendre et des pipes, toutes bourrées bien entendu, pour se distraire un peu dans l'autre monde. Quelquefois ils ornent les tombeaux d'objets singuliers, par exemple (*fig.* 206), des crânes et des objets en bois, grossièrement sculptés, qui rappellent sans doute les vertus du défunt.

Ce chapitre qui, *a priori*, pourrait sembler devoir être triste, sera au contraire, comme on va le voir, très amusant — par place tout au moins, ou peu s'en faut.

* **

Les Bagas-Forehs, qui habitent la Guinée française, ont des funérailles bien étranges qu'a fait connaître M. Jules Leprince; cette manière de quitter la vie n'est pas banale.

Un homme est-il mort? ses enfants, sa femme ne se lamentent pas, le sentiment qui les anime dans un pareil moment, c'est la colère de se voir abandonnés.

On installe le corps contre le mur de la case, on l'asseoit sur un tronc d'arbre, on le cale solidement sur les côtés avec des branches fourchues. Cela fait, on prévient les parents et les amis qui accourent furieux du départ de l'un des leurs. Lorsque tout le monde est rassemblé, la femme du défunt s'avance et s'adressant à celui qui fut son mari : « Ainsi, c'est entendu, tu me quittes, tu ne veux plus vivre avec moi ; d'où te vient cette décision ? N'ai-je pas toujours été pour toi

une épouse accomplie ? Ne t'ai-je pas donné autant d'enfants que tu le désirais ?
Ton riz et ton poisson n'étaient-ils pas cuits convenablement ? As-tu quelque
chose à me reprocher ? Rien ; alors pourquoi t'en vas-tu ? Lâche, traître, tu ne
partiras pas sans avoir reçu la correction qu'une pareille conduite mérite. »

FIG. 204. — Une sépulture abritée (Intérieur de Sumatra).

Alors les coups commencent à pleuvoir, jusqu'à ce que l'épouse fatiguée cède
la place aux enfants qui, comme leur mère, demandent au père la raison pour
laquelle il s'en va, vantent leurs qualités de fils, la soumission dont ils ont toujours
fait preuve envers lui et finalement le frappent en l'injurian . Aux enfants, les
parents et amis succèdent, accablant le malheureux décédé de reproches, de gifles
et de coups de poing. Aussitôt le défilé terminé, le cadavre est étendu sur le sol,

lavé à grande eau et enterré dans la case à un mètre de profondeur. Chaque jour,
à l'heure du repas, la famille déposera sur la tombe quelques grains de riz et un
peu de vin de palme dans le cas où le disparu aurait idée de venir la retrouver
pour prendre sa part du
repas.

L'enterrement se passe
toujours ainsi. Si c'est la
mère ou l'un des enfants
qui meurent, les rôles sont
intervertis, voilà tout.

Cette habitude d'enter-
rer dans les cases fait qu'à
un moment donné, la place
manque. Comme les Bagas-
Forehs ne voudraient con-
struire ailleurs et abandonner ainsi leurs morts, ils
n'ont d'autre moyen de concilier les choses que de démolir leur habitation en
renversant les murs à l'intérieur, ce qui leur fait un
soubassement sur lequel ils
édifient une nouvelle de-
meure. Et là on continuera
à enterrer pour démolir à
nouveau lorsque la place
fera défaut.

On peut voir ainsi des
cases, surélevées de 4 à 5
mètres au-dessus du sol et

Fig. 205. — Sépulture d'un chef aux îles Marquises.

où l'on accède par une échelle. C'est une preuve qu'il y a cinq ou six générations
de cadavres enfouies dans la hutte au sommet de laquelle la case se trouve perchée.

* *

En Australie, les morts sont traités de bien des manières différentes, qui toutes sont vraiment curieuses.

Dans certaines contrées, on enterre le cadavre debout, accroupi ou couché, en
ayant soin de l'entourer au préalable d'écorce ou de quelque autre substance,
pour qu'il ne soit pas en contact direct avec le sol. Parfois on élève un tumulus
au-dessus de la fosse; d'autres fois on se contente de la recouvrir d'une faible
épaisseur de terre, mais alors on la bouche avec des bâtons juxtaposés pour que le

mort n'en puisse pas sortir. La peur des revenants est telle que, dans certaines localités, on replie les jambes du défunt et on les attache solidement au corps pour qu'il ne puisse venir tourmenter les vivants (*fig.* 207). Il est assez fréquent d'enterrer les morts au lieu de leur naissance, et on a vu des indigènes vouloir creuser une fosse devant la cuisine d'un Blanc, pour y enterrer un vieillard né dans cet endroit. Dans le sud, on enlève la tête avant d'enterrer le cadavre ; le crâne, dont les sutures sont bouchées par des coquilles fixées au moyen de résine, est conservé pour faire une coupe à boire ou un vase à eau. Dans

FIG. 206. — Une sépulture à Haïti.

un bon nombre de districts, on laisse le corps se décomposer sur un échafaudage (*fig.* 208), et ce n'est que lorsque les os se séparent qu'on les recueille pour leur donner la sépulture. On trouve aussi en Australie des momies qui ont été séchées au feu et à la fumée. Une coutume des plus singulières est celle qui consiste à emporter les restes des morts dans toutes les pérégrinations de la tribu. On voit des mères porter pendant six mois les corps de leurs enfants, enroulés dans des morceaux d'étoffe, les poser la nuit à côté d'elles et ne les enterrer qu'au moment où ils sont réduits à l'état de squelettes. Dans quelques régions, dit Finck-Hatton, lorsqu'un vieux guerrier vient à mourir, on l'écorche avec soin ; après s'être régalé copieusement de sa chair, avoir rongé et nettoyé ses os, on les emballe dans la peau pour les promener, ainsi logés, pendant des années entières. Enfin, l'incinération est parfois pratiquée. Pour brûler les morts, on emploie un procédé des plus primitifs. Le cadavre est introduit dans un tronc d'arbre auquel on met le feu. Dans le Queensland, le deuil est porté pendant un certain temps. Les parents du défunt se revêtent d'un collier de paille jaune, fait de petits morceaux de chaumes de graminées et enfilés dans une ficelle qui peut faire dix ou vingt fois le tour du cou. Quelques femmes, à la mort d'un parent, se peignent le cou avec de la craie. Les aborigènes du cinquième continent, comme beaucoup d'autres sauvages, ne nomment jamais un défunt par son nom, de peur que l'esprit du mort ne soit mis sur leurs traces par le son de leur voix. (R. Verneau.)

***

Les Négritos-Papous ont une singulière façon de traiter leur chef défunt : ils le placent sur une estrade et allument au-dessous un feu de broussailles qu'ils entretiennent jusqu'à ce que le corps soit fumé, comme un simple hareng.

* * *

C'est aussi en le faisant sécher au feu — en le boucanant — que les Canaques traitent leur chef défunt. Ils le badigeonnent ensuite de noir et de rouge et, perçant un trou au sommet de sa case, ils le hissent par cette ouverture. Après l'avoir ainsi exposé pendant quelque temps, ils le redescendent dans la hutte qui, la porte fermée, devient sacrée.

Pour le commun des mortels, on enveloppe le défunt dans une natte ornée de perles et on lui met dans la main de quoi payer son passage dans l'autre monde. Puis on brûle sa case et tout ce qui lui a appartenu pendant que ses proches se lamentent, se font des brûlures aux bras et se déchirent le lobe de l'oreille. Ils laissent ensuite pousser leurs cheveux pendant trois ans sans les couper. L'ensevelissement a lieu dans des grottes ou dans le tronc de vieux arbres. Quelquefois on hisse le cadavre sur une plate-forme au sommet d'un arbre, ou bien on l'enterre de manière que la tête sorte du sol : au bout d'un an, on recueille cette tête et on la transporte dans un ossuaire : pour les Canaques, comme pour nous, la tête est la partie la plus noble de l'homme et doit être religieusement conservée.

Fig. 207. — Momie australienne.

* * *

En Malaisie, on garde des morts un singulier souvenir.

Quelquefois en effet, les lèvres des chefs morts sont coupées pour servir à la confection de bracelets de guerriers, bracelets qui ont la vertu de rendre invincibles ceux qui les portent. La manière dont ces sauvages les fabriquent mérite une mention spéciale : à l'aide de cordes de boyaux tressées d'une longueur appropriée, ils forment une sorte de tube gros comme le pouce, pouvant devenir un cercle destiné à être porté en bracelet au-dessus du coude. Ils font d'autre part sécher les lèvres, qu'ils enfoncent ensuite dans le tube jusqu'à ce que celui-ci en soit rempli ; cela demande souvent beaucoup de temps. Les Battaks expliquent la vertu de ces bracelets en disant que, leurs chefs ayant été puissants par la parole, leurs lèvres augmentent d'autant la force des guerriers qui les portent et les rendent invincibles. (J. Claine.)

Quant au cadavre lui-même, après l'avoir soigneusement lavé, ils le mettent dans un cercueil tressé en branchages et posé sur un socle en maçonnerie (*fig.* 209). Leur imagination se donne libre cours pour l'ornementation de ce cercueil que ne

désavoueraient pas des Européens peu soucieux de la solidité de leur dernière demeure. Des figurines grossièrement tracées doivent attirer au défunt la protection
des divinités de l'autre monde ; ce sont le plus souvent des images de la fameuse
divinité qui préside, en Afrique, à la naissance des jumeaux et dont nous avons
parlé au chapitre XX.

* *

Les Néo-Hébridais enveloppent leurs morts dans des nattes et les enterrent
dans les cases, les
grottes ou, en pleine
campagne, dans une
pirogue.

A l'île Pentecôte,
le mort est laissé dans
la maison des femmes
qui sont chargées d'é-
carter les mouches de
son squelette. A Mal-
licolo, lorsqu'un hom-
me meurt, la veuve
doit coucher sur sa
fosse jusqu'à ce qu'el-
le se remarie. A San-
to, il n'y a pas de veu-
ves, les femmes sont
étranglées après la
mort du mari. Sur la
Côte, les assistants
vont se laver les

Fig. 208. — Sépultures en plein air.

mains à la mer après l'enterrement, puis ils mangent les ignames du défunt. A
Mallicolo, on a l'habitude d'exhumer au bout d'un certain temps le squelette des
chefs décédés. La tête est placée sur un mannequin de paille et de liane, enduit de
terre glaise et peint en noir, en rouge et en bleu. Ce mannequin peut avoir une,
deux ou trois têtes, selon que le chef n'a pas perdu d'enfants mâles ou qu'un ou
deux de ses fils sont décédés. Ces mannequins sont placés dans une case spéciale
appelée *case des chefs*. (R. Verneau.)

* *

Quand l'un des leurs vient à mourir, les Négritos de Malacca allument du feu
pendant plusieurs nuits de suite sur sa tombe pour empêcher l'esprit de crier. Ils
placent aussi la tombe assez loin des habitations pour que le mort ne puisse pas
entendre le chant du coq et la dissimulent le mieux possible pour qu'on ne vienne

pas la violer : pour cela, ils piétinent la terre, la recouvrent de broussailles et y plantent même de jeunes arbres.

* * *

Faire avec les ossements de ses morts des objets de luxe paraît être chez nous un manque de respect. Il n'en est rien, ainsi qu'on va le voir, chez les Mincopies auxquels on ne peut reprocher cette manière de faire, car, par d'autres traits de mœurs, ils montrent qu'ils ont manifestement le culte des morts.

Chez ces peuplades du golfe de Bengale, les rites funéraires sont à peu près les mêmes pour les enfants et les adultes. Toutefois les premiers sont toujours enter-

Fig. 209. — Cercueil d'un chef aux îles Marquises.

rés au milieu du campement; les seconds sont transportés au plus épais de la jungle et tantôt enterrés, tantôt exposés sur une plate-forme élevée à la bifurcation de deux grosses branches. A la mort d'un enfant, les parents, les amis restent pendant des heures entières pleurant autour du petit corps. Puis, en signe de deuil, ils se peignent de la tête aux pieds avec une pâte d'argile olivâtre. En outre, après s'être rasé la tête, les hommes se placent au haut du front, et les femmes sur le sommet de la tête, une motte de la même pâte. Dix-huit heures sont généralement employées à faire la toilette du mort. La mère, après avoir rasé la tête de son enfant, la peint, ainsi que le cou, les poignets et les genoux, avec de l'ocre et de l'argile blanche. Puis on ploie les membres et on les enveloppe dans de larges feuilles, maintenues par des cordelettes. Le père creuse la fosse sous le foyer même de la hutte. Quand tout est prêt, les parents disent un dernier adieu à celui qu'ils ont perdu en lui soufflant doucement deux ou trois fois sur la figure. Enfin on achève de l'envelopper de feuilles, et on le descend accroupi dans la fosse, qui est immédiatement comblée. Alors on allume le feu et la mère dépose sur la tombe une coquille contenant quelques gouttes de son propre lait pour que l'esprit de son enfant puisse se désaltérer. Les Mincopies croient en effet que l'un des deux principes qui animent le corps hante pendant quelque temps son ancienne demeure. Pour qu'il ne soit pas troublé, la communauté abandonne son campement, après avoir entouré la hutte ou même le village entier d'une guirlande de roseaux (ara), dont la présence doit apprendre à tout survenant que la mort a frappé un des habitants et qu'il doit s'éloigner. Tant que dure le deuil, le village reste abandonné. Au bout de trois mois environ, on y revient, on enlève la guirlande funèbre et l'on exhume le corps. Le père recueille les ossements, les nettoie avec soin et les divise en petits fragments propres à être disposés en colliers. Le crâne est soigneusement peint en jaune, recouvert d'une sorte de filet que décorent de petites coquilles, et la mère le suspend à son cou par une cordelette. Le père, au bout de quelques jours, porte à son tour cette espèce de relique. Les autres os servent à faire des colliers que les parents distribuent à leurs amis à titre de souvenirs. A la même époque on enlève la motte de terre glaise portée jusque là comme signe de deuil et l'on reprend les peintures et les ornements habituels. Toutes les cérémonies ne sont pourtant pas encore accomplies. A un jour convenu, les amis de la famille se réunissent autour de la hutte : le père, tenant serrés dans ses bras les enfants qui lui restent, chante quelque vieille mélopée dont le refrain est repris par les femmes, tandis que tous les assistants expriment leur sympathie par de bruyantes lamentations. Puis les parents, après avoir exécuté la *danse des pleurs*, se retirent dans leur hutte et la danse dure encore pendant plusieurs heures. La mort d'un adulte donne lieu à des manifestations à peu près semblables. Un feu est allumé sur la tombe ou sous la plate-forme qui supporte le corps ; une coquille de nautile pleine d'eau et divers autres objets sont déposés auprès. Le village est également abandonné et entouré de l'*ara*. Au temps voulu, les ossements sont nettoyés et distribués pour être disposés en colliers. Les crânes, conservés dans le campement, sont portés à tour de rôle pendant quelques heures par tous les membres de la communauté. (de Quatrefages.)

* *

Lorsqu'un Banyaï (du sud du Zambèze) meurt, on bat du tambour toute la nuit, sans doute dans le but d'éloigner les mauvais esprits qui tournent autour du défunt. Si le décédé est un chef, la loi est suspendue jusqu'à ce qu'il soit remplacé. Aussi durant cet interrègne les voleurs s'en donnent-ils à cœur joie : ils sont sûrs de l'impunité.

* *

Chez certains Nègres du Congo les funérailles s'accompagnent de véritables réjouissances.

Quand un décès a lieu, tous les parents et les amis, toutes les connaissances du défunt se rassemblent, et les roulements de tambours, les danses, les chants, les orgies de toute espèce se prolongent plus ou moins suivant la fortune de la famille. La grande ambition de la plupart des Nègres d'Angola est de faire à ceux qu'ils aiment des funérailles fastueuses. Si l'on demande à l'un d'eux de vendre un animal, il répond : « C'est impossible, je le garde, pour le cas où mourrait

Fig. 210. — Une tombe au Congo.

un de mes amis. » Il est d'usage de tuer un cochon le jour de l'enterrement et d'en jeter la tête dans la rivière la plus voisine. Si, dans cette circonstance, vous rencontrez un homme ivre, ce qui n'est pas rare en cette occasion, et que vous lui reprochiez son état, il vous répond : « Mais ma mère est morte, » d'un air qui prouve que cette excuse lui paraît suffisante. Les dépenses de ces funérailles sont tellement lourdes, qu'il s'écoule souvent plusieurs années avant que la famille soit parvenue à les solder. (Livingstone.)

Dans l'intérieur du pays, on procède d'une façon différente, en poussant des lamentations déchirantes destinées à faire fuir les mauvais esprits qui ont causé la mort. On entoure la sépulture — placée généralement à l'entrecroisement de deux sentiers — d'euphorbes, et l'on met dessus (*fig.* 210) des vases, des pipes brisées, des flèches, de vieux fusils d'origine européenne, etc., sans doute pour le cas où le défunt aurait des velléités de s'en servir.

*
* *

En signe de deuil, les Makonas portent au front et aux bras des bandelettes de toile blanche ou des feuilles de palmier.

Ils n'admettent pas que la mort soit un phénomène naturel ; d'après eux, elle est due aux maléfices d'un sorcier, et les parents s'adressent au devin pour le dénoncer. Ce dernier remplit son rôle d'une manière étrange: il suit le premier chien ou la première poule qu'il rencontre et la maison où ces animaux s'arrêtent est considérée comme celle du sorcier. On soumet le malheureux à l'épreuve du poison, à laquelle naturellement il ne réchappe presque jamais. Les parents sont d'autant plus satisfaits que souvent, dans son délire, l'infortuné s'accuse lui-même du trépas qu'on lui reproche.

*
* *

Les Cafres n'ont pas le respect des morts et ne croient pas à la survivance de l'âme. Quand l'un d'eux meurt, ils l'attachent avec des cordages et le traînent loin du camp où il ne tarde pas à être dévoré par les hyènes.

*
* *

Chez les Khevsoures, qui habitent certaines régions du Caucase, on n'attend pas que le moribond soit décédé pour le sortir de son habitation que, sans cela, il rendrait impure. On laisse le cadavre à la porte, sur la terre nue, revêtu de ses plus beaux habits et à côté de ses armes. Pendant trois jours les amis se lamentent sous la haute direction des femmes qui, pour ce service, reçoivent chacune un pain plat, deux livres de beurre ou de fromage et deux livres de sel. Ce n'est que le quatrième jour qu'on porte le mort au cimetière ; on lui enlève ses beaux ornements et on met à côté de lui une tartine de pain et de beurre, des pommes sauvages, des noix, un peigne et un miroir. Dans l'assistance, on remarque toujours un suivant peu banal : c'est le cheval du défunt, que l'on donne au meilleur ami du mort et auquel on adresse un discours bien senti. Pour clore la cérémonie, on se livre à un festin frugal, dans lequel chacun reçoit un petit morceau de foie de veau.

*
* *

Les Ostiacks rendent leur culte aux morts..... sous forme de poupées.

Le cadavre est enseveli dans une petite construction en bois, ayant la forme d'une iourte. Sous le toit se trouve une natte de morceaux d'écorce de bouleau cousus ensemble et, au-dessous, se trouve le corps, déposé dans un fragment de barque, sciée en deux. Par-dessus le cadavre, enveloppé d'un linceul de toile, sont étendus des vêtements en peaux ; à côté du mort sont déposés différents objets, sa ceinture et son couteau, sa pipe, sa blague, des patins et des boutons en métal. La tombe d'une femme, fouillée par M. Sommier, renfermait une figurine en bois, probablement un *chongot*, image du mari défunt, et un petit baril renfermant les objets les plus précieux de la défunte, des verroteries. Une autre sépulture contenait un bâton qui, d'après les indigènes, était l'insigne d'un chaman (prêtre). Ailleurs c'est un arc, un piège, une pipe. Sur presque tous les tombeaux est déposée une rame. Cet instrument, ayant une forme bien différente suivant qu'il est manié par un homme ou par une femme, permet de reconnaître d'avance le sexe de la personne ensevelie. Chez les Ostiacks, le culte des morts tient une large place dans leurs naïves croyances. A la mort de chaque membre de la famille, ils façonnent une figure en bois à laquelle ils prodiguent tous les soins qu'ils donneraient au personnage vivant, et, chaque année, à l'anniversaire du décès, ils viennent faire un repas funéraire sur la tombe du défunt. La figurine, image du mort, est une grossière poupée haute de 20 à 30 centimètres, habillée d'un *gous* en drap. Le chongot est placé dans l'habitation, sur un morceau de peau, et maintenu droit devant le feu. Quand la famille prend ses repas, les femmes à qui incombe la tâche de le soigner déposent de la nourriture devant lui ; le matin, elles le lèvent, et le soir, elles le couchent soigneusement sous de bonnes peaux. (Rabot.)

Les Hindous, considérant la mort comme un simple changement d'existence, vont à l'enterrement comme ils iraient se promener, sans manifester aucun signe de chagrin.

Arrivés au champ d'incinération entouré d'un mur circulaire, les uns coupent le bois ou arrangent le bûcher ; d'autres, assis sur le sommet des murs, soufflent dans leurs instruments ou hurlent, en riant, un lugubre refrain. Au milieu de ce vacarme et de cette fumée nauséabonde, quelques enfants s'amusent à jeter à la mer des crânes et des ossements résultant des incinérations précédentes. Le bûcher arrangé, les parents placent le corps par-dessus et le recouvrent de menu bois jusqu'à ce qu'il soit entièrement caché. Alors le fils aîné ou le plus proche parent du défunt s'approche en se frappant la poitrine et en poussant des cris lamentables ; il saisit une torche et met le feu aux quatre coins de la pile ; la flamme monte rapidement et les assistants l'avivent en y jetant de l'huile. Bientôt le corps apparaît comme une masse incandescente ; à ce moment, si le défunt est un brahmane, son fils s'approche armé d'une massue en fer et lui fend le crâne d'un seul coup pour permettre à l'âme de s'échapper. Ce dernier devoir rempli, il va rejoindre le cercle des amis, qui, accroupis sur le haut du mur, causent tranquillement de leurs affaires ou fument leur *houkah*. Quand tout est réduit en cendres, on arrose l'emplacement et l'on jette les quelques restes calcinés à la mer ou dans un coin. (Rousselet.)

* *

M. J. Philaire a recueilli d'intéressants renseignements sur la crémation dans l'Inde méridionale, pour laquelle on se sert d'un singulier combustible.

Le convoi s'avance lentement dans les rues de la ville en passant sur de longues bandes de toile blanche que des coolies étendent sur le sol, les unes à la suite des autres, en ayant soin de les rouler après le passage du cortège pour les reporter au-devant de lui. Ce tapis n'est enlevé qu'au sortir de la ville ; on précipite alors l'arrivée au bûcher.

Le lieu du bûcher se reconnaît facilement : il est généralement situé au bord d'une route ou d'un chemin. A cet endroit, la terre est recouverte d'une épaisse couche de cendres grises, au milieu desquelles on trouve des débris de poteries et d'ossements. Auprès de là, on remarque de petites élévations de terre, toutes dirigées du nord au sud, et à l'extrémité desquelles croit souvent un pied de pervenches; ce sont des tombes d'enfants.

Pour construire un bûcher, on dispose au fond d'une petite cavité et sur toute sa longueur, une série de bûchettes de bois (bois de santal pour les riches Hindous), rangées transversalement, et que l'on recouvre d'une couche de... bouses de vaches, aplaties et desséchées; c'est le meilleur combustible, il est en outre sacré, c'est le purificateur par excellence. Les femmes hindoues sont chargées de sa récolte, et malgré leurs nombreux bijoux et leurs riches vêtements, elles ne craignent pas de le ramasser dans les rues ou sur les routes ; après l'avoir roulé dans la poussière, elles le portent *majestueusement* dans leurs mains jusqu'à leurs habitations, sur les murs desquelles elles l'aplatissent pour le faire sécher au soleil. La plupart des cases indiennes possèdent cette ornementation d'un genre assez particulier.

Quand le convoi arrive au bûcher, il y est reçu par le gardien de celui-ci, c'est-à-dire par l'homme chargé de le dresser et d'en surveiller la combustion. Ce gardien cumule ces fonctions à celle de barbier. Le palanquin funèbre est alors déposé à côté du bûcher, sur lequel on couche le mort, enveloppé dans un voile de soie et la tête, toujours dirigée vers le sud, placée sur un oreiller. On emporte ensuite le palanquin. Celui-ci est assailli à ce moment-là par une nuée de femmes et d'enfants qui se disputent les guirlandes de jasmin qui l'ornaient et s'en parent.

Alors commencent diverses cérémonies, dirigées par un brahme qui annonce chacune d'elles par un son rauque qu'il rend en soufflant dans une coquille. La famille entoure le bûcher, presse le défunt de questions, lui adresse des prières ; elle lui présente du riz, lui en met quelques parcelles dans la bouche, elle lui offre aussi du bétel, dont elle lui teint les lèvres ; enfin, elle procède à l'enlève-ment des bijoux, véritable travail, surtout chez les femmes, qui en sont couvertes (5 à 6 kilogrammes). Le plus proche parent du mort s'avance alors et se tient debout à la tête du bûcher ; le brahme lui place sur l'épaule une *panelle* en terre (vase sphérique très en usage dans l'Inde), remplie d'eau, quelquefois même d'urine de vache, et dont l'orifice supérieur est fermé par un paquet de fleurs. Cette panelle est entourée d'un lien, le brahme y donne un coup sec à l'aide d'une petite pierre, ce qui détermine une fêlure par laquelle s'écoule le liquide en un mince filet ; le porteur fait alors le tour du bûcher en tournant le dos à celui-ci, et en arrose ainsi la base, puis il laisse tomber à terre la panelle, qui se casse et dont il place les morceaux à côté du cadavre. La même personne prend ensuite un tison enflammé de bois de santal, et le glisse au milieu des bûchettes de bois.

Le bûcher ne tarde pas à entrer en ignition et une légère fumée se fait jour en quelques points. Le gardien dispose tout autour et par-dessus un grand nombre de bouses desséchées. Cette opération se fait au milieu des pleurs de la famille qui adresse ses adieux au défunt ; les domestiques se livrent surtout à des contorsions inimaginables, ils poussent de vrais cris de douleur qu'ils accompagnent d'abondantes larmes, dont l'alcool favorise ordinairement le déversement.

Puis tout le monde se retire et l'incinération continue sous les yeux du brahme.

*
* *

La crémation, chez les Todas, est accompagnée de cérémonies bizarres.

Le lendemain du décès, on transporte le cadavre au *village de la destruction*, accompagné d'un petit troupeau de buffles lui ayant appartenu. Une fosse y a été creusée au préalable ; quand on y est arrivé, les assistants prennent un peu de la terre remuée et la jettent par trois fois vers les buffles. Puis le corps est placé, la face en bas, sur un bûcher composé de sept essences de bois différentes et toujours les mêmes.

On l'enflamme avec le *feu sacré* que le *vorshâl* a obtenu par frottement (voir chapitre V). Avant que les flammes atteignent le corps on coupe une mèche de cheveux au défunt. Les assistants lui crient en guise d'adieu : « Nous tuerons des buffles pour vous ; vous partez pour l'*anmôr*, puissiez-vous avoir du lait à boire ; puissent tous vos péchés s'effacer ! » A ce moment on tue un ou deux buffles, et, à mesure qu'un animal tombe, les femmes, les enfants l'entourent, le comblent de baisers et de caresses ; puis tous les assistants s'accroupissent deux à deux, front contre front, et se livrent à des lamentations jusqu'à ce que le corps soit consumé ; les débris du crâne sont réunis à la mèche de cheveux précédemment coupée, et le tout est placé dans une pièce d'étoffe qui sera gardée jusqu'à l'époque du *bara kêdu*. L'or et l'argent, les bijoux du défunt sont recueillis au milieu des cendres. Le reste des ossements du cadavre et ses ornements de moindre valeur sont mis dans la fosse, que l'on comble et que l'on couvre d'une pierre après l'avoir arrosée d'eau contenue dans une panelle. Le vase de terre qui a servi à cette libation est brisé. Le nom d'un individu mort n'est jamais prononcé, pas même quand sa personne fait le sujet de la conversation. Quelques mois après la crémation du corps, on procède au *bara kédu*, dont la cérémonie dure deux jours. Parfois deux ou plusieurs familles se réunissent pour la rendre plus brillante. Toutes les tribus voisines y sont invitées. Dans la matinée du premier jour et avant l'arrivée des hôtes, chaque famille brûle, en petit comité, tout ce qui a appartenu au défunt, ses vêtements, son bâton, son seau à lait, etc. Le reste de ce premier jour est rempli par des danses lentes et graves, accompagnées de cris, plutôt que de chants. La seconde journée offre à l'observation des scènes bien autrement frappantes. Le parc à bestiaux a reçu un troupeau de buffles dont on a nettoyé avec soin les cornes et le pelage. Sur le mur d'enceinte, haut de deux mètres et demi, épais de plus d'un mètre, se presse une foule bruyante en habits de fête. Surexcités par ce spectacle inaccoutumé, les buffles se ruent à chaque instant contre cette barrière dont ils sont repoussés à coups de bâton. Quand leur fureur est au comble, une demi-douzaine de jeunes gens entrent dans cette arène armés de longues massues faites de bois sacré (*tudé*), et frappent à coups redoublés sur ces animaux, objets habituels de leurs soins les plus assidus. Puis s'élançant deux à deux, ils saisissent à la fois par les cornes et les naseaux l'animal qu'ils ont choisi, tandis qu'un de leurs compagnons s'empare de la queue. A eux trois, ils courbent le buffle jusqu'à terre et lui passent au cou une petite clochette. L'un après l'autre tous les buffles sont domptés de la même manière. Pendant cette lutte dangereuse et souvent sanglante, le grand-prêtre, appelé le *pálál*, a déposé à l'entrée du parc les restes de crâne et les mèches de cheveux conservés lors des premières funérailles. Prenant deux ou trois poignées de terre, il les a jetées vers les buffles. Alors, tour à tour, chacun de ces animaux est traîné jusqu'auprès des reliques mortuaires et il tombe sous la hache du pálál. Bien entendu, qu'à peine mort, il est pleuré et caressé comme nous l'avons vu précédemment. (de Quatrefages.)

Finalement, tout ce qui reste du défunt est brûlé dans une enceinte spéciale et les cendres sont enterrées sous une large pierre.

***

Chez les Aïnos, l'enterrement d'un chef n'a lieu qu'environ un an après sa mort. Entre temps, on lui enlève ses intestins, et sa fille ou sa veuve sont chargées de les laver tous les jours avec des liquides conservateurs. Au moment de l'ensevelissement, si le corps est bien conservé, on leur adresse des félicitations ; sinon, on les met à mort.

***

Il y aurait beaucoup à dire sur la mort chez les Chinois, lesquels passent, pour ainsi dire, toute leur vie à économiser de l'argent afin d'avoir un « bel enterrement ». Chez eux, la vie d'un autre homme ne compte guère, et la sienne propre n'a pas non plus une bien grande valeur. Aussi le suicide qu'ils représentent d'ailleurs d'une manière plutôt un peu folâtre (*fig.* 211), est-il plus fréquent chez eux que partout ailleurs : il se voit à tout âge et dans toutes les classes de la société, mais il est surtout en grand honneur chez les femmes. Le Dʳ J.-J. Matignon, attaché à la Légation de France à Pékin, a été amené à établir que le suicide avait des causes nombreuses dont voici les principales : 1° vengeance, rancune ; 2° point d'honneur et « perte de face » ; 3° jalousie, colère, dépit ; 4° situation pénible, ridicule ; tristesse et chagrin ; 5° question d'argent ; 6° piété filiale ; 7° fidélité conjugale ; 8° misère ; 9° folie et religiosité.

Nous nous contenterons de rapporter ce que le Dʳ J.-J. Matignon dit des deux premières catégories de ces cas de suicides.

« Le motif de suicide par vengeance ou rancune est quelquefois sérieux. Mais fréquemment aussi, sa futilité est telle que notre intelligence d'Occidentaux ne peut comprendre comment une cause, insignifiante à nos yeux, peut déterminer pareille résolution. Le Chinois est un être vindicatif. Il est, en même temps, un impulsif, cédant au premier mouvement de colère ou de mauvaise humeur. Vengeance préméditée, emportement irréfléchi amèneront au suicide pour la même raison : satisfaction d'amour-propre par l'idée qu'on pourra nuire à son semblable.

Un proverbe chinois qui a force de loi dit : « La vie se paye par la vie », aussi comprend-on quelle mauvaise affaire a sur les bras la personne à cause de qui on se donne la mort. Quelquefois, un mendiant éconduit se venge de vous en se coupant la gorge devant votre porte ; ce sont là les cas les plus heureux, car un cercueil au corps, quelque argent à la famille et de bons et sérieux pots-de-vin à la justice vous permettent de vous en tirer les mains nettes.

Fig. 211. — Le génie du suicide, tel que le représentent les habitants du Céleste-Empire.

Il est rare que le suicide par vengeance juge des questions d'honneur. Si l'on examine bien toutes les causes de ce genre de mort on voit que, presque toujours, la question d'argent y joue un rôle capital. Nulle part le Veau d'or n'a autant d'adorateurs qu'en Chine. Un individu a été ruiné par un autre : il va se pendre à sa porte. Deux commerçants se font une concurrence acharnée : celui qui se sent le moins fort avale de l'opium et vient mourir dans la boutique de l'adversaire.

Un plaideur perd un procès ; sa cause était pourtant bonne ou il le croyait. Il demande en vain la revision du jugement, qu'il ne peut obtenir. A bout de patience, il se donne la mort devant la maison de son ennemi, convaincu que son suicide amènera la revision de son procès et, partant, la ruine de son rival. « Comment, dit le P. Amyot, des gens qui ne craignent pas la mort et attentent sur eux-mêmes avec tant d'intrépidité, comment, étant déterminés à mourir, ne se donnent-ils pas la satisfaction de rassasier leur vengeance et leur haine du spectacle d'un ennemi nageant dans son sang ? Qui est déterminé à mourir peut arracher la vie à qui il veut. C'est que le préjugé public a attaché je ne sais quelle gloire de magnanimité et d'héroïsme à attenter sur soi-même, pour se venger d'un ennemi qu'on ne peut écraser. C'est qu'on est sûr de lui faire une affaire horrible en se tuant, et qu'on n'est pas sûr de le tuer, quelque précaution qu'on prenne. C'est qu'en trempant la main dans le sang de son ennemi, on expose toute sa famille, on la flétrit, et on se prive soi-même des honneurs funèbres ; au lieu qu'en se donnant soi-même la mort avec intrépidité, on espère des dédommagements de la famille, et on descend soi-même dans le tombeau avec gloire. C'est qu'on se tue soi-même dans l'accès d'une colère, dans la frénésie d'une vivacité poussée à bout, dans la rage du désespoir, et que pour tuer un autre, il faut y penser, en épier l'occasion, et la réflexion, qui a le temps d'éclairer l'âme, en fait perdre la pensée. C'est qu'enfin les Chinois craignent plus de souffrir que de mourir et que la justice chinoise a trouvé le moyen de rendre l'état de criminel plus insupportable que son supplice. »

Les morts volontaires sont considérées comme plus ou moins cruelles. La plus dure est la pendaison, puis l'ouverture de la gorge, puis le poison. Ce sont là les trois modes de suicide les plus sévères, mais on ne les emploie pas au hasard, surtout quand il s'agit de se venger. La vengeance sera d'autant mieux assouvie que le procédé employé aura été plus dur. Au Japon, au contraire, l'idée de vengeance est mise de côté. Seul le courage individuel est considéré et sera d'autant plus admiré que le mode de suicide aura été plus terrible : prendre la ferme résolution de faire « hara-kiri », prévoir toutes les souffrances qui en résulteront, saisir d'une main ferme le couteau, s'ouvrir froidement le ventre et attendre calmement la mort, est le propre des héros. « Si vous voulez mourir, mourez comme un Samouraï ! » Être éminemment artiste, le Japonais cherche à faire de l'art jusque dans la mort.

Le Chinois qui veut se venger prend toutes ses précautions pour que sa mort porte les fruits désirés. Non seulement il s'arrête à tel ou tel mode de suicide, mais encore il a soin de glisser, dans son gilet ou dans sa botte, une sorte de réquisitoire dans lequel il explique les mobiles qui l'ont poussé à cette résolution extrême et dénonce à la justice la personne cause occasionnelle de sa mort. Ce papier tombe entre les mains du délégué de la justice, qui seul a le droit d'examiner le premier les cadavres. Mais voici le plus haut degré de raffinement dans la préméditation de la vengeance. Certains suicidés craignent que leur réquisitoire ne soit volé et, partant, que la justice ne puisse leur donner satisfaction posthume.

Ils l'écrivent sur leur peau, sachant que personne n'osera y toucher, car un préjugé chinois prétend qu'il est impossible de faire disparaître les caractères tracés sur l'épiderme d'un mort.

Les tentatives de suicide par vengeance ne sont pas toujours heureuses. Le cas suivant m'a été conté par un de mes amis qui connaît à fond les Chinois et leur langue. Une femme, traquée par un usurier, avale un beau jour de l'opium, en quantité suffisante et se rend à son bureau pour y mourir. Mais notre homme ayant deviné de quoi il retournait fit fermer les portes et, avec le concours de ses domestiques, assomma cette femme, qui, à la nuit, fut déposée dans un endroit écarté sous la muraille. L'affaire, grâce à de l'argent donné au mari et à la justice, fut étouffée pendant longtemps, mais finit à la longue par être connue. Elle n'est pas encore totalement élucidée : l'usurier est trop riche !

Les Chinois redoutent beaucoup ce suicide par vengeance, car il est une source d'ennuis sans fin et une cause de ruine pour celui qui en est considéré comme la cause. Dans la *Cité Chinoise*, Simon cite le cas suivant, pour montrer la crainte qu'inspire le suicide d'autrui. Un homme chargé de sapèques rencontre sur un pont un autre homme qui les lui enlève. « Voleur, rends-moi mes sapèques ! » Le voleur court : « Voleur, si tu ne me rends pas mes sapèques, je me noie, » et le voleur rapporte les sapèques. » Doux pays, où la peur du suicide peut économiquement remplacer la maréchaussée !

La crainte du suicide est parfois habilement exploitée pour régler des situations, surtout financières, difficiles. C'est un mode de chantage qui réussit assez bien. Un commerçant criblé de dettes, à la veille d'une faillite, résolut de frapper un grand coup. Il déclara bien haut qu'il allait se pendre et que, partant, ses créanciers n'auraient qu'à en souffrir. Avec ostentation, il accrocha une corde à une poulie, monta sur un escabeau, engagea sa tête dans le nœud coulant, mais avant de donner à l'escabeau le coup de pied définitif, qui devait par suspension le faire passer de vie à trépas, il dépêcha son fils chez deux ou trois créanciers, pour leur faire part de la situation, les effrayer et, sûr du résultat, attendit patiemment, la corde au cou, la remise d'une partie de ses créances : ce qui fut fait.

C'est là un cas d'intimidation préméditée par menace de suicide. Mais elle peut être spontanée. Un de mes vieux amis, ancien officier, a été témoin du fait suivant : un jour, traversant rapidement, en charrette, une rue de Tien-Tsin, son cocher accroche une djinritcha qui est à peu près brisée. Le pousse-pousse crie, réclame en vain. Le cocher, qui conduisait un Européen, faisait la sourde oreille, ayant, de ce chef, une quasi-immunité. Le pousse-pousse essaya d'un grand argument : il tenta de se pendre au brancard au moyen d'une corde et on eut toutes les peines du monde à s'y opposer. En présence de cette tentative, le cocher avait perdu toute son assurance et la chose aurait eu pour lui une triste issue, s'il n'avait eu dans sa voiture un ami de notre consul.

Un suicide est toujours une triste affaire pour celui contre lequel il est dirigé ;

car la justice chinoise est chose fort dispendieuse, ruineuse même, sans parler des mauvais traitements que pendant de longs mois elle fait subir dans les prisons [1]. Aussi très souvent pour éviter la ruine des siens et la pénible situation de prévenu, celui pour lequel on s'est tué se tue à son tour; ces *suicides par ricochet* sont très connus.

Le suicide par vengeance paraît tout naturel aux Chinois. « Le seul regret d'un homme qui va se suicider est de ne pouvoir recommencer. On cite le cas d'un homme qui, au moment de se suicider, déplorait les circonstances qui l'empêchaient de se tuer devant la porte de deux ennemis et l'obligeaient à se limiter à un seul. »

« Perdre la face » est une expression que tout le monde comprend et emploie en Chine, mais dont il est difficile de donner une définition exacte, tant sont nombreuses les situations auxquelles on l'applique, tant elle dépeint d'états particuliers, absolument différents les uns des autres. « Perdre la face » correspond à toutes les blessures d'amour-propre, à tous les froissements de points d'honneur. Dans son sens le plus général, elle embrasse toutes les formes et tous les degrés de l'humiliation. La susceptibilité étant fonction du caractère de chaque individu, on voit combien sera variable la gamme des « pertes de face ». Tout et rien, un oui ou un non, vous font « perdre la face ». Un candidat échoue aux examens, il « perd la face »; un domestique vous vole et vous le prenez sur le fait, il « perd la face »; un loustic se moque de vous dans la rue; vous lui répondez et faites rire l'entourage à ses dépens, il « perd la face »; vous avancez une chose que vous ne pouvez prouver, vous « perdez la face ». « Perdre ou avoir la face », voilà une question capitale pour tout Chinois, Empereur, mandarin ou coolie; et nous allons voir tout à l'heure que beaucoup de Célestes perdent la vie pour « gagner la face ».

Ce que nous appelons le point d'honneur rentre dans la « question de face » dont il n'est qu'une des nombreuses formes. Le suicide par point d'honneur — tel que nous comprenons ce dernier en Europe — existe parfaitement en Chine. Un des cas les plus connus est celui du dernier des Ming [2]. Dès que l'Empereur apprit que les Mandchoux étaient les maîtres de Pékin et qu'il était, en conséquence, déchu de son trône, il se pendit à un arbre du palais pour ne pas sur-

---

1. J'engage ceux des lecteurs qui voudraient se faire une idée de ces mauvais traitements à consulter dans *la Guerre de Chine*, par de Mutrécy, le rapport du comte d'Escayrac de Lauture, fait prisonnier lors du guet-apens de Tong-Tchéou, et qui eut à souffrir, dans les prisons chinoises de Pékin, jusqu'au moment de notre entrée dans la capitale du Fils du Ciel.

2. Voici la lettre écrite, *avec son sang*, par Havaï-Tsoung, le dernier des Ming, à Li-Tseu-Ching, le chef des révoltés qui s'était emparé de Pékin : « J'ai perdu le royaume que j'avais hérité de mes pères. J'ai achevé en moi la race royale que tant de rois, mes ancêtres, avaient perpétuée jusqu'à moi. Je vais donc me fermer les yeux pour ne pas voir mon empire détruit ou dominé par un tyran. Je vais me priver de la vie, parce que je ne pourrais souffrir d'en être redevable au dernier et au plus indigne de mes sujets. Je ne puis plus paraître devant ceux qui, ayant été mes enfants et mes sujets, sont présentement mes ennemis et des traîtres. Il faut que le prince meurt, puisque l'État meurt aussi. »

vivre à sa honte. Durant la guerre sino-japonaise, l'Empereur actuel, en présence
du désastre de ses armées, dit à son entourage, à la nouvelle de la marche des
troupes victorieuses du Mikado sur sa capitale : « Je sais ce qui me reste à faire.
Il y a encore des branches à l'arbre du parc auquel s'est pendu le dernier des
Ming. » Les circonstances ne lui ont pas donné l'occasion de passer de l'idée à
l'acte.

L'histoire a consigné la fin du dernier des Soung. Les flottes tartares avaient

Fig. 212. — L'épouse de Tchou-yen se jette dans les flammes
(d'après une gravure chinoise).

détruit les dernières forces chinoises, sur les côtes du Kouang-Tong, quand le
premier ministre Lo-Siéou-Seu, voyant qu'il n'avait plus d'espoir de salut, prit le
prince entre ses bras, se jeta avec lui dans la mer en disant : « Il vaut mieux
mourir que de déshonorer les ancêtres de l'un de nous par une honteuse capti-
vité. »

Souvent les insuccès politiques ou militaires se jugent par le suicide : on a
beaucoup parlé de celui de l'amiral Ting qui, après l'écrasement de la flotte
chinoise à Oué-a-Oué, essaya par une mort violente d'honorer la défaite lamen-
table de son escadre.

Le suicide par point d'honneur se voit surtout dans les hautes sphères sociales et administratives. Il est très glorifié par le confucianisme et très admiré par les lettrés chinois, aussi faut-il voir le regard approbateur de ces derniers, quand vous leur dites connaître l'histoire de Ou-tchong-soung, ou surtout celle du censeur Ou-kou-tou.

Le premier était un vieil académicien, ancien juge criminel de Kouang-si, qui, en 1861, à l'âge de quatre-vingt-dix ans, dut se réfugier à Chou-san, pour échapper à la révolte des Taï-pings. Il passait son temps à méditer dans le temple de Confucius sur la loyauté et le dévouement des serviteurs de l'Etat, pensant surtout à un de ses élèves, mort avec honneur en combattant pour l'Empereur, et à ceux de ses amis qui, dans des circonstances identiques, avaient laissé une bonne mémoire pour la postérité. Il chercha à réparer ses fautes et la honte de mourir, tranquillement, dans un lit, alors que la Chine était en danger. Pressentant la capitulation de Chou-Say, il construisit dans la cour du temple un bûcher et lorsqu'il apprit que les Taï-pings étaient les maîtres de la place, il monta sur son bûcher, pressant sur sa poitrine les tablettes de Confucius, et ordonna à ses domestiques de le faire brûler.

Le cas d'Ou-kou-tou est dans toutes les mémoires des Pékinois. Celui-ci était un censeur du Palais qui avait protesté d'une façon très énergique, contre l'élection au trône de Kouang-Siu, l'Empereur actuel, qu'il ne considérait pas — à juste titre d'ailleurs — comme le successeur légitime de Toung-tche ; Kouang-Siu ayant été proclamé Empereur, Ou-kou-tou ne pouvait plus servir sous un prince dont il avait contesté les droits au trône et se donna la mort. L'Empereur pour perpétuer le souvenir de ce « suicide honorable » a fait élever une pagode à Ou-kou-tou.

Les souverains, les moralistes ont tenu à glorifier la mémoire de ceux qui ont préféré la mort au déshonneur. Dans un petit livre illustré très répandu en Chine, *Les vingt-quatre exemples de piété filiale*, sorte de manuel de morale populaire, nous trouvons un cas de ce genre intitulé : *la femme de Tchou-yen-Chéou*. « A l'époque de la dynastie des Tang (618-905 ap. J.-C.), sous le règne de Tsao-tsoung, il y avait un grand mandarin du nom de Yang-Shing, dont la femme avait un frère appelé Tchou-yen qui fut accusé d'avoir trempé dans la conspiration d'un autre mandarin rebelle. Tien-Chaou-Yang-Shing les fit arrêter pour les faire mettre à mort. Ouan-che, l'épouse de Tchou-yen, lui dit au moment de son départ : « Je ne sais si votre voyage sera heureux ou malheureux. Je vous conjure de m'envoyer, chaque jour, des nouvelles pour me tranquilliser. » Un jour, il n'arriva point de nouvelles et Ouan-che dit : « Je n'ai plus de doute sur ce qui est arrivé. » Elle fit armer ses serviteurs et garder les portes de la maison. Mais voyant arriver de nombreux cavaliers pour l'arrêter, elle fit mettre le feu à sa demeure en disant : « Je ne souffrirai jamais la violence et le déshonneur ! » et elle se jeta dans les flammes (*fig.* 212). Confucius a loué la vertu de Ouan-che : il a dit dans le *Lun-Yu* : Une énergique volonté ne laisse « point de place au déshonneur », et ces paroles sont à l'éloge de Ouan-che ».

Si les suicides par « pertes de face » ne se produisaient que pour des raisons d'un ordre aussi élevé que celles dont nous venons de parler, ils seraient relativement rares. Mais le suicide est tellement passé dans les idées des Chinois et la « perte de face » chose si facile, qu'il faut parfois des motifs peu sérieux pour amener les Célestes à cette résolution extrême.

Tous les ans, à l'époque des examens, les suicides sont fréquents : certains candidats malheureux ne veulent pas survivre à leur insuccès. Un fonctionnaire par intérim, débordé de besogne ou maladroit, laisse arriver le nouveau titulaire au poste sans avoir terminé son travail : craignant la réprimande, la punition, la « perte de face », il se suicide. La *Gazette de Pékin* enregistre souvent des morts de ce genre. Un mandarin destitué et rétrogradé préfère quelquefois absorber une dose d'opium suffisante « pour sortir de la vie par le chemin le plus court » que de subir l'humiliation de la perte de son rang. »

**

Au Cambodge, on conserve les morts pendant quelque temps, en employant différents sels (chaux, mercure, etc.) pour retarder la putréfaction, puis on les brûle en grande cérémonie. Au préalable, on met dans leur bouche une pièce de trois francs, destinée au serviteur de la bonzerie auprès de laquelle a lieu l'incinération. On recueille ensuite les cendres et on les conduit dans un cimetière ; les assistants, en passant auprès de la bonzerie, jettent des citrons dans lesquels ils ont introduit de la menue monnaie.

**

Au Kamtchatka, la terreur qu'inspirent les morts est telle que personne n'ose faire usage d'aucun objet ayant servi au défunt ou habiter sa maison. On abandonne le cadavre purement et simplement à la porte de sa demeure pour que les esprits malins qui ont causé la mort puissent s'en aller et ne pas contrarier les vivants. On espère aussi — et c'est ce qui a lieu en effet — qu'il servira de pâture aux chiens parce que, prétendent-ils, ceux qui sont dévorés par ces animaux en ont d'excellents dans l'autre monde.

Une coutume analogue règne au Thibet. Les pauvres sont mangés par les chiens errant dans les faubourgs des villes, tandis que les riches ont l'honneur d'être dévorés par des chiens sacrés, qu'on élève dans ce but dans des couvents spéciaux.

**

Les funérailles chez les Samoyèdes ne sont pas très gaies.

Lorsqu'un Samoyède meurt, on le revêt d'une grande quantité d'habits et on lui renverse sur la tête un chaudron où l'âme résidera après la destruction du corps. Le tout est ensuite soigneusement emballé et ficelé dans une couverture en peau de renne. Ainsi préparé, le mort est tiré, la tête la première, hors de la tente, à travers une ouverture pratiquée pour la circonstance. Les indigènes sont tous convaincus que s'ils faisaient passer un cadavre par la porte, le défunt entraînerait bientôt après lui quelque membre de la famille. Le mort est transporté sur une hauteur où l'on se met en devoir de creuser une fosse peu profonde. Une fois qu'on y a placé le cadavre, on le recouvre de neige en hiver, de branchages, de mousse et d'un peu de terre en été. Parfois la fosse est remplacée par une légère cabane faite de bois et de branchages. Dans un cas comme dans l'autre, on a soin de déposer quelques offrandes à côté du mort ; elles consistent en une hache, un couteau, une cuiller et une tasse. Un devin engage le défunt à ne pas inquiéter ceux qu'il laisse sur la terre et à abandonner à ses parents les endroits où il avait coutume de faire des chasses fructueuses. La cérémonie se termine par le sacrifice des rennes qui ont traîné le cadavre au lieu de la sépulture ; on les laisse sur la tombe avec leur harnais. Un autre renne est tué pour le repas des funérailles, auquel ne peut prendre part le mari ou la femme du défunt avant de s'être lavé et parfumé avec du musc. Quand un Samoyède passe près de la tombe d'un de ses parents, il doit sacrifier un renne et le manger avec ses compagnons de voyage, en souvenir du mort ; on place la tête de l'animal au sommet d'un pieu qu'on enfonce en terre, à côté de la tombe. Pour porter le deuil, les hommes n'attachent point leurs bottes fourrées et ne mettent pas de ceinture ; les femmes délient leurs tresses de cheveux. (Verneau.)

**

La crémation existe chez les Kalmouks.

On y procède quand il s'agit de personnages hautement placés, du chef du clergé par exemple, qui chez eux porte le nom de *lama*. On construit une tente spéciale, au milieu de laquelle est installé un fourneau. Le corps du lama est porté en grande pompe dans cette hutte où tous les prêtres s'assemblent. Le lama successeur du défunt brûle des statuettes en beurre et jette le beurre dans le fourneau, tandis que les prêtres activent le feu en y mettant du bois vert. Quand la crémation est terminée, on ramasse les cendres et on les mêle ensuite à la chaux qui servira dans la construction du monument funéraire — sorte de chapelle — nommé en kalmouk *tsa-tsa*. Ordinairement, c'est une construction carrée, élevée sur un socle en terre battue. Une ouverture est pratiquée sur l'un des côtés du monument ; c'est par là que l'on fait des offrandes aux *bourkhaus* dont les images se trouvent dans l'intérieur et où une lanterne est entretenue allumée le plus longtemps possible. De longues perches ornées de banderoles et de rubans entourent le monument ; des morceaux de papier et des rubans sur lesquels sont écrites des prières thibétaines sont suspendus le long des murs ; parfois un moulin à prières à vent, un *kourdé*, est placé au sommet de l'édifice. Tous ces rubans et ces moulins remués au moindre souffle du vent prient les bourkhaus pour que l'âme du défunt soit heureuse dans ses transmigrations. Même auprès des cadavres des simples Kalmouks abandonnés dans le désert, se place au moins une perche garnie de rubans, portant les « saints » caractères thibétains. Parfois, au-dessus des corps des princes et des nobles, on construit des huttes en feutre ou simplement en branchages. Si le mort a la bouche ouverte, on ne la ferme pas, mais on y met l'image d'un *otchir* (sceptre employé dans le service sacerdotal) ; si les yeux restent ouverts, on les recouvre d'un morceau de soie noire ; si le cadavre a les mains en supination, c'est un mauvais signe, il invite ainsi ses proches à venir le rejoindre dans l'autre monde. (Deniker.)

S'il s'agit d'un homme du peuple, on s'adresse à un prêtre, qui s'informe si le défunt était né dans l'année du tigre, du cheval ou du dragon, et sous l'élément de l'eau, du feu, de la terre, du fer, etc. Suivant cette date, le corps est enseveli dans la terre, dans l'eau, sous les arbres, sous des pierres, ou brûlé. Quand il s'agit d'un mort de condition vulgaire, on se contente de le laisser là où il est mort, tandis que le campement s'en éloigne. Bien souvent aussi les divers modes de sépulture ne se font que par simulacre : on se borne, par exemple, à lui déposer sur la poitrine quelques poignées de terre, quelques branchages, quelques cailloux, un peu d'eau — ce liquide est rare dans les steppes — ou quelques poignées de feuilles enflammées.

*
* *

La crémation se rencontre aussi chez les Ghiliaks, dans la vallée du Bas-Amour, et elle y est accompagnée de pratiques curieuses.

Lorsqu'un Ghiliak tombe malade, on appelle le chaman dans les cas très graves. Celui-ci tourne sur place en jouant du tambour, fait des invocations, force le malade à sauter par-dessus le feu, etc., ce qui n'empêche pas le patient de mourir. Le cadavre est brûlé, sans cérémonie spéciale, en présence des parents et des amis. L'habit, la pipe et les armes du défunt sont enterrés dans une petite cabane, dans laquelle on dépose également ses cendres. On tue et on mange, sur le lieu même des funérailles, le chien favori du défunt. En signe de deuil, les femmes dénouent leurs cheveux, tandis que les hommes se les coupent. Après l'enterrement, les morts ne sont pas oubliés. De temps en temps la famille se réunit auprès des petites cabanes mortuaires pour se livrer à un festin et entonner des chants en l'honneur du défunt. Celui-ci reçoit sa part du repas : par une petite ouverture pratiquée dans la cabane, on lui passe des poignées de millet, des pipes bourrées de tabac, etc. (Verneau.)

Si ce n'était un peu comique, cela serait presque touchant.....

*
* *

La mort, chez les mendiants mongols, n'est pas d'apparence aussi gaie.

L'aspect d'un quartier mongol est d'une malpropreté repoussante. Les immondices de toute nature encombrent les rues. Sur la place du marché stationnent de nombreuses bandes de mendiants affamés. Quelques-uns d'entre eux, surtout de vieilles femmes, y ont établi leur domicile. Il est difficile de se représenter un spectacle aussi hideux. Parfois une pauvre mendiante âgée et infirme se couche par terre, et les habitants du quartier lui font la charité de vieilles pièces de feutre dont elle se construit une sorte de tente; la malheureuse vit là, jour et nuit, enfoncée dans l'ordure, et demandant aux passants de quoi soutenir sa triste existence. Quelquefois, en hiver, pendant les tempêtes de neige, d'autres mendiants plus vigoureux l'arrachent de sa tanière pour s'y mettre à sa place, et l'infortunée meurt de froid au milieu de la rue. Si la mort vient la frapper dans sa cabane, les approches en sont encore plus épouvantables, car la moribonde qui a conservé sa connaissance se voit entourée d'une troupe de chiens affamés, n'attendant que son dernier soupir pour se disputer son cadavre. Ces animaux flairent de temps en temps la figure et les mains de l'agonisante, et si un mouvement ou un soupir indiquent que la vie n'a pas encore abandonné le corps, ils vont s'asseoir à quelques pas en attendant patiemment. (de Prjewalski.)

*
* *

Nos sujets les Sakalaves (île de Madagascar) ont des mœurs funéraires bizarres, ou, du moins, avaient, car depuis la conquête ils en ont peut-être changé. S'il s'agit d'un prince, on enferme le cadavre dans une peau de bœuf et on l'expose pendant deux mois sous une tente où l'on brûle de l'encens nuit et jour. Ce n'est qu'au bout de ce temps qu'on le porte au cimetière.

Mais auparavant, s'il s'agit du roi, on enlève les reliques ou *jiny* qui consistent en une des vertèbres du cou, un ongle ou une mèche de cheveux et qui, déposées dans la cavité d'une grosse dent de crocodile, sont gardées religieusement par son successeur avec celles des anciens chefs dans une maison spéciale réputée sacrée. Les dents de crocodiles destinées à recevoir le *jiny* doivent être prises sur un animal vivant, qu'on choisit de grande taille et qu'on amarre solidement à l'aide de

fortes cordes; on introduit entre ses mâchoires, à l'endroit voulu, une patate brû-
lante, et, au bout d'un quart d'heure, la dent convoitée peut être facilement arra-
chée. La bête est alors relâchée. (Grandidier.)

Fig. 213. — Tombe d'un chef dans l'Afrique centrale.

S'il ne s'agit que du commun des mortels, on expose les cadavres sur une estrade de deux mètres, la tête tournée vers l'est, et sous leurs pieds on entretient
du feu. On les enfouit ensuite dans un tronc d'arbre creusé et on les enterre. La
maison du mort est abandonnée et nul n'a le droit d'y pénétrer.

* *
*

Les Hovas, qui habitent avec les Sakalaves notre colonie de Madagascar, sont une race tout à fait distincte. Leurs mœurs funéraires, par exemple, en sont sensiblement différentes, ainsi qu'on va le voir.

Les Hovas proprement dits ou Mérinas ont de vastes chambres souterraines, orientées de l'est à l'ouest, dont le sol est pavé, dont les côtés sont revêtus de grandes plaques de pierre et que ferme en haut une énorme dalle ; on y entre par une ouverture pratiquée dans le mur qui est situé du côté de l'ouest. Les corps sont déposés, enroulés dans des lambas ou des nattes, les uns par terre, les autres sur des tablettes de pierre disposées horizontalement tout autour de la chambre mortuaire ; ceux du chef de la famille et de sa femme sont placés le long du mur qui est situé à l'est en face de l'entrée, ceux des descendants occupent les côtés du nord et du sud. Au-dessus du caveau, qui s'élève toujours un peu au-dessus du sol, il y a un monument plus ou moins carré, formé de quatre murs d'une seule pierre, dont l'intérieur est rempli de terre, et dont le sommet est souvent couvert de quartz qu'on va chercher au loin. La construction d'un tombeau est pour les Hovas une œuvre importante. Tous les parents, amis, esclaves, sont convoqués et laissent toute autre occupation. Ce n'est point, en effet, une petite affaire que d'apporter, souvent de fort loin, les cinq énormes dalles qui doivent former les murs du caveau ; pour les détacher de la montagne, on commence par choisir un bloc de granit qui soit naturellement divisé en couches superposées de quelques décimètres d'épaisseur, comme il en existe beaucoup dans le Massif central, en France, et on y trace la forme et la dimension qu'on veut donner aux diverses dalles au moyen d'une bande étroite de bouse de vache sèche, à laquelle on met le feu ; quand le contour de la pierre est bien échauffé, on y verse de l'eau froide et il se produit une fissure tout autour ; on n'a plus alors qu'à soulever la pierre à l'aide de leviers et à la traîner à l'endroit où doit se construire le tombeau, ce qui est la partie de la besogne la plus longue et la plus difficile, car il faut plusieurs centaines, quelquefois plusieurs milliers de bras, pour traîner ces gros blocs à travers vallées et montagnes. Ce travail est l'occasion de fêtes et de réjouissances très coûteuses et pendant lesquelles on tue beaucoup de bœufs. Les tombeaux des Hovas sont toujours placés de manière à attirer l'attention ; quelquefois même, ils sont construits devant la maison du chef de la famille. En outre des tombeaux proprement dits, on trouve dans toute la province d'Imerina des colonnes ou dalles de pierres élevées à la mémoire de parents morts et qu'on appelle *tsangambato* (pierres debout) ou *fahatsiarovana* (ce qui fait souvenir). Les Hovas ne gardent pas les morts dans leur maison aussi longtemps que la plupart des autres Malgaches et ils ne les mettent pas dans des cercueils : ils les enveloppent dans des lambas d'un brun rouge, en nombre souvent très considérable, et les portent au tombeau sur un *farafara* ou sorte de civière. Autrefois on déposait sur la tombe ou tout autour, comme cela se pratique encore chez les Betsiléos, les Bezanozanos, les Sihanakas, etc., les crânes des bœufs tués à l'occasion des funérailles ; cette coutume est aujourd'hui abandonnée. Au retour d'un enterrement, les parents qui ont conduit le deuil se lavent et purifient les vêtements qu'ils portaient, en en trempant un coin dans de l'eau sur laquelle on a appelé la bénédiction des dieux par des prières. A la fin du repas qui termine la cérémonie des funérailles, tous les assistants reçoivent aussi le *afana* ou aspersion de cette même eau sainte. Le deuil est assez sévère. Les proches parents laissent flotter leurs cheveux en désordre ; les femmes ne portent ni corsage ni robe et s'enveloppent seulement de lambas ; les hommes sortent sans chapeau et laissent pousser leur barbe ; on ne doit se laver que le bout des doigts et les vêtements doivent être sales. La danse et le chant sont défendus. A la fin du deuil, les parents assistent à un second repas après lequel on renouvelle la purification des assistants par l'aspersion d'eau consacrée. De temps en temps, les familles hovas procèdent à une cérémonie qu'elles appellent *manadika* et qui consiste à aller dans leur caveau changer les morts de côté afin qu'ils ne se fatiguent pas en restant longtemps dans la même position. Cette cérémonie se fait d'ordinaire l'année qui suit la mort d'un des membres

FIG. 214. — Indigènes des îles Andaman faisant sécher, au-dessus d'un foyer, les os de leurs parents dont ils ont fait dévorer la chair par les poissons.

de la famille. C'est une occasion de fêtes et de réjouissances ; tous les parents sont convoqués et se rendent, revêtus de leurs plus beaux habits, musique en tête, au tombeau de famille pour faire visite à leurs morts qu'ils retournent et enveloppent dans des lambas neufs. (A. Grandidier.)

Les choses se passent différemment chez les Betsiléos ou Hovas du Sud. (Prière aux cœurs sensibles de ne pas lire ce qui suit.)

On n'enterre pas les Andrianas, ou nobles Betsiléos, de suite après leur mort ; vers le troisième jour, lorsque le corps est déjà enflé, on le roule sur des planches de manière à bien amollir les chairs, et, le jour suivant, on l'attache tout droit au poteau central de la maison avec des lanières de cuir taillées dans la peau des bœufs tués à l'occasion de ses funérailles ; on fait ensuite une large incision à chaque talon ; de grandes jarres de terre placées sous ses pieds recueillent le liquide putride qui s'échappe des chairs en décomposition. Ces jarres sont surveillées avec le plus grand soin, car on ne peut ni retirer le corps de la maison, ni travailler aux champs, tant qu'on n'a pas vu apparaître dans l'une d'elles un certain petit ver ; on attend quelquefois deux et même trois mois avant de pouvoir procéder à l'enterrement. Le ver est enfermé dans le caveau avec le corps, et on dispose un long bambou, dont l'une des extrémités plonge dans le liquide et dont l'autre arrive à fleur de terre, de sorte que le petit ver puisse, après sa transformation en orvet ou *fanano*, sortir du tombeau et venir visiter ses parents, car les Betsiléos croient que l'âme du mort revient sous la forme d'un reptile. Autrefois, il n'y avait pas que les nobles pour lesquels avaient lieu ces usages répugnants, mais aujourd'hui ils leur sont entièrement réservés. (A. Grandidier.)

Espérons que notre domination va changer tout cela.

*_**

Chez les Ba-Yanzis (peuplade africaine), à la mort d'un chef, on trouve naturel de massacrer ses épouses et ses serviteurs les plus fidèles. Leurs crânes sont alors piqués autour du cône d'argile qui recouvre les restes du chef et sur lequel ont été tracés quelques dessins fantastiques. Dans la gravure que nous donnons (*fig.* 213), ces motifs ornementaux sont accompagnés d'un parapluie tout ouvert, objet qui avait peut-être abrité de la pluie quelque pimpante Parisienne et qui est devenu au Congo, comme l'est le parasol dans tout l'Extrême-Orient, un insigne de la puissance. (G. Marcel.)

*_**

Dans beaucoup de pays, la mort du mari entraîne pour la ou les veuves des résultats déplorables. Plusieurs peuplades vont même jusqu'à les mettre à mort. Beaucoup aussi les considèrent comme le rebut de la société.

Ainsi, chez les Hindous, sitôt qu'une femme a perdu son époux, ses parents doivent la prendre, la dépouiller de ses vêtements et, après l'avoir accrochée par les pieds, lui raser la chevelure dans cette pénible position ; puis on lui remet les vêtements les plus grossiers et elle est condamnée aux travaux les plus rudes du ménage ; désormais elle ne portera plus de soie, d'or, d'argent ; elle ne pourra plus manger avec ses amis ; elle sera l'esclave, la servante de tous ; quant à se remarier, cela lui est sévèrement interdit, et l'homme qui serait assez audacieux pour lui offrir le mariage perdrait sa caste et encourrait la mort civile. La veuve avait autrefois un moyen d'échapper à cette existence de torture : c'était de se sacrifier en *sutti*, de se brûler vive sur le corps de son mari ; mais les Anglais ont interdit ce sacrifice. (Rousselet.)

Dans quelques peuplades, les femmes ne sont pas sacrifiées, mais on en fait cadeau au frère du décédé, qui dès lors les considère comme ses esclaves.

***

Terminons ce chapitre un peu macabre en signalant qu'aux îles Andaman, les ossements seuls des morts sont l'objet d'un culte. Les cadavres sont plongés dans la mer où ils sont maintenus par une corde amarrée au rivage. Les poissons ne tardent pas à les dévorer et les ossements sont recueillis par les indigènes, puis séchés lentement (*fig.* 214) au-dessus d'un foyer entretenu dans la hutte du mort par les parents qui, sans doute, méditent alors sur la vanité des choses humaines.

Vanitas vanitatum et omnia vanitas.

Index alphabétique.

Table des matières.

***

***

Bar-le-Duc. — Imprimerie Comte-Jacquet, Facdouel dir.

Dans la même collection que

La Navigation aérienne,
Les Entrailles de la Terre,
L'Or, l'Électricité :

Paul DOUMER

DÉPUTÉ

ANCIEN GOUVERNEUR GÉNÉRAL DE L'INDO-CHINE

L'Indo-Chine française

SOUVENIRS

Un superbe volume 31ᶜᵐ×21ᶜᵐ, orné de 170 illustrations (dont 12 hors texte), par G. FRAIPONT, d'après des croquis qu'il est allé prendre sur place ; complété par différentes cartes, dont une en couleurs de l'Indo-Chine, et enrichi d'un portrait de l'auteur en héliogravure Dujardin.

Broché : **10** fr. — Relié toile, fers spéciaux : **14** fr. — Relié dos maroquin : **18** fr.

Pendant ses cinq années de gouvernement, M. Doumer a parcouru l'Indo-Chine en tous sens, faisant parfois presque seul, sans escorte, de longues expéditions à cheval qui effrayaient son entourage. Il voulait voir par lui-même. Aussi connaît-il bien le pays. Le récit vécu qu'il nous en fait se substituera à bien des légendes dans l'esprit de ceux qui rêvent d'aller en Indo-Chine, et il ravivera en foule les souvenirs des militaires, des marins, des fonctionnaires, des colons qui ont été mêlés, de 1897 à 1902, aux événements d'Indo-Chine et de Chine. Partout l'anecdote se mêle aux vues profondes et vient doubler l'intérêt du récit.

Comme le dit l'auteur dans son Avant-propos, le livre est écrit surtout pour la jeunesse. Nous pouvons affirmer qu'il sera pour elle une école de virilité. M. Doumer, cet homme intrépide, si dur à lui-même, a toujours inspiré l'admiration et le respect à ceux qui l'approchaient. Dans ces conditions, il pouvait obtenir beaucoup de ses collaborateurs, et c'est ce qui lui a permis de faire de grandes choses en Indo-Chine. La belle page d'histoire coloniale qu'il a écrite sur la terre d'Asie montre que de brillantes destinées sont encore réservées à un pays comme la France qui possède de tels hommes.

DIVISION DE L'OUVRAGE

Librairie **VUIBERT** et **NONY**, 63, Boulevard Saint-Germain, Paris. 5e.

Nouveauté Décembre 1904.

Flocons de Neige
Récits pour les Enfants

Par Mme Angelina BROCCA, *Traduit de l'italien par* E. La Barre.

Un volume 23cm×15cm, *illustré par* François COURBOIN, *couverture aquarelle, papier d'Arches à la forme,* broché . . . . **4 fr.**

Chacun sait qu'avec de la neige on peut réchauffer les membres engourdis par le froid. Voici des *Flocons de neige* dont l'efficacité est plus puissante encore, ils réchauffent le cœur.

Ce sont, sous ce titre, huit nouvelles charmantes écrites pour les enfants, huit scènes de la vie de tous les jours, saisies autour de soi, chez des humbles ou des malheureux, présentées sans invention ni décors d'aucune sorte, simplement vraies. Et il se dégage à leur lecture un parfum de vertu tel qu'on en est tout ému. Combien plus qu'une froide leçon de morale ne toucheront-elles pas l'âme délicate et sensible de l'enfant, lui enseignant aimablement la bonté, la charité !

Le style est vivant, gracieux, facile, bien à la portée des enfants et fait pour leur plaire, comme celui des contes. Aussi, des huit historiettes, le poète pourrait-il redire, en en citant une au hasard :

> Si *Tonino* m'était conté,
> J'y prendrais un plaisir extrême.

Et le plaisir se mêle ici à une haute moralité propre à frapper le jeune lecteur au bon endroit, à lui apprendre à réfléchir, et, au besoin, à se corriger.

Dans la même collection que *Les Bizarreries des Races Humaines* :

Les Plantes Originales
Par Henri COUPIN
Docteur ès sciences, lauréat de l'Institut.

Un volume 28×19cm, *illustré de jolies gravures et d'une aquarelle,* 2e *édition,* broché. . . **4 fr.**
Avec reliure genre amateur, titre or, tête dorée. . . . . **6 fr.**
Avec reliure d'amateur, coins, tête dorée. . . . . **10 fr.**

Ce livre n'a rien de commun avec les ouvrages de vulgarisation où l'on nous présente le plus souvent tout ce qui touche à la botanique sous la forme monotone et indigeste de sèches nomenclatures ou de descriptions techniques et arides.

M. Coupin a réuni ici une multitude de faits curieux et extrêmement instructifs, susceptibles de captiver l'attention de tous les lecteurs. Avec l'imprévu qui caractérise les pérégrinations du botaniste, avec la fantaisie apparente qui rend si attrayante la sûre documentation de M. Henri Coupin, nous passons avec agrément en revue, sans cesser d'avoir de curieux dessins sous les yeux, tout ce qu'il y a « d'original » dans le monde des plantes.

SOMMAIRE
Les plantes vampires. Végétaux pique-assiette. Plantes sacrées, rivales des dieux. Arbres nains, orgueil des Japonais. Arbres gigantesques, colosses des siècles passés. Les échelles de singes. Plantes hydropiques, monstres végétaux. Par le fer et par le poison. Les amies des fourmis. Plantes qui remuent. Fleurs agitées. Les jolies parfumeuses. Fleurs truquées. La palette des fleurs. Fleurs et légumes symboliques. Fruits explosifs et graines qui volent. Feuilles curieuses. Toujours plus haut. Les plantes de la soif. Les arbres à lait. Les résiniers. La flore des camelots. Les plantes que l'on suce. Les arbres à beurre. Un intéressant farinier. Plantes à tout faire. Champignons fantasques. La truffe, énigme de la terre. Les algues, fleurs de la mer. De la feuille à la feuille. Ce que font les végétaux en hiver. Les plantes funéraires.

Librairie **VUIBERT** et **NONY**, 63, Boulevard Saint-Germain, Paris, 5e.

Les Animaux Excentriques

Par **Henri COUPIN**, docteur ès sciences, lauréat de l'Institut. — *Un beau volume*
28cm × 19cm, *illustré, couverture en couleur, 2e édition, broché*. . . . . . **4 fr.**
Relié percaline, titres or, tête dorée. . . . . **6 fr.**
Relié, dos et coins maroquin, tête dorée. . . . . **10 fr**

À côté des êtres en quelque sorte normaux décrits dans tous les ouvrages d'histoire naturelle, il en existe une multitude d'autres qui, sortant du commun, nous paraissent extraordinaires par l'aspect, étranges par les mœurs, excentriques par la forme. Ceux-là, tout particulièrement intéressants, étaient assez mal connus du grand public. Aussi, un livre les décrivant était-il à faire. La lacune est comblée par cet intéressant ouvrage, où l'aridité a été soigneusement évitée. L'auteur a réussi à présenter avec talent les animaux excentriques par groupes pittoresques, d'après leurs formes singulières ou leurs habitudes étranges, en une série de 36 chapitres, d'où sont bannis les termes et les explications techniques, mais où abondent en revanche les illustrations les plus variées.

SOMMAIRE

Les Arts et Métiers
chez les Animaux

Par **Henri COUPIN**, docteur ès sciences, lauréat de l'Institut. — *Un volume*
28cm × 19cm, *illustré de 226 jolies gravures et d'une aquarelle, 3e édition, broché*. **4 fr.**
Relié percaline, titres or, tête dorée. . . . . **6 fr.**
Relié dos et coins maroquin, tête dorée. . . . . **10 fr.**

SOMMAIRE

On a décrit dans ce curieux ouvrage les principales industries des animaux ; elles sont classées sous des rubriques qui rappellent nos métiers.

C'est donc une exposition universelle des travaux des animaux, travaux qui diffèrent étonnamment, tant par la variété des matériaux employés que par les multiples buts que se sont proposés ces industrieux ouvriers.

Pour mieux guider le lecteur dans ce dédale de curieux ateliers, de nombreuses citations ont été empruntées aux auteurs mêmes des observations ou à des autorités très compétentes. De là un style extrêmement varié et une vivante documentation, relevée et éclairée par une abondante illustration qui suit de très près le texte et en décuple l'intérêt.

Librairie **VUIBERT** et **NONY**, 63, boulevard Saint-Germain, Paris, 5e.

La Navigation aérienne

(Ouvrage couronné par l'Académie française).

Par J. LECORNU, Ingénieur, Membre de la *Société Française de Navigation aérienne.* — Un splendide volume 31ᶜᵐ ✕ 24ᶜᵐ, titre rouge et noir, illustré de 360 gravures, broché : **10** fr. — Relié toile, fers spéciaux, tranches dorées : **14** fr. — Relié dos maroquin, coins, tête dorée : **18** fr.

L'auteur nous présente dans leur ordre chronologique. depuis la période légendaire jusqu'aux derniers événements de l'année, les faits se rattachant tant à l'aviation qu'à l'aérostation. C'est une histoire vraiment vivante, où l'auteur laisse volontiers la parole aux personnages contemporains des époques considérées. Le récit en prend une saveur toute particulière que vient doubler une illustration extrêmement riche et abondante. Nous assistons, singulièrement captivés, aux efforts des inventeurs, aux progrès incessants des aéronautes et des savants de tous pays s'acharnant au palpitant problème. et, si nous sommes émus au récit des accidents dont ils sont parfois victimes, la relation de leurs succès, encore relatifs peut-être, mais à coup sûr remarquables, nous pénètre d'enthousiasme. En fermant cet instructif et intéressant ouvrage, le lecteur, amusé et charmé, perçoit l'avenir brillant réservé à la navigation aérienne.

Voici les titres des chapitres :

Légendes de l'antiquité. — L'aviation au moyen âge. — Les projets au XVIIᵉ siècle. — La navigation aérienne au XVIIIᵉ siècle. — Les hommes volants du XVIIIᵉ siècle. — L'invention des aérostats. — Charles et Robert. — Pilâtre de Rozier. — Les premiers essais de direction. — De Meusnier à Scott. — Les aérostiers de la première République. — Garnerin, Robertson et Zambeccari. — Les inventeurs malheureux. — Dupuis-Delcourt. — De Pétin à Henri Giffard. — Ballonniers et aviateurs. — La Sainte-Hélice. — Le Géant. — Ascensions scientifiques. — Les ballons du siège de Paris.— Les aérostiers militaires de 1870.— L'aérostation militaire moderne. — L'aérostation après la guerre. — L'aviation de 1870 à 1880. — La direction des ballons. — L'aérostation scientifique. — Les ascensions maritimes. — Les aviateurs modernes. — Le sport aérien. — Les derniers ballons dirigeables.

Ouvrages couronnés par l'Académie française et la Société de Géographie commerciale de Paris :

Les Entrailles de la Terre

Par E. CAUSTIER. — Un volume in-4ᵉ (31ᶜᵐ ✕ 21ᶜᵐ), titre rouge et noir, illustré de 400 gravures. — Broché : **10** fr. — Relié toile, fers spéciaux, tranches dorées : **14** fr. — Relié dos maroquin, coins, tête dorée : **18** fr.

Les Entrailles de la Terre, allez-vous dire, mais c'est du Jules Verne ! Nullement.

L'auteur a pensé qu'aujourd'hui nos jeunes gens, dont l'esprit critique s'exerce volontiers, ne devaient plus se contenter de récits imaginaires, si bien agencés qu'ils soient. C'est pourquoi, abandonnant les mystérieux chemins, il emmènera les lecteurs de ce magnifique livre d'étrennes sur des routes réellement parcourues par lui ou par d'autres *curieux de la nature.* Au surplus, les merveilles qu'on découvrira en sa compagnie seront suffisamment nombreuses et captivantes pour donner à cet ouvrage le plus vif intérêt.

Avec l'aimable guide qu'est M. CAUSTIER, le lecteur visitera les mines et les carrières, les grottes et les cavernes ; il observera le feu intérieur que laissent entrevoir les cratères des volcans ; il étudiera les eaux souterraines qui jaillissent du sol par les geysers, les sources thermales ou les puits artésiens ; descendant dans les gouffres, il naviguera sur les rivières souterraines, suivra leur cours capricieux, les verra à l'œuvre, accomplissant leur besogne de mineur sans trêve ni repos, et rendant ensuite, en un flot jaillissant ou en fontaines tumultueuses, tout ce que le sol avait bu par mille gorgées. Et l'homme, lui-même, dans les gigantesques travaux qu'il accomplit pour traverser les montagnes ou passer sous les océans, apparaîtra au lecteur comme un être fantastique, au milieu de ce royaume des ténèbres qu'il a su conquérir, parmi les forces naturelles qu'il a domptées, utilisées, faites siennes.

A notre époque où l'industrie et le commerce règnent en souverains maîtres et fixent désormais le rang des nations dans le monde, il semble que dédaigner les connaissances utiles contenues dans ce livre serait se priver d'une arme puissante dans la lutte de tous les jours ; ce serait aussi se priver volontairement d'une rare satisfaction intellectuelle que de ne pas contempler en quelle admirable source de biens de toutes sortes la terre se transforme sous l'influence du génie humain.

Sommaire :

Introduction : **La** Terre vit de la terre. Rapport de l'homme et de la terre. Les richesses minérales et l'avenir des nations.

La Terre : Le globe terrestre. — Les eaux souterraines. — Le feu souterrain : volcans ; geysers ; sources thermales ; tremblements de terre.

Librairie VUIBERT et NONY, 63. boulevard Saint–Germain, Paris, 5ᵉ.

par **H. HAUSER**
professeur à l'Université de Dijon.

Un volume gr. in-4°, (31ᶜᵐ×24ᶜᵐ),
titre rouge et noir, illustré de magnifiques gravures. Br. . . . . **10** fr.
Relié toile, fers spéciaux, tranches dorées. . . . . **14** fr.
Relié dos maroquin. coins, tête dorée . . . . **18** fr.

Ce livre ne rentre pas dans la catégorie frivole de ces ouvrages de circonstance qui naissent avec les premières neiges et fondent aux rayons du printemps, que l'enfant amusé admire un instant pour l'image puis qu'il envoie dormir dans un coin pour ne les rouvrir jamais. En même temps qu'une distraction, il trouvera ici un enseignement ; et plus tard il ira reprendre ce livre sur les rayons de sa bibliothèque de jeune homme.

Livre d'étrennes, livre d'enfant. Mais j'imagine que les *grands,* frères ou pères, y jetteront plus d'un coup d'œil. L'Or ! Il n'est pas de sujet plus attrayant, plus rebattu et cependant plus nouveau ; il n'en est pas de plus universel, puisqu'on ne saurait raconter l'histoire d'une pièce d'or sans toucher à la chimie et à la physique, à la géologie et à la minéralogie, à la métallurgie, à l'histoire de l'art et des sciences, à la géographie, à l'économie politique, à la sociologie. Ce vaste sujet a purement été traité dans son ensemble, M. Hauser a tenté de n'en sacrifier aucune partie.

Et c'est vraiment, en raccourci, un résumé de l'histoire de l'humanité, de ses longs et courageux efforts vers le bien-être, vers la science, vers la civilisation. Tout est dans tout, a-t-on dit bien souvent. Nous dirions volontiers que tout est dans ce livre où, autour d'un mince fil d'or, l'auteur a su enrouler tant de notions, tant de souvenirs, tant de faits et tant d'idées.

Sommaire :

Introduction : *Qu'est-ce que l'or ? la soif de l'or.*
L'or dans le laboratoire. — L'or dans la nature. — L'extraction de l'or. — Le traitement des minerais. — La métallurgie de l'or ; préparation mécanique et traitement chimique. — De quelques régions minières — A quoi sert l'or. — Des usages industriels de l'or. — La monnaie d'or.
Conclusion : *Le bien et le mal qu'on a dit de l'or.*

Dans la même collection :

A Travers l'Électricité

Par G. DARY. — Un volume grand in-4° (21ᶜᵐ×31ᶜᵐ) illustré de 364 belles gravures, titre rouge et noir. 3ᵉ édition. — Broché : **10** fr. — Relié toile, fers spéciaux : **14** fr. — Relié dos maroquin. coins et tête dorée : **18** fr.

Ce livre de grand format est imprimé sur papier de luxe avec un beau caractère neuf. Il est enrichi d'un nombre considérable de magnifiques illustrations ; les unes proviennent de dessins finement gravés ; les autres de photographies prises dans le monde entier.

De nos jours l'électricité envahit tout ; elle s'associe de plus en plus à notre existence. On est arrivé à assouplir, à domestiquer cette force inouïe, et chaque jour marque de nouveaux progrès ; de sorte que celui qui vit sur les souvenirs d'un passé cependant très rapproché et qui cherche à comprendre ce qu'il a sous les yeux, est souvent dérouté.

Le livre de M. Dary sera pour tous un guide précieux. Mais il n'a pas l'aridité d'un traité technique. C'est avant tout un *livre d'étrennes,* où la science se fait aimable, où le côté historique a sa large place et où les anecdotes abondent. Il est d'une lecture attachante, passionnante même en raison des merveilles qu'il étale sous les yeux du lecteur.

Voici les titres des chapitres :
Qu'est-ce que l'électricité ? — L'électricité atmosphérique. — Télégraphie. — Téléphonie. — Éclairage électrique. — Traction électrique. — Galvanoplastie. — Navigation électrique. — Phonographe et ses applications. — Horlogerie électrique. — Médecine et chirurgie. — L'électricité sur les côtes. — Marine de guerre. — Applications à la guerre. — Applications à l'agriculture. — Applications industrielles. — Chemins de fer. — Applications domestiques. — Applications diverses (théâtre, etc.). — Dangers de l'électricité.

www.ingramcontent.com/pod-product-compliance
Lightning Source LLC
Chambersburg PA
CBHW071849020726
47502CB00003B/669